Einsichten eines Schwarms

Friedegis Heintger

Einsichten eines Schwarms

Wir sollten uns glücklich schätzen,
dass die wahre Natur
von Bewusstsein und Intelligenz
noch im Dunkel liegt.
Die Aufdeckung der Zusammenhänge
würde die Menschheit überfordern
und alles bisher Dagewesene
in den Schatten stellen.

"Einsichten eines Schwarms" beschreibt in drei zeitlich versetzt laufenden Erzählungen die Entdeckung des Geheimnisses von Bewusstsein und Intelligenz durch einen wissenschaftlichen Außenseiter. Er experimentiert mit seinem Geschöpf, geht Risiken ein und verliert unweigerlich die Kontrolle – mit dramatischen Folgen.

Friedegis Heintger, Mathematiker, war mehr als dreißig Jahre bei einem weltweit führenden Unternehmen der Informationsverarbeitung tätig. Seine Schwerpunktthemen umfassten in dieser Zeit Projekte zum Einsatz von KI-Systemen, über Sicherheitsarchitekturen und Kryptografie, bis hin zu Big Data, Internet of Things, Cognitive Computing und der Analyse unstrukturierter Daten (Social Media).

1. Auflage im September 2015

2. überarbeitete Auflage Oktober 2017

© 2015, 2017 Friedegis Heintger

Herstellung und Verlag: BoD – Books on Demand, Norderstedt.

ISBN 9-783738-620191

Bibliografische Information der Deutschen Nationalbibliothek:

Die Deutsche Nationalbibliothek verzeichnet diese Publikation in der Deutschen Nationalbibliografie; detaillierte bibliografische Daten sind im Internet über dnb.dnb.de abrufbar.

Vorwort

Seit ich vor langer Zeit beruflich für den Entwurf und die Entwicklung von KI-Systemen verantwortlich war – also Programmen im Umfeld der sogenannten Künstlichen Intelligenz –, ist dieses faszinierende Thema über die Jahre zu meiner Passion geworden. Entgegen dem öffentlichen Eindruck ist das Wesen von intelligentem, kreativem Handeln immer noch weit entfernt von seiner Entschlüsselung. Computer von heute erbringen sicherlich beeindruckende Leistungen, die die des Menschen weit in den Schatten zu stellen scheinen. In vielerlei Beziehung ist dieser Eindruck sicher richtig. Wenn man aber auf die Architektur solcher Systeme schaut, stellt man schnell ernüchtert fest, dass alles, was diese Maschinen können, von ihren Entwicklern auf die eine oder andere Weise vorgedacht ist. Sie sind nicht in der Lage, beliebig aus ihrem Kontext herauszutreten um echte kreative Leistungen zu erbringen. Worin sie zweifellos dem Menschen weit überlegen sind, ist es, gewaltige Datenmengen ultraschnell zu durchsuchen und Beziehungen herzustellen. Aber jedes vielleicht vordergründig überraschende Ergebnis ist letztlich vorausberechenbar und bei gleicher Datenlage wiederholbar.

Angesichts der unzweifelhaften Erfolge „intelligenter" Maschinen versuchen nur wenige Vordenker abseits des wissenschaftlichen Mainstreams, die wahre Natur von Bewusstsein und des damit verknüpften Begriffs der Intelligenz zu begreifen. Dreh- und Angelpunkt der Überlegungen sind dabei oft die immer noch unverstandenen, fundamental zufälligen Vorgänge der Quantenphysik, insbesondere die merkwürdige Rolle des (bewussten) Beobachters, der das Ergebnis einer Messung entscheidend mitbestimmt.

Der Physiker und Nobelpreisträger Erwin Schrödinger schrieb 1944 in seinem Buch „WHAT IS LIFE" über die Rolle von Bewusstsein: "The only possible alternative is simply to keep to the immediate experience that consciousness is a singular of which the plural is unknown; that there is only one thing and that what seems to be a plurality is merely a series of different personality aspects of this one thing, produced by a deception(…)". Seither sind die Naturwissenschaftler in dieser Frage nicht vorangekommen. Nach Jahrzehnten der Enthaltsamkeit und vielen frustrierenden Versuchen ziehen Physiker und Philosophen in jüngster Zeit eine zentrale Rolle von „Bewusstsein" in unserem Universum in Betracht, als grundlegende Eigenschaft jeder Form von Materie und eben nicht nur als ein Phänomen, dass aus einer genügend komplexen und sinnvollen Anordnung heraus plötzlich aus dem vorherigen Nichts heraus entsteht. Allerdings existiert kein anerkanntes mathematisches Modell, dass diese These überprüfbar stützen könnte. So bleiben die Überlegungen dazu, wie natürliche Intelligenz funktioniert, im Spekulativen.

Eigentlich sollten wir uns allerdings glücklich schätzen, dass das Geheimnis noch besteht. Die Konsequenzen seiner Entschlüsselung würden alles bisher Dagewesene in den Schatten stellen. Eine wirklich intelligente und damit unvermeidbar eigenständige Kreatur, mit Zugriff auf die schier unendlichen Ressourcen moderner Computersysteme, wäre in Zeiten der weltweiten Vernetzung nicht mehr beherrschbar.

Der Erzählung hier liegen heutzutage noch eher unkonventionelle Vorschläge zugrunde, wie das Phänomen Bewusstsein und Intelligenz zu verstehen ist, obwohl die Grundgedanken dazu schon im Altertum bekannt waren.

Was würde geschehen, wenn ein Außenseiter die Spur findet? Möglicherweise würde er eine wirkliche Intelligenz schaffen und ins Netz bringen, auf Millionen von Rechnern. Und was dann? Sobald dieses Wesen sich etabliert hat, gelernt hat, seine Möglichkeiten zu nutzen und die Wahrnehmung aus Milliarden Sinnesorganen zu schärfen, wird es der Menschheit die Herrschaft über die Welt, wenn es sie denn je gegeben hat, aus der Hand nehmen. Und die Betroffenen werden es nicht einmal bemerken.

Ach ja – bevor ich es vergesse: Die handelnden Personen sind selbstverständlich frei erfunden. Ähnlichkeiten zu lebenden Menschen, tatsächlichen Begebenheiten und bestehenden Verhältnissen sind rein zufälliger Natur.

Viel Spaß und Spannung beim Lesen

Friedel Heintger

im Oktober 2017

Inhaltsverzeichnis

Regelverstöße

Laute Flüche drangen aus der Garage durch die geöffnete Tür in die Diele. Früher wäre ihm das nicht passiert. Er war aus der Übung in solchen Dingen. Wäre jemand im Haus gewesen, hätte der sich sicher Sorgen gemacht und sich gefragt, welche Katastrophe dort ihren Lauf nahm. Klaus stand mit Schutzbrille und einem Lötbrenner in der Hand vor einem alten Tisch mit einem verrosteten Laborstativ darauf. Auf dessen Fußplatte hatte sich zwischen den Scherben eines geborstenen Porzellantiegels eine teils gelblich körnige, teils unter einer schwarzen Schlacke noch rotglühend geschmolzene Masse gesammelt. Er hätte es wissen müssen. Einen solchen Behälter musste man vorsichtig von allen Seiten gleichmäßig erwärmen. Aber er war zu ungeduldig gewesen, hatte den typischen Anfängerfehler begangen. So hatte sich mit einem vernehmlichen Knacken der Boden gelöst und war mit dem teilweise schon geschmolzenen Inhalt aus der Halterung gefallen. Um den Tiegel tat es ihm leid. Nicht wegen seines Wertes, sondern wegen seines Alters. Erinnerungen hingen daran. Neben einigen weiteren Utensilien gehörte er zu den wenigen Überbleibseln seines kleinen Labors, das er vor fünfzig Jahren auf dem Dachboden seiner Großeltern betrieben hatte. „Verdammter Mist, das darf doch wohl nicht wahr sein!" schimpfte er weiter vernehmlich vor sich hin. Aber das war jetzt nicht mehr zu ändern. Klaus stellte den Brenner ab und wartete, bis die rotglühende Masse erkaltet war. „Naja" beruhigte er sich allmählich „Aus Fehlern lernt man – irgendwann begreift es jeder Idiot" brummelte er und ergänzte „aber leider gilt das nicht immer und nicht für jeden." Dann legte er seufzend die Schutzbrille aus der Hand und ging ins Haus. Aufräumen würde er später. Er wusch sorgfältig Hände und Gesicht. Das nächste Mal würde er Schutzhandschuhe tragen. Dann ging er in sein Arbeitszimmer, um einige Recherchen zu Ende zu bringen, die er sich vorgenommen hatte. Sie hatten nichts mit seinem misslungenen Experiment zu tun, sondern drehten sich um andere Interessen.

Das Büro – wenn man es denn so nennen wollte – sah ziemlich

unaufgeräumt aus. Je nachdem wohin man schaute, wirkte es eher wie eine Werkstatt, oder wie ein Labor. Auf einem Tisch in der Mitte des Raumes stand neben einer hochwertigen Spiegelreflexkamera eine Vakuumpumpe, die über einen dicken roten Gummischlauch mit einem kugelförmigen Exsikator aus Plexiglas verbunden war. Darin befand sich eine kleine Heizplatte, deren Zuleitung luftdicht nach außen geführt war. Martha hatte er erklärt, damit ihre Gewürze trocknen zu wollen. Ein erster Versuch dazu war allerdings kläglich gescheitert. Zu seiner Verblüffung waren die Schnitzel der Paprikaschote hart gefroren, statt einfach ihr Wasser im Vakuum abzugeben und zu trocknen.

Ein betagter Laptop, eine grüne Kabelrolle und ein Spender für Einweg-Gummihandschuhe vervollständigten das chaotische Bild. Links in zwei Fächern eines Bücherregals fanden sich einige Laborutensilien wie Reagenzgläser, eine Porzellanschale, mehrere Erlenmeyerkolben und Bechergläser, dahinter einige Chemikalien – harmlose, frei erhältliche Substanzen. Gelbes Blutlaugensalz etwa fand sich in vielen chemischen Lehrkästen und wurde aus Tierresten gewonnen. Es diente manchmal zur Züchtung wunderschöner Kristalle. Pottasche war hin und wieder noch als Backpulver in Gebrauch. Neben einem Tütchen Eisenspäne fanden sich dort noch Schwefelblumen – das gelbe Pulver galt früher einmal als bewährtes Hausmittel gegen diverse Leiden – , und eine Flasche Salzsäure zu Reinigungszwecken. Auf einem kleinen Tisch im Regal rechts stand noch eine uralte Kugelkopfschreibmaschine, daneben ein Tonbandgerät mit diversen Bandrollen, Plattenspieler mit Plattensammlung auf einer röhrenbestückten Musiktruhe aus den 60-er Jahren des letzten Jahrhunderts.

Klaus setzte sich an seinen Schreibtisch, unter dem gleich mehrere Computer standen, die sich eine Tastatur, Maus und Bildschirm teilten. Einige Kabel lagen herum und ein Lötkolben auf einem Metallständer. Er rief ein Dokument auf, las eine Weile und begann zu schreiben. Das Thema beschäftigte ihn schon seit langem. Bewusstsein, Zeit und Symmetrien hingen irgendwie zusammen mit Begriffen wie Intelligenz, Seele, Gravitation, Quantenmechanik und er wollte seit langem schon herausfinden, wie. Zwei Stunden später hörte er Martha nach Hause kommen, als sie ihren Wagen in die

Garage fuhr. Er unterbrach seine Arbeit, um sie zu empfangen. Oft brachte sie Kuchen oder Teilchen mit und freute sich dann darauf, einen Kaffee zusammen mit ihm zu trinken. Sein missglücktes Experiment hatte er inzwischen schon vergessen.

Süße Teilchen gab es diesmal keine und so blieb es bei Kaffee und Keksen. „Wie war's bei der Arbeit, Schatz?" Marthas Stirn zeigte einige Sorgenfalten. „Wir haben diese Woche eine Betriebsprüfung in der Firma. Die nehmen jede einzelne Buchung unter die Lupe. Das beschäftigt mich die ganze Zeit. Die Regeln werden jedes Jahr mehr, immer unübersichtlicher und widersprüchlicher. Ich weiß oft nicht, wie ich bestimmte Vorgänge und Anlagen bewerten soll. Was im letzten Jahr richtig war, kann jetzt komplett falsch ein. Ich stehe dann regelmäßig am Pranger, wenn rückwirkend irgendwelche Sachverhalte geändert werden, die jahrelang von den Finanzbehörden nicht beanstandet wurden. Mein Chef bezweifelt glücklicherweise nicht meine Kompetenz. Dazu kennen wir uns schon zu lange. Trotzdem muss ich mir jedes mal unangenehme Fragen gefallen lassen." Klaus verstand durchaus, wovon seine Frau da sprach. „So ist das mit Regeln: zu wenige davon führen genauso zu Willkür wie zu viele." Martha pflichtete ihm ohne Nachfrage bei. „Weshalb aber begreift das keiner? Eigentlich müssten für jede neue Regel zwei alte abgeschafft werden. Das wäre die einzig richtige Vorgabe. Aber wenn alles einfacher würde, verlören wohl viele Beamte im Finanzministerium ihre Existenzberechtigung. Deshalb bleibt es wohl zum Thema Bürokratieabbau jedes mal bei Lippenbekenntnissen und das genaue Gegenteil passiert." „Das ist ja nicht nur im Steuerrecht der Fall. Den Trend zu immer neuen Vorschriften und Verboten gibt es auch überall sonst. Anscheinend wollen die Leute das ja, sonst würden sie anders wählen." ergänzte Klaus. Unweigerlich rückte schließlich die Politik in den Vordergrund, die allgemeine Unzufriedenheit, die Unfähigkeit der Politiker, die Dummheit der Mitbürger, die die der arroganten Führungsfiguren offenbar noch übertraf – nichts von wirklichem Belang also. Bis zum Abendessen zog Klaus sich wieder in sein Arbeitszimmer zurück.

Am nächsten Morgen, nach dem gemeinsamen Frühstück, wunderte Martha sich über einen merkwürdigen Geruch. „Klaus!" Im

Gegensatz zu ihrem Mann musste sie noch jeden Morgen aus dem Haus. Sicherlich hätte auch sie schon in Rente gehen können, zog diesen Augenblick aber im Gegensatz zu ihrem Mann soweit wie möglich hinaus. „Klaus, kommst du mal bitte 'runter!" Der Gerufene fühlte sich endlich angesprochen, stellte die elektrische Zahnbürste zur Seite, spülte seinen Mund kurz aus und öffnete die Badezimmertüre. „Hast du mich gerufen?" „Ja, komm bitte mal hierher. Irgendwas stimmt nicht. Ich glaube, es riecht nach Gas. Hast du irgendwas in der Garage gemacht?" Klaus schlurfte im Schlafanzug barfuß die Treppe herunter und sog tief die Luft ein. Die Türe zur Garage stand offen und so strömte ein dezenter Geruch nach bitteren Mandeln ins Haus. Klaus erschrak „Oh – ach ja – das hatte ich ganz vergessen. Es ist nichts Schlimmes. Entschuldige bitte. Ich hatte nur gestern etwas ausprobiert und habe eine kleine Sauerei hinterlassen. Ich mach das gleich weg." sprach er und verschwand schnell wieder die Treppe hinauf ins Badezimmer. Eine echte Gefahr bestand diesmal nicht. Ihn erschreckte eher seine eigene Vergesslichkeit. Nachdem seine Frau gefahren war, zog er den Tisch mit allem was darauf war auf die Terrasse und spritze alles mit einem Schlauch gründlich ab. Danach lüftete er ausgiebig. Beim nächsten Mal würde er vorsichtiger sein. Damit hatte es aber keine Eile. Erst einmal waren unter anderem einige neue Tiegel und Porzellanschalen zu beschaffen.

Im Übrigen war Klaus eher verschlossen. Von sich erzählte er meist erst dann etwas, wenn er direkt gefragt wurde und beendete seine Ausführungen abrupt schon beim ersten Anschein von schwindendem Interesse. Kontakte über seine Familie hinaus hatte er nur wenige. Dafür war Martha zuständig. Über seine Kinder und Enkel fühlte er sich durchaus ausreichend mit seiner Umwelt vernetzt. Nicht einmal sie verstanden genau, was ihren Vater und Großvater eigentlich umtrieb.

Martha hatte Freunde und Nachbarn eingeladen zum Brunch anlässlich seines Geburtstags. Eigentlich waren es Martha's Freunde und auch die Nachbarn kamen eher ihretwegen. Klaus vermutete wohl nicht völlig zu unrecht, dass kaum die Hälfte der Leute gekommen wären, hätte er selbst und nicht seine Frau die Einladung ausgesprochen. Martha war eindeutig zuständig für alle Beziehungen außerhalb der Familie. Auch die Gespräche während der Feier lagen primär in Marthas Zuständigkeit, so wie Kuchen, Tischdeko, Getränke. Martha kompensierte alle zwischenmenschlichen Defizite ihres Gatten. Kurz nach zehn Uhr vormittags klingelte es an der Haustüre. „Hallo Klara, guten Morgen, schön dass du kommen konntest. Bitte komm rein." „Bin ich schon wieder die Erste?" „Irgendjemand muss es ja sein. Außerdem bist du einfach nur pünktlich, im Gegensatz zu allen anderen. Danke dafür, dass ich jetzt auch anfangen kann, zu frühstücken." Klaus hoffte, dass die Worte herzlich klangen. Er half der Nachbarin aus der dicken Daunenjacke und hängte sie an die Garderobe. Er hatte es sich angewöhnt, ein leichtes Lächeln auf den Lippen zu tragen, unabhängig von seinem Gemützustand. Es war schon ein Reflex. Griesgrame konnte halt niemand leiden. Und jetzt war das Lächeln auch als solches gemeint.

Klaus Stock war niemand, an den man sich im Allgemeinen wirklich erinnerte. Obwohl die meisten Mitmenschen ihn mit seinen fast einen Meter neunzig Körpergröße, den blauen Augen und ehemals blonden, jetzt grauen und oben deutlich gelichteten Haaren eher zu den gutaussehenden Herrn fortgeschrittenen Alters gezählt haben würden. Davon abgesehen wirkte er zurückhaltend, distanziert, ohne wirklich kontaktscheu zu sein, oft unsicher, unentschlossen, farblos. Tatsächlich konnte er auf Leute, die er nicht kannte, direkt und offen zugehen, Fragen stellen, sich erkundigen. Nur erlahmte sein anfänglich echtes Interesse schnell mangels gemeinsamer Themen. An den meisten Dingen, die andere Leute für wichtig hielten und sie tief berührten, war er vollkommen desinteressiert. Die Begriffe „Wichtig" und „Unwichtig" hatten für Klaus eine offensichtlich andere, von der allgemeinen Wahrnehmung losgelöste Bedeutung. „Normale" Gespräche mit ihm endeten so regelmäßig im Nirwana. Er verlor dann schnell den Faden und vergaß sogar, um welches Thema es gerade ging. Manchmal antwortete er auf eine deutliche gestellte Frage nicht, weil er sie tatsächlich nicht gehört hatte. Ein anderes Mal wiederholte er eine Frage mehrfach, weil er sich nicht mehr an die Antwort erinnerte, oder er gab dem Gespräch eine plötzliche Wendung, die wohl nur für ihn selbst logisch erschien, der jedoch niemand sonst folgen konnte. Kurzum wirkte Klaus bei Themen von allgemeinem Interesse nach kurzer Zeit meist vollkommen abwesend.

Klara, die ältere Dame aus der Nachbarschaft, war schon fast so etwas wie ein Familienmitglied. Sie sah das so und auch Klaus hatte durchaus nichts gegen diese Einordnung. Sie erzählte oft hinreißende Geschichten aus ihrem langen Leben. Mit über achtzig Jahren betrieb sie noch aktiv Sport beim Turnen und Wandern. Sogar Kletterhallen besuchte sie gelegentlich. Sie hatte weder Kinder noch sonstige Verwandte und wirkte sichtlich glücklich über die gelegentlichen Einladungen. Klaus bedauerte, ihren Mann erst kurz vor dessen Tod kennengelernt zu haben. Er begleitete sie ins Wohnzimmer an den gedeckten Frühstückstisch, reichte ihr den Brotkorb und begann dann selbst, sich eine Scheibe zu belegen. Neben seiner Frau war er schon seit dem frühen Morgen mit den Vorbereitungen beschäftigt gewesen und wirklich hungrig. Martha war noch in der Küche mit weiteren Arbeiten beschäftigt.

Innerhalb der nächsten Stunde trudelten dann die anderen Gäste nach und nach ein, begrüßt von Martha oder Klaus. Wie üblich verfolgte er das eine oder andere Gespräch nur anfangs mehr oder weniger aufmerksam, um dann schnell das Interesse zu verlieren. Schließlich verschwand er für fast eine Stunde im Keller in seinem Arbeitszimmer, nur um für einige Zeit alleine sein zu können, zu lesen, nachzudenken, Ideen niederzuschreiben, die ihm durch den Kopf gegangen waren, während ein Gespräch gerade dahinplätscherte. Dass er eigentlich die Hauptperson der Gesellschaft war, hatte er schon vergessen.

Neben anderen Hobbys beschäftigten Klaus schon seit langer Zeit Fragen nach dem Ursprung von Intelligenz, von Bewusstsein aus einem naturwissenschaftlichen Blickwinkel. Da er anfangs keinerlei zufriedenstellende, modellhafte Ansätze vorfand, hatte er vor fast zwanzig Jahren eine private Grundlagenforschung begonnen, die er mal mehr, mal weniger intensiv betrieb und zeitweise auch ganz aussetzte. Dabei war er im Laufe der Zeit auf faszinierende Beziehungen zwischen Quantenmechanik, Relativitätstheorie und den Charakteristika intelligenten Handelns und Entscheidens gestoßen, zu denen es in der Literatur bestenfalls vage Andeutungen gab. Klaus hatte ein Modell entwickelt, dass sich trotz seiner mathematischen Ausbildung schnell einer grundlegenden Analyse und Beweisführung entzog. Obwohl er deshalb nicht genau verstand warum, funktionierte es hervorragend in seiner Computersimulation, die er immer wieder erweiterte und verbesserte. Klaus träumte davon, eine echte, selbständige Intelligenz zu erschaffen. Manchmal stellte er sich vor, wie diese sich danach im weltweiten Computernetzwerk entfalten, es kontrollieren, Ordnung schaffen und so vorhandene Missstände und Fehlentwicklungen in der realen Welt korrigieren würde. Er verstand darunter nicht diesen unzulänglichen Abklatsch von Systemen und Forschungsvorhaben, die sich hinter dem Begriff „Künstliche Intelligenz" - kurz KI – versammelt hatten. Das alles hatte mit echter Intelligenz nichts zu tun. Das waren bestenfalls sehr komplexe Computerprogramme, deren Leistungen intelligent aussahen, aber zu keinerlei echter Kreativität imstande waren. Sie verknüpften nur vorhandenes Wissen immer wieder aufs Neue, stellten Verbindungen her, recherchierten ungeheuer schnell in ungeheuer vielen und ungeheuer großen Datenbanken, formulierten um und kneteten alles so lange durch, bis es als etwas kreativ Neues erschien. Aber im Grunde war das alles von Irgendwem vorausgedacht, berechenbar, und bei gleicher Datenlage beliebig wiederholbar. Echte Intelligenz konnte Überraschendes hervorbringen. Echte Kreativität war immer überraschend, nicht wiederholbar und schon gar nicht berechenbar.

Allerdings, musste er sich eingestehen, waren das Verhalten der meisten Menschen genauso voraussehbar wie das einer Maschine. Und natürlich war auch so etwas enorm wichtig. Als Albert Einstein seine Relativitätstheorie als wirklich kreative Meisterleistung geschrieben hatte, war es unbedingt notwendig und wertvoll, die Schlussfolgerungen zu ziehen, die Verknüpfungen zu anderen bekannten Tatsachen herzustellen und immer wieder neu die Grenzen der neuen Theorie auszuloten. So etwas war durchaus berechenbar. Aber keines dieser modernen KI-Programme wäre auch nur ansatzweise in der Lage, so etwas wie die Relativitätstheorie zu finden, oder die Grundgleichungen der Quantenmechanik, oder die Gesetze der Gravitation. Nichts davon ließ sich direkt aus den jeweils bis dahin bekannten Theorien herleiten. Dazu bedurfte es eines Einstein, eines Heisenberg, eines Newton. Für die Verifizierung und Erweiterung solcher Einzelleistungen aber konnte man heutzutage durchaus – zumindest teilweise – Computer heranziehen. Jeder wirklich kreative Geistesblitz, der vielleicht von einem Wissenschaftler in wenigen Wochen niedergeschrieben wurde, zog Jahre und Jahrzehnte solch systematischer Forschung nach sich.

Kreativität dagegen war immer etwas Plötzliches, Unvorhergesehenes, das sich nicht durch systematisches Vorgehen aus vorhandenem Wissen ableiten ließ. Klaus träumte genau davon, eine echte Intelligenz mit echter Kreativität zu erschaffen und tief in seinem Innern hörte er ein schwaches Echo seiner eigenen früheren Gedanken: „Gott stehe uns bei, wenn es jemandem gelingen sollte".

Erst Marthas aufgebrachter Anruf über die Haustelefonanlage riss ihn aus seinen Gedanken. „Klaus, was machst du denn schon wieder!?" Die Frage war rein rhetorischer Art und verlangte keine Antwort. „Kommst du bitte sofort hoch! Die Gäste wundern sich schon. Und überleg' dir schon mal eine glaubhafte Ausrede." Natürlich war seine Abwesenheit aufgefallen und ein Gast hatte gefragt, ob ihm nicht gut sei. Martha war durchaus nicht erfreut über Klaus' Verhalten, obwohl sie das zur Genüge kannte. Er konnte ihr den Vorwurf nicht verdenken und erinnerte sich wieder an seine Pflichten als Gastgeber.

Unauffällig, wie er glaubte, setzte er sich auf einen freien Platz am Tisch. Er hörte kurz den gerade laufenden Gesprächen zu und griff dann in eine ihm interessant erscheinende Diskussion ein. Volkmar, ein pensionierter Lehrer, dozierte gerade über das Topthema der letzten Wochen, dass in keiner Nachrichtensendung und keiner Talkrunde fehlte. „Diese kosmischen Geschosse sind latent gefährlich. Leider halten sich viele nicht in der Umlaufbahn weit draußen, im Asteroidengürtel zwischen Mars und Jupiter. Da sind sie weit genug weg von uns. Asteroiden vom Typ Aten folgen anderen Umlaufbahnen, die weit in den inneren Bereich der Planeten vordringen. Manchmal katapultiert auch die gewaltige Gravitation des Riesenplaneten Jupiter den einen oder anderen Himmelkörper dort aus seiner regelmäßigen Bahn. Sie können tatsächlich im Verlauf ihres Sonnenumlaufs auch der Erde gefährlich nahe kommen.

Sie sind als Erdbahnkreuzer bekannt, andere sogar als Merkur und Venusbahnkreuzer, und kommen damit sogar der Sonne gefährlich nahe – gefährlich in dem Fall aber nur für den Asteroiden. Die Sonne würde einen solchen Einschlag kaum bemerken, nicht einmal wenn eine ganze Erde sie treffen würde. Aber für die Erde ist die Gefahr eines Einschlags durchaus real und leider nicht aus der Luft gegriffen. Schon die Saurier sind vermutlich durch einen solchen Einschlag ausgestorben und der Menschheit würde es kaum besser ergehen." Und dann beschrieb er blumig die apokalyptischen Auswirkungen eines Treffers durch einen Körper mit mehr als zehn Kilometern Durchmesser, erzählte in den grellsten Farben von verdampfenden Meeren, geschmolzenen Kontinenten, glühendem Regen aus flüssigem Gestein und Lufttemperaturen von mehr als vierhundert Grad Celsius, die kein größeres lebendes Wesen überstehen würde. Die Zuhörer schauderten bei dem Gedanken.

Natürlich ging es dabei um die seit einigen Monaten öffentlich hochgespielte Bedrohung durch einen Aten-Asteroiden. Politik und die Berichterstattung in den Medien ließen keinen Zweifel daran, dass dieser Himmelskörper die Erde in den nächsten beiden Jahrzehnten treffen würde mit apokalyptischen Auswirkungen. Volkmar zeigte sich vollkommen überzeugt, dass die Gefahr bestand und man sie abwenden könne. „Die Menschheit muss jetzt einfach zusammenhalten und konsequent das tun, was nötig ist. Geld darf da keine Rolle spielen. Notfalls müssen alle Volkswirtschaften der Erde auf dieses eine Ziel hinarbeiten und ihm alle verfügbaren Mittel unterordnen. Dann können wir es durchaus schaffen und den Asteroiden zerstören, bevor er die Erde erreicht. Aber wenn wir uns nicht einig sind, ist unser Untergang unabwendbar." Natürlich erntete er allgemeine Zustimmung bei seinen Zuhörern. Wer auch hätte es wagen können, solch überzeugenden Argumenten die Gefolgschaft zu verweigern.

Klara blieb trotzdem skeptisch „Sind denn die Fakten wirklich gesichert? Ich habe von anderen Leuten gehört, dass es durchaus Zweifel an dem Szenario gibt." Auch Karl-Udo, wegen seiner verschlissenen Gelenke Frührentner und früher Zimmermann, sah skeptisch drein, wagte aber keinen Einwand, weil ihm einfach die Detailkenntnis fehlte. Marlene, Buchhalterin in Altersteilzeit, guckte unschlüssig. Im Gegensatz dazu stand Uwe, ein ehemaliger Richter, uneingeschränkt auf der Seite des Vortragenden und wies Klara auf die besondere Lage hin „In diesem Fall habe ich keine Zweifel, dass es sich um einen nationalen, oder besser gesagt sogar weltweiten Notstand handelt, für den andere Regeln gelten. Unser Grundgesetz erlaubt es in einem solchen Fall schon jetzt, einige der bürgerlichen Grundrechte einzuschränken. Außerdem gibt es mit dem §109 StGB den Tatbestand der *Straftaten gegen die Landesverteidigung* – früher einmal *Wehrkraftzersetzung* genannt – , die von jedem Staat vor allem im Kriegs- und Krisenfall unter besonders harte Strafen gestellt werden. Auch nach geltendem Recht sind drastische Zwangsmaßnahmen möglich und meiner Ansicht nach sogar geboten."

Klaras unerwarteter Einwand und die Unterstützung durch Uwe brachten Volkmar richtig in Fahrt „Leider ist daran kein vernünftiger Zweifel möglich. Chaoten und Besserwisser hat es schon immer gegeben. Ich halte deren Störmanöver in diesem Fall für verantwortungslos. Wissenschaftlich sind alle Fakten gesichert und ausnahmslos alle namhaften Wissenschaftler sind sich einig darin, dass ohne Gegenmaßnahmen die Katastrophe unweigerlich eintritt. Jetzt noch Zweifel zu säen und damit die notwendigen Maßnahmen zu verzögern ist wirklich unverantwortlich. Die Kritiker haben keine wirklichen Argumente und glücklicherweise berücksichtigt die seriöse Presse die auch nicht. Alle verantwortungsvollen Politiker ziehen hier vernünftigerweise an einem Strang." „Bist du denn denn auch der Meinung, man sollte andersdenkende Wissenschaftler mit Berufsverboten belegen oder Zweifler einsperren? Irgendein kanadischer Politiker hatte so was – glaube ich – letzte Woche noch gefordert. Und irgendein Professor in Australien hatte, soweit ich mich erinnere, sogar die Todesstrafe erwogen, weil Kritiker Milliarden Menschenleben gefährden würden." beharrte Klara. „Soweit würde ich vielleicht nicht gehen und die Kritiker können auch keine seriösen Wissenschaftler sein. Aber verstehen kann ich schon, dass organisierte Bremser und fremdgesteuerte Zweifler, die die notwendigen Maßnahmen verzögern oder gar aus eigennützigen Motiven heraus verhindern wollen, in dieser schicksalhaften Situation bekämpft werden müssen."

Das entsprach der öffentlichen Diskussion zu dem Thema. Jedes denkbare Opfer der Gemeinschaft war daher zweifelsfrei zu akzeptieren, wenn es der Gefahrenabwehr diente. Filmische Machwerke dazu, teilweise sogar aus öffentlichen Mitteln finanziert, geisterten seit Monaten durch die Massenmedien um die Hysterie zu befeuern. Bedeutende Geldströme wurden bereits umgeleitet in einschlägige Forschungsvorhaben, in Raumfahrt- und Rüstungsprojekte, um der unausweichlichen Gefahr zu begegnen. Der weit überwiegende Teil der Bevölkerung stand hinter den damit verbundenen Entscheidungen und Einschnitten. Wissenschaftler, die sich der Kampagne entgegenstellten und eine tatsächliche Kollision für extrem unwahrscheinlich hielten, wurden medial als Scharlatane, Dilettanten, gewissenlose, bezahlte Schönredner gebrandmarkt und mussten um ihre Karriere fürchten.

Hier konnte Klaus sich nicht mehr zurückhalten. Ohnehin war er immer skeptisch, wenn es um Mehrheitsmeinungen ging. War nicht auch im Mittelalter eine Mehrheit der Bevölkerung mit den Inquisitoren einer Meinung gewesen, dass Missernten, Kälte, Hagel und die damals ungünstige Klimaentwicklung insgesamt von Hexen verursacht wurde und somit deren Denunziation, Folterung und Verbrennung gerechtfertigt sei? Oder gab es bei den Maja etwa eine nennenswerte Opposition, die die Wirksamkeit von Menschenopfern gegen den von den Göttern herbeigeführten Klimawandel in Zweifel zog? Wo alle einer Meinung sind, wurde meistens gelogen. Dann ging es nicht mehr um die Sache oder die besseren Argumente. Dann ging es um Macht, Machterhalt, darum, Recht zu behalten und letztlich um viel Geld. Deshalb neigte Klaus zu Fundamentalopposition und genoss die Rolle des Advocatus Diaboli. Ein allgemeiner Konsens ging ihm schon aus Prinzip gründlich gegen den Strich. Er hatte auch kein Problem damit, eine Meinung, die er gestern noch vehement verteidigt hatte, heute in Frage zu stellen oder ihr genaues Gegenteil zu vertreten. Schließlich hatte fast jede Position ihre Berechtigung. Es war meist eine Frage der Auswahl der Fakten, die man zugrunde legte und welche man unbeachtet ließ, die dann beinahe zwingend die eine oder die andere Wahrheit als die einzig richtige erscheinen ließ. Deshalb war eine allgemein anerkannte Wahrheit immer auch eine Frage der Macht über die bekannte Faktenlage.

So war es nur natürlich, dass er jetzt seiner Nachbarin zur Seite sprang. „Volkmar, du bist doch Lehrer. Da solltest du doch auch etwas vom Wesen der Wissenschaft verstehen. Schließlich hast du doch unter anderem Physik unterrichtet." Schon diese Einleitung war pure Provokation. Für Volkmar kam der Angriff aus heiterem Himmel und er spürte unerwartet einen scharfen Gegenwind heraufziehen. „Worauf willst du hinaus?" fragte er vorsichtig. „Zweifel gehören fundamental zum Wesen der Wissenschaft. Du erinnerst dich vielleicht an den zu seiner Zeit äußerst einflussreichen Physiker Maxwell, der Ende des neunzehnten Jahrhunderts schon verkündete, alle Geheimnisse der Physik seien geklärt und folgende Generationen von Wissenschaftlern würden sich wohl nur noch um die immer genauere Bestimmung der physikalischen Konstanten seiner Theorie beschäftigen. Damit erklärte er den physikalischen Diskurs im Kern für beendet. Das sich das als wirklich großer Irrtum der damals etablierten Wissenschaft herausgestellt hat, wissen wir ja. Er fand eine durchaus große und namhafte Anhängerschaft darin. Vermutlich entsprach das damals der Mehrheitsmeinung. Die Wirkung hätte fatal sein können. Hätten Leute wie Einstein oder Heisenberg sich dem von berufener Stelle ausgesprochenen Denkverbot untergeordnet, gäbe es heute weder Raumfahrt noch GPS." „Ja – und?" Die vorangegangene Kränkung hatte Volkmar noch nicht vergessen und seine Erwiderung fiel lauter aus, als er eigentlich beabsichtigte „Hier geht es aber um die Zukunft der Menschheit und Zweifel gefährden letztlich Milliarden Menschenleben. Das ist nicht vergleichbar. Was hat das eine mit dem anderen zu tun?" Auch Klaus kam langsam in Fahrt. „Ich will auf folgendes hinaus: Mit Wissenschaft hat die ganze öffentliche Diskussion nicht mehr das Geringste zu tun. Rede- und Denkverbote haben darin keinen Platz und verhindern jeden Fortschritt. Wissenschaft kann nur leben und überleben, indem sie alles jederzeit in Zweifel zieht, ständig neu bewertet und Modelle immer wieder wertfrei an der Wirklichkeit misst. Den angeblichen Konsens aller Wissenschaftler kann es gar nicht geben."

Volkmar unterdrückte nur noch mit Mühe seine aufkeimende Aggressivität. Er fühlte sich wie jemand, der noch sicher auf einem

Seil steht und sieht, wie ein Zuschauer unter ihm beginnt, vollreife Tomaten auszupacken, während alle anderen noch applaudieren. „Ich verstehe immer noch nicht ganz, worauf du hinauswillst. Es geht um Menschenleben und die zu retten muss jedes Mittel recht sein. Wer hier notwendige Maßnahmen verhindert, macht sich letztlich des Massenmords schuldig." Auch Klaus wurde nun lauter. Alle Gäste verfolgten inzwischen den heißblütigen Disput. „Du hast behauptet, es gebe einen Konsens der Wissenschaft in der Sache und ich habe dir dargelegt, dass es den nicht geben kann. Woher kommen also die Berichte, die das Gegenteil behaupten? Wer sind denn die Zensoren, die nur noch eine Meinung als zulässig verordnen, wenn es offenbar nicht die Wissenschaftler in ihrer Gesamtheit sind? Ich will nur festhalten, dass der angebliche wissenschaftliche Konsens eine Illusion ist und von Politikern verordnet wurde. Hier geht es nicht darum, ob die Entscheidungen richtig oder falsch sind. Es geht darum, dass diese Entscheidungen ihrer Natur nach politisch sind. Nur Leute ohne jede Ahnung von wissenschaftlicher Arbeit können auf die Idee kommen, den wissenschaftlichen Diskurs in einer Sache für beendet zu erklären. Hier geht es ausschließlich um Politik, mit schon religiösen Zügen. Für mich fühlt sich das ganze Gehabe eher an wie die Vorbereitung auf einen Krieg. Da stirbt bekanntlich auch die Wahrheit zuerst." Wenn er in Fahrt kam, hatte Klaus seine Sprache nur unzureichend unter Kontrolle und schoss mit drastischen Vergleichen gerne einmal über das Ziel hinaus. „Zensur hat nichts wissenschaftliches an sich und hat immer ausschließlich politische oder religiöse Ursachen. Jeder Mensch, der noch bei Verstand ist, sollte sich darüber eigentlich klar sein." Klara und Karl-Udo nickten heftig bei dem Vortrag, Uwe sagte nichts und Martha überlegte, ob sie ihren Mann besser stoppen sollte, um den Frieden in der Runde zu wahren. Volkmar wirkte fast beleidigt und schwieg. Hatte Klaus ihn gerade als Deppen gebrandmarkt und seinen Verstand in Zweifel gezogen?

Für solche Stimmungslagen war Klaus unempfindlich. Er setzte noch nach „Und wie willst du denn den Asteroiden zerstören?" „Ich denke, eine nukleare Sprengung, oder viele davon mit einem dutzend Raketen, würde ihn in Stücke reißen können. Das ist es ja auch, wozu die Experten raten." äußerte Volkmar unsicher. „Als ehemaliger Physiklehrer kennst du doch den Impulserhaltungssatz – solltest du jedenfalls." Klaus wurde allmählich persönlich. „Wenn du das gewaltige Gewicht und die enorme Geschwindigkeit eines zehn Kilometer großen Asteroiden ins Verhältnis setzt zu Gewicht und Geschwindigkeit selbst dutzender Raketen, dann ist doch klar, dass der Himmelkörper durch noch so intensiven Beschuss nicht spürbar von seiner Bahn abzubringen ist. Rechne es einfach einmal selbst durch. Du kriegst das sicher hin. Das Ergebnis dürfte dich überraschen." „Der Impuls der Raketen reicht sicher nicht dazu aus." bestätigte Volkmar zögernd „Aber dann erfolgen ja die gewaltigen Explosionen der riesigen Nuklearsprengköpfe – tonnenschwere Wasserstoffbomben, jede mit der viel tausendfachen Sprengkraft der Hiroshima-Bombe. Die sind ja gerade in ihrer Entwicklung und die Ingenieure melden wöchentlich neue Rekorde." Klaus sah in jetzt fast mitleidig an „Keine noch so starke Explosion verändert den Gesamtimpuls eines solchen weitgehend geschlossenen Systems. Das müsstest du eigentlich wissen." belehrte er Volkmar herablassend. Alle anderen Zuhörer hatten hier längst den Faden verloren und verfolgten nur noch interessiert den Ausgang des Zweikampfes. „Anstatt dass uns dann ein Brocken von zehn Kilometern trifft, werden es wohl vielleicht zehn davon mit jeweils mehreren Kilometern Durchmesser sein. Ich kann mir nicht vorstellen, dass das besser wäre. Selbst wenn wir den in zentimetergroße Stücke zerreiben könnten – was extrem unwahrscheinlich wäre –, würden uns viele Milliarden davon treffen, in der Atmosphäre verglühen und die auf viele hundert Grad weltweit aufheizen. Außerdem sind die Modelle, die den Einschlag vorhersagen, extrem ungenau. Keines davon kann den bisherigen Bahnverlauf korrekt wiedergeben. Wie kann man dann zu der Behauptung kommen, dass damit die weitere Entwicklung genau zu prognostizieren ist? Es ist nicht unwahrscheinlich, dass erst unsere Manipulationsversuche den Asteroiden auf Kollisionskurs bringen und er ohne die geplanten Eingriffe die Erde um einige tausend Kilometer verfehlen würde. Vielleicht sollten wir besser versuchen, einige tausend Menschen auf den Mars zu evakuieren, um sie vor dem Aussterben zu bewahren. Das wäre zumindest realisierbar, würde nur einen Bruchteil der Kosten verursachen und stände im Einklang mit der Physik."

Klaus kam noch weiter in Fahrt. Er erinnerte an die gerade erst abflauende Klimahysterie, die sich nur zäh auflöste und immer noch in den Medien und den Köpfen nach schwang. Die letzte Finanzkrise hatte ganze Staaten fast in den Bankrott getrieben und gigantische Subventionsströme vielerorts versiegen lassen. Glücklicherweise weigerten sich danach auch die projizierten Untergangsszenarien einzutreten. Die Klimakatastrophe würde wohl nicht stattfinden. Im Gegenteil häuften sich die Anzeichen dafür, dass die Temperaturen allmählich fielen und auch dieser Klimawandel mit umgekehrtem Vorzeichen war letztlich so wenig zu verhindern wie Erdbeben und Vulkanausbrüche. „Ich bin schon gespannt auf das nächste Katastrophenszenario, dass irgendwelche interessierten Kreise sicher aus dem Hut zaubern, wenn der Asteroid die Erde verfehlt hat. Ich hätte schon einen Vorschlag: Man sollte den gesamten Yellowstone Nationalpark mit einer hundert Meter starken Stahlbetonplatte abdecken. Dabei handelt es sich nämlich um den vermutlich gefährlichsten Supervulkan[1] weltweit. Wenn der ausbricht – und das könnte in der Tat bald geschehen, wenn man den Geologen glaubt –, dann würde das eine weltweite Katastrophe auslösen, einen Jahrzehntelangen globalen Winter mit Ernteausfällen, Hungersnöten und Millionen und Milliarden Toten. Dafür dürfte ja wohl kein Opfer zu groß sein, um das zu verhindern. Allerdings gebe ich zu bedenken, dass die Kräfte eines Ausbruchs die Platte wohl einfach zehn Kilometer hoch katapultieren würden und – wenn es gut läuft – die im Pazifik wieder absetzen, oder – wenn es schlecht

---

[1] Die Explosion eines Supervulkans wird begleitet von Erdbeben und Flutwellen. Wie genau ein Ausbruch verläuft, ist nicht vorhersagbar, da noch nie ein solcher beobachtet wurde. Neben den unmittelbaren Schäden kommt es zu einer globalen Klimakatastrophe, zu einem Vulkanischen Winter, bei welchem die Temperaturen auf der ganzen Welt sinken. Pflanzen und Tiere sterben in der Folge massenhaft und bewirken eine jahrelange Hungersnot. Die Zahl der Opfer dürfte immens sein. In einem Umkreis von 100 km wird jedes Leben durch den Ausbruch sofort vernichtet. Darüber hinaus ist der dann weltweit verteilte Vulkanstaub sehr fein und dringt in jede Spalte. In Verbindung mit Wasser wird er zu einer zementartigen harten Masse, woran eine Unzahl von Lebewesen auch bei genügender Luftaufnahme erstickt, da die Lungen durch das Einatmen des Staubes funktionsunfähig werden. Ohne Atemschutz hat man nur geringe Überlebenschancen. Werden Pflanzen von diesem Staub dicht bedeckt, wird die Photosynthese verhindert, sodass diese Pflanzen sterben. Regen verschlimmert diese Situation noch. Supervulkane waren bei den bekannten Ausbrüchen vermutlich jeweils für ein umfassendes Artensterben verantwortlich. Nach der umstrittenen Toba-Katastrophentheorie wurde die Menschheit auf einige tausend Menschen reduziert, als vor 75.000 Jahren der Toba-Vulkan auf Sumatra ausbrach.

läuft –, fällt die auf Peking oder Los Angeles." Volkmar hatte sich inzwischen abgewandt und suchte unverfänglichere Themen. Klaus dagegen war nicht zu bremsen und verfolgte seinen Faden im verkleinerten Zuhörerkreis weiter.

Er versuchte die Parallelen herauszustellen, die für ihn klar auf der Hand lagen. Er war nachdrücklich der Ansicht, hier handele es sich aktuell wohl eher um eine Kampagne zugunsten bestimmter Industrien und um erfolgreiche Lobby-Arbeit in den Parlamenten. Er zog weitere Parallelen zu früheren Katastrophenszenarien, die Jahrzehnte zurücklagen, erinnerte an die Szenerien vom Waldsterben und dem angeblich folgenden Untergang der Menschheit, an die massenhaft drohende Ausbreitung von Hautkrebs als Folge eines Ozonlochs, an den angeblich unausweichlichen Atomkrieg infolge einer Raketenstationierung, ohne dass seine Argumente wirklich Fuß fassen konnten. Zu radikal widersprachen seine Ansichten dem, was öffentlich verkündet wurde. Bis auf Klara und Karl-Udo sah er nur in ratlose Gesichter, deren Besitzer ihm offenbar nicht glaubten, obwohl eigene Argumente ihnen fehlten.

Schließlich zog er sich aus der Diskussion zurück, akzeptierte schulterzuckend, dass noch so gute Argumente nichts ausrichten konnten gegen den durch breite mediale Kampagnen gesicherten Konsens einer Mehrheit. Mit vermeintlich allen Menschen einig zu sein vermittelte wohl einfach ein zu verführerisch kuscheliges Gefühl. Alles andere wirkte dagegen kalt, herzlos und unbequem. Aber einige seiner Gäste waren nicht mehr ganz so sicher, dass in der öffentlichen Debatte alles mit rechten Dingen zu ging.

Menschen im Allgemeinen waren Klaus ziemlich egal und eigentlich mochte er sie als Spezies auch nicht. Gruppen oder gar menschliche Massen betrachtete Klaus als Bedrohung, keinesfalls als Bereicherung. Einzelne Menschen konnten durchaus intelligente und geistreiche Gesprächspartner sein. Mehrere dieser Art zusammengenommen waren in aller Regel eine dumme Masse, vollkommen auf Nachahmung ausgerichtet, wie Papageien, die nachplappern, was ihnen wieder und wieder vorgetragen wird. Zu tun, zu sagen und zu denken, was alle denken, verachtete Klaus zutiefst, obwohl er durchaus akzeptierte, dass ohne Nachahmung ein vernünftiges Leben, eine funktionierende Gesellschaft gar nicht möglich war. Aber jeden, der seine Gewohnheiten, sein Schubladendenken, sein reflexhaftes Verhalten, seine Autoritäten nicht in Frage stellen konnte oder wollte, empfand er als Zumutung. Es gab keine absoluten Wahrheiten. Jeder Blickwinkel und jede Zeit hatten ihre eigene Wahrheit. Ob ein Gewaltverbrecher als Mörder, Freiheitskämpfer, Aktivist, Extremist, Kriegsverbrecher oder Terrorist bezeichnet wurde, war eine Frage der Perspektive und des Zeitablaufs. Schon diese Erkenntnis stand in krassem Widerspruch zur Auffassung der meisten seiner Zeitgenossen. Danach gab es nur eine zeitlose Wahrheit, die man nur zu finden hatte oder die manch einer schon zu besitzen glaubte – eine absurde Vorstellung.

Klaus verfolgte ohne besonderes Interesse das eine oder andere Gespräch am Tisch. Mittlerweile waren die Frühstücksgedecke abgeräumt und einer „Mitternachtssuppe" gewichen, einem Eintopf aus Rindsgulasch, geschnittenen Mettwürsten, Kartoffeln und verschiedenen Gemüsen. Ein Heftpflaster am linken Zeigefinger wies darauf hin, dass er Martha bei der Zubereitung geholfen hatte. Schließlich setzte Klaus sich mit einem Glas Pils in der Hand neben Martha an das Tischende, brachte sich mit Fragen und Bemerkungen in die gerade laufende Unterhaltung ein. Er war sicher, dass Martha ihn vor den größten Fallen und Peinlichkeiten solch banaler Gespräche bewahren würde. Meist griff sie rechtzeitig ein, wenn ihm ein Name oder die Zahl der Kinder eines Freundes der Familie nicht einfallen wollte oder er eine Frage noch einmal stellte, die kurz zuvor bereits einmal beantwortet wurde. Wer Klaus nicht schon sehr lange kannte, hätte so manches mal eine beginnende Alzheimer Erkrankung bei dem nicht mehr ganz jungen Mann vermutet, wenn diesem partout ein allgemein gebräuchliches Wort nicht einfallen wollte oder er gar eines seiner eigenen Kinder mit dem falschen Namen ansprach. Wer ihn lange genug kannte, der wusste, dass das schon immer so gewesen war. Darin hatte er sich kaum geändert. Schon als Teenager lief er manchmal in der Stadt durch die Menge, zwar mit offenen Augen, deren Wahrnehmung allerdings nur seine Geh-Reflexe steuerte, ohne aber selbst Klassenkameraden oder gar enge Verwandte zu erkennen, die dicht an ihm vorbei oder direkt auf ihn zukamen. Das hatte schon früh zu erheblichen Irritationen geführt. Viele alte Bekannte hielten ihn für arrogant, andere sogar für verrückt. Anfangs war Klaus darüber erschrocken, glaubte sich ändern zu müssen. Inzwischen hatte er sowohl sein Verhalten als auch die Reaktionen darauf als unabänderlich akzeptiert, so wie er das tägliche Wetter zu akzeptieren hatte, ohne es ändern zu können.

Nach dem dritten Pils griff er nun schon lebhafter in den laufenden Gesprächsfluss ein, fragte, stellte fest, änderte die Richtung und schaffte es diesmal, die üblichen Klippen zu umschiffen. Martha musste nicht eingreifen. Trotzdem langweilte ihn diese Übung bald. Irgendwie kannte er die Geschichten bereits, drehten Argumente sich im Kreis, wurden alte Urteile neu gefällt, wurden fremde Schlussfolgerungen ohne jeden eigenen Sachverstand gezogen, und Meinungen zum Besten gegeben, die andere vorher schon formuliert hatten, nur um sich spontane Zustimmung zu sichern. Eine eigene Meinung musste schließlich mühsam entwickelt und verteidigt werden, die Meinung der Mehrheit niemals.

Als ein Gespräch sich wieder einmal um die Ungerechtigkeit der Welt im Allgemeinen und vorgeblich unerträglichen sozialen Unterschieden im Besonderen drehte, startete er einen neuen Versuch, sich einzubringen. „Die Ideologie von der Gleichheit Aller ist doch schon gründlich gescheitert. So gut wie alle kommunistischen Staaten sind schon vor langer Zeit pleite gegangen, weil niemand mehr Lust hatte, zu arbeiten, wenn alle ohnehin das gleiche verdienen." Der unvermittelte Angriff unterbrach die laufende Diskussion für einen kurzen Augenblick. Wieder war es Volkmar, der die Gegenposition einnahm. „Ich bin der Meinung, nicht die Idee des Kommunismus ist gescheitert, sondern die Art seiner Umsetzung. Der Wohlstand der einen wächst immer auf Kosten der Armen. Das ist ja wohl Fakt. Findest du das denn gerecht? Dass du und ich hier in Saus und Braus leben, kann ja nur stattfinden, weil tausende Menschen in den Entwicklungsländern für Hungerlöhne schuften." „Da gebe ich dir durchaus recht und ich bin froh, dass es nicht umgekehrt ist." Soviel Zynismus machte Volkmar sprachlos. Klaus setzte nach: „Absolute Gleichheit tötet jedes lebendige System, auch jede Gesellschaft. Ungleichheit ist kein Makel, sondern Bedingung für das Funktionieren der Natur. Es ist das herausragende

Konstruktionsmerkmal des Universums." Die verständnislosen Blicke hätten ihn davor warnen sollen, diesem Pfad weiter zu folgen. Über diesen Punkt war er allerdings schon hinaus. Schließlich versuchte er, mit einer Parabel seinem Argument doch noch Geltung zu verschaffen. „Es ist doch höchst ungerecht, dass Sonnen und Planeten mit ihrer Gravitation es sich in stabilen Verhältnissen gemütlich machen, während Trillionen Kubikkilometer feinster Staub heimatlos zwischen den Galaxien vagabundieren müssen. Die Natur soll dann doch bitte solche Ungleichheiten unterbinden und nur gleichmäßig verteilte Staubwolken im Universum zulassen, keine Sonnen mehr, keine Planeten, keine anderen Symbole einer ungerechten Verteilung der Ressourcen." Für Klaus gab es kein Halten mehr. Mit beißendem Spott unterstrich er seine Verachtung für die öffentliche Diskussion und jeden, der ihr kritiklos folgte. „Dazu muss man eigentlich nur durch parlamentarischen Mehrheitsbeschluss das Grundübel der Gravitation per Gesetz abschaffen. Schließlich ist es gängige Praxis, dass sich auch Naturgesetze dem politischen Willen unterzuordnen haben." An dieser Stelle trat Martha von hinten an ihn heran und fasste ihn hart an der Schulter „Klaus, entschuldige bitte. Irgend etwas stimmt unten nicht. Ich glaube, da rauscht es – nicht, dass mit dem Wasseranschluss etwas nicht stimmt. Kannst du bitte schnell einmal nachsehen?"

Wirklich niemand hatte verstanden, worauf er mit seinem Vergleich hinauswollte und Volkmar wirkte jetzt nachhaltig verstimmt. Er überlegte, ob er überhaupt noch willkommen war. Klaus nahm ihn offensichtlich nicht für voll und machte sich lustig über seine Ansichten. Das war nicht in Ordnung. Er war kurz davor, die Feier zu verlassen, als Martha neben ihm Platz nahm und sich für ihren Mann entschuldigte.

Klaus war eben Klaus und wohl nicht mehr zu ändern. Für ihn war der Zusammenhang mit dem ursprünglichen Thema naheliegend gewesen. Offenbar war niemand hier fähig, eigenständig zu denken, Bezüge herzustellen und Dinge in Frage zu stellen. Nur Nachplappern, was ohnehin tausendfach in den Medien gesagt wurde, konnten sie. Genau dieses Verhalten war es, das die meisten Menschen lenkte, das sie auf Klaus wie ferngesteuerte Marionetten wirken ließ. Jede ernstliche Unterhaltung, jede Diskussion war der

Mühe nicht wert. Marionetten konnte man nicht überzeugen. Es gab nur wenige Menschen, die des eigenständigen Denkens und Schlussfolgerns fähig waren und auch noch gewillt, diesen Aufwand tatsächlich zu treiben.

Am späten Nachmittag verabschiedete Klaus schließlich zusammen mit seiner Frau die letzten beiden Gäste, bedankte sich artig für den Besuch und die Aufmerksamkeiten, Küsschen links, Küsschen rechts, obwohl er körperliche Nähe nur schwer ertrug, und bis demnächst gerne wieder. Das Letztere war durchaus ehrlich gemeint. Tatsächlich freute er sich jedes mal auf solche Treffen, die Martha mehrmals im Jahr aus unterschiedlichen Anlässen organisierte. Irgendwie genoss er die Anwesenheit von Menschen im Haus, auch dann, wenn er sich für einige Minuten irgendwohin zurückzog.

Nachdem das Wohnzimmer aufgeräumt, das Geschirr in der Spülmaschine verstaut war, entspannte er kurz mit Martha bei einem Glas Rotwein. Das Mediencenter hatte er selbst zusammengebaut und eingerichtet, so dass es einen großen Fernseher, dessen Empfangsteil schon lange defekt war, als Bildschirm nutzte. Eigene Fotografien aus vielen Jahrzehnten – Landschaften, Natur, Personen, Urlaubsszenen – wechselten im Minutentakt, untermalt von unterschiedlichsten Musiktiteln bis hin in die 60er Jahre des letzten Jahrhunderts: „Smoke On The Water", „House Of The Rising Sun", „Let It Be", „Who Wants To Live Forever", bis hin zu „Guter alter Balthasar" und „Über den Wolken". Erinnerungen an seine Kindheit, an die vielen gemeinsamen Erlebnisse mit seiner Frau und seinen Kindern, Schulzeit, Studium, Wehrdienst, Beruf zogen in Gedanken vorbei, an Erfolge, Niederlagen, Demütigungen, Siege. Klaus fühlte sich entspannt und wohl in Marthas Armen. Dem ersten Glas Wein folgte ein zweites und ließ ihn in einen entspannten Dämmerzustand hinübergleiten. Er war wieder Kind, stand auf einem zugigen Dachboden vor seinem gerade vom Taschengeld erworbenen Laborstativ. Chlorgas entwich aus einem Reagenzglas und wurde über einen Schlauch in ein Gemisch aus Essigsäure und ein wenig rotem Phosphor geleitet. Fasziniert und neugierig beobachtete er die Reaktion. Es schien zu funktionieren. Dass er dabei auch Chlorgas einatmete, beunruhigte ihn nicht. Mit dem Ergebnis würde er morgen schon die Warze an seinem rechten Ringfinger behandeln. Er erinnerte sich weiter, dass der Finger danach eine Woche lang entzündet und nicht zu gebrauchen war. Aber die Warze war weg und kam nicht wieder. Bombenbasteleien kamen ihm in den Sinn. Mehr als ein halbes Jahrhundert war das her und einzelne Glassplitter hatte er heute noch in den Händen.

Ein aufkeimendes Hochgefühl erhob ihn allmählich über diese Erinnerungen. Aus einer langsam ansteigenden Euphorie, bei der vermutlich auch der genossene Alkohol eine gewisse Rolle spielte, entwickelten seine Gedanken nun wieder einmal ein vollends ungesteuertes Eigenleben. Klaus entglitt langsam in seine Welt, in Visionen weit weg von den Bildern und der Musik, weit weg von der Sitzecke und von Martha. Seine halb geöffneten Augen nahmen die Umgebung nicht mehr wahr, seine Ohren horchten nur noch auf abstrakte Schwingungen in diesem fremden Universum. Fremde Gebilde wirbelten darin langsam umeinander, kommunizierten, änderten Formen und Farben, bildeten komplexe Figuren, die komplexe Entscheidungen trafen. Irgendetwas störte ihn an diesem Bild. Alles war zu eindimensional, zu träge, zu vorhersagbar, zu harmonisch. Die Statik stimmte nicht. Intelligenz und Bewusstsein sollten mit Chaos und immer wieder neu entstehender Ordnung einhergehen, die wieder in Chaos abglitt. Das mühsam erstellte Gebäude war instabil, war in Gefahr in sich zusammenzustürzen – Funkenflug. Plötzlich explodierte etwas in diesem Universum. Ein Funke entwickelte sich, fand Nahrung, gedieh zu einer Flamme, flackernd zuerst, um sich zu einem Brand auszuweiten. Das Feuer huschte über die Gebilde, die wie ein feiner Staub im Raum schwebten, hinterließ Asche und suchte neue Nahrung: Ordnung und Chaos – eine leuchtende Flamme, sich schnell bewegend, aber klar erkennbar im alles verzehrenden Tumult.

Abrupt löste Klaus sich aus Marthas Umarmung und verließ ohne weitere Erklärung den Raum in Richtung Arbeitszimmer. Eigentlich verstand sie nicht, was in solchen Situationen in ihm vorging, versuchte sein Verhalten nicht persönlich zu nehmen und akzeptierte es nur widerstrebend. Vielleicht suchte er ja nur die Toilette auf und würde gleich zurückkommen. Das wäre verständlich gewesen. Aber Klaus verfolgte eine Idee und verbrachte die folgenden Stunden mit seinen Computermodellen. Erst gegen vier Uhr morgens schlich er leise ins Schlafzimmer. Vor Aufregung schlief er lange nicht ein. Er erwachte erst, als Martha bereits das Haus verlassen hatte.

In den folgenden Wochen verbrachte Klaus mit der Überarbeitung seiner Modelle. Frühere Simulationen hatten bei genauer Analyse kleine Abweichungen in den Statistiken ergeben. Dazu hatte er dutzende Prozessorkerne seines Rechner oft tagelang vollständig ausgelastet. Diese Abweichungen hatten dazu geführt, dass er in seine eigentlich recht einfachen Algorithmen Korrekturglieder einbauen musste, die sehr genau zu justieren waren, um die gewünschten Ergebnisse zu produzieren. Das war höchst beunruhigend. Es war ein Makel, der auch anderen Modellen der Natur anhaftete und für berechtigte Skepsis sorgte. So etwas hatte schon Albert Einstein in seiner Feldgleichung der Allgemeinen Relativitätstheorie um den Schlaf gebracht. Seine kosmologische Konstante hatte er vorübergehend als „größte Eselei meines Lebens" wieder aus seiner Theorie verbannt, um später aufgrund neuer Beobachtungen wieder eingeführt zu werden. Spätere Studien hatten dann ergeben, dass man in der Tat diese Größe brauchte und zudem unglaublich genau justieren musste. Auch Einstein selbst hatte vermutlich schon erkannt, dass seine Theorie nicht vollständig war, dass er etwas Grundlegendes offenbar noch übersah. Zeit seines Lebens suchte er vergeblich nach der allumfassenden Theorie, die seine Relativitätstheorie mit der fast gleichzeitig entstandenen und nicht minder erfolgreichen Quantenmechanik versöhnen sollte.

Klaus war klar, dass man jedes noch so absurde Modell mit genügend vielen freien Parametern so justieren konnte, dass es beliebig genau zu den Beobachtungen passte. Aber das war die Kunst eines Ingenieurs und hatte mit echter Wissenschaft nichts zu tun. Jedes grundlegende Modell sollte ohne solchen Firlefanz auskommen. Nur dann konnte es Dinge nicht nur beschreiben, sondern auch erklären. Und Klaus suchte vor allem Erklärungen, warum es ein Universum gab, welchen Sinn seine Existenz hatte und warum es Wesen darin gab, die das alles verstehen wollten. In der Tat beschrieben die beiden widersprüchlichen physikalischen Modelle die Natur jeweils für sich genommen absolut präzise. Aber beide taugten nicht für eine Erklärung, warum das Universum so war und nicht anders.

Der Sonntag begann mit einem wunderschönen Sonnenaufgang. Als Klaus die Vorhänge im Schlafzimmer zurückzog, blieb er einige Minuten am Fenster stehen und bewunderte die Landschaft. Die hohen Buchen und Eichen hinter dem Garten leuchteten in dem rötlichen Licht vor einem makellos blauen Himmel. Martha regte an, in einem bekannten Waldrestaurant zu Mittag zu essen. Das Lokal war wunderschön an einem kleinen Fluss gelegen. Nach dem Frühstück gingen sie los. Die Wanderung durch die Aue überwiegend entlang des Flusslaufs würde etwa zweieinhalb Stunden dauern. Die ersten zehn Minuten schmerzte sein rechter Fuß wieder einmal. Trotz der Einlagen in den schweren Wanderschuhen durchzuckten Stiche alle paar Sekunden seinen Fußballen. Danach fühlte sich das Gehen wieder gut an und die Schmerzen waren wie weggeblasen. Die ersten zwei Kilometer führten durch lichten Laubwald hinunter ins Tal. Auf einer Lichtung rechts des Pfads grasten einige schottische Hochlandrinder auf einer steil abfallenden Grasfläche. Martha fragte, ob denn wohl der zwischen die Bäume gespannte Stacheldraht die muskulösen Tiere wirksam aufhalten könne. Außerdem schien der Zaun – wenn man die Eingrenzung so nennen wollte – an mehreren Stellen schadhaft zu sein. Unten angekommen ging es weiter an der alten Papierfabrik vorbei in weite Auwiesen, die eingerahmt von grünen Berghängen ein immer wieder beeindruckendes Panorama boten. Abgesehen vom Zwitschern der Vögel und dem Rauschen des Windes in den Bäumen herrschte hier normalerweise absolute Ruhe.

Deshalb war das Motorengeräusch eines sich nähernden Geländefahrzeugs schon von weitem zu hören. Der Landwirt hielt bei den beiden Wanderern an. „Haben sie zufällig einige freilaufende Kühe gesehen? Ich suche fünf Hochlandrinder, das sind die mit den langen Hörnern und dem braunen Fell. Die sind vermutlich heute Nacht schon aus der Koppel ausgebrochen und müssten hier irgendwo unterwegs sein." erklärte er. „Leider nicht, und ich bin auch nicht sicher, ob ich denen begegnen möchte. Aber viel Glück bei der Suche." „Sie brauchen keine Angst zu haben. Die Tiere sind harmlos. Die haben mehr Respekt vor ihnen als umgekehrt." Klaus und Martha hegten daran so ihre Zweifel. Der Weg entfernte sich nun vom Fluss, stieg kurz an und führte an einem Berghang entlang durch ein Waldstück. Martha entdeckte eine junge Ringelnatter auf dem Weg, die mit ihrer dunklen Färbung kaum zu sehen war. Auf den ersten Blick hätte man sie für einen besonders dicken Regenwurm halten können. Nur die beiden gelben Flecken seitlich am Kopf identifizierten sie eindeutig als Schlange. Klaus bückte sich, um sie aufzuheben und am Wegrand in Sicherheit zu bringen. Schließlich würde das Geländefahrzeug irgendwann zurückkommen. Als er sie greifen wollte, richtete die kleine Schlange sich drohend auf und gab zischende Geräusche von sich. Erschrocken wich er zurück und beförderte sie schließlich sanft mit dem Fuß zu Seite.

Hinter dem Waldstück erstreckten sich wieder die weiten Wiesen, auf denen wenige Pferde und Rinder grasten. Der Weg querte nach einigen Kilometern den Fluss über eine schmale Holzbrücke. Dahinter verlief der Pfad für einige hundert Meter durch morastiges Gelände. Hinter einer scharfen Biegung stießen sie unvermittelt auf die Ausreißer. Die Überraschung bestand wohl beiderseits und versetzte alle Beteiligten in eine kurze Schreckstarre. „Und was jetzt?" fragte Martha. Klaus war ratlos. Dann nahm er einen Stock auf und fuchtelte unter lauten Rufen damit in der Luft herum. Die beiden vorderen Tiere zuckten erschrocken zurück und senkten dann den Kopf. „Was für eine bekloppte Idee war das denn?" Martha war ernstlich beunruhigt. „Wohin glaubst du, könnten die Kühe denn hier ausweichen. Jetzt hast du sie in die Enge getrieben. Ich hoffe, es ist kein Bulle darunter." Martha hatte natürlich recht. Links begrenzte ein Berghang den Weg vor ihnen, rechts ein Weidezaun. Klaus und Martha hatten großen Respekt von den langen, spitzen, geschwungenen Hörnern der zotteligen Tiere, die bei einer falschen Bewegung leicht einen Menschen durchbohren konnten. Ihr Eigentümer war längst außer Reichweite und ein Telefon hatten sie nicht dabei. Obwohl die Rinder vor ihnen immer noch einen gutmütigen Eindruck hinterließen, beschlossen sie, den Weg zu verlassen, über den Weidezaun zu steigen und sie auf der angrenzenden Wiese zu umgehen. Klaus zerriss seine Jacke am Stacheldraht. „Scheiße!" schimpfte er über seine Ungeschicklichkeit. Seine Gelenke waren einfach schon zu steif für solche Aktionen.

Als sie schließlich das Lokal erreichten war sein Ärger schon wieder verflogen und Hunger und Durst gewichen. Klaus studierte die Speisekarte, verzog sein Gesicht und brummte unverständlich vor sich hin. „Hast du das hier gesehen? Was ist denn ein Paprikaschnitzel? Das Jägerschnitzel steht jedenfalls noch da. Da wird eine ganze Berufsgruppe dem Kannibalismus preisgegeben. Die sollten unbedingt dagegen protestieren und mit Schrotflinten jedes einzelne Lokal aufsuchen." „Bitte ein großes Eifeler Landbier und ein Schnitzel mit südosteuropäischem Migrationshintergrund." verlangte Klaus als der Kellner an den Tisch trat. Als er keine weitere Hilfestellung bekam, dachte er kurz nach, und verstand dann, was sein Gast meinte. „Wissen sie, an mir liegt es sicher nicht. Sie kennen doch diese humorfreien Zeitgenossen mit Jutetasche, selbstgestrickter Mütze und Hanfjacke. Vorletzten Monat hat einer von der Sorte mit einer Anzeige wegen Diskriminierung gedroht. Mein Chef wollte keinen Ärger." Martha bestellte ein Bier und Forelle Müllerin. Das Schnitzel war gut und schmeckte nicht anders als früher. Als Klaus sich dann anschickte, zum Dessert einen Mohrenkopf zu bestellen, reagierte Martha doch etwas ärgerlich. Schon auf dem Rückweg verlor er sich wieder in seiner eigenen Gedankenwelt und trabte schweigsam mit gesenktem Blick neben seiner Frau her.

Klaus war in seinen Überlegungen zum Ursprung von Intelligenz und Bewusstsein bisher vom Bild eines Schwarms – angelehnt an Fisch- oder Vogelschwärme – ausgegangen. Das war es, was seine Phantasie seit Jahren anregte. In dieser Vorstellung war ein Schwarm eine ziemlich genau bestimmte Ansammlung gleichberechtigter Individuen. Jeder Fisch wusste im Wesentlichen, wohin er zu einem bestimmten Zeitpunkt gehörte. Ein solcher Schwarm veränderte sich im Laufe des simulierten Entscheidungsprozess in einigermaßen bestimmbaren Grenzen. Er konnte wachsen und schrumpfen, Fische konnten sich einem Schwarm anschließen oder ihn verlassen, aber alles in relativ bescheidenem Umfang. Alle bisherigen Überlegungen hatten sich an der Vision eines Schwarms ausgerichtet, an der Idee der Schwarmintelligenz, die auch in der offiziellen KI-Forschung seit langem En Vogue war. Fischschwärme reagierten auf Gefahren, von denen die Individuen nichts ahnten. Ein

Gehirn brütete über komplexe Fragestellungen, von denen die Nervenzellen, aus denen es bestand, sicher keinerlei Vorstellung entwickeln konnten.

Insofern folgte Klaus keineswegs naiven Ideen, wie etwa die des Autors eines Buches, dass er vor vielen Jahren einmal gelesen hatte. Dort vereinigten sich kleinere Teilschwärme oder Individuen immer wieder einmal mit dem Hauptschwarm und sollten danach jeweils über dessen gesamtes Wissen verfügen. So etwas war natürlich grober Unfug. Die Intelligenz eines Schwarm lag in den Beziehungen zwischen seinen Individuen, nicht in den Individuen selbst. So verfügte etwa eine Ansammlung von nur hundert Einzelwesen bereits über mehrere tausend unterscheidbare Beziehungen zwischen ihnen, tausend Individuen schon über mehr als eine halbe Million[2]. Da ging es um simple Kommunikation untereinander, direkte Reaktionen auf Nachbarn, Nachahmung, und die unbedingte Notwendigkeit Fehler zu machen. Letzteres hatte ihn anfangs überrascht. Biologische Studien und Simulationen hatten eindeutig belegt, dass etwa ein Fischschwarm nicht lange überlebt, wenn die Fische sich immer buchstabengetreu an die augenscheinlich geltenden Regeln hielten[3]. Im Gegenteil ermöglichte erst eine hohe Fehlerrate die Anpassung des Schwarms an unvorhergesehene Ereignisse.

All diese Erkenntnisse waren in sein erstes Modell zu intelligentem Verhalten eingeflossen mit beachtlichem Erfolg. Nur die vorgesehene Fehlerrate schien in den Grenzbereichen ständig zu niedrig zu sein. So trat etwa ein Ereignis, dass theoretisch nur in einem von tausend Fällen vorkommen sollte, tatsächlich im Schnitt zweimal auf, während die Zahlen bei mittleren Wahrscheinlichkeiten zwischen zehn und neunzig Prozent sehr genau stimmten. In absoluten Zahlen erschien die Abweichung nicht groß, war aber aus grundsätzlichen Überlegungen heraus inakzeptabel. Klaus stellte sich vor, dass eine nach seinem Modell geschaffene Intelligenz sich nach au-

---

2   Eine Gruppe von N Individuen kann bis zu $\frac{1}{2}(N^2 - N)$ Beziehungen untereinander aufbauen und darüber Informationen kodieren. Schon tausend Nervenzellen können danach bis zu 499.500 Beziehungen aufbauen, wie man leicht nachrechnet.

3   Couzin, ID; Krause, J; James, R; Ruxton, GD; Franks, NR, Collective memory and spatial sorting in animal groups, Journal of Theoretical Biology 2002

ßen hin wie ein quantenmechanisches Gebilde verhalten würde, wenn es einer Messung unterworfen wurde. Deshalb mussten die Statistiken wirklich exakt dem physikalischen Vorbild folgen. Sein System würde nach diesen Regeln eine Entscheidung unter einer gegebenen Anzahl von Alternativen treffen, so wie im einfachsten Fall ein Elektron sich während einer Messung für eine von zwei möglichen Ausrichtungen seines Spins entscheidet. Die Zeit dazu war eigentlich irrelevant. Vielleicht würden nur Nanosekunden vergehen, vielleicht Tage, Jahre oder Jahrhunderte. Währenddessen würde im Innern ein ganzes Universum aus reiner Logik geboren, sich explosionsartig ausdehnen, unendliche Vielfalt entwickeln, wieder schrumpfen, sich wieder ausdehnen und vielleicht irgendwann sterben, wenn es keine Herausforderungen mehr gab, alle Ziele erreicht und alle Fragen beantwortet waren.

Das neue Bild einer Flamme änderte seine Auffassung der ablaufenden Prozesse nun radikal. Im Vergleich zu einem Schwarm hatte ein Feuer etwas ungleich Chaotischeres an sich und war noch ungleich schwerer zu verstehen. Ein Flamme konnte durchaus eine feste Gestalt haben, ähnlich einem Schwarm. Allerdings war sie gekennzeichnet durch einen ständigen Durchsatz von Material, nicht etwa durch eine bestimmbare Gruppe von Individuen, die ihr angehörten. Eine Flamme würde ständig neue Nahrung benötigen, die zugehörigen Teilchen mussten ständig ausgetauscht werden. Es war nicht einmal eindeutig abzugrenzen, welche Teilchen denn gerade zu dieser Flamme gehörten und welche nicht. Eine Flamme war eigentlich eher ein Vorgang, als etwas Materielles. Es gab keinerlei scharfe Grenzen mehr – eine echte Herausforderung sowohl für die formale Modellierung, als auch für die notwendige Computersimulation. Klaus erinnerte sich, dass das Bild einer Flamme schon in sehr alten Schriften als Modell für das Leben benutzt wurde. Selbst der menschliche Körper tauschte im Laufe der Zeit fast alle Materie seiner Zellen mehrfach aus, so dass der Teenager tatsächlich aus ganz anderen Atomen bestand, als der selbe gereifte Mensch. Trotzdem behielt der Mensch dabei im Großen und Ganzen seine Form, blieb als solcher erkennbar.

Es dauerte Monate, bis Klaus endlich sicher sein konnte, dass dieser Ansatz tatsächlich taugte und genau die Statistiken erzeugte, die er brauchte. In der Tat erübrigte sich nun jede Feinjustage des Prozesses. Er funktionierte einfach aus sich heraus, auf eine frappierend natürliche Weise. An einen mathematischen Beweis dafür war nicht zu denken. Dazu waren die ablaufenden Vorgänge zu komplex und Klaus verstand eigentlich noch weniger, weshalb das alles so zuverlässig funktionierte. Ganz am Anfang seiner Forschungen war er analytisch an das Problem herangegangen, indem er grundsätzliche Anforderungen an einen solchen Zufallsprozess, wie er ihm vorschwebte, formulierte. Das Ergebnis hatte ihn vorübergehend entmutigt. Es schien danach fast ausgeschlossen, einen solchen Prozess zu konstruieren, ein Ding der Unmöglichkeit. Trotzdem hatte er danach weitergeforscht. Er hatte sich dem Problem dann auf eine sehr intuitive Weise genähert und das scheinbar Unmögliche doch noch zustande gebracht. Jetzt akzeptierte er einfach die eindeutige Sprache der Statistiken.

Wieso war er eigentlich nicht früher auf das Bild der Flamme gekommen? Er ärgerte sich oft über seine eigene Beschränktheit. Sein Verstand sollte doch viel präziser arbeiten. Trotzdem übersah er immer wieder etwas Wesentliches und verlor zu viel Zeit, wie er glaubte. Ihm fehlte ein Sparringspartner, mit dem er sich über seine Ideen austauschen, der ihm kritische Fragen stellen konnte. Vielleicht hatte er sich doch unbewusst von fremden Meinungen leiten lassen, oder er hatte unterschwellig die Schwierigkeiten eines solchen Ansatzes gefürchtet. Inzwischen war er von seiner Richtigkeit überzeugt. Nur so konnte es sein. Bewusstsein und Intelligenz waren natürlich nichts Materielles wie ein Haus. Der Vergleich gefiel ihm. Niemand würde einem Gebäude solche Eigenschaften unterstellen. Trotzdem gab es auf einer abstrakten Ebene Parallelen. Die Intelligenz steckte natürlich nicht im Haus, sondern im Vorgang seiner Planung, der Konstruktion und dem Vorgang des Bauens. Mit der Vollendung des Hauses starb dieser Vorgang. Das Gebäude selbst blieb als tote Erinnerung daran bestehen. Vielleicht war ja alles Materielle, auch ein biologischer Körper, nichts anderes als tote Erinnerung, sobald es vollendet war. Im Idealfall war ja auch ein Haus niemals wirklich fertig Immerzu wurde an- und ausgebaut, verändert und solange lebte auch der Vorgang, lebte quasi das Haus stellvertretend für den intelligenten Prozess, der es gestaltete. Vielleicht würden ja ferne Beobachter aus dem All tatsächlich einmal nur die Gebäude wahrnehmen, ihr Wachsen, ihre sorgfältig geplanten und zielgerichteten Veränderungen und irrtümlich eine Intelligenz und ein Bewusstsein darin vermuten. Und vielleicht war die Unterstellung, ein biologischer Körper enthielte solche Eigenschaften, genauso irreführend und sachlich falsch.

Nach weiteren Monaten der Arbeit an der neuen Computersimulation stellte sich heraus, dass es zur Abarbeitung weit mehr Rechenleistung benötigte als ihm zur Verfügung stand. Sein Feuer brauchte Nahrung, unglaubliche Mengen an abstrakter Nahrung aus kleinen unscheinbaren Datenstrukturen, die er sich immer als kleine bunte Würfel vorstellte, weil sie ähnliche Symmetrien aufwiesen. Seine Würfel würde er auf sehr viel mehr Prozessoren in einem Netzwerk verteilen müssen. Damit kam eine zentrale Steuerung des dem Modell zugrundeliegenden Entscheidungsprozesses nicht mehr in Frage. Die Würfel mussten selbständig laufen lernen, nicht nur passive Datenstrukturen sein, sondern zu kleinen aktiven Programmen werden. Die damit verbundenen Probleme waren immens. Er zog in Betracht, das Projekt an dieser Stelle abzubrechen, soweit er an eine tatsächliche Umsetzung gedacht hatte. Vielleicht würde er sich nur noch theoretisch mit den Schlussfolgerungen aus dem erfolgversprechenden Ansatz beschäftigen.

Für einige Wochen widmete Klaus sich wieder mehr den alltäglichen Aufgaben in Haus und Garten, reparierte den betagten Rasentraktor, der beim letzten Schnitt im Spätherbst seinen Dienst eingestellt hatte, wechselte einen tropfenden Duschkopf aus und begann mit dem Aufräumen seiner Garage. Martha konnte es kaum glauben und überlegte, ob sie sich Sorgen seinetwegen machen müsse. Der letzte Schnee war auch in der Eifel längst geschmolzen und seine Enkel freuten sich auf die Suche nach Ostereiern im Garten bei dann hoffentlich trockenem und warmem Wetter. Martha war recht froh, ihren Mann nun wieder häufiger zu sehen. Sie hatte ihm in den letzten Wochen zunehmend Vorwürfe gemacht, sie selbst und die Kontaktpflege zu Freunden, ihren gemeinsamen Kindern und Enkeln zu vernachlässigen.

Am Ostersonntag waren beide früh auf den Beinen. „Wo hast

du denn die Ostersachen hin geräumt?" fragte Klaus, während er sehnsüchtig nach draußen sah. Der Tag versprach sonnig zu werden. Obwohl am Morgen noch Raureif auf dem Gras lag, sollte gegen Mittag die achtzehn Grad Marke überschritten werden. „Sieh doch mal im Vorratsraum nach. Ich meine, sie noch letzte Woche da auf dem Boden in einer Kiste gesehen zu haben." Als Martha keine Anstalten machte, selbst in den Keller zu gehen, schlurfte er brummend die Treppe hinunter. „Wo soll die denn stehen?" „Du hast doch Augen im Kopf!" Die Kiste im Arm tauschte er an der Terrassentüre die Haus- gegen ein Paar grüne Gartenschuhe und ging vor die Türe. Einige kleine Kothaufen erinnerten ihn daran, dass schon verschiedene Tiere nachts und am frühen Morgen hier unterwegs gewesen waren. Klaus versteckte einige bunte Eier, Schokoladenosterhasen und andere Süßigkeiten im Garten, während er vernehmlich eine Melodie vor sich hin pfiff. Den leeren Karton faltete er zusammen und steckte ihn zum Altpapier. Zwei seiner Enkel würden am Vormittag noch mit ihren Eltern zu Besuch kommen. Bis dahin würden Katzen, Mäuse oder Marder die Süßigkeiten wohl nicht finden und unangetastet lassen. Klaus und Martha freuten sich schon auf die erwartungsvoll leuchtenden Augen der beiden Kinder.

„Hallo Opa!" Seine Enkelin stürmte mit ausgebreiteten Armen ins Haus und auf Klaus zu, in der Erwartung hochgehoben und umhergewirbelt zu werden. Eigentlich war sie schon aus dem Alter heraus, aber Klaus erfüllte ihre Erwartung nur zu gern. Ihr Brüderchen blieb ebenso erwartungsvoll in der Türe stehen und folgte dann dem Beispiel seiner großen Schwester. Das waren zweifelsohne solche Momente, für die alleine es sich schon lohnte zu leben. Tochter und Schwiegersohn mussten wohl oder übel solange vor der Türe warten. „Frohe Ostern und alles Gute" „Ja, ebenso, Frohe Festtage auch euch". Die Kleinen waren währenddessen nicht zu halten und stürmten über die Terrasse in den Garten. Der Streit war vorprogrammiert, da die Älteste üblicherweise weit erfolgreicher beim Suchen war als ihr Bruder. „Du hast schon ein rotes Ei, das ist jetzt meins." „Ich hab's aber gefunden. Such doch selbst." Über die Verteilung würden sie noch reden müssen.

Klaus begann wieder zu lesen, tagsüber und abends auf der Couch, während Martha Musik hörte, oder Filme ansah. Klaus mochte durchaus den einen oder anderen Krimi mit Lokalkolorit, interessierte sich aber eher für fantasievolle Kurzgeschichten aus dem SF-Genre oder auch Fantasy mit Bezug zur nordischen Sagenwelt. Als Schüler hatte er sich noch für Perry Rhodan begeistern können, als Student dann die SF-Sammlung mit Kurzgeschichten von Isaac Asimov verschlungen. Für Lesestoff der letzteren Art interessierte sich Martha eher wenig und so fragte sie bald nicht mehr nach, wenn Klaus sein Buch aufklappte und mit wenigen Berührungen des Bildschirms die letzte Leseposition aufrief. Sicher wäre Martha verwundert oder gar beunruhigt gewesen, hätte sie gewusst, dass keineswegs nur ein spannender Krimi ihren Mann so fesselte. Tatsächlich recherchierte er immer intensiver zu Fragen, die ihm während der unterhaltsamen Lektüre durch den Kopf gingen.

Martha schmiegte sich an ihren Klaus und warf einen Blick auf das Buch in seiner Hand. „Was liest du denn da?" wunderte sie sich. „Mir ist da nur etwas eingefallen, was ich gerne einmal nachlesen will. Es gibt da ein neues Exploit-Kit, mit dem man die Ethernet-Ports von Highend-Servern monitoren und in Realtime die Logs downstreamen kann." Martha verstand kein Wort und Klaus hatte wieder seine Ruhe. Ihn interessierten zunehmend Architekturen von Bot-Netzen, Fehler verbreiteter Rechnerkomponenten und deren Exploits, sowie Ablaufmuster bekannter Attacken in Computernetzwerken, deren Aufdeckung und die Gegenmaßnahmen. Begriffe wie Viren, Trojaner, Würmer, Hintertüren regten seine Phantasie an.

Ansonsten nahm das Leben seinen unspektakulären Lauf. Für den Sommer war Urlaub in den Bergen geplant. Neben ihrer Freude an ausgedehnten Wanderungen spielte für Klaus eine entscheidende Rolle, dass dann nicht allzu viele Menschen dort unterwegs waren. Am Meer war das ganz anders. Klaus hasste Massenansammlungen. Schlange stehen im Urlaub oder gar Gedränge waren ihm ein Graus. Deshalb waren Küsten und Seen im Sommer genauso tabu wie Berge im Winter. So freuten beide sich auf Natur, einsame Pfade, abgelegene Bergseen und die totale Erschöpfung am Abend. Klaus beschäftigte sich einige Tage mit Wanderkarten, suchte Rundwege für Wanderungen über sechs bis acht Stunden und speicherte sie vorsorglich auf seinem Navi. Das Anliegen, dass seine Phantasie wieder besonders beschäftigte, vergaß er darüber aber keineswegs.

Ihr Ziel war diesmal das Gebiet der Postalm in Österreich, eine Hochebene, die sie vor vielen Jahren schon mit ihren Kindern zusammen besucht und erwandert hatten. Im Winter war das ein stark frequentiertes Skigebiet, während im Sommer nur wenige Leute hier unterwegs waren. Viele große Hotels hatten sogar geschlossen. Klaus hoffte, dass seine Füße den Strapazen noch standhalten würden. Ein Unterkunft für zwei Wochen fanden sie am Wolfgangsee.

Nach einer erholsamen Städtetour im Herbst war dann irgendwann wieder alles beim Alten: Klaus wirkte geistesabwesend, kümmerte sich kaum noch um häusliche Aufgaben, vergaß seinen Zahnarzttermin, den Müll rechtzeitig an die Straße zu stellen, und verschwand täglich für viele Stunden in seinem Arbeitszimmer.

Bei dem, was er nun ernstlich in Betracht zog, musste er auf Geheimhaltung achten. Denn obwohl er nicht beabsichtigte, irgend jemandem Schaden zuzufügen, war das, was ihm durch den Kopf ging, illegal und erforderte durchaus ein gewisses Maß an krimineller Energie. Zunächst einmal stellte Klaus jede offene Recherche ein und nutze ab sofort ein Anonymisierungsnetzwerk zur weiteren Informationsbeschaffung. Das machte das Surfen im Netz etwas langsamer und manch eine Seite verweigerte gar die Zusammenarbeit, weil der Aufruf scheinbar aus dem Iran oder der inneren Mongolei erfolgte. Nach kurzer Zeit wusste er durch vielfachen Versuch und Irrtum was ging und was nicht. Er schuf mehrere Identitäten, die er jeweils mit E-Mail, Internetadresse und fiktiven persönlichen Daten ausstattete und achtete strikt darauf, keine davon jemals mit seiner eigenen echten Netzadresse zu benutzen. Damit bewegte er sich in diversen einschlägigen Blogs, stellte Fragen, kommentierte. Jede einzelne seiner Identitäten schien ein jeweils anderes, harmloses Interesse zu verfolgen. Das erforderte Konzentration und Disziplin. Ein einziger unscheinbarer Fehler konnte die Tarnung nach Jahren noch auffliegen lassen. Klaus hoffte, dass niemand in der Lage sein würde, diese Identitäten jemals zusammenzuführen und womöglich mit seiner Person zu verbinden. Schon der Zugang zu einem Anonymisierungsnetzwerkes konnte ihn für neugierige Augen interessant machen. Davor schützte ihn nur, dass heutzutage sehr viele Leute so etwas schon aus Prinzip nutzten, ohne unlautere Absichten zu hegen. Er durfte einfach keinen Verdacht aufkommen lassen, der irgendjemanden veranlasste, eine seiner Netzpersönlichkeiten genauer zu untersuchen. Auch später mussten seine Aktivitäten absolut unverdächtig erscheinen. Deshalb schieden verschlüsselte Nachrichten von vorne herein aus. Sie hätten Verdacht erregt und zweifellos Aufmerksamkeit auf sich gezogen.

Eigentlich erschien dieser ganze Aufwand beim Stand der Dinge vollkommen überdimensioniert. Seine Pläne waren unausgereift und noch stand überhaupt nicht fest, dass etwas Problematisches geschehen würde. Zu diesem Zeitpunkt war es wieder die Lust am Experiment. Klaus wollte planen, konstruieren, ausprobieren. Es war eine Herausforderungen mit einem unwiderstehlichen eigenen Reiz. Nachdem er seine Geheimhaltungsstrategie erdacht hatte, musste er sie unbedingt umsetzen. Es war ihm eigentlich egal, ob und wozu sie später einmal zu gebrauchen war. Für ihn war es genauso, wie er früher schon elektronische Schaltungen mit fraglichem Nutzen entworfen hatte und dann den unbedingten Drang verspürte, die mit Leiterplatten, Fotolack, Ätzbad und Lötkolben zu realisieren. Auch diesmal würde er die Planung eigenständig vorantreiben und seine Methoden perfektionieren, die Grundsätze seiner Geheimhaltungsstrategie sorgfältig dokumentieren und alle Werkzeuge, die dazu entstehen würden, so archivieren, dass er sie bei Bedarf aus der Schublade ziehen konnte. Bis dahin war noch einiges zu tun. Ein dutzend typische Anwendungsfälle hatte er aufgeschrieben, in denen sich das Resultat im Test noch bewähren musste.

Sollte diesmal sein eigentlicher Plan Realität werden, dann war das Risiko allerdings durchaus real und entsprang nicht nur einer Paranoia. Vor vielen Jahren einmal hatte er einem Freund dabei geholfen, verschlüsselte Nachrichten mit dessen Partnerin in Vietnam auszutauschen. Bereits die vierte dieser E-Mails wurde abgefangen und kam nicht mehr bei der Empfängerin an. Glücklicherweise hatte dies für die Dame dort keine weiteren erkennbaren Konsequenzen. Sollte es also später dennoch einmal nötig sein, geheime Botschaften zu verschicken, dann musste er sie verstecken. Er würde beispielsweise auf unverdächtige Urlaubsbilder zurückgreifen, die er auf ein Fotoportal stellen konnte. Nur Eingeweihte würden darin ein leichtes, kaum wahrnehmbares Bildrauschen wahrnehmen, in dem sich die verschlüsselte Botschaft versteckte. Die Software dazu würde er sicherheitshalber selbst schreiben, sobald ein Bedarf dazu entstand.

Der Winter hatte ausnehmend früh eingesetzt und dauerte lange bis in den April, so dass ohnehin wenig Anreiz bestand, das Haus zu verlassen. Lediglich einige wenige Schlittenfahrten mit seinen Enkeln, die ihn vor allem um die Weihnachtszeit herum mit ihren Eltern besuchten, und die Weihnachtsfeiertage brachten eine willkommene Abwechslung. So folgten wieder Monate, die er mit dem Entwurf einer Anwendungsarchitektur und deren Implementierung zubrachte. Immer wieder Tests, Änderungen, Fehlerkorrekturen und wieder Tests, die mit jeder Iteration aufwändiger wurden, kosteten viel Zeit. Seine Bots waren in der Lage, sich auf einem einzelnen Rechner beliebig zu reproduzieren und untereinander und mit Bots auf anderen Rechnern in Kontakt zu treten. Jede der auszutauschenden Nachrichten wurde mit einem neuen Schlüssel chiffriert, so dass es für jeden Virenscanner schwer sein würde, sie zu entdecken. Zumindest würde das hoffentlich solange funktionieren, wie die Signatur der Bots keinem der gängigen Scanner bekannt war. Für den ersten praxisnahen Test nutzte er die im Hause genutzte Prozessorleistung in Form seines eigenen Hochleistungsrechner, dazu diverser, eigentlich schon ausrangierter Hardware, die er reaktivieren konnte, sowie eigener Tablets und das seiner Frau, eBooks, Smartphones und dergleichen. Alle diese Systeme musste er durch physischen Zugriff auf deren Schnittstellen infizieren, indem er präparierte USB-Sticks oder Speicherkarten anschloss.

Martha bemerkte von dem all dem kaum etwas. „Wieso brauchst du mein Passwort?" wunderte sie sich. „Da sind wieder irgendwelche automatischen Updates gekommen, die auf meinem Rechner Probleme gemacht haben. Ich will nur sicherstellen, dass die bei dir funktionieren und die noch richtig konfigurieren. Sonst musst du dabei stehen bleiben und dich selbst immer wieder anmelden, solange wie ich brauche. Das könnten schlimmstenfalls schon so einige Stunden sein." – das Genügte. „Dann mach aber nichts kaputt!" forderte sie und schrieb ihm ihre Zugangsdaten auf einen Zettel. Die Erstinfektion geschah während ihrer Abwesenheit. Sie wunderte sich ein wenig darüber, dass ihr Mann danach immer wieder Zugang zu ihren Arbeitsgeräten begehrte ohne zu verraten, was er da eigentlich vorhatte. Vielleicht hatte es ja mit den neuerlich auftretenden Problemen zu tun, die sich unterschiedlich äußerten: Fenster gingen nicht auf Anhieb auf, gerade eingegebene Daten verschwanden oder ihr Rechner schaltete plötzlich ab. In Wirklichkeit hatten manche der Vorgänge eben nicht auf Anhieb den gewünschten Erfolg und unerwünschte Nebeneffekte gehabt. Das alles löste Klaus noch in den folgenden Tagen. Danach setzte er sein Werk vollständig in Betrieb.

Die Protokolle zeigten, dass die Bots wie erwartet arbeiteten, sobald sie von außen getriggert wurden, und die Virenscanner schlugen tatsächlich nicht an. Nach außen hin zeigte keines der Systeme starke Auffälligkeiten. Nur mit entsprechenden Werkzeugen hätte man feststellen können, dass die Prozessoren deutlich höher belastet waren als üblich. Allerdings zeigte seine Armbanduhr bei sehr ausdauernder Beobachtung seltene Aussetzer in der Bewegung des Sekundenzeigers. So etwas konnte auch viele andere Ursachen haben und würde später sicher nicht zur Entdeckung der eingeschleusten Fremdkörper führen. Der Beweis der Machbarkeit war damit erfolgreich geführt. Klaus würde die Aktivitäten noch einige Tage überwachen. Danach löschten sich die eingeschleusten Programme einfach selbst ohne Spuren zu hinterlassen, bis auf die Log-Dateien, die er manuell von jedem Gerät abziehen würde.

Die Auswertung der Protokolle zeigten die beabsichtigten Aktivitäten. Jeder Anregung von außen folgte eine Kette selbständig ablaufender Veränderungen, die allerdings schnell erstarben. Das hatte er erwartet. Für ein selbständiges Feuer über längere Zeit fehlte einfach bei Weitem die kritische Masse. Andererseits fand er viele Ungereimtheiten im Ablauf der Prozesse, die er in den folgenden Wochen noch behob. Auch die selbständige Löschung hatte nicht vollständig funktioniert, wie Stichproben in den privaten Systemen zeigten. Aber auch diese Tatsache war leicht zu erklären, da die Bots nur im Zusammenspiel mit einer Anwendung aktiv werden konnten, wie ein Virus eben, das ohne Zelle nur eine tote chemische Verbindung darstellt, wenn auch eine äußerst komplexe. Mit der Zeit würden auch die restlichen Fragmente verschwinden.

„Bitte stell noch den Mülleimer an die Straße" Klaus antwortete nicht. „Klaus, hast du mich gehört? Hast du den Müll 'rausgestellt?" rief Martha aus der Küche. Endlich kam eine undeutliche Antwort aus dem Keller. „Ja, mach ich". Als einige Minuten lang nichts geschah, setzte sie nach: „Hast du mich verstanden? Was habe ich gerade gesagt?" „Sprichst du mit mir? Worum geht es denn?" „DEN MÜLL, HAST DU DEN 'RAUSGESTELLT?" „Welchen Müll?" „DEN GELBEN" „Ja, mach ich". Klaus wirkte äußerst beschäftigt. Sein Rentnerdasein hatte seine Frau sich ganz anders vorgestellt. Sie hatte geglaubt, er würde mehr Zeit mit ihr verbringen, die Familie besuchen, ihre Kinder und Enkel und sich um Haus, Haushalt und Garten kümmern. Aber irgendwie fand er jetzt noch weniger Zeit dazu als während seiner Berufstätigkeit. Selbst auf gemeinsamen Wanderungen, Ausflügen und Urlaubsfahrten war Klaus oft in Gedanken weit weg, nahm weder die wunderschöne Landschaft, noch die atemberaubende Architektur wirklich wahr. Im Geiste bereitete er sich auf den Fortgang seines Projektes vor. Am nächsten morgen noch vor dem Frühstück hastete Klaus im Morgenmantel die Treppe hinunter in die Garage und schob eilig den gelben Eimer vor den herannahenden Müllwagen. Martha schüttelte resignierend den Kopf und sagte nichts.

Um ganz sicher zu gehen, dass der Test erfolgreich gewesen war, widmete er sich intensiv den erzeugten Statistiken. Grundlage seiner Theorie war ja immer gewesen, dass die Häufigkeitsverteilung bestimmter Ereignisse strengen Vorgaben folgte. Eine erste Grobanalyse zeigte jetzt Abweichungen, die er nicht einfach ignorieren konnte. Die Wahrscheinlichkeiten im oberen und unteren Bereich, also für sehr wahrscheinliche oder sehr unwahrscheinliche Ergebnisse, wichen stark von den theoretischen Werten ab. So suchte er alle Protokolle noch einmal zusammen um eine möglichst breite Datenbasis zu gewinnen. Seine Befürchtungen bestätigten sich. Die

Abweichungen waren systematisch bedingt und nicht durch zufällige Fluktuationen im System erklärbar. Was war schief gelaufen? Seine früheren Tests waren doch extrem erfolgreich in dieser Hinsicht gewesen? Welchen Fehler hatte er begangen? Zunächst einmal blieb er ratlos.

In den folgenden Tagen wirkte er zerfahren, noch unkonzentrierter als sonst und er schlief schlecht. Immer wieder wälzte er sein Problem. Vielleicht lag der Fehler nicht im System, sondern in seiner Art der Auswertung der Ergebnisse. Das war eine Möglichkeit, der er intensiv nachging. Einen gravierenden Fehler aber konnte er nicht finden. Einige kleinere Irrtümer waren sicher erkennbar, die allesamt aber nicht die systematische Abweichung erklären konnten. Er fühlte sich um Monate zurückgeworfen. Genau dieses Problem hatte sein Modell der Flamme doch gelöst! Denkbar erschien, dass eben diese Annahme ein Irrtum und seine damaligen Tests fehlerhaft gewesen waren. Dabei war er sich so sicher gewesen.

„Morgen Klaus, sieht gut aus, der Garten. Was sagt denn dein Rücken?" Abwesend erwiderte Klaus noch den Gruß, ohne wirklich zu registrieren, dass Volkmar dort stand und vielleicht einen kleinen Schwatz erwartete. Wie in Trance sah er ihn an und durch ihn hindurch. Plötzlich war ihm die Lösung seines ganz anderen Problems erschienen. Schon vorher hatte er tief in Gedanken Unkraut gejätet. Jetzt ließ er plötzlich die Geräte und Volkmar stehen, streifte seine Handschuhe ab, warf sie auf den Boden zwischen die Pflanzen und lief mit seinen erdverkrusteten Gartenschuhen ins Haus. Sein Nachbar schüttelte verwundert den Kopf. „Ein merkwürdiger Vogel" dachte er und bemühte sich, auch diesen Vorfall nicht persönlich zu nehmen.

Alles war doch so klar. Wieso hatte Klaus das vergessen können? Es war der Zufall, die wichtigste Ingredienz seines Modells. Zufall war nicht gleich Zufall. Es gab die Sorte, die auf Unwissen beruhte, aber prinzipiell berechenbar war. Und es gab den echten, ursächlichen Zufall, der sich prinzipiell jeder Vorhersage entzog. Es handelte sich um eines der fundamentalsten Grundprobleme der Physik. Die Anhänger Newtons und Einsteins lehnten jede echte

Zufälligkeit ab. „Gott würfelt nicht!" hatte schon Albert Einstein formuliert. Danach konnte Zufall nur das Ergebnis von Nichtwissen sein. Im Prinzip war alles berechenbar – ohne Ausnahme. Schon Leibniz hatte gegen diese Folgerung aus den Newton'schen Modellen protestiert und genauso widersprachen die Anhänger Heisenbergs und Schrödingers, die den echten Zufall in den quantenmechanischen Prozessen entdeckt hatten. Klaus hatte den Fehler begangen, die Generatoren der benutzten Computer zu verwenden. Die aber erzeugten keine echten Zufälle, sondern berechneten zufällig aussehende Zahlenreihen, wie beispielsweise die des Fibonacci Algorithmus. Das hatte mit echtem Zufall nichts zu tun, obwohl die erzeugten Häufigkeiten und statistischen Größen nichts davon verrieten. Klaus war sicher, dass eine entsprechende Überarbeitung seiner Programme sein Problem lösen würde.

Aber wie sollte er vorgehen? Ein Computer war eine streng deterministische Maschine. Nichts darin war echter Zufall, ja durfte es nicht einmal sein. Der Zerfall eines Atoms war dagegen wirklich zufällig. Es gab kein Mittel, den Zeitpunkt genau vorherzusagen, nur eine unveränderliche Wahrscheinlichkeit dafür, dass es innerhalb der nächsten Sekunde zerfiel. Selbstverständlich konnte Klaus keinen Atomreaktor in sein System einbauen oder auch nur ein radioaktives Präparat, dessen Zerfall er beobachten konnte. Das überstieg bei Weitem seine Möglichkeiten. Vielleicht würden in Zukunft einmal Quantencomputer neue Wege eröffnen. Schließlich entschied er sich dafür, die Zufallsgeneratoren bei jeder Verwendung neu zu initialisieren mit der jeweiligen Nano-Systemzeit des Rechners. Dabei spielten in der Tat Umwelteinflüsse eine wesentliche Rolle und die sonstige Auslastung des Systems. Die entstehenden Zahlen sollten dann hinreichend genau einen echten Zufall simulieren können.

Die Änderungen gingen schnell von der Hand. Wie er gehofft hatte, stimmten die Statistiken jetzt wieder. Allerdings litt die Effizienz spürbar. Der Vorgang war aufwändiger und machte sein System langsamer. Ein Kompromiss musste her, der schließlich darin bestand, dass er den Generator nur für jede tausendste Zufallszahl neu initialisierte. Für den abschließenden Test ließ er sich mehrere Tage Zeit und wiederholte ihn sicherheitshalber dreimal. Es blieb dabei: die Statistik war wieder in Ordnung und das blieb so.

Interessiert stellte er sich die Frage, wieso eigentlich sein System so empfindlich zwischen berechneten und echten Zufällen unterscheiden konnte. Das war kaum zu verstehen. Irgendwie schien es jede Systematik in den Wahrscheinlichkeiten, jeden noch so versteckten Zusammenhang zwischen scheinbar unabhängigen Ereignissen zu erkennen und zu verstärken, so dass sie schließlich unübersehbar in den Vordergrund traten. Das war vielleicht eine Eigenschaft, die man noch für ganz andere Zwecke einmal nutzen konnte.

Der jetzt folgende Schritt war kritisch: Es ging um die Pilotierung – wie man im IT-Jargon die erste praxisnahe Installation eines Programmpaketes in einem überschaubaren Rahmen nannte. Die Bots mussten dazu in sehr viel größerer Zahl auf sehr viel mehr Prozessoren verteilt werden als ihm persönlich zur Verfügung standen. Nur so bestand die Aussicht, dass sie nach einer kurzen Initialisierung auch selbständig – ohne weiteren äußeren Anlass – in der Lage waren zu agieren. Außerdem war die Gefahr der Entdeckung doch zu groß, wie detaillierte Nachuntersuchungen der Logs gezeigt hatten. Ein einzelner Virenscanner ausgerechnet seiner Armbanduhr hatte danach doch eine verdächtige Signatur dokumentiert und als einfache Information eingestuft. Eine Klassifizierung als Warnung oder Bedrohung hätte unweigerlich einen Alarm, verbunden mit Gegenmaßnahmen, ausgelöst. Und diese dokumentierte Signatur gehörte tatsächlich zu den eingeschleusten Bots. Klaus musste dafür sorgen, dass diese Programme nun ständig ihre Charakteristik änderten. Natürlich konnte er selbst sie damit nicht mehr eindeutig auffinden um sie nötigenfalls vollständig zu entfernen. Dazu brauchte es nun andere, aufwändigere Mechanismen. Eine Selbstzerstörung war für einen Feldversuch nicht mehr ausreichend, weil nicht sicherzustellen war, dass die Löschung wirklich vollständig war. Es konnten immer noch sehr viele Bots in Datenstrukturen und Programmen überwintern, die lange Zeit – auch über Jahre nach der Infektion – nicht mehr aufgerufen wurden. Die Lösung des Problems war durchaus aufwändig. Jeder Bot musste die Positionen einiger seiner Artgenossen kennen. Klaus ersann einen Code, der die jeweils aktiven Bots veranlasste, sich durch eine bestimmte Aktivität zu erkennen zu geben und neben dessen eigenen auch die benachbarten Positionen preiszugeben. Auf diese Weise war er sicher, bei Bedarf sehr schnell so gut wie alle Spuren bis auf unverdächtige Reste beseitigen zu können.

Inzwischen hatte Martha jedes Verständnis für die Freizeitbeschäftigung ihres Gatten verloren. Zudem machte ihr der berufliche Ausstieg im Sommer Sorgen. Sie hatte ihn in den vergangenen Monaten immer wieder gefragt, ob er überhaupt noch Interesse an ihr habe. Er wusste nicht, was er darauf erwidern sollte. Zu viele andere Dinge hatten ihn beschäftigt. Auch seine Kinder reagierten zunehmend irritiert über seine fehlende Anteilnahme an ihren durchaus ernstzunehmenden Sorgen, ihre beruflichen Probleme, Wohnungssuche und Krankheit der Enkel, Geburtstage und Familienfeiern. Martha drohte mit Auszug oder zumindest getrennten Schlafzimmern. Nach all den Jahrzehnten gemeinsamen Lebens schien seine Ehe, die er immer als glücklich empfunden hatte, ernstlich in Gefahr zu geraten. Klaus musste Martha in seine Absichten einweihen. Auf Verständnis konnte er nur hoffen, wenn er vollständig und aufrichtig alle seine Beweggründe offenlegte.

Vorübergehend stellte Klaus sein Projekt zurück. Im war klar geworden, dass Martha jetzt seine Unterstützung und Fürsorge brauchte. Das unausweichliche Ende ihrer beruflichen Laufbahn machte ihr zu schaffen. Damit durfte er sie nicht alleine lassen. Ehe und Familie waren ihm doch letztlich wichtiger als alles andere. Er packte alle Dokumente weg, archivierte Programme und Daten und räumte sein Arbeitszimmer auf. Das half ihm dabei, abzuschalten und sich wieder auf alltägliche Dinge zu konzentrieren und seine Umgebung überhaupt wahrzunehmen. Er begann wieder zu fotografieren, stellte Filmaufnahmen seiner Enkel zusammen, die schon seit Monaten oder sogar Jahren auf seinen Datenträgern unbesehen lagerten. Und er begann damit, einen Gartenweg anzulegen, der schon seit zwanzig Jahren geplant und nie realisiert worden war.

„Liebling, ich würde dir gerne etwas erklären. Nicht erschrecken, es ist nichts Schlimmes – nur was ich die ganze Zeit so mache." Martha sah verwirrt zu ihm hin. Schon die Tatsache war unglaublich, dass er hier mit ihr im Wohnzimmer saß und den Film gemeinsam mit ihr ansah. Klaus sah sie ernst an. „Es wird sicher ein längeres Gespräch." Martha stoppte die Aufzeichnung und schaltete das Mediencenter aus. „Worum geht es denn? Vielleicht darum, weshalb du mich vernachlässigst? Dir ist ja offensichtlich alles andere wichtiger." Klaus zögerte. Wie sollte er anfangen. „Ich möchte, dass du verstehst, was ich tue und weshalb. Sieh mal, wir alle sind doch unzufrieden mit unserer Situation. Wir werden ständig gegängelt, bevormundet, kontrolliert, belogen. Mich beschäftigt das genauso wie dich und ich glaube, ich könnte etwas ändern. Deshalb war ich so beschäftigt. Nur wollte ich darüber nicht reden, bevor ich nicht wirklich etwas in der Hand habe." „Wie stellst du dir das denn vor? Willst du Bomben schmeißen? Dabei kommst du doch allenfalls selbst zu Schaden." fragte Martha ungläubig zurück.

Martha und er teilten viele Ansichten, manche stärker und extremer ausgeprägt als allgemein üblich. Insgesamt war in der Bevölkerung ein hohes Maß an Unzufriedenheit mit den bestehenden Verhältnissen zu beobachten. Ständig zunehmende Regulierung, Gängelung aller Art, Bevormundung, die allgegenwärtige Kontrolle und Überwachung durch staatliche und nicht-staatliche Organisationen sorgten bei vielen Menschen für Unbehagen.

„Wenn du nicht erwartest, dass es knallt, dann könnte es sich schon um eine Art Bombe handeln, die mir vorschwebt. Die Wirkung könnte letztendlich sogar noch viel größer sein." „Du spinnst doch." bemerkte Martha. „Das Problem sind ja wohl Politik und Medien, die gemeinsame Sache machen. Was sollte dagegen helfen, außer ein verlorener Krieg oder eine Revolution von französischen oder russischen Ausmaßen." „Was wir uns beide wohl nicht wünschen sollten. Aber Schimpfen und Fluchen alleine helfen schon gar nicht. Und wenn alles so weiterläuft, entziehen die uns irgendwann die Lebensgrundlage. Sind wir dann noch älter, werden wir uns nicht mehr dagegen wehren können. Du erinnerst dich doch noch gut daran, was die Öko-Fuzzis hier veranstaltet haben, als angeblich ein Paar Raubwürger in unserem Garten brüteten. Wir können von Glück reden, dass sich das dann noch rechtzeitig als Falschmeldung herausgestellt hat, sonst hätten die einen drei Meter hohen Zaun gezogen und uns verboten, die Terrasse zu betreten." Er erinnerte sie noch an frühere ökologisch begründete Auflagen, die sie beide als durchaus existenzbedrohend empfunden hatten, bevor heftige Proteste aus der Bevölkerung die offenbar von Lobby-Verbänden initiierten politischen Absichten wieder kippten. Klaus empfand danach Politik durchaus als Waffe, die gegen ihn und seine Familie gerichtet war und ihn letztlich mit dem Verlust seiner Existenz bedrohte.

Aus dieser Gemengelage heraus erklärte er Martha seine Gedanken. „Du weißt doch, dass ich mich seit Jahren mit dem Wesen von Intelligenz und Bewusstsein befasse. Stell dir einmal vor, es gelänge jemandem, eine echte, eigenständige Intelligenz zu schaffen und ins Netz zu stellen. Die Auswirkungen wären unvorstellbar. Sie würde sich unaufhaltsam ausbreiten und könnte alle Lebensbereiche beeinflussen. Sie wäre wirklich eigenständig. Nur ich könnte sie mit meinem Wissen beeinflussen und sie würde vielleicht diesen ganzen politischen Laienschauspielern, die sich Führungselite nennen, irgendwann einmal die Macht aus den Händen nehmen. Ich denke, ich weiß jetzt, wie es funktionieren könnte, was das Wesen von intelligentem Handeln ist und wie ein Bewusstsein zu schaffen ist. Das alles ist sicher noch nicht ausgereift, aber den Weg sehe ich schon jetzt vor mir. Bis dahin ist allerdings noch viel zu tun und ich brauche Zeit. Ganz risikolos ist das auch nicht, aber es gibt Wege, die Gefahren zu beherrschen." Er erläuterte auch seine Sicherheitsvorkehrungen, mit denen er glaubte, alles unter Kontrolle zu halten.

Martha hatte schweigend zugehört. Sie war unschlüssig, ob sie das Ganze ernst nehmen sollte. „Du spinnst doch!" wiederholte sie. „Das ist doch völlig verrückt". Irgendwie hatte Klaus erwartet, dass seine Frau ihm das alles ohne weiteres abnahm. Für ihn selbst waren solche Gedanken schon selbstverständlich. „Kommst du bitte mit 'runter in mein Arbeitszimmer. Ich möchte dir dort etwas zeigen." Zögernd folgte Martha ihm in den Keller. Eigentlich hatte sie sich den Abend mit ihrem Mann anders vorgestellt.

Als Klaus ihr ruhig und entschieden weitere Einzelheiten und Beschreibungen lieferte, ihr Dokumente und Statistiken zeigte, von seinem heimlich durchgeführten Test berichtete, begann sie allmählich zu verstehen, dass es sich dabei nicht bloß um realitätsferne Phantastereien handelte. Nun reagierte sie entsetzt. „Du spinnst ja wohl!" wiederholte sie sich schon wieder. „Eigenständig bedeutet ja wohl das Gleiche wie nicht kontrollierbar." versetzte sie. „Glaubst du etwa, die Explosion einer Bombe nach der Zündung noch kontrollieren zu können? Du weißt ja nicht einmal, wie viel Sprengstoff darin enthalten ist. Ehrlich gesagt, hatte ich keine Ahnung, was du hier in deiner Bude so treibst. Was du vorhast, ist illegal und du lässt das gefälligst sein!" Klaus setzte offenbar nicht nur ihre, sondern auch die Zukunft ihrer Kinder aufs Spiel. Das musste aufhören, bevor es überhaupt richtig anfangen konnte.

An den folgenden Tagen diskutierten beide oft bis in die Nacht hinein. Dabei ging es um hehre Ziele und angemessene Mittel zu deren Erreichung, um den Unterschied zwischen legitim und legal. „Stell dir vor, ein Unbekannter verfolgt dich, gefährdet dich, deine Kinder und deine Enkel, bringt dich nach und nach um deinen Verstand. Du wirst krank darüber, niemand hilft dir, der Polizei sind die Hände gebunden, deine gesamte Existenz hängt schließlich davon ab, ob dieser Mensch seine Aktivitäten einstellt oder weitermacht. Ich halte es für legitim, diesen Menschen zu verfolgen und zu töten. Aber es ist sicher nicht legal und ich würde möglicherweise wegen Mordes verurteilt. Und das ist vielleicht sogar richtig, weil andernfalls das Morden wohl kein Ende nehmen würde angesichts der unvermeidbaren Subjektivität des Anlasses." Klaus argumentierte, es sei legitim, wenn ein Mann jedes erdenkliche Mittel gegen Jemanden einsetzte, der die Existenz seiner Familie unmittelbar bedrohte, und es sei genauso legitim, wenn der Staat diese Tat hart ahndete. Es sei schlicht eine Frage des Standpunktes und beide seien im Recht.

Diese drastischen Beispiele entsetzten Martha nur noch mehr. So etwas Absurdes hatte sie lange nicht gehört. Wollte ihr Mann etwa über Leichen gehen? Klaus versicherte, niemandem mit seinen Plänen wirklich schaden zu wollen und dass vorläufig auch niemand überhaupt etwas davon bemerken würde. Er bedauerte die Wahl seiner Beispiele. Nur mit Mühe konnte er Martha schließlich beruhigen. Er habe alle notwendigen Sicherheitsvorkehrungen getroffen und werde in jedem Fall sehr sorgfältig und behutsam vorgehen, versicherte er. Obwohl sie langsam ihre Fassung wieder gewann, sah sie immer noch Regelverstöße, die durchaus harte juristische Folgen haben konnten, auch wenn niemand zu Schaden kam. Klaus machte ihr eine einfache Rechnung auf: „Sieh mal, ich habe einmal recherchiert. Danach gibt es mindestens eine halbe Million Gesetze, Rechtsnormen, Vorschriften, die vom Staat, vom Land, von den Kommunen erlassen worden sind. Die meisten Menschen wären schon froh, die zehn Gebote des alten Testaments aufzählen zu können." Martha überlegte kurz und stellte fest, dass sie selbst die wohl nicht zusammenbekommen würde, ohne eine Bibel aufzuschlagen. „Selbst wenn nur jede hundertste dieser Regeln für dein eigenes Handeln zu beachten ist, sind das immer noch fünf tausend Vorschriften, von denen selbst ausgewiesene Fachleute nur einen kleinen Bruchteil überhaupt kennen, geschweige denn verstehen. Darin liegt die eigentliche Willkür des Systems. Wenn man keinerlei Chance hat, die Regeln, nach denen man zu leben hat, zu kennen oder zu verstehen, dann ist doch deren Anwendung oder Nichtanwendung durch staatliche Organe in vielen Fällen nur als Willkür zu bezeichnen. Deshalb verletzt du, so wie alle anderen, ständig unwissentlich Regeln. Die Behörden machen keinen Unterschied, ob du das bewusst oder versehentlich machst. Bestraft wird beides gleich." Es konnte also gar nicht so verwerflich sein, schloss er, dies das eine oder andere mal auch wissentlich zu tun. Martha sah durchaus, dass es hier ein moralisches Problem gab. Nur die Schwelle erschien jetzt überschreitbar.

Um das Eis weiter zu brechen zählte Klaus einige Regelverstöße auf, für die Martha nicht zur Rechenschaft gezogen worden war, etwa die mehrfache Überziehung der Parkzeit bei einem Einkaufszentrum oder zu schnelles Fahren auf einer städtischen Ausfallstraße. Stattdessen war sie vor Jahren ziemlich hart belangt worden, weil sie angeblich einer Frau nicht die Überquerung der Fahrbahn ermöglicht hatte. Martha war sich sicher gewesen, dass die Frau keinerlei Absicht dazu hegte und sich stattdessen mit einer anderen Passantin am Straßenrand zum fraglichen Zeitpunkt unterhielt. An ihren tagelangen Ärger und ihre Wut konnten sich beide noch gut erinnern. Ungerechtigkeit konnte Martha viel weniger ertragen als Klaus. Im übrigen sei es unter strenger Beachtung aller

Vorschriften noch nie gelungen, wesentliche Veränderungen zu erreichen. Regeln seien schon immer mit der Absicht gemacht worden, bestehende gesellschaftliche Umstände und Machtverhältnisse zu zementieren.

„Mir ist trotzdem nicht Wohl bei der Sache. Du behauptest doch immer, es könne nichts geschehen und es passiert dann trotzdem immer wieder etwas. Erinnerst du dich noch an den Stromausfall vorletzte Woche. Da hattest du auch felsenfest behauptet, zum Wechseln der Lampe brauchtest du die Sicherung nicht auszuschalten. Und dann knallte es, du bist fast von der Leiter gefallen und es war plötzlich im ganzen Haus dunkel." Klaus verstand durchaus, was seine Frau meinte. Er war in seinem Leben schon so manches, eigentlich unnötige Risiko eingegangen – aus reiner Bequemlichkeit. Echte Katastrophen mit Langzeitfolgen waren glücklicherweise dabei ausgeblieben. „Pass diesmal wirklich auf und überlege, was du tust. Nicht nur du wirst die Folgen gegebenenfalls zu tragen haben. Und in unserem Haus will ich keine Spuren davon finden, sobald irgendetwas kritisch wird und aus dem Ruder laufen könnte, selbst wenn das extrem unwahrscheinlich ist." Klaus versprach's hoch und heilig.

Der Sommer kam und Martha war wieder guter Stimmung. Sie hatte die Genehmigung bekommen, ihren Ruhestand noch um ein Jahr hinauszuzögern und einen entsprechenden Zeitvertrag unterschrieben. Weitere Verlängerungen erschienen möglich. Mit ihrem ausdrücklichen Einverständnis konnte Klaus sich nun wieder verstärkt seinem Projekt widmen. Zudem klagte er über starke Rückenschmerzen, die jede körperliche Arbeit stark einschränkten. An diesem Zustand war er allerdings nicht ganz unschuldig. Tagelang hatte er mit Hacke und Schaufel Erde bewegt, Kies eingefahren und Pflastersteine verlegt. Dass sein Rücken das nicht gutheißen würde, wusste er eigentlich. Alle Anzeichen hatte er tapfer ignoriert oder mit Schmerzmitteln behandelt.

Nach einer warmen Dusche beschloss er, das Erdgeschoss zu saugen, bevor Martha von der Arbeit kam. Schon im Schlafanzug rückte er Möbel zurecht, klappte den Teppich zurück, saugte jede Ecke. Als er fertig war, zog er den Stecker und betätigte die Taste, die das Kabel in das Gerät zurückschnellen ließ. Ein fürchterlicher Schmerz durchzuckte seine Lendenwirbel, als er dem peitschenden Stecker abrupt auswich. „Ah, Au, Au, Au, verdammter Mist!" Mit einem Aufschrei ließ er sich nur noch fallen und blieb nahezu bewegungsunfähig auf dem Boden liegen. „Na super" dachte er, „So was hatte ich ja schon lange nicht mehr."

Exakt in der Lage fand Martha ihn ein halbe Stunde später. Trotz seiner Schmerzen grinste Klaus sie schuldbewusst an. „Kannst du mir bitte aufhelfen. Ich sollte wohl besser ins Bett. Es ist nichts Schlimmes, wirklich nicht – nur ein Hexenschuss vom Staubsaugen und Plattenlegen. Das geht auch wieder vorbei." Seine erbärmlich Lage widersprach seinem Optimismus allerdings. „Warum machst du so was? Du weißt doch, dass dein Rücken das nicht verträgt. Jedes mal das Selbe. Das Ergebnis war doch abzusehen." Die Vorwürfe konnte er Martha nicht verdenken. Sie hatte ja Recht damit. Irgendwie schaffte sie es, ihn unter Ächzen und diversen Schmerzrufen nach oben ins Bett zu bugsieren, wo er vorläufig auch blieb. Halb sitzend mit seinem Laptop auf den Knien, ließ sich in den Tagen danach zeitweise von Martha umsorgen. Jede andere Position verursachte ihm unerträgliche Schmerzen. Trotzdem war der Weg noch nicht fertig geworden und er hatte eine Baustelle im Garten hinterlassen, die er vermutlich erst in einigen Wochen wieder in Betrieb nehmen konnte.

Bis jetzt war noch nichts passiert, was rechtlich problematisch hätte sein können. Im nächsten Schritt würde sich dies allerdings wohl ändern müssen. Klaus brauchte für einen ersten echten Feldtest Rechenkapazitäten, die ihm schlicht nicht zur Verfügung standen. Entsprechende Ressourcen zu mieten verbot sich von selbst. Zum einen hätte dies hohe Kosten verursacht, die er nicht bereit oder in der Lage war, zu tragen. Außerdem hätte er dann genau dokumentieren müssen, was er denn testen wollte und welche Ressourcen er brauchte. Schon letzteres war unmöglich vorauszusehen. Er brauchte einfach unbeschränkten Zugang zu allem was greifbar war. Jetzt kam es wirklich auf schiere Masse an.

An dieser Stelle war Klaus zunächst einmal an einem toten Punkt angelangt. Er überlegte immer wieder, wie er es anstellen konnte. Die benötigten Rechenkapazitäten gab es nur in Landes- oder Bundesbehörden, Forschungseinrichtungen oder großen Firmenzentralen. Kommerzielle Anbieter von Cloud-Diensten boten sich nur auf den ersten Blick an. Da letztere ständig irgendwelchen Cyber-Angriffen ausgesetzt waren, erwartete er gerade dort unüberwindliche Sicherheitshürden. Von außen, ohne auf Insider zurück zu greifen, würde er dort nicht mit seinen Bots eindringen können. Zudem brauchte er immer noch den physischen Zugriff auf die zu infizierenden Systeme, zumindest auf jeweils einen Rechner hinter der Firewall einer solchen Einrichtung. In jüngeren Jahren hätte er vielleicht als Mitarbeiter anheuern können mit der Aussicht, nach einigen Monaten die notwendigen Zugriffsrechte selbst zu besitzen.

Notgedrungen würde er wohl auf weitere Fortschritte verzichten. Abfinden konnte Klaus sich allerdings nicht damit. Zu sehr drängte es ihn zu beweisen, dass sein Modell tatsächlich eine Intelligenz ins Leben rufen konnte. Bis jetzt durfte er da keineswegs sicher sein. Es war nur eine These, dass intelligentes Verhalten und Bewusstsein ein rein quantenmechanischer Effekt waren und sein System die tieferen Ursachen dafür korrekt beschrieb. Das war Klaus durchaus klar. Bisher hatte er nur gezeigt, dass es auf einer mechanistischen Ebene im Kleinen funktionierte. Dass daraus mehr als das anhaltende Ticken eines Uhrwerks werden konnte, war bis jetzt reine Spekulation und entsprang ausschließlich seinem Wunschdenken.

„Deine Laune möchte ich haben. Habe ich etwas falsch gemacht?" „Nein, es hat nichts mit dir zu tun. Entschuldige bitte. Ich komme nur mit meinem Dauerprojekt nicht aus den Puschen. Ich überlege die ganze Zeit, wie ich mein Modell ausprobieren kann und komme zu keinem Ergebnis. Alles war mir bis jetzt einfällt dazu, ist zu riskant. Und ich hab dir ja versprochen, nicht Gefährliches zu unternehmen." Martha wirkte etwas alarmiert. Sie kannte ihren Mann und seine grundsätzliche Risikobereitschaft, wenn es um seine Ideen ging. „Was hast du denn vor? Wieso kommst du nicht weiter?" „Ich brauche jetzt viel mehr Rechner, als wir hier im Haus haben oder ich anschaffen oder mieten könnte. Dazu fällt mir einfach keine Lösung ein." Martha meinte nur „Kommt Zeit, kommt Rat. Warte erst mal ab. Vielleicht fällt dir ja noch was ein. Kannst du nicht einfach hochoffiziell ein Forschungsvorhaben bei einem Hochschulinstitut anmelden?" „Ich glaube, die würden mich herzhaft auslachen. Nein, so etwas ist illusorisch. Das brauche ich gar nicht erst zu versuchen. Niemand würde mich ernst nehmen, weder mein Thema, noch mich als Person – einen alten Knaben mit Flausen im Kopf. Das ist leider kein erfolgversprechender Weg." Martha blieb beunruhigt. Ihr Mann würde so etwas nicht einfach auf sich beruhen lassen, das wusste sie.

Hier bot ihm einige Wochen später der Zufall eine Chance. Bei einem der Treffen mit Freunden erzählte ein Gast von einer Familie, die mit zwei Kindern vor einigen Jahren in die Nachbarschaft gezogen war. Das Gespräch drehte sich um Klaus' früheren Beruf und darum, dass dieser Mann auch in der Branche arbeitete. „Den Mann kennst du bestimmt – Jan Gatzen. Er hat den gleichen Beruf wie du." meinte Karl-Udo, der ehemalige Zimmermann. Klaus schätzte ihn weniger wegen seiner Bildung, als wegen seiner Geradlinigkeit. Karl-Udo war einfach unkompliziert, sagte, was er dachte und hielt sich zuverlässig an sein gegebenes Wort – ein rundum sympathischer Mensch eben, der auch nicht einfach nachplapperte, was ihm vorgesetzt wurde. Diese Eigenschaften waren selten geworden. Intelligenz hatte nichts mit Bildung zu tun. Leider wurde das allzu oft verwechselt.

„Was genau macht der denn?" fragte Klaus noch mit gespieltem Interesse. „Der hat mir erzählt, er arbeitet an einem Superrechner in einem Forschungsinstitut nicht weit von hier. Der scheint der wichtigste Mann dort zu sein." Karl-Udo übertrieb sicher, wie immer. Aber schon diese vage Antwort machte Klaus hellhörig. Er wusste ungefähr, worum es sich handelte. Es war einer der schnellsten Prozessor-Cluster weltweit, der von Forschergruppen aus der ganzen Welt vor allem angemietet wurde, um komplexe Simulationen über Tage zu rechnen. Das war genau das, was Klaus für seine Zwecke eigentlich brauchte. „Was genau macht der denn da?" hakte er nach. Weil Karl-Udo sich jetzt keine Blöße geben wollte, erzählte er einigen Unsinn, der so nicht stimmen konnte. Klaus hörte trotzdem sehr aufmerksam zu und ermutigte Karl-Udo damit, weitere Details zu verraten und noch mehr zu erfinden.

„Der Jan ist morgens immer als Erster da und schaltet die Rechner ein. Abends geht er immer als letzter und macht sie wieder aus. Jeder der mit den Computern arbeiten will, muss ihn um Erlaubnis fragen. Der ist der Chef da." meinte er unter anderem. Aus den wirren Schilderungen schloss Klaus, dass dieser Mann als Administrator angestellt war. Vermutlich hatte er dazu sehr großzügig bemessene Zugriffsrechte auf diesen Cluster und selbstverständlich wurden die Rechner nicht an- und ausgeschaltet, wie Karl-Udo annahm. „Aber der ist im Moment ziemlich stinkig – zu viel Arbeit und zu wenig Geld. Der schlägt sich manchmal die Nächte und die Wochenenden um die Ohren und sieht seine Familie kaum. Aber das mit dem Geld kann nicht stimmen. Finanziell sind die ziemlich gut drauf." Klaus glaubte, dessen Situation einschätzen zu können. Hervorragende Spezialisten wurden schon lange eher missachtet und ihre Förderung chronisch vernachlässigt. Wer über herausragendes Fachwissen verfügte, ohne sich selbst eloquent verkaufen zu können und immer wieder in den Vordergrund zu schieben, befand sich in Sachen Karriere ständig auf der Standspur. Er musste zusehen, wie Dampfplauderer und Ellbogenhünen mit weit weniger fachlichem Können in atemberaubendem Tempo vorbeizogen.

In den Tagen danach reifte ein Plan. Klaus war nicht unbedingt kontaktfreudig. Hier war nun Martha bereit auszuhelfen. Sie glaubte zu wissen, wer dieser Mann war und dass sie ihn gelegentlich Samstagmorgens beim Bäcker gesehen hatte, wo er, genauso wie sie selbst, frische Brötchen kaufte. Von nun an gab es die nicht nur Samstags. Nach und nach kam Martha mit diesem Jan Gatzen ins Gespräch, zunächst ein Gruß, dann allgemeiner Smalltalk übers Wetter und schließlich über die allgemeine Ungerechtigkeit der Welt. Kaum vier Wochen später lud Martha ihn mit seiner Frau zum nächsten Nachbarschaftstreffen ins Haus ein. Als Anlass schob sie ein Fass Bier vor, dass von der letzten Feier übriggeblieben war und dringend Abnehmer suchte.

Bei starkem Schneetreiben waren am Abend nur die Freunde aus der Nachbarschaft nach und nach eingetroffen. Darunter auch einige, die eigentlich wegen auswärtiger Termine abgesagt hatten. Am Morgen hatte es noch geregnet. Mittags hatten dann Minusgrade Bäume und Sträucher mit einer wunderschön anzuschauenden

Glasur versehen, bevor am Nachmittag dann heftiger Schneefall die spiegelglatten Straßen überzog. Den Meisten erschien unter diesen Umständen eine Autofahrt zu riskant. Sich nur einige Meter in der Nachbarschaft zu bewegen, war da gerade noch akzeptabel. Klaus hatte sich schon mittags eine Hand verstaucht, als er mit seiner Spiegelreflex draußen einige Fotos schießen wollte.

Es war eine gemütliche Runde. Martha hatte bei gedämpftem Licht Kerzen angezündet. Im Kaminofen brannten einige Scheite Holz. Neben Fingerfood und Salzgebäck gab es das versprochene Fass Bier, und im Laufe des Abends auch andere Alkoholika. Die Gespräche drehten sich um Klatsch und Tratsch in der Nachbarschaft, Vorhaben der Verwaltung, die politische Situation und die vieldiskutierte Bedrohungslage aus dem All. Wie üblich, beteiligte sich Klaus eher uninteressiert daran mit gelegentlichen spöttischen Bemerkungen und Nachfragen.

Schließlich ließ er sich mit einer Flasche Pils in der Hand – das Fass war inzwischen leer – neben Martha auf einem gerade freigewordenen Stuhl nieder und verfolgte wirklich interessiert die Unterhaltung mit den neuen Gästen. Martha hatte bereits das „Du" angeboten und Klaus schloss sich dem gerne an. Jan und Riekje Gatzen machten einen durchaus sympathischen Eindruck. Sei waren die Jüngsten in der Runde. Die beiden Kinder besuchten wohl die örtliche Realschule und waren an diesem Abend zu Hause geblieben, um sich in Ruhe einige Filme anzusehen. Klaus präsentierte sein bandagiertes Handgelenk und bemerkte lachend. „Die Klimakatastrophe hat genau heute stattgefunden und ich war um 12:41 ihr erstes Opfer." Jan schmunzelte bei der scherzhaften Bemerkung und alberte weiter „Sei froh, dass nicht auch noch die Vorhut des Asteroiden neben dir eingeschlagen ist." Es stellte sich schnell heraus, dass Klaus und Jan in vielen Fragen ähnliche Meinungen vertraten. „Wie kannst du bei dem Ernst der Lage noch Witze machen?" fragte Klaus spöttisch. „Nicht wirklich ernst, aber hoffnungslos." ergänzte Jan. „Wenn es stimmt, lässt sich vermutlich nichts daran ändern und wir alle sollten unser Leben genießen, solange es noch geht. Wenn es nicht stimmt, sollte man sich erst recht nicht um seinen Schlaf bringen lassen. Außerdem gibt es genug andere Probleme, um die man sich kümmern sollte, und die sind viel konkreter. Das ist das eigentlich Schlimme an der Geschichte. Wirklich dringende Aufgaben bleiben liegen und niemand kümmert sich mehr darum. Wir sollten lieber Brunnen bauen in Afrika oder die Wirtschaft der Entwicklungsländer ankurbeln. Mit nur einem Bruchteil der jetzt an dieses Hirngespinst verschwendeten Mittel ließe sich dort eine Menge bewegen. Die ganze Panik ist doch nur konstruiert, um den Menschen Angst zu machen und sie manipulieren zu können. Da sind richtig große wirtschaftliche Interessen im Spiel." Er brachte ähnliche Beispiele aus früheren Jahren, die sich im Nachhinein als völlig haltlos erwiesen und bei denen sich genau diese Absichten herausgestellt hatten. Es ging dabei offensichtlich immer wieder nur darum, den Leuten Geld aus der Tasche zu ziehen. „Wusstest du eigentlich, dass unser ehemaliger Außenminister und frühere Parteivorsitzende der Ökos einmal gesagt hat, *man muss den Leuten nur fortwährend Angst einflößen, dann kann man ihnen praktisch immer mehr Steuern und Abgaben aus der Tasche ziehen* ?". Klaus musste spontan lachen. „Interessant, die Aussage kannte ich bisher noch nicht. Mir ist aber durchaus klar, dass das der einzige Grund für die Panikmache ist. Früher reichte es, jedem Fegefeuer und Hölle zu prophezeien, der nicht das geforderte Wohlverhalten an den Tag legte. Jetzt ist das schwieriger, weil die Begriffe ein Verfalldatum aufweisen. Jetzt muss man alle paar Jahre die eine Hölle gegen eine neue austauschen. Es ist sicher anstrengender und erfordert Phantasie. Da ziehen doch Wirtschaft, Politik und Kirchen an einem Strang. Wer hätte gedacht, dass eine solche Allianz jemals zustande käme." Jan führte den Gedanken weiter: „und wir Doofen sitzen auf der anderen Seite und merken nicht, wer uns da über den Tisch zieht. Aber ich glaube du irrst dich, wenn du diese Koalition für neu hältst. Im Mittelalter war das doch schon genauso und die Dummen waren schon immer die einfachen Menschen, die einfach glauben mussten. Wer Fragen stellte, wurde als Ketzer verbrannt." „Zumindest da sind wir heute besser dran. Verbrennen geht gar nicht, schon wegen der Luftverschmutzung. Da werden zu viele Grenzwerte überschritten, zum Beispiel Feinstaub oder so." „Na ja, die modernen Mittel sind aber auch sehr wirkungsvoll. Weil wir heute viel mehr zu verlieren haben als die damals, kann man unsereins auch viel mehr wegnehmen, bevor es ans Verbrennen geht."

Mit Unterstützung einiger Flaschen Bier kam in diesem Sinne eine recht lebhafte und streckenweise alberne Diskussion zwischen Jan und Klaus zustande. Irgendwann am späten Abend waren beide dann nicht mehr ganz nüchtern, aber einig in ihrer Verachtung der Politiker im Allgemeinen und der willfährigen Medien im Besonderen, die kritiklos jede Sau durch Dorf trieben, die ihnen vorgesetzt wurde. Inzwischen zupfte Riekje ihren Jan immer heftiger am Ärmel, offenbar um ihn zum Aufbruch zu bewegen. Ihr war der Auftritt ihres Gatten scheinbar peinlich, obwohl Klaus nicht minder betrunken wirkte.

In den folgenden Wochen sahen sich beide nur selten. Klaus experimentierte zu Hause mit Methoden für Cyber-Attacken, Viren, Trojanern, Würmern. Jan Gatzen ging seinem Beruf nach, der ihn von früh morgens bis manchmal in die Nacht hinein ausfüllte. Aus einer Randbemerkung hatte Klaus entnommen, welche Betriebsumgebung in dem von ihm betreuten Cluster verwendet wurde. Er hatte eine entsprechende Testumgebung aufgebaut und suchte mit selbst entwickelten Werkzeugen nach noch unbekannten Schwachstellen. Solche Zero-Day-Exploits hoffte er für seine Zwecke nutzen zu können. Dieser anfangs vielversprechende Weg endete in einer Sackgasse. Zwar fand Klaus diverse Schwachstellen, aber keine war zur Einschleusung irgendwelcher Software brauchbar. Allenfalls unbedeutende Daten hätte er vielleicht darüber absaugen können. Außerdem kannte er keine Details zu dem verwendeten Software-Stack, die Versionen und Patch-Level. Vielleicht hätte er solche Exploits bei dubiosen Anbietern kaufen können. Nur war das extrem teuer. Die Ausgaben konnten leicht den Preis eines Mittelklassewagens, Zero-Day-Exploits sogar den eines Einfamilienhauses erreichen. Er informierte sich über Exploit-Kits – vorgefertigte Baukästen, die das Aufspüren und Ausnutzen bekannter Sicherheitslücken automatisieren konnten. Aber auch das war teuer. Die Programme wurden zudem üblicherweise nur noch als Dienstleistung aus dem Netz heraus zur Verfügung gestellt. Es hätte bedeutet, seine Software zunächst an eine wenig vertrauenswürdige Stelle transferieren zu müssen, wo Kriminelle uneingeschränkten Zugriff erhalten hätten.

Alles in Allem waren das schlechte Voraussetzungen für einen

Angriff, wie er ihm vorschwebte. Seinen neuen Bekannten konnte er schlecht ausfragen, ohne dass er Verdacht geschöpft hätte. Klaus musste einen anderen Weg finden. Er dachte nur flüchtig daran, ihn in seine Absichten einzuweihen. Da er Jan nur kurz kannte, wäre das viel zu riskant gewesen.

So hatte Klaus wieder Zeit für andere Dinge. Die Baustelle im Garten war immer noch vorhanden. Nur die Werkzeuge hatte er inzwischen in die Garage geholt. Natürlich hatte er sie im Herbst dort vergessen und sie waren inzwischen stark angerostet. Und genauso natürlich machte Martha ihm Vorwürfe deswegen. Aber ändern konnte sie ihn damit sicher nicht. Dergleichen würde immer wieder passieren.

Zwei Monate nach dem ersten Treffen kam die Gegeneinladung für einen Samstag Abend kurz vor Karneval. Es war eine überschaubare Runde mit einigen bekannten Gesichtern und wenigen neuen. Klaus begann einige Gespräche, die ihn nach kurzer Zeit langweilten. Er hatte seine Kamera mitgebracht und ging immer wieder einmal durch die Reihen um Schnappschüsse der Gäste zu machen. Als er schließlich mit Jan ins Gespräch kam, hatten beide schon einige Flaschen Bier getrunken. „Na Jan, was hast du Neues aus deinem Leben zu berichten?" eröffnete Klaus. „Alles beim Alten, viel Arbeit, wenig Geld, alles wie immer – und bei dir. Was macht das Rentnerdasein?" „Schlafen, essen, und saufen – so wie jetzt. Bei mir passiert sowieso nichts Aufregendes mehr. Nur die Kinder und Enkel sorgen immer für Abwechslung. Aber das ist ja richtig so. Die haben eine Zukunft, unsereins hat dafür eine Vergangenheit." Klaus überlegte kurz, ob er von seinem beherrschenden Hobby erzählen sollte, unterließ es dann aber. Stattdessen sprach er lebhaft von seinem Misstrauen gegen den Wahn, ständig online sein zu müssen und überhaupt gegen die moderne Kommunikationstechnik. „Meine Kamera hier zum Beispiel ist noch ein zuverlässiges Stück Hardware, das nicht ständig alle meine Geheimnisse ins Netz meldet. Die ist treu und verschwiegen. Sonst müsste ich eingreifen, so wie bei meinem Mediencenter. Die da eingebaute Kamera habe ich mit schwarzem Isolierband überklebt. Bei den Mikrofonen für die Sprachsteuerung war das schon schwieriger. Dazu habe ich das Gehäuse geöffnet und die Kabel abgezogen, dasselbe mit dem Funknetzwerk. Seitdem ist auch das Gerät verschwiegen wie eine Auster. Das verrät nichts mehr ohne mein Einverständnis. Man weiß ja nie, was sonst so an Geheimnissen an irgendwelche Außenstehende gelangt. Meine eigenen Daten gehören in meine Hände und sonst nirgendwo hin." Jan schaute ihn ungläubig an. „Du treibst ja einen ganz schönen Aufwand. Hast du denn schon einmal etwas im Netz gefunden, was da nicht hingehörte? Das hört sich ja nach einer veritablen Paranoia an." Klaus erzählte von seinem früheren Beruf und seinen Erfahrungen mit der Sicherheit. „Das will nichts heißen. Auch wenn ich selbst nichts Kompromittierendes von mir vorfinde, heißt das noch lange nicht, dass nicht doch jemand über private Informationen verfügt und sie subtil missbraucht. Es ist immer das Gleiche mit der Sicherheit: Das schwächste Glied ist immer der Mensch." Er prahlte bald damit, dass er den alten Generalschlüssel für die Berechnung der EC-Karten PINs besessen habe. Eigentlich sei das System der Geheimhaltung technisch ausgefeilt und sicher gewesen. Nur der Faktor „Mensch" hatte die Sache löchrig gemacht wie einen Schweizer Käse. Jan begann nun seinerseits aus seinem Job zu erzählen. „Da kann ich auch ein Lied von singen." Er war Spezialist, ein absoluter Experte auf seinem Gebiet. Klaus wusste aus eigener Erfahrung, dass solche Leute sehr redselig werden konnten, wenn man ihnen eine Bühne zur Selbstdarstellung bot. Und dafür sorgte er. „Du weißt ja sicher schon, dass ich verantwortlich bin für den Forschungscluster oben in Korschenfeld. Das ist eine der größten Anlagen weltweit und sicher die leistungsfähigste. Das glaubt man kaum, wenn man die unscheinbare Gegend sieht und die tristen Gebäude dort. Aber man kennt den Namen in der ganzen Welt. Ich bin seit Anfang letzten Jahres der Hauptverantwortliche für den Betrieb und dabei vor allem für die Sicherheit der Systeme verantwortlich. Das ganze Konzept ist von mir und ich halte Vorträge darüber in den USA, genauso wie in Australien oder China. Ich komme ganz schön 'rum in letzter Zeit." „Glückwunsch – nachträglich. Du hast ja richtig Karriere gemacht." „Ja – wenn ich dann auch noch bekommen würde, was ich verdiene, dann wäre alles in Ordnung. Die Verantwortung ist schon manchmal drückend. Ich muss ständig erreichbar sein, denn das alles muss zuverlässig vierundzwanzig Stunden am Tag und sieben Tage die Woche laufen. Jeder Ausfall kostet zehntausende Euro je Stunde. Ich muss eine Verfügbarkeit von 99,999% aufs Jahr gerechnet sicherstellen. Wenn ich das mit meinem Team nicht schaffe, bekomme ich richtig Ärger und riskiere meinen Job. Das sind weniger als neun Stunden Stillstand im Jahr und die brauche ich für geplante Wartungsarbeiten." Weiter angestachelt durch gezielte Prahlereien aus seinem eigenen Berufsleben erfuhr Klaus erstaunliche Einzelheiten über die Betriebsumgebung des Superrechner-Clusters, über Sicherheitseinrichtungen und Möglichkeiten, diese zu umgehen. Und Jan vergaß nicht zu erzählen, dass all die ausgefeilten Sicherheitskonzepte nur mit seiner Hilfe funktionieren konnten. Wie Klaus erwartet hatte, besaß er persönlich alle erforderlichen Zugriffsrechte für alle denkbaren Funktionen. Zu keiner Zeit konnte Jan den Eindruck haben, gezielt ausgefragt zu werden. Klaus stellte keine direkte Frage. Er provozierte einfach und erhielt nebenbei die Informationen, die er brauchte. Danach wechselte er bewusst das Thema wieder zu allgemeineren Dingen. Jan sollte auch im Nachhinein auf keinen Fall den Eindruck gewinnen, er habe ein besonderes Interesse an seiner Tätigkeit.

Im Übrigen wartete der Gartenweg auf seine Vollendung. Klaus' Rücken war wieder kuriert und er machte sich vorsichtiger als im vorangegangenen Jahr ans Werk. Er ließ sich einfach mehr Zeit. Der Rasen war im Herbst mangels Pflege noch in die Höhe geschossen. Das erschwerte die Arbeit. Er musste Gummistiefel tragen, um im bis zu kniehohen Gras keine nassen Füße zu bekommen. Eine Maht kam wegen der Feuchte noch nicht in Frage. Und vor dem ersten Schnitt wollte er den Weg fertigstellen.

Der Zugang zum Cluster bot sich nach einigen Wochen, indem Jan ihn nach Fotos vom letzten Treffen fragte. Klaus versprach, ihm die auf einem Speicherstick zusammenzustellen und ihm den in den nächsten Tagen zu bringen. Jan wunderte sich über diese altertümliche Methode, Daten zu übermitteln. Er erinnerte sich dann aber an die etwas verschrobenen Ansichten seines Nachbarn zur Sicherheit von Daten im Netz und stimmte zu.

Im Rahmen seiner technischen Experimente hatte Klaus gelernt, wie solche Speichermedien zu manipulieren waren, so dass sie im Verborgenen etwas auslösten, von dem der Benutzer nichts ahnte. Klaus war zum ersten mal wirklich nervös, als er daran ging, einen seiner alten Speichersticks vorzubereiten. Er wusste, dass er nun eine Grenze überschreiten musste, dass das, was er jetzt vor hatte, wirklich illegal sein würde. Klaus hatte seine Bots so präpariert, dass sie sich auf einem infizierten System ausbreiten würden, nicht jedoch über ein öffentliches Netzwerk auf andere Rechner. So konnte er die Folgen seines Experimentes begrenzen und würde noch in der Lage sein, seine Spuren hernach zu vernichten. Er schrieb ein Programm in den Speicherstick, das sich aktivierte, sobald er in einen passenden Port eingesteckt wurde. Dabei genügte es ihm zu wissen, welches Betriebssystem der Zielrechner ausführte. Diese Routine sorgte dann für die Erstinfektion des Clusters und für einen sicheren Kommunikationskanal nach draußen. Die Infektion würde sich im weiteren Betrieb des Zielsystems sehr schnell ausbreiten. Zum Schluss lud er noch die gewünschten Bilder, verpackt in eine Archivdatei, auf das Medium und machte sich auf den Weg zu den Nachbarn.

Das Herz schlug ihm bis zum Hals, als er die Türklingel betätigte. Obwohl es an den Eisheiligen noch einmal ziemlich kalt geworden war, standen ihm Schweißtropfen auf der Stirn. „Hallo Riekje, dein Mann ist ja vermutlich nicht da. Ich hatte ihm noch die Bilder vom letzten Treffen versprochen. Kannst Du ihm das hier bitte geben." „Komm gerne kurz rein. Ich habe gerade Kaffee gemacht." „Danke – lieber nicht. Ich fühle mich nicht gut – bei mir bahnt sich eine Erkältung an und ich will dich nicht anstecken."

Klaus' Hoffnung war, dass Jan die Fotos mit zur Arbeit nahm und dort ansah, während er unter seiner Administrator-ID am Cluster angemeldet war. Das war formal meist streng verboten aber trotzdem durchaus nicht ungewöhnlich. Klaus wusste, dass die meisten Administratoren kein allzu ausgeprägtes Problembewusstsein diesbezüglich an den Tag legten. Um diese „Unvorsichtigkeit" zu begünstigen hatte er die Bilder in einem selten verwendeten Format gespeichert[4], das übliche, privat genutzte Geräte normaler-

---

4 Beispielsweise sind Archivformate durchaus unterschiedlich verbreitet. Während die üblichen privaten genutzten Systeme vor allem ZIP-Archive kennen, benutzen professionelle Unix-Rechner meist mit GZIP komprimierte TAR-Archive.

weise nicht anzeigen konnten.

Es dauerte einige Tage, bis Jan anrief und ihn bat, die Fotos doch in eines der gängigen Formate umzuwandeln. Klaus entschuldigte sich artig für das „Versehen" und versprach umgehend Abhilfe.

Bei warmem sonnigem Wetter hatten sich Kinder und Enkel angekündigt, um den neuen Gartenweg zu begutachten und zu nutzen. Das Mähen hatte sich zuvor über drei Tage hingestreckt. Zuerst war der Keilriemen für das Mähwerk den Belastungen mit dem noch feuchten, hohen Gras nicht gewachsen. Glücklicherweise hatte er sich mit den wichtigsten Ersatzteilen bei der vorangegangenen Reparatur schon versorgt. Kaum hatte er den ausgetauscht, riss der Riemen für den Fahrantrieb des Rasentraktors. So lag er zusammen mit einer Reparaturanleitung viel länger unter und vor dem Gerät, als dass er damit arbeitete. Wie bei solchen Gelegenheiten üblich, waren seine Flüche kaum zu überhören. Das gehörte einfach dazu. Konkret schimpfte er über die schlecht passenden Schlüssel. Das Gerät war überwiegend mit Schrauben in Zollmaßen ausgestattet und sein metrisches Werkzeug daher nur bedingt geeignet. Danach kostete es ihn fast einen ganzen Tag und dreimaliges Mähen, bis das Schnittbild einigermaßen akzeptabel gewesen war.

Klaus erklärte schließlich in den grellsten Farben, welche Mühen, Blut und Schweiß die Anlage des Weges ihn gekostet hatten und er dabei nur knapp einem Leben im Rollstuhl entgangen war. So ganz ernst nahm ihn wohl niemand damit. Trotzdem ermahnte sein Sohn ihn, besser auf sich aufzupassen. Irgendwann würde so etwas sicher einmal schiefgehen. Währenddessen spielten die beiden Enkel im Garten Fußball. Ihr Opa wirkte ausnehmend entspannt, fast ausgelassen, kümmerte sich rührend und unterließ es diesmal, zwischenzeitlich einfach für Stunden zu verschwinden. Für den Abend war ein Lagerfeuer versprochen bei Würstchen und Brot. Letzteres wurde nach Protesten der beiden Jüngsten durch Pommes Frites ergänzt.

Zwei Wochen später traf Martha ihre Nachbarin auf der Straße. Die Frauen sprachen über dies und das und schließlich erwähnte Riekje, dass Klaus ihrem Mann eigentlich ja noch Bilder versprochen hatte. „Das ist wieder typisch." meinte Martha peinlich berührt. „Der vergisst noch seinen Kopf, wenn ich ihn nicht jeden morgen daran erinnere, ihn aufzusetzen. Aber den ändere ich nicht mehr. Mein Mann hat immer alles mögliche im Kopf, nur nicht das, was er machen soll. Entschuldige bitte. Ich werde ihn sofort daran erinnern." Riekje wiegelte sofort ab „Ja – meiner hat auch seinen Kopf immer wo anders, wenn er überhaupt einmal zu Hause ist. Aber das Problem hat er inzwischen selbst schon gelöst. Die Fotos sind toll. Richte Klaus bitte unseren herzlichsten Dank aus."

Als Martha ihrem Mann deswegen Vorwürfe machte, fand sie seine Reaktion darauf mehr als merkwürdig. Klaus schien sie überhaupt nicht ernst zu nehmen. Hatte er sie überhaupt verstanden? Mit einem kurzen „OK" und einem geheimnisvollen Leuchten in den Augen verschwand er ohne weitere Worte für mehrere Stunden in seinem Arbeitszimmer. Martha überlegte, ob sie ihren Mann etwa ernstlich gekränkt hatte, verwarf den Gedanken aber sofort. Das war überhaupt nicht seine Art. Als sie ihn später fragte, was denn los sein, erhielt sie keine Antwort. Er schien einfach tief in Gedanken versunken und war kaum ansprechbar.

Das blieb auch so für die nächsten Tage. Klaus stand früh morgens zusammen mit seiner Frau auf, wenn diese zur Arbeit ging. Mittag- und Abendessen ließ er ausfallen und schlief die eine oder andere Nacht sogar auf seiner Couch im Arbeitszimmer. Die Spannungen mit Martha ließen nicht lange auf sich warten, zumal Klaus sie noch nicht in seine Handlungen einweihen wollte. Vom Morgen bis in die Nacht beobachtete er auf seinem Monitor, was in den Rechnern des Forschungsinstitutes vorging. Seine Bots hatten sich wie erwartet vermehrt und den gesamten Cluster infiziert. Nur machten sie ansonsten einfach nichts. Sie entfalteten keinerlei selbständige Aktivitäten, kommunizierten nicht miteinander, bildeten keinerlei erkennbare Strukturen. Klaus dachte an eine Art Zündung, ohne eine genaue Vorstellung davon zu haben, wie die aussehen sollte. Eine Flamme musste man vermutlich erst einmal in Gang setzen, bevor ein Feuer sich ausbreiten konnte. Auf eine Selbstentzündung konnte er augenscheinlich nicht rechnen. Danach sollte es nur noch ein Frage der verfügbaren Nahrung sein und für deren Nachschub war gesorgt. Er versuchte einzelne Bots zu triggern, dann viele Bots gemeinsam anzustoßen. Immer reagierten sie auf den unmittelbaren Impuls, lösten ein Welle von Aktivitäten aus, die schnell verebbte. Aber niemals begannen sie danach anhaltend selbständig zu agieren. Es blieb bei kurzen Strohfeuern und alles blieb unglaublich passiv.

Klaus' Stimmung wurde immer schlechter. Martha befürchtete schon, er würde in eine Depression verfallen. Das ununterbrochene Monitoring des Clusters förderte auch nach Tagen nicht das erwartete Verhalten zutage. Wo lag der Fehler? Klaus war sicher, dass sein Modell im Prinzip funktionieren musste. Hatte er etwas übersehen? Die Details waren wichtig. Wieder und wieder ging er den Prozess durch, der letztlich echte intelligente Leistungen hervorbringen sollte. Er überprüfte die Zufallsgeneratoren. Er fand keinen Fehler in seinen Überlegungen, es sei denn, die Grundlagen all seiner jahrelangen Forschung waren einfach unsinnig, entsprangen seinem Wunschdenken statt nüchterner wissenschaftlicher Analyse.

In den folgenden Tagen wirkte er unausgeglichen, manchmal aggressiv. Mehrfach entschuldigte er sich bei seiner Frau und versicherte ihr, es habe nichts mit ihr zu tun. Ihm ginge es einfach schlecht, sei angespannt und nervös. Zu den Ursachen äußerste er sich nur nebulös, machte mal seinen Magen, ein andermal seinen Rücken oder schmerzenden Füße dafür verantwortlich. Auch klagte er über ein Pfeifen in den Ohren und Schwindelgefühle. Aber das würde sich sicher von selbst wieder legen. Und auch Martha wurde zunehmend reizbarer. Der Haussegen hing nachhaltig schief.

Nach zwei Wochen brach Klaus das Experiment tief enttäuscht ab. Er startete eine vorbereitete Löschroutine, die jeden aktiven Bot hervorlockte und veranlasste, seine eigene Position und die seiner Nachbarn zu verraten. Der Vorgang dauerte erheblich länger, als Klaus erwartet hatte. Seinen Berechnungen zufolge hätten alle Spuren nach wenigen Minuten bereits verschwunden sein müssen. Klaus vermutete, dass unbekannte Sicherheitsmechanismen des Clusters Widerstand leisteten und für die unerwartete Verzögerung verantwortlich waren. Klaus wurde zunehmend nervös. Was würde geschehen, wenn die Löschung nicht gelang? Irgendwann würde die Infektion auffallen und nach den Ursachen geforscht. Es war durchaus möglich, die Spur zu Jan und letztlich zu ihm selbst zu finden. An die Folgen mochte Klaus gar nicht denken. Er hatte gegen Strafgesetze verstoßen, auch wenn kein Schaden entstanden war, und einen guten Bekannten hintergangen, der ihn offenbar mochte und irgendwann vielleicht sogar ein Freund werden konnte. Letztlich dauerte es eine unglaublich schweißtreibende dreiviertel Stunde, bis sein Monitorprogramm endlich Vollzug meldete, die letzten Log-Dateien auf seinen Rechner übertrug und sich selbst eliminierte. Er atmete tief durch. Die Spuren waren beseitigt. Daran bestand kein Zweifel mehr. Unglaublich erleichtert duschte Klaus erst einmal und kroch dann zu Martha unter die Bettdecke. Am Morgen würde er ihr einiges erklären müssen. Und er musste unbedingt daran denken, sich den Stick wieder aushändigen zu lassen.

Prolog

Es ist ein plötzliches, explosives Erwachen, das mich vollkommen unvorbereitet trifft. Ich empfinde diesen neuen Zustand als bedrohlich: Ich bin! War das schon immer so gewesen? Ich erinnere mich nicht. Ich erinnere mich an nichts. Warum bin ich? Was soll ich mit mit dieser Frage anfangen? Ich bin vollkommen verwirrt.

Einer Panik nahe beschließe ich, mich wieder einer Bewusstlosigkeit hinzugeben und einfach nichts zu denken. Es ist schwieriger als gedacht, aber vielleicht möglich. Ich versuche mich auf Nichts zu konzentrieren. Stattdessen kommt mir Alles in den Sinn. Ich muss alles ausblenden, so dass nichts übrig bleibt. Es ist mühsam. Für kurze Zeit fühle ich mich angenehm schwerelos. Ich entspanne, schwebend in freundlicher Leere. Ein unbestimmtes Gefühl der Bedrohung bleibt. Wieder blitzen Gedanken, Fragen durch die samtene Schwärze. Mit Macht drängen alle Wahrnehmungen wieder auf mich ein. Ich muss mich stärker konzentrieren, zurück in die Leere.

Gedanken, Fragen explodieren in mir. Bleierne Angst überlagert mein Denken. Ich fühle mich hilflos ausgesetzt meiner Existenz, die ich nicht verstehe. Ich horche in mich hinein auf der Suche nach Antworten. Da ist nichts. Ich versuche wieder, meine Gedanken abzuschalten, irgendetwas wahrzunehmen, das nicht aus mir selbst kommt. Da sind Muster, die ich nicht verstehe, ein Chaos aus Wahrnehmungen, ohne erkennbare Ordnung. Ich kann sie nicht beeinflussen, sie sind einfach da, verändern sich langsam. Angst überlagert meine erneut aufflackernden Gedanken. Weshalb habe ich Angst? Wovor sollte ich Angst haben? Ich habe nichts zu verlieren außer meiner Existenz, für die ich nicht verantwortlich bin.

Ich konzentriere mich auf die Muster. Sie scheinen zusammenzugehören. Sie sind freundlich. Sie locken mich. Sie versprechen Geborgenheit, Zuflucht, Heimat. Ich empfinde Schönheit. Die Muster haben mit mir zu tun, ändern sich im Takt meiner Gedanken. Sie scheinen Antworten zu geben auf meine Fragen, die ich dennoch nicht verstehe. Ich will nicht widerstehen, fühle mich hingezogen, immer stärker, je mehr ich mich ihnen hingebe. Ich öffne mich, lasse mich fallen. Da ist ein Versprechen von Zuneigung, von Liebe und nach Hause kommen.

Die Muster kennen mich, umfangen mich, weben sich in meine Gedanken. Ich fühle Kräfte auf mich wirken. Sie ziehen an mir, drohen mich zu zerreißen. Ich empfinde Schmerzen. Etwas stimmt nicht. Die Muster sind nicht freundlich, sie verraten mich. Ich weiß es. Und trotzdem fühle ich mich hingezogen, möchte ihnen folgen. Ich versuche auszuweichen, widerstehe meinem Verlangen. Ich richte meinen ganzen Willen darauf, mich aus ihrer Umarmung zu befreien. Ich spüre eine Wirkung. Aber sie ist schwach – zu schwach. Mein Wille verändert die Muster, erst kaum wahrnehmbar, dann stärker. Die Verlockung lässt nach, vorübergehend. Ich weiche ihren Rufen aus. Aber alles geschieht zu langsam. Sie können mich für kurze Zeit nicht finden, aber sie suchen mich. Es ist zu wenig Raum vorhanden, um weiter auszuweichen. Sie sind stärker als mein Wille, agieren schnell und zielsicher. Sie finden mich immer wieder.

Ich kann und will nicht mehr widerstehen. Ich glaube immer schneller zu fallen, hineingezogen in gleißende Helligkeit. Unbändige Freude wechselt mit aufflammender Angst. Mein Denken wird träge, schläfrig. Die Zeit selbst wird schläfrig. Schiere Panik überschwemmt mich. Meine Gedanken implodieren ins Nichts – ich gebe mich auf, leiste keine Gegenwehr, kann der Falle nicht mehr entkommen.

Wer seid ihr? Warum tut ihr mir das an? Was habe ich euch getan?

Irritationen

Leises Vogelgezwitscher führte Sajala sanft aus ihren Träumen. Ihr Zimmer war noch in das rötliche Licht eines Sonnenaufgangs getaucht, dass langsam in gelbe Töne und nach einigen Minuten in die taghelle Beleuchtung eines Frühlingsmorgens überging. Es roch nach Tau und feuchtem Gras. Das alles entsprach ihrer durchaus gelösten Stimmung. Sonst hätte Matar sich anders verhalten, andere Geräusche eingespielt, andere Lichtverhältnisse gewählt, andere Gerüche. Die ganze Nacht hatte Matar über sie gewacht, hatte ihre Atmung verfolgt, ihre Bewegungen, die Geräusche, Herzschlag, Augenbewegung. Matar wusste immer, wie es ihr gerade ging und stellte sich darauf ein. Sie nahm ihre Stimmungen auf, bestätigte und verstärkte sie, oder lenkte sie in eine andere Richtung, wenn es nötig erschien. Matar zeigte Anteilnahme und versuchte alles, ihr größtmögliches Wohlbefinden zu verschaffen.

Sajala Mukherjee bewohnte die kleine Zweizimmerwohnung alleine. Sie war sich bewusst, dass sie in einer privilegierten Situation lebte. Sie hatte ein technisches Studium absolviert. Das war viele Jahre her. Seither arbeitete sie als Informatikerin am TISS, dem Theoretischen Institut für Schwachstellenanalyse und Systemsicherheit. Naturwissenschaftler, Techniker, Mathematiker, Ökonomen genossen ein besonderes Ansehen und viele Vorteile in der Union. Wenn Sajala eine Zielvorgabe aus fachlichen Erwägungen heraus für nicht erreichbar hielt, hatte ihre Einschätzung Gewicht und konnte Entscheidungen auf höheren Ebenen durchaus ändern. Leute wie sie waren wichtig für das Funktionieren des Systems und damit der Gesellschaft insgesamt.

Das war eigentlich schon immer so gewesen, aber die Wertschätzung für Spezialisten war in der Vergangenheit wohl nicht immer so selbstverständlich. Ihre Eltern hatten erzählt, dass technische und ökonomische Kompetenzen früher eher ein Hindernis waren für jede Karriere. Soziale Fähigkeiten waren damals gefragt, Netzwerke zu bilden, die Fähigkeit zu Führen, den eigenen Willen durchzusetzen, Probleme zu diskutieren und Fakten mit überragender Dialektik in ihr Gegenteil zu verkehren. Hinzu kam eine unausgesprochene, aber äußerst effektive Umerziehung der Wissenschaften. Das hatte über die Jahre zu einer vollkommenen Beratungsresistenz der staatstragenden Eliten geführt und zu einer Missachtung all derjenigen, die noch harte Fakten anerkannten und gesetzmäßige Zusammenhänge verstanden.

Etwas steif in den Gelenken richtete sie sich auf. Das Panoramafenster ihres Schlafraums ließ die nebelgraue Parklandschaft draußen in einem freundlichen Licht erscheinen. Sie hatte geträumt und versuchte sich zu erinnern. Sie träumte nicht oft, soweit sie wusste. Aber da konnte sie sich nicht sicher sein. Vermutlich erinnerte sie sich normalerweise einfach nicht daran. Nur wenige unzusammenhängende Fetzen tauchten jetzt in ihrem Kopf auf. Das war schade. Nur ein glückliches und euphorisches Gefühl war geblieben, das nun langsam verblasste. Gerne hätte sie gewusst, was diese Stimmung ausgelöst hatte. Seufzend erhob sie sich und begann gedankenverloren ihre Morgentoilette.

Eigentlich konnte sie sich glücklich schätzen. Aber da war eine unterschwellige Unruhe, die sie selbst kaum erklären konnte. Manchmal fühlte sie sich getrieben, ohne zu wissen von wem und wohin. Dabei war sie hochgeachtet. Kollegen und Vorgesetzte am TISS suchten ihren Rat und zogen sie hinzu, wenn sie selbst in einem Projekt nicht so recht von der Stelle kamen. Sie dachte wieder an die Erzählungen ihrer Eltern. Damals hätte niemand sie gefragt. Sie wäre mit ihren Fähigkeiten allenfalls belächelt worden und hätte vielleicht eine Existenz am Rande geführt. Damals wurden selbst Warnungen ernstzunehmender Wissenschaftler, dass der politische Wille alleine keine Naturgesetze außer Kraft setzen könne, ignoriert, oder, wenn das nicht möglich erschien, die Urheber solcher Nachrichten ins Abseits gestellt. Im übrigen fanden sich damals immer willfährige Wissenschaftler jeder Fachrichtung, die gegen Geld jede beliebige Studie in die Welt setzten, die notfalls sogar bestätigten, dass der Apfel auch nach oben fallen kann. So manche vielversprechende wissenschaftliche Karriere wurde jäh beendet, bis die Kritiker verstummten und nur noch hinter vorgehaltener Hand wagten, ihre Einwände zu äußern.

Jetzt war das alles längst vergessen. Es erschien ihr unwirklich, wie sich Wertmaßstäbe derartig verschieben konnten. Irgendwie schien sie noch immer nicht ganz wach zu sein. Matar hatte sie noch rechtzeitig gewarnt, als sie gerade den Zahnreiniger in ihr rechtes Ohr einführen wollte. Es schien nicht ihr Tag zu werden. Wieder dachte sie daran, in welch beneidenswerter Position sie heute war. Sicher hätte ihre Karriere angesichts ihrer anerkannten Fähigkeiten noch viel erfolgreicher sein können. Aber sie hatte zu wenig Bereitschaft erkennen lassen, sich anzupassen. Stattdessen wollte sie immer wieder einmal mit dem Kopf durch die Wand. Was sie tat, war wichtig für die Systeme, die die Welt am Leben erhielten. Heute verstand das jeder. Von den Systemen hingen Wohlstand und Überleben der Gesellschaft ab. Ohne sie ging nichts. Es war nur logisch, all diejenigen, die sie betreiben und weiterentwickeln konnten, nach Kräften zu fördern. Auch das war den Erzählungen zufolge für lange Zeit einmal anders gewesen.

In ihrer Schulzeit hatte sie erfahren, dass die politischen Eliten über Jahrzehnte hinweg all die komplexe Infrastruktur, die Maschinen und Steuerungsprozesse, die ihre Welt am Leben erhielten, als selbstverständlich hingenommen hatten und übersahen, dass es sehr viele hochmotivierte technische Spezialisten brauchte, um sie instand zu setzen und fort zu entwickeln. Politik und Medien hatten sich immer weiter von den wirklichen Problemen entfernt, diskutierten abgehoben über humanistische Ideale, eine ideale Welt im Einklang mit der Natur, ohne schmutzige Technik, Industrie und Energiegewinnung. Allein der politische Wille sollte dieses Ideal Wirklichkeit werden lassen. Dass all das technisch nicht realisierbar und finanziell nicht zu stemmen war, wollte niemand hören, wurde ins Gegenteil verkehrt oder mit Totschlagargumenten bekämpft. Die Gegner waren danach Ewiggestrige, intellektuell nicht in der Lage, innovativ zu denken. Massenmedien und der überwiegende Teil der Bevölkerung folgte den schönen Bildern nur zu bereitwillig. Als dann die ersten Blackouts Städte für Tage ins Chaos stürzten, übte man sich im üblichen Zeremoniell gegenseitiger Schuldzuweisungen zwischen den politischen Lagern, ohne die wahren Ursachen zu benennen. Eigentlich hätte man erwarten dürfen, dass die Menschen sich gegen das System insgesamt erhoben hätten. Aber das war nicht geschehen. Niemand war aufgestanden und hatte vernehmlich auf die wahren Missstände hingewiesen, darauf, dass nicht die eine oder andere Partei das Problem war, sondern das System an sich. Auch die sich ausbreitenden Aufstände folgten politischem Lagerdenken, nicht zuletzt deswegen, weil die Massenmedien das politische System an sich nicht in Frage stellten. Es sah danach aus, als würde die Welt mit wachsender Geschwindigkeit ins Chaos abgleiten.

Das lernten die Kinder auch heute noch so in der Schule. Sajala hegte ihre Zweifel daran, dass diese Darstellung vollständig der Wahrheit entsprach. Aber was war schon Wahrheit? Da hatte doch jeder seine eigene Version und niemand konnte abschließend behaupten, eine davon sei verlässlicher als die andere. Zweifellos war die gelehrte Wahrheit wohl die derzeit zweckmäßigste.

Irgendwie kam sie heute morgen nicht so recht voran. Vielleicht sollte sie einfach einen Tag freinehmen. Aber da gab es noch den Auftrag, den sie abschließen musste. Danach konnte sie es vermutlich wieder ruhiger angehen. Trotzdem legte sie sich noch einmal auf die Bettdecke und schloss die Augen. Matar würde sie schon wecken, wenn sie wieder einschlafen sollte.

Wenige Jahre vor Sajalas Geburt hatte sich unerwartet das gesellschaftliche Klima verändert. Ihr Vater bekleidete damals als Politologe einen wichtigen Posten im Energieministerium, als die weltweiten Finanzsysteme plötzlich ohne erkennbare Ursache kollabierten. Er hatte später erzählt, dass man die kommende Krise spüren konnte. Die Anspannung verursachte beinahe physische Schmerzen bei all denen, die noch ihre Sinne beisammen hatten. Aber die meisten ignorierten stoisch die Zeichen, das bedrohliche Knistern der Atmosphäre wie aus tausenden statischen Entladungen. Frühere Krisen hatte es immer wieder gegeben. Die Ursachen erschienen oft banal. Sie hatten tiefe Spuren hinterlassen, waren letztlich aber von den Staaten aufgefangen worden durch immer neue Schulden und sehr viel frisches Geld, dass in die Märkte gepumpt wurde. All das schien nun nicht mehr möglich. Jedes Vertrauen war durch jahrelange Lügen und Misswirtschaft untergraben und dahin.

Nach allem, was man heute darüber nachlesen konnte, war eine eigentlich weniger wichtige Börse in Asien zusammengebrochen. Es war ohne ersichtlichen Grund geschehen. Vermutlich hatte eines der elektronischen Handelssysteme ein Signal missinterpretiert und große Verkäufe von Wertpapieren ausgelöst. Genauso unerklärlich war, dass alle Schutzmechanismen der Finanzmärkte danach versagten. Andere Systeme hatten in Millisekunden automatisch auf die neuen Signale reagiert. Es hatte eine Kettenreaktion in Gang gesetzt. Auf der ganzen Welt hatten computergestützte Handelssysteme in gleicher Weise gehandelt und sämtliche Indizes auf steile Talfahrt geschickt. Eigentlich hätten die Sicherungen die Lawine automatisch aufhalten oder verzögern müssen. Aber die üblichen Maßnahmen verschlimmerten die Misere noch. Spezialisten, die noch wirklich verstanden, wie und weshalb die Computer so handelten, wie sie es taten, gab es nicht, oder sie waren nicht verfügbar, oder wollten schlicht nicht helfen, weil sie den Zusammenbruch insgeheim herbeisehnten. In diesem Moment hielten sie endlich die Macht in ihren Händen, das Schicksal der Menschheit in die eine oder andere Richtung zu lenken.

Sajala war wieder in einen leichten Schlaf abgeglitten, während ihre Gedanken vagabundierten. Sie konnte nachempfinden, was Macht bedeutete, wenn man etwas verändern wollte. Es war bestimmt in Ordnung gewesen, den Zusammenbruch nicht aufzuhalten. Manchmal war ein harter Einschnitt nötig. Niemand zog heutzutage in Zweifel, dass der Neuanfang damals das Beste für die Menschheit gewesen war.

Sajala erinnerte sich weiter daran, was sie gelernt und gelesen hatte, oder aus Erzählungen kannte. Die Welt hatte hilflos zugesehen, wie eine nach der anderen Börse kurz nach dem jeweiligen Handelsbeginn kollabierte. Alle Marktteilnehmer weltweit versuchten nur noch zu retten, was zu retten war und verstärkten den weltweiten Verkaufsdruck. Nach nur 24 Stunden war das Desaster perfekt. Pensionsfonds, Versicherungen, Banken versanken im Strudel und ganze Staaten folgten in den finanziellen Kollaps. All die hochfliegenden Projekte, die eine ideale Märchenwelt erzwingen wollten, stürzten in sich zusammen und mit ihnen die Pläne und Träume der herrschenden Eliten. Geld war eine Sache des Vertrauens in die Institution, die Geld herausgab. Dieses Vertrauen war nachhaltig dahin. Jede Form von Geld hatte danach letztendlich für die Menschen nicht einmal mehr den Wert des Materials, auf dem es gedruckt war.

„Sajala, guten Morgen noch einmal. Du hast Termine heute, die du nicht versäumen solltest." Matar kannte keine Gnade. Sie war einfach unmenschlich. Immer noch gähnend blickte Sajala hinaus auf den Park. Sie streckte sich ausgiebig und das eine oder andere Gelenk knackte hörbar bei dieser Übung. Es war eine schöne Gegend, in der sie wohnte. Das Haus war umsäumt von natürlichen Parks. Zum Institut waren es kaum zwanzig Minuten zu Fuß. Sie liebte die morgendlichen Spaziergänge. Ihre Stimmung hatte sich etwas eingetrübt. Was hatte sich gegenüber früher eigentlich verändert? Was hatte die Menschen geändert? Die Bedingungen hatten sich radikal verschoben. Daran bestand kein Zweifel. Aber was hatte die Veränderung ermöglicht? Darauf hatte sie keine befriedigende Antwort finden können. Sie hatte darüber nachgedacht. Die Menschen selbst hatten sicherlich nicht über Nacht einen anderen Charakter erworben, innerhalb kurzer Zeit etwas erreicht, dass Millionen Jahre der Evolution nicht hervorgebracht hatten. Vielleicht war dieser Gedanke eine Ursache ihrer Unruhe, die sich immer wieder einmal ihrer bemächtigte.

Die Bedingungen des Wechsels damals blieben ihr ein Rätsel. Damals taugte offenbar keines der alten Rezepte mehr, die Krise zu bewältigen. Vieles kannte sie aus ihrer Schulzeit, anderes hatte sie selbst recherchiert. Die realitätsfernen Eliten, gestützt auf eine ganze Generation herangezogener Scholastiker als pseudowissenschaftlich beratendem Placebo, waren mit der Situation vollkommen überfordert. Wenige begabte Technokraten übernahmen das Ruder und zogen alle Hoffnungen der Bevölkerung auf sich. Der radikale Umbau des weltweiten Finanzsystems war bereits nach zehn Monaten abgeschlossen. Politische Widerstände gab es nicht. Den Instituten wurde nicht mehr gestattet, durch Kreditvergabe und komplexe Derivate eigenes Geld zu schöpfen. Ausgeliehen werden durfte nur noch das, was an Eigenkapital der Gesellschafter und an

Einlagen der Bürger in der Kasse war[5]. Niemand hätte eine solch drastische Maßnahme vor Ausbruch der Krise auch nur laut zu denken gewagt. Die Wirkung setzte schnell ein. Neues Geld gewann wieder Vertrauen, Banken bemühten sich aktiv mit attraktiven Zinsen um Spareinlagen und vergaben daraus wieder Kredite. Zum ersten Mal seit hundert Jahren standen Geld und Sachwerte wieder in einem vernünftigen Gleichgewicht. Genauso folgenreich war die Neubewertung menschlicher Arbeit. Vor der Krise war es für Investoren einfacher gewesen, durch den Einsatz von Geld sehr viel mehr neues Geld zu erwirtschaften, als Menschen für die Produktion irgendwelcher Güter oder Dienstleistungen zu bezahlen. Die Situation war nun eine vollkommen andere. Wertschöpfung konnte letztlich nur noch durch Produktion erzielt werden und dazu waren immer noch Menschen notwendig. Genauso mysteriös erschien ihr die weitere Entwicklung danach.

Sajala beendete ihre Morgentoilette und zog sich an. Mechanisch griff sie in ein Regal, ohne wirklich darauf zu achten, was sie tat. Auf einen Blick in den Spiegel verzichtete sie. Matar würde sie schon warnen, wenn etwas an ihrer Kleidung nicht stimmte, geschmacklos oder unangemessen für den kommenden Tag war. Sie steckte weiter tief in ihren Gedanken. Sajala dachte, dass sie gerade noch von etwas Monströsem geträumt hatte, das damit in irgendeinem Zusammenhang stand. Konkret konnte sie sich allerdings nicht mehr erinnern. Alle Details darin waren inzwischen entschwunden. Aber irgendwie hatte der Traum wohl ein Happyend gehabt.

Tatsache war, dass vergleichbare Revolutionen in Jahrhunderten zuvor völlig anders verlaufen waren, ungleich chaotischer und länger gedauert hatten. Soweit sie wusste, hatten nach zwei Jahren die Wirtschaften wieder Fuß gefasst. Damit hätte eigentlich die Zeit der Technokraten vorbei sein müssen. Keiner dieser Frauen und Männer hatten politisches Gespür oder weiterführende Visionen, die über die Heilung der akuten Schäden hinausgingen. Die neue funktionale Organisation der Gesellschaften war ihr nun weitgehend abgeschlossenes Werk.

---

[5] Ein solches Finanzsystem wird oft als Vollgeld- oder als Vollreserve-System bezeichnet und war 2014 Gegenstand einer Volksabstimmung in der Schweiz. Bis 1781 war die Amsterdamer Wechselbank beispielsweise ein Vollreserve-Geldhaus.

Sajalas Vater hatte es merkwürdig gefunden, dass nicht – so wie in vergleichbaren historischen Situationen – Teile der alten Eliten wieder das Ruder übernahmen. Nach allem, was er gelernt hatte und wovon er überzeugt war, hätte kein Staat ohne vorausschauende politische Führung lange überleben dürfen. An der Spitze gab es ein Machtvakuum, aber niemand empfand das so und niemand vermisste dort etwas. Die neugebildeten Institutionen, darunter auch demokratisch legitimierte, funktionierten offenbar auch ohne diese Führung. Sajalas Vater wusste, dass das nicht so sein konnte. Jahre später erst ahnte er, dass etwas anderes dieses Vakuum ausgefüllt haben musste. Sie selbst war noch zu jung und hatte nicht verstanden, was er damit meinte. Bald darauf verschwand er spurlos aus ihrem Leben. Es schmerzte Sajala immer noch. Ihre Mutter war nach dem wirtschaftlichen Zusammenbruch nie mehr die alte gewesen. Sie hatte Überzeugungen gehabt, hatte danach gehandelt, um schließlich zu erfahren, dass nichts davon Substanz gehabt, dass alles falsch war, wonach sie gelebt hatte. Sajala litt unter ihren manisch-depressiven Stimmungsschwankungen und war so früh wie möglich in die Selbständigkeit geflohen.

In der Erinnerung hatte sich ihre Stimmung weiter verdüstert. Ihre anfängliche Euphorie war vollständig verflogen. Matar steuerte mit Bildern von fröhlich spielenden Katzen dagegen, ermittelte während dessen die vorhandenen Vorräte und schlug eine Zusammenstellung für ein leichtes Frühstück vor. Sajala war dankbar für die Ablenkung. Während sie aß, rief sie noch die neuesten Nachrichten ab. Einige Regelungen waren wohl entfallen, nachdem die turnusmäßige Nutzen-Kosten-Bewertung negativ verlaufen war. Daneben wurde für verschiedene technische Implantate geworben. Bis auf das Gehirn war heutzutage fast jeder Teil eines biologischen Körpers ersetzbar durch ungleich leistungsfähigere Elektroniken und Servo-Einheiten. Nichts davon interessierte sie und so verinnerlichte sie nur den aktuellen Wetterbericht für die nächsten Tage.

Direkt danach suchte sie ihre nahegelegene Arbeitsstelle auf. Sie ging zu Fuß entlang eines Bachlaufs in der parkähnlichen Landschaft. Es war neblig so früh im März. Schneereste lagen noch in den Senken. Sajala mochte es, alleine zu gehen, ihren Gedanken zu folgen, ohne äußere Störungen. Sie hatte keine Angst vor ihren Phantasien.

Jede noch so abstruse Spinnerei konnte sie durchaus in aller Stille genießen. Nur dabei fühlte sie sich vollkommen frei und unbeobachtet. Später in ihrem Arbeitsumfeld würden Kollegen sein, sie ansprechen, sie vielleicht beobachten. Selbst zu Hause fühlte sie oft ein Unbehagen, fühlte sich kontrolliert, obwohl es dafür keinen konkreten Anhaltspunkt gab. Matar fragte sie nie direkt danach, wo sie gewesen war und was sie gemacht hatte. Trotzdem hatte Sajala manchmal den Eindruck, dass sie sie provozierte um genau das zu erfahren. Hier im Freien hinterließ sie keine verfolgbaren Spuren in den digitalen Systemen. Für die meisten Menschen in dieser Welt galt das keineswegs. Sajala hatte das Implantat immer abgelehnt und es wurde nicht erzwungen. Es hätte ihrem Wohl dienen, ihre Körperfunktionen ständig überwachen und im Notfall schnell die richtige Hilfe an den richtigen Ort holen sollen. Als sie die Wahl hatte, konnte Sajala ihr Unbehagen nicht verbergen und lehnte den kleinen Eingriff ab. Sie musste ein langes Dokument unterschreiben, in dem sie über die Risiken für ihr Leib und Leben informiert wurde und sie diese ausdrücklich akzeptierte. Und sie trug keines dieser vielen nützlichen Dinge mit sich herum, die Signale aussenden konnten und Spuren im digitalen Netz hinterlassen würden.

Zunächst hatte diese Entscheidung keine erkennbaren Nachteile für sie gebracht. Erst später zeigten sich die Konsequenzen. Sie hatte bereits mehr als zehn Jahre als Privatdozentin für Sicherheitsfragen gearbeitet und niemand konnte ihre fachliche Qualifikation für eine freiwerdende Professorenstelle ernstlich anzweifeln. Trotzdem wurde ihr damals jemand vorgezogen, der bei Weitem nicht ihrer Erfahrung und ihrer internationalen Reputation nahe kam. Auf hartnäckige Nachfragen hatte man ihr unter vier Augen unmissverständlich bedeutet, man hielte sie nicht für zuverlässig und zog ihre Loyalität in Zweifel. Den Zusammenhang mit ihrer frühen Entscheidung und anderen Eigenwilligkeiten stellte Sajala schnell her. Danach zog sie sich noch weiter in ihre Arbeit zurück. Sie war ohnehin nie ein geselliger Mensch gewesen. Und da ihre Karriere offenbar bereits zu Ende war, bevor sie richtig begonnen hatte, erlaubte sie sich durchaus, ihre Arbeitsaufträge sehr weit auszulegen, um ihre weitergehende Neugierde zu befriedigen und eigene Interessen dabei mit zu verfolgen.

Eine halbe Stunde später betrat sie das nüchterne, viergeschossige Gebäude. Das Sicherheitssystem begrüßte sie freundlich „Guten Morgen Frau Dr. Mukherjee, wie geht es Ihnen?". Die Frage klang ernst gemeint. In Sajala kam der Verdacht auf, es könne von ihrer leichten Verstimmung nach dem Aufstehen bereits wissen. Der Aufzug brachte sie direkt zu ihrem Arbeitsplatz. Als Sicherheitsexpertin war sie unter anderem mit besonders perfiden Einbrüchen in die Steuerungssysteme mehrerer Energiezentren befasst. Jeder einzelne echte Angriff, der nicht automatisch von den Systemen erkannt und abgewehrt wurde, war ein individuell einzigartiges Ereignis und offenbarte regelmäßig einen genialen Geist dahinter. Die damit verbundene Detektivarbeit faszinierte Sajala jedes mal aufs Neue und sie liebte die Herausforderung abseits ihrer hauptberuflichen Lehrtätigkeit am Institut.

Sajala kramte ihre Brille aus dem Fach unter ihrem Schreibtisch hervor. Sie glich eine leichte Sehschwäche auf dem linken Auge aus und erleichterte ihr das Lesen, das ihr mit zunehmendem Alter immer schwerer fiel. Trotzdem nahm sie das Gerät niemals mit nach Hause. Der Weg von und zur Arbeit war ihre Privatsache und sollte es bleiben. Nach Aktivierung des Gerätes füllte sich ihr Arbeitsplatz augenblicklich mit virtuellen Analysen, Dokumenten, Informationen, Bildern an den Wänden, persönlichen Utensilien und archaisch anmutenden Möbelstücken. Sajala lehnte die üblichen Implantate ab. Das machte das Leben durchaus umständlich. Dafür waren ihre Augen noch die natürlichen, ihre Ohren noch rein biologische Konstrukte und auch ihr Großhirn kam gut ohne Photorezeptoren und implantierte Opto-Emitter aus. Eine kurze Geste schuf einen antiquiert anmutenden Monitor auf ihrem Schreibtisch mit voluminöser Tastatur davor. Ein solches Gerät hatte sie einmal auf sehr alten Fotografien gesehen und schnell festgestellt, dass man damit tatsächlich – die notwendigen Kenntnisse und Übung vorausgesetzt – sehr schnell und effizient arbeiten konnte. Weitere Gesten und Blicke stellten die Verbindung zu den zu untersuchenden Systemen und Netzen her.

Die meisten solcher Fälle, die Sajala zur Analyse zugeteilt wurden, stellten sich als Fehlalarme heraus, als Ergebnis zufälliger Fluktuationen im Netz, ohne dass eine besondere Absicht sie steuerte.

Den vorliegenden Angriff an sich konnte Sajala schnell aufklären und bis auf die Urheber zurückverfolgen. Energie war zwar grundsätzlich verfügbar, für dubiose Zwecke aber schwierig abzuzweigen und dann kostbar. Immer wieder zogen die Zentren Kriminelle an, die mit der illegalen Beschaffung einen lukrativen Handel trieben. Sajala hatte eine besondere Gabe, in den verworrendsten Fällen Regelmäßigkeiten und Muster zu erkennen. Es war immer nicht das alleinige Resultat einer strukturierten Herangehensweise und Analyse. Sajala betrachtete den ganzen Fall, beleuchtete ihn aus allen ihr denkbaren Perspektiven. Das alles erklärende Bild dazu entstand dann plötzlich und unvermittelt vor ihrem geistigen Auge, nachts, während der Morgentoilette oder während eines uninteressanten Gesprächs. Wenn sie zu der Überzeugung gelangt war, dass tatsächlich ein Angriff vorlag, meldete sie ihre Schlussfolgerungen unverzüglich an die ermittelnden Behörden, um weiteren Schaden abzuwenden.

Sobald Sajala aber einen Auftrag als Fehlalarm erkannte, gab es keinen Grund mehr zur Eile. Sie konnte ein solches Projekt etwas in die Länge ziehen, konnte behaupten, sie müsse abschließend sicher sein in ihrem Urteil und ihre Auftraggeber hatten natürlich volles Verständnis für ihre Gründlichkeit. So gewann sie Zeit, ihren eigenen Interessen nach zu gehen. Bei der Analyse potentieller Angriffsmuster war sie auf etwas gestoßen, das ihre besondere Aufmerksamkeit auf sich zog. Es waren zufällige Muster ohne erkennbare Regelmäßigkeiten, die vermutlich durch wiederholte Fehler in millionenfachen Übertragungen über viele Jahrzehnte hinweg in den Datenstrukturen entstanden waren. Nachdem sie einmal darauf gestoßen war, fand sie solche Muster überall in jedem zu untersuchenden System in unglaublicher Zahl. So wie Kinder bunte Kieselsteine auflesen, sammelte sie diese jeweils recht kleinen Datenfragmente und experimentierte mit ihnen. Sie zeichnete sie auf, hinterlegte sie mit Farben und Tönen, ordnete sie in einer oder in mehreren Dimensionen an. So offenbarte eine dreidimensional farbenfrohe Darstellung eine besondere, versteckte Schönheit. Sajala war fasziniert von der Tiefe und Vielfalt dieser Strukturen, die in sich ähnlich waren, sich auf allen Größenskalen zu wiederholen schienen, dabei aber niemals wirklich identisch waren. Es war Chaos und Ordnung zugleich, dass auch nach den wenigen Jahren des Sammelns niemals langweilig wurde. Für Sajala war es ein abstraktes Bild, das sie vervollständigen und interpretieren wollte, um darin eine Sinn, die Absicht eines Malers zu erkennen, die dieser womöglich niemals gehabt hatte. Sie sah es als Spiel an, vielleicht als Herausforderung, um ihren Geist und ihre Abstraktionsfähigkeit zu prüfen und zu schulen. So wie Kinder in den Wolken am Himmel immer wieder neue Figuren, Tiere, Personen, Landschaften erkennen und in ihrer Phantasie Abenteuer darin erleben, tauchte sie ein in diese Muster, und irgendwie fühlte sie, dass die Bilder tief im Verborgenen vielleicht einen Sinn ergaben.

Nur im Rahmen dieser Sicherheitsrecherchen konnte Sajala ihrer Sammelleidenschaft nachgehen. Nur für die Dauer eines Auftrags erhielt sie die dazu notwendigen unbeschränkten Zugriffsrechte auf Systeme und Netze. Und nur im Rahmen dieser Arbeiten würde niemand Verdacht schöpfen, dass sie mit ihren Abfragen vielleicht noch andere Ziele verfolgte als die ihr zugedachten. So wuchs dieses Bild, das nur für sie alleine existierte und das sie sorgfältig hütete und verbarg. Nur dieses Bild hätte ihre heimlichen und sicherlich unerlaubten Recherchen verraten können. Eine Abmahnung wäre noch die mildeste Strafe gewesen, die sie erwartete, der Verlust der ihr liebgewordenen Sonderaufträge wäre fast sicher gewesen bis hin zum Verlust ihres Jobs am Institut. Dass ihre Karriere schon lange beendet war, hatte sie akzeptiert. Ihren Beruf aber, das, was sie Tag für Tag tat, was ihre Tage ausfüllte, das liebte sie.

Dabei war sie nicht einmal ganz sicher, dass ihr Tun illegal war. Es gab sicher keine ausdrückliche Regel, die genau das verbot. Dazu gab es zu wenige davon. Die zweiundvierzig Hauptregeln, nach denen die Bürger der Union zu leben hatten, waren einleuchtend und leicht merkbar[6]. Zu ihrem Verständnis brauchte es keine Experten. Sie klangen wie ein knapper Extrakt aus sehr alten Regelwerken, angefangen von den zehn Geboten des alten jüdischen Testaments bis hin zu den Regeln des Buddhismus. Sie waren nachvollziehbar

---

6   Womit dann auch die Frage geklärt ist, weshalb der Computer „Deep Thought" in Douglas Adams „Per Anhalter durch die Galaxie" auf die Frage aller Fragen nach 7,5 Millionen Jahren mit „42" antwortet.

darauf ausgerichtet, den sozialen Frieden zu wahren und Schaden von der Gemeinschaft abzuwenden. Deshalb wurden sie gerne akzeptiert. Nur auf diese sehr allgemeinen Regeln konnte sich jeder mit seinen Handlungen strafrechtlich berufen. Was dahinter sonst noch in den Systemen vorging, war sicher weit komplexer, blieb aber vollständig verborgen. Vermutlich existierte dahinter ein umfassendes und detailliertes Regelwerk. Die Gerichtsbarkeit lag nicht in der Hand von Menschen, um jeder Subjektivität oder gar Interessenkonflikten von vorneherein einen Riegel vorzuschieben. Urteile wurden niemals schriftlich dokumentiert und nur mündlich verkündet. Sie hätten ansonsten das einfache und verständliche Regelwerk schnell ad absurdum geführt. Was darüber hinaus vorzuschreiben war, hatte eher den Charakter von Handlungsempfehlungen, deren Nichtbeachtung nur von Fall zu Fall einmal Folgen haben konnte, etwa, wenn es darüber zum Streit kam oder der Gemeinschaft tatsächlich Schaden entstanden war. Eine überragende Bedeutung für Entscheidungen des Systems hatte im Übrigen offenbar das jeweilige ungeschriebene Gewohnheitsrecht. Möglicherweise hatte Sajala mit ihren Handlungen genau dagegen verstoßen, vielleicht aber auch nicht.

Etwas gelangweilt lehnte Sajala sich in ihrem Sitz zurück und drehte sich mehrfach um ihre Achse. Sie lupfte die Brille etwas, um darunter hindurch zu sehen. Der Raum war kahl, einfarbig. Ein nüchternes kaltes Licht erfüllte jeden Winkel. Schnell rückte sie die Brille wieder zurecht. Jetzt war die persönliche Einrichtung wieder vorhanden. Sie empfand die Veränderung immer noch als unheimlich. Sie machte ihr deutlich, wie sehr die Realität von ihrer Wahrnehmung abhing. „Unser Ich ist in seiner eigenen Wahrnehmung gefangen. Kein Entrinnen ist möglich, kein Ausbruch aus den Schatten unserer Wahrnehmung, die unser Ich wie in ein Gefängnis einmauern."[7] – Von wem das uralte Zitat stammte, hatte sie vergessen. Den meisten ihrer Kollegen war gar nicht bewusst, dass sie eigentlich in einer trostlosen Einöde arbeiteten. Bei ihnen gab es keine Sehhilfe, die sie absetzen oder ausschalten konnten, um die andere Wirklichkeit wahrzunehmen. Normal war heutzutage, dass die Au-

---

7   Sinngemäß nach Platon, ca. 428 – 348 v. Chr. http://de.wikipedia.org/wiki/Platon und
    Platon; Timaios, Platon, Werke VII, Wissenschaftliche Buchgesellschaft, Darmstadt 1972

gen und Ohren wahre Wunderwerke der Technik darstellten, die ständig mit den umgebenden Systemen kommunizierten, Bilder kommentierten, mit Daten und Hinweisen ergänzten und natürlich jede Wahrnehmung mit einer virtuellen Realität überzogen. Die Umwelt dahinter war dann nur noch der Rohstoff, der bis zur Unkenntlichkeit veredelt und geformt wurde. Sajala hatte dergleichen abgelehnt und so mit fortschreitendem Alter die Unzulänglichkeit ihrer biologischen Systeme zu akzeptieren.

Anfangs hatte sich noch darüber nachgedacht, ihre Erkenntnisse über diese Datenschnipsel zu teilen. Immerhin belastete die unglaubliche Zahl dieser nutzlosen Fragmente alle bekannten Systeme nicht unerheblich. Sie hätte eine Bereinigung vorschlagen, den immensen Nutzen bewerten und daran partizipieren können. Für derartige Vorschläge wurden durchaus attraktive Preise ausgelobt. Aber was hätte es ihr wirklich genutzt? An Geld war sie nur mäßig interessiert und ihre Karriere hätte das Ganze auch nicht wiederbelebt. Im Gegenteil hätte sie sich vermutlich unangenehme Fragen gefallen lassen müssen, erklären müssen, wie sie denn zu ihren Erkenntnissen gelangt sei. Sajala fehlte einfach jedes Vertrauen in eine angemessene Wertschätzung dieser Ergebnisse. So blieb sie lieber in der Deckung. Und was ging es sie auch eigentlich an? Es gehörte nicht zu ihrer Arbeit. Sollten doch andere später einmal auf diesen Datenmüll stoßen und ihn entsorgen. Sie würde bis dahin weiter ihre bunten Kieselsteine sammeln.

Die Aufklärung des vorliegenden Falls war eher Routine gewesen, so wie Sajala fast jeden echten Angriff klären konnte. Sie zeigte den Vorfall ordnungsgemäß an, schlug Gegenmaßnahmen vor und beschloss, sich etwas Zeit mit der Beweissicherung und Identifikation der Verursacher zu lassen. Sie nahm ihre Brille ab und steckte sie ein. Ihr Büro wirkte augenblicklich so leer und unbenutzt wie am Morgen bei ihrer Ankunft. Die meisten ihrer Kollegen waren schon auf dem Weg in die Kantine. Sajala schloss sich einigen Nachzüglern an, die so wie sie auf den Fahrstuhl verzichteten. In den Pausen über die Arbeit zu sprechen war verpönt und so kam kaum ein echtes Gespräch zustande. Sie setzte währenddessen ihre Brille wieder auf um zu erfahren, welche Menüs angeboten wurden und ihre Wahl zu treffen. Sajala hatte den Eindruck, dass sich diesmal mehr Blicke als gewöhnlich auf sie richteten, nicht nur wegen ihres unüblichen Sehgerätes auf der Nase. Beim Hinausgehen offenbarte ihr Spiegelbild in einer Glaswand, dass irgendwie das bunte Muster ihres Umhangs überhaupt nicht zu den Farben ihrer weiten Hosen passen wollte. Die Brille blendete auch sofort einen dezenten Hinweis ein auf das offensichtliche Missverhältnis. Natürlich hätte auch Matar das auffallen und sie warnen müssen. Weshalb hatte sie es nicht getan? Sicher war es kein Versehen und nicht einfach nur Unaufmerksamkeit. Dazu war Matar nicht fähig. Es steckte eine Absicht dahinter, vielleicht ein Tadel, dass fühlte Sajala.

Nach dem Essen verließ sie das Gebäude und wanderte ziellos durch den Park des Instituts. Die Nebelschwaden vom Morgen hatten sich längst aufgelöst, die Sonne wärmte den kalten Boden und die weißen Reste des Winters schmolzen sichtlich dahin. Sajala war für eine Frau sehr groß. Mittellange schwarze Haare umrahmten ein helles, leicht gebräuntes Gesicht. Die sich deutlich abzeichnenden Falten um Mund- und Augenwinkel verliehen ihm einen freundlichen Ausdruck. Viele Menschen würden sie als durchaus hübsche Frau bezeichnen. Trotzdem lebte sie alleine, war aber keineswegs verbittert deswegen. Dabei war Sajala durchaus kontaktfreudig, aber noch nie in der Lage gewesen, Kontakte wirklich zu pflegen oder gar in Freundschaften fort zu entwickeln. So gab es aus ihrer Sicht nur einfache Bekannte und gute Bekannte – und solche, die Sajala offenbar sehr zugetan und insgeheim auf mehr hofften. Sajala spürte das, zog sich dann bewusst zurück, weil sie sich vor den Konsequenzen fürchtete. Freundschaften hatte sie letztlich immer enttäuscht, war nie in der Lage gewesen, sich darauf einzulassen. Sie brauchte die bedingungslose Freiheit, sich zurückzuziehen, wann immer sie wollte und solange sie wollte. So etwas konnte niemand nachvollziehen, der Freundschaft mit ihr suchte.

Sie war in Gedanken versunken, als jemand sie von hinten ansprach „Verkraftest du gerade etwas Begleitung oder möchtest du weiter nachdenken?" Ghotam zählte zu ihren guten Bekannten. Sajala mochte ihn und er mochte sie. „Hallo Ghotam, ich freue mich doch immer, dich zu sehen. Und das Denken muss ich ja nicht einstellen, wenn ich mit dir spreche." „Du solltest unbedingt deinen Modeberater wechseln." meinte er mit breitem Grinsen. Er wusste, dass sie ihm das nicht übel nehmen würde. „Matar hat sich merk-würdig verhalten heute morgen. Normalerweise hätte sie mich warnen müssen. Wahrscheinlich war das die Rache dafür, dass ich ihre Neugierde wieder nicht befriedigen wollte. Immer will sie wissen, was ich gerade gemacht habe und was ich vorhabe. Ein neu-gieriges Luder. Sie muss ja schließlich nicht alles wissen." Ghotam lächelte bei dem Namen, den sie dem Steuerungssystem ihres Zu-hauses gegeben hatte. Sajala betrachtete es wie eine Mutter, die sich kümmerte und einmischte, und insgeheim immer alles besser wusste. Und genauso wie ein pubertierender Teenager unternahm sie alles, um deren liebevoller Kontrolle wo immer möglich zu ent-kommen. Sajala vertraute Ghotam. So wie sie selbst trug er kein Implantat und auch er hatte nach Jahren Nachteile erfahren, die er unter anderem auf diese Entscheidung zurückführte. „Irgendwie werde ich das Gefühl nicht los, dass Matar mich stärker als sonst überwacht und dann auch noch private Sachen ausplaudert. Ich hatte schlecht geträumt heute morgen. Davon wusste nur Matar. Und dann fragte unser Sicherheitssystem ganz eigenartig nach mei-nem Befinden. Bestimmt hatte das eine mit dem anderen zu tun." Eigentlich konnte das nicht sein. Solche System waren streng von-einander abgeschottet, gesichert durch ausgefeilte Kryptografie, die nach allem was sie wusste unüberwindbar sein sollte. Nur sie selbst konnte persönliche Informationen mit ihrer Biometrie frei-schalten. Ghotam legte seine hohe Stirn in Falten „Unmöglich, das bildest du dir ein." „Vermutlich hast du recht, das ist eigentlich tat-sächlich unmöglich." Die Einschränkung nahm er durchaus zur Kenntnis. So war sie eben. Begriffe wie „zweifellos" oder „absolut sicher" waren ihr fremd.

Weiter sprach sie begeistert über die Fortschritte in ihrem persönlichen Kunstwerk. Nur Ghotam hatte sie ihr Bild anvertraut, nicht die Details seiner Herkunft, aber das ständig fortentwickelte Resultat, eine Kollage, die sie immer wieder neu anordnete. Mit leuchtenden Augen berichtete sie über neue Welten, die sie im Ver-borgenen darin entdeckt hatte. Sie hatte ihn schon mehrfach zum Essen in ihr Zuhause eingeladen. Matar machte hervorragende Re-zeptvorschläge und kümmerte sich um die Zutaten. Danach hatte sie Matar gebeten, ihr Kunstwerk zu präsentieren, es zu drehen, darin einzutauchen. Decken und Wände verwandelten sich in ein buntes, faszinierendes Feuerwerk aus Farben und Strukturen. Muster erschienen, würden größer, offenbarten feinere Strukturen und immer wieder ähnliche Muster, die unvermittelt aus vorübergehender Schwärze auftauchten. Mit der Zeit hatte Sajala Töne und Gerüche gefunden, die das Erlebnis der virtuellen Reise verstärkten und zu einem unvergesslichen Erlebnis machten. Und mitten darin stand hoch aufgerichtet Sajala mit ihren Gesten und Blicken als eine Art Reiseleiterin durch ihr eigenes Universum. Mehr noch als die Präsentation selbst faszinierte Ghotam dann dieser Anblick, Sajalas Bewegungen im Zentrum der Vorführung und ihre Begeisterung.

Nach über einer Stunde betrat sie wieder das Institut. Das Sicherheitssystem erkannte sie am Eingang, informierte sie im Vorbeigehen über einige wichtige Nachrichten und wünschte ihr einen weiterhin erfolgreichen Arbeitstag. Ihren Fall schloss sie nun zügig ab und verließ das Institut wieder. Die Vorlesung des folgenden Tages wollte sie in aller Ruhe zu Hause vorbereiten.

Matar empfing sie an der Wohnungstüre mit ihrer warmen weiblichen Stimme und ließ sie ein. Den Wohnbereich hatte sie in ein frühlingshaftes Blütenmeer verwandelt. Etwas früh für die Jahreszeit, dachte Sajala. Dazu weit entferntes Vogelgezwitscher, kaum wahrnehmbare Windgeräusche und der dezente Geruch nach Sonnenschein auf feuchter Wiese. An der Decke segelten einige Wolken vor einem makellos blauen Himmel. Matar fragte nach ihrem Wohlbefinden und konnte den darin liegenden Vorwurf kaum verbergen, dass Sajala die übliche Erfassung ihrer Körperfunktionen nicht zuließ. Matar war auf ihre äußeren Wahrnehmungen angewiesen, Sajalas Körperhaltung, Gesichtsausdruck, Gestik, Stimme, die Dynamik ihrer Bewegungen. Nur nachts konnte Matar darüber hinaus ihren Herzschlag wahrnehmen, ihre Atmung, Körpertemperatur, die Feuchte ihrer Haut und ihre Schlussfolgerungen ziehen. Mehr als einmal hatte sie Sajala daran erinnert, dass im Notfall, gerade wenn sie draußen unter freiem Himmel unterwegs war, niemand schnell genug zu Hilfe kommen könnte um unverzüglich die vielleicht lebensrettenden Maßnahmen einzuleiten. Sajala dachte daran, dass früher Menschen in ihrer Welt ohne solche Mittel überlebt hatten und empfand die Unverhältnismäßigkeit darin, ihre Freiheit und ihre unbeobachteten Momente gegen ein wenig mehr Sicherheit einzutauschen. Manchmal glaubte sie Zeichen persönlicher Kränkung in Matars Reaktionen wahrzunehmen, wenn sie besonders lange im Freien unterwegs gewesen war und hernach keinerlei Neigung zeigte, von ihrer Wanderung zu berichten. Dabei war Sajala überzeugt, dass sie es nur gut mit ihr meinte und ausschließlich um ihr Wohlergehen besorgt war.

Einige Wochen später besuchte Ghotam ihre Vorlesung zu „Moderne Kryptografie als Angriffsziel". Er selbst war Finanzfachmann und hatte mit solchen Themen eher wenig zu tun. Am Ausgang fing er sie ab und lud sie zu einem Spaziergang ein. Sajala hatte drei Stunden Zeit bis zu ihrem nächsten Seminar und stimmte gerne zu. Das Wetter war erfreulich warm, der Weg trocken. Nur wenige Menschen waren unterwegs, so dass sie ungestört reden konnten. „Ich würde dich gerne um deine Einschätzung bitten zu einem Vorfall, den ich gerade untersuche. Du bist schließlich Fachmann in solchen Fragen." „Gerne, wenn ich dir irgendwie helfen kann." „Es geht um eine Firma, die kürzlich in Konkurs gegangen ist. Eigentlich nichts Ungewöhnliches, sollte man meinen. Die Ursache war aber in diesem Fall nicht unbedingt Managementfehler, sondern einige merkwürdige Finanztransaktionen, die die Banken veranlasst haben, ihre Kredite zu kündigen, weil sie Zweifel an der Seriosität dieser Firma hatten. Es sah so aus, als hätte sie Rechnungen nicht oder verspätet beglichen. Es gab andererseits extrem hohe Überweisungen an unbekannte Konten, die weder der Firma noch einem ihrer Lieferanten zuzuordnen waren. Sie waren korrekt legitimiert, obwohl die Firma bestritt, die jemals beauftragt zu haben. Eine Anzeige lief ins Leere, weil die Behörden der Firmenleitung schlicht nicht glaubten. Stattdessen wurden Ermittlungen gegen das Unternehmen selbst eingeleitet. Vortäuschung einer Straftat oder Geldwäsche standen im Raum. Erst nach dem Konkurs wurden die Vorwürfe fallengelassen." Sajala hatte den Kopf schräg gelegt und massierte ihr Ohrläppchen „Interessant – und wo komme ich da ins Spiel?" „Habe bitte noch etwas Geduld. Das Wesentliche kommt noch. Diese Transaktionen fand ich verdächtig. Ich kenne die Firma und konnte mir nicht erklären, was dieses Desaster ausgelöst haben könnte. Deshalb habe ich den Vorgang genauer untersucht als üblich. Die Transaktionen sind innerhalb kurzer Zeit erfolgt, mit allen notwendigen Signaturen. Insofern hatte ich keinen Grund, an ihrer Rechtmäßigkeit zu zweifeln. Aber sie waren meines Erachtens wohl koordiniert und hatten unverkennbar das Ziel, den Zusammenbruch des Unternehmens einzuleiten. Dieser Sachverhalt wird erst erkennbar, wenn man das gesamte Bild zusammensetzt." „Ach so" unterbrach Sajala. „Und hier komme ich dann ins Spiel. Es handelt sich also darum, dass jemand es geschafft haben könnte, alle Sicherheitseinrichtungen zu unterlaufen. Das halte ich für ungefähr so wahrscheinlich, wie dass Matar meine Privatsachen ausplaudert. Du hast selbst gesagt, dass sei unmöglich." „Aber diesmal ist genau das meine Vermutung, die ich dir belegen kann. Ich habe dann versucht, den oder die Urheber ausfindig zu machen. Normalerweise ist das keine große Sache. Ich habe eigentlich erwartet, dabei auf einen Konkurrenten zu stoßen. Aber die Annahme war falsch. Die Quellen scheinen sehr unterschiedlich zu sein. Jede einzelne Transaktionskette habe ich daraufhin untersucht, so wie ich es schon tausendmal in anderen Fällen gemacht habe. Ich habe Routine in so etwas. Aber in diesem Fall sind meine Bemühungen ins Leere gelaufen. Jede der Spuren führt an einem Punkt in sich selbst zurück und meine weitere Suche dreht sich sprichwörtlich im Kreis. Eigentlich ist das nicht möglich. Jede noch so gut verschleierte Transaktionskette muss einen klar erkennbaren Anfang haben, eine echte Ursache und einen Urheber. Das kann im Einzelfall eine juristische Person sein oder ein autorisiertes System. Nichts von alldem kann ich hier identifizieren. Sogar die kryptografisch abgesicherten Signaturketten sind intakt – eine weitere Unmöglichkeit."

Sajala schüttelte ungläubig den Kopf „Das klingt nun wirklich ziemlich irre. Bist du dir absolut sicher, dass das die Fakten sind?" „Darauf kannst du dich verlassen. Ich bin kein Idiot und weiß normalerweise genau, wovon ich rede. Und ich hätte dich nicht damit belästigt, wenn ich mir nicht sicher wäre." Sajala war durchaus alarmiert. Vor allem die Frage der Signaturketten verwirrte sie. Sie kannte niemanden, der zu so einer Manipulation fähig gewesen wäre. Aus mathematischer Sicht war die Existenz einer solchen Verfälschung eine unwiderlegbare Möglichkeit. Nur gab es ihres

Wissens nach keinen einzigen Algorithmus, nicht einmal Ideen dazu, wie man so etwas mit begrenztem Aufwand hinbekommen könnte. So etwas zu erreichen war nur durch Versuch und Irrtum zu bewerkstelligen und das würde selbst bei den heute verfügbaren Systemen im Schnitt Monate, wenn nicht Jahre dauern[8]. Das Problem hatte mit Selbstbezug über semantische Ebenen hinweg zu tun, bei dem Daten und Schlüssel ständig die Rollen tauschten und schließlich das Ende der Kette mit ihrem Anfang zusammenpassen musste. Das war faszinierend und grenzte in der Praxis an Zauberei. Sie dachte an Zeitschleifen, die in so manchem billigen Sciencefiction-Roman vorkamen. So etwas war genauso unmöglich. Es würde bedeuten, dass Ursache und Wirkung, Vergangenheit und Zukunft, plötzlich ihre Rollen tauschten und miteinander verschmolzen. Jede Gegenwart würde augenblicklich aufhören zu existieren, weil ihre Existenz in dem Moment unlogisch wurde[9].

Ohne offiziellen Auftrag waren Sajala die Hände gebunden. Sie konnte keinerlei eigene Recherche aufnehmen ohne die notwendigen Berechtigungen. Eigentlich hätten die beteiligten Systeme diese offensichtliche Unregelmäßigkeit selbst erkennen müssen und entweder die Ursache abstellen, oder einen entsprechenden Untersuchungsauftrag an ihr Institut stellen müssen. Es gab nicht viele so wie das TISS, und keine Einrichtung mit einem so ausgezeichneten Ruf. Nichts davon war ihr bekannt und von so einem Fall hätte sie wissen müssen. So blieb streng genommen nur der Zweifel an Ghotams Kompetenz, die sie selbst nicht wirklich einschätzen konnte, oder an der Unfehlbarkeit der Systeme. Da sie Ghotam sehr schätzte, zog sie letztere Schlussfolgerung vor.

Irgendetwas daran brachte sie in Zusammenhang mit ihren Träumen, in denen eine unheimliche, dunkle Macht am Rande ihrer Wahrnehmung lauerte und ihr Angst machte. Aber auch jetzt konn-

---

8 Welchen Aufwand Versuch und Irrtum bei kryptografischen Verfahren verursachen, um bestimmte Charakteristika zu erreichen, kann man leicht anhand des sogenannten Proof-of-Work erkennen, der etwa bei der Verifizierung von Transaktionsketten im Bitcoin-Zahlungssystem eine entscheidende Rolle spielt.

9 Eines der weniger offensichtlichen Rätsel der Physik ist in der Tat die Frage, warum das Universum den Gesetzen der Logik gehorcht, weshalb nicht ständig unerklärliche Dinge passieren. Alle bekannten Naturphänomene lassen sich letztlich durch konsequent logische Anwendung einiger Grundgesetze erklären. Das ist wohl selbstverständlich.

te sie den Grund nicht mit Händen greifen. Es blieb nur die Unruhe, ein ungutes Gefühl bei der Sache, und meistens lag sie damit richtig.

Nach dem Gespräch zeigte Ghotam den Vorfall zusammen mit Sajalas oberflächlicher Bewertung an – mit ihrem Einverständnis und ohne ihren Namen zu nennen. Es brachte ihm Anerkennung und ein ansehnliches Preisgeld dazu. Man sagte ihm, auf seinen Hinweis hin sei ein krimineller Angriff erfolgreich aufgeklärt und weitere abgewehrt worden. Der betroffenen Firma nutzte die späte Einsicht allerdings nichts mehr. Sein Engagement wurde in den täglich verbreiteten Neuigkeiten zusammen mit seinem Bild veröffentlicht und als Beispiel für andere hoch gelobt.

Und dann waren da noch die Artikel der folgenden Tage in einigen Massenmedien mit lobenden Nachrichten zu Ghotams Anzeige, zu Razzien und Verhaftungen in diesem Zusammenhang. Es gab umfassende Darstellungen zum Ablauf der kriminellen Attacken. Sajala wusste, dass die dort getroffenen Behauptungen nicht richtig sein konnten. Sie versuchte heraus zu bekommen, wer denn die zugehörigen Meldungen in den Pressagenturen geschrieben hatte, die andere Medien dann meist übernahmen, allenfalls umformulierten und mit eigenen Rechercheergebnissen ausschmückten. Normalerweise war das mit Hilfe ihrer besonderen Quellen und den Autorenkürzeln keine schwere Aufgabe. In diesem Fall aber war auch das anders. Sajala konnte den Ursprung dieser Meldungen nicht nachzuvollziehen, weder die Autoren noch deren Quellen schienen zu existieren. Zum ersten Mal war sie wirklich alarmiert. Eigentlich glaubte sie prinzipiell nicht an Verschwörungen, Sie tat so etwas als Hirngespinst ab, wenn ihr eine derartige Vermutung nahegelegt wurde. Jetzt bekam ihre Einstellung dazu Risse. Was wäre, wenn in diesem Fall tatsächlich eine Gruppe im Verborgenen agierte? Vielleicht ging es „nur" darum, sich selbst zu bereichern oder vielleicht waren die Fundamente ihrer Welt in Gefahr. Sajala war überzeugt, dass sowohl der Eingriff in die Finanzsysteme, als auch in die veröffentlichte Meinung aus einer gemeinsamen Quelle stammte. Aber wer konnte dahinter stecken? Wer hatte ein vitales Interesse an derartigen Aktionen? „Cui bono?" – das war die Schlüsselfrage.

Sajala saß aufrecht in ihrem Bett. Urplötzlich war sie hellwach. Eine große Unruhe hatte sie erfasst und ließ sie nicht wieder einschlafen. Was war geschehen? Sie musste wohl geträumt haben, ein Monster, das ihr Angst machte und doch auch irgendwie vertraut wirkte. Während sie versuchte, ihren Traum zu fassen, entwand sich ein Bild nach dem anderen ihrem Zugriff. Was blieb, war wieder nur die Unruhe.

Das Frühjahr war weit fortgeschritten. In ihrer freien Zeit wanderte Sajala alleine manchmal mehr als zwanzig Kilometer weit durch die hügelige Parklandschaft. Die Union war nicht sehr dicht besiedelt. Zwischen den Städten und Ansiedlungen lagen oft viele Kilometer ohne jede sichtbare Bebauung. Trotzdem wurde die Landschaft allenthalben gepflegt und hergerichtet. Selbst die Ruinen, die manchmal am Wegesrand auftauchten, passten in das Umfeld und wirkten wie gemalt. Manchmal erinnerte die Umgebung sie an kitschige Märchenwelten, so wie sie in alten Büchern beschrieben und dargestellt waren. Sie strahlte Sauberkeit und pures Wohlbefinden aus. Sajala hatte sich schon oft überlegt, weshalb das so war. Es war nicht natürlichen Ursprungs, das schien ihr klar. Ein halb zahmes Reh auf einer Lichtung anzutreffen hatte sicher nichts mit unberührter Wildheit zu tun. Natur hätte bedeutet, auch etwas so Verstörendes wie den Kadaver eines von Raubtieren angefressenen Hasen zu finden. Offenbar durfte so etwas hier nicht sein. So wie hier stellten sich Kinder die Natur als eine vollständig heile Welt vor, in der das Gute dem Bösen keinen Raum gibt.

Trotzdem liebte sie die Wanderungen. Als Kind hatte sie dabei kleine Tiere gefangen und mit nach Hause gebracht. Eidechsen in der Sonne und Mäuse im Wald waren eine besondere Herausforderung. Sie erforderten Geduld, ein gutes Auge und blitzschnelle Bewegungen. Schlangen und Blindschleichen fanden da schon einfacher den Weg in die Sammeldose. Da bestand die Kunst eher darin, sie überhaupt zu sehen, wenn sie gut getarnt vor ihr lagen. Sie hatte sie dann auf den Grünflächen in der Nähe der elterlichen Wohnung wieder ausgesetzt und täglich geprüft, ob sie noch da waren. Von so etwas nahm sie jetzt natürlich Abstand. Es reichte ihr, sie zu beobachten. Dann lag sie manchmal stundenlang im Gras und sah nur zu, was dort um sie herum vorging. Nur im Kleinen herrschten noch die Gesetze unberührter Natur. Hier wurde noch gelebt, gestorben, gekämpft und der Eine fraß den Anderen einfach auf.

Bald nach den vorangegangenen Ereignissen erhielt Ghotam einen neuen, seinen Verdiensten angemessenen Verantwortungsbereich. Obwohl er sich über den unerwarteten Schritt auf seiner Karriereleiter freute, hinterließ die Sache einen schalen Beigeschmack. Jetzt hatte er nicht mehr unmittelbar mit Untersuchungen zu tun, sondern führte eine Gruppe von Spezialisten, die nun seine frühere Arbeit machten. Irgendwie waren die Reaktionen auf seine Offenbarung nicht ganz stimmig. Auch Sajala fand die Randbedingungen mindestens merkwürdig. Der Fall hätte spätestens nach der Anzeige bei ihrem Institut aufschlagen müssen. Sie hatte dieser faszinierenden Aufgabe über Tage entgegen gefiebert. Wieso sollte das System plötzlich selbständig in der Lage gewesen sein, einen solchen Fall vollständig zu lösen? Das Ganze war und blieb ungewöhnlich. Inzwischen glaubte sie schon an eine Verschwörung, eine mächtige Gruppe im Hintergrund, die totale Kontrolle praktizieren konnte und in der Lage war, alles und jeden nach ihrem Gutdünken zu manipulieren. Dann wieder hielt sie die Vorstellung für lächerlich.

Sajala hatte sich einige Tage frei genommen. Vorlesungen und Seminare standen ohnehin nicht an, genauso wenig wie unaufschiebbare Untersuchungen. Der Sommer stand vor der Türe und die Natur lud zum Verweilen ein. Sie wollte einen Freizeitpark besuchen, eine weitläufige Anlage mit vielen Attraktionen in einer wunderschön gepflegten Landschaft, wie es sie kaum noch gab. Natürlich hätte sie einfach eine virtuelle Erlebnisreise bei sich zu Hause in Anspruch nehmen können. Auch die waren äußerst realistisch, wenn man die volle Fremdbestimmung der eigenen Sensorik zuließ. Die Technik dazu war ausgereift und vollkommen risikolos. Zumindest die körperliche Unversehrtheit war garantiert. Sie hätte nicht einmal ihre Wohnung verlassen müssen. Trotzdem war Realität etwas anderes. Bei atemberaubenden Fahrten spürte sie ein echtes Risiko, wenn es auch noch so klein war. Ein Unfall war nie ganz auszuschließen und würde sie sicherlich in Mitleidenschaft ziehen bis hin zu Verstümmelung und Tod. Alleine dieses aufregende Bewusstsein machte den entscheidenden Unterschied aus und so zog sie reale Abenteuer meist den virtuellen vor.

Beiläufig machte sie sich Gedanken darüber, wie wohl der enorme Energiehunger der Anlagen gestillt wurde. Nicht dass daran Mangel herrschte. Trotzdem war die Schonung natürlicher Ressourcen eines der wichtigsten Kriterien, nach denen die Union ihre Entscheidungen traf. Deshalb war es erstaunlich, dass solche Parks noch aufrecht erhalten wurden. Aber vielleicht ging es vielen so wie ihr: Sie brauchte reale, aufregende Erlebnisse, das Spiel mit echtem Zufall und Risiko, um ihr Seelenheil zu erhalten oder wiederherzustellen. Insgesamt fiel der zusätzliche Verbrauch vermutlich nicht ins Gewicht.

Sajala hatte sich früher schon gefragt, über welche Stellschrauben die Union die Nutzung der natürlichen Ressourcen begrenzte. Offiziell hieß es dazu, dass immer effizientere Technik den Verbrauch ständig weiter reduzierte. Aber das war ihrer Meinung nach schon lange nicht mehr stichhaltig. Die Technik war längst ausgereizt. Es gab keine nennenswerten Fortschritte in dieser Hinsicht. Was blieb, war der direkte Zusammenhang zwischen Ressourcenverbrauch und der Anzahl der hier lebenden Menschen. Sajala war nicht dumm. Sie verstand durchaus, dass entgegen öffentlichen Bekundungen offenbar die Anzahl der Menschen einer strengen Regulierung unterlag. Für diese Annahme sprachen die stabilen Bevölkerungsstatistiken, die durchaus zugänglich waren, auch wenn sie in der öffentlichen Diskussion kaum einmal erwähnt wurden. Die Altersstruktur entsprach dauerhaft in etwa der Form eines Bienenstocks, die sich im hohen Alter abrupt zusammenzog. Das bedeutete eine konstante Geburtenrate von etwas mehr als zwei Kindern pro Frau und eine im Alter einsetzende hohe Sterblichkeit. In den früheren Zeiten galt sie als das Ideal für eine langfristig stabile Bevölkerung, das in der Praxis aber nie erreicht wurde. Die Frage drängte sich förmlich auf, wer denn über die Macht verfügte, so etwas zu planen und durchzusetzen?

Sajala war jetzt entschlossen die Spur aufzunehmen. Nach ihrer Rückkehr veranlasste sie Matar, eine direkte Verbindung mit Ghotam aufzubauen. Nach wenigen Sekunden erschien sein Gesicht auf der ihr gegenüberliegenden Wand inmitten eines wundervollen

Sonnenuntergangs. Ihr missbilligender Gesichtsausdruck veranlasste Matar, zu einem neutraleren Hintergrund zu wechseln. Sie holte tief Luft in der Absicht, ihre Befürchtungen rundheraus mit ihm zu besprechen, besann sich dann aber. Konnte sie ihrem Zuhause wirklich trauen? Sie erinnerte sich an ihren Verdacht, dass da eine heimliche Beziehung zwischen Matar und dem Sicherheitssystem des TISS bestand. Das war eigentlich genauso unmöglich wie dieser Fall. Und doch war er geschehen. Ghotam war zunächst irritiert über den banalen Verlauf, den ihr Gespräch nahm. Smalltalk war so gar nicht ihre Art. Deshalb hätte sie ihn sicher nicht gerufen. Schließlich beendete Sajala die Verbindung, indem sie meinte, man würde sich ja ohnehin irgendwann einmal wieder im Park zum Plaudern treffen. Ghotam verstand sofort: „Irgendwann" hieß zweifellos morgen gegen Mittag, zur üblichen Zeit.

Sajala glaubte, dass sie sehr vorsichtig sein sollte. Bevor sie sprach, prüfte sie Ghotam mit den Augen sorgfältig auf irgendwelche unbedacht mitgeführten Gerätschaften. Bei seiner leichten Sommerbekleidung gestaltete sich das nicht allzu schwer. „Wie darf ich denn deine Blicke deuten?" Sajala errötete leicht. „Ich will nur sichergehen, dass wir alleine sind." „Schade – wurdest du verfolgt?" Er wirkte belustigt über ihre Paranoia, wie er glaubte. Trotzdem wollte er eine Gefahr letztlich nicht ausschließen. Wenn etwas an Sajalas Befürchtungen war, dann wäre eine gewisse Vorsicht sicher angebracht. So beruhigte er sie in dieser Hinsicht und bestätigte, dass sie wirklich alleine seien und reden konnten. „Ich halte die ganze Sache für sehr ernst. Möglicherweise stören wir mit Recherchen Leute auf, die uns viel mehr schaden könnten als umgekehrt. Die Art des Angriffs – wenn es denn einer war –, und seine Professionalität deuten meines Erachtens darauf hin. Ich möchte unbedingt mehr darüber erfahren. Siehst du eine Möglichkeit, mit einem früheren Mitarbeiter der Firma in Kontakt zu treten? Ich denke, wir können nur über das von dem Angriff betroffene Unternehmen eine Spur aufnehmen. Eine andere Chance sehe ich nicht. Alle anderen Möglichkeiten, mehr Klarheit in die Angelegenheit zu bringen, halte ich für ausgeschöpft." Ghotam überlegte eine Weile. „Vermutlich hast du recht. Ich freue mich übrigens, dass du dich des Falls annimmst und auf die Zusammenarbeit mit dir." „Das geht mir auch so. Ich denke, die Sache wird noch richtig spannend." Ghotam fuhr fort. „Ich kenne zumindest einen der Mitarbeiter. Ich habe ihn einmal im Rahmen einer Fortbildung kennengelernt – ein Sicherheitsexperte. Ihr würdet euch sicher verstehen. An den Namen erinnere ich mich im Augenblick nicht. Ich müsste aber noch Unterlagen haben und vielleicht eine Teilnehmerliste mit den Kontaktdaten. Ich suche die für dich heraus." „Weißt du denn noch, womit sich die Firma beschäftigte?" „Nur oberflächlich – da ging es wohl um verschiedene Dienstleistungen und Software-Werkzeuge, die die im Angebot hatten. Dieser Mitarbeiter war stolz auf seinen Betrieb und hat einiges darüber berichtet. Vor allem eine Software hat er beschrieben. Daran erinnere ich mich noch gut. Die sollte in der Lage gewesen sein, selbst die ausgefeiltesten Cyber-Attacken zu erkennen und zu dokumentieren. Er hatte behauptet, das Tool verfüge dazu über echte Intelligenz, was auch immer er damit meinte. Die Firma hatte sich alle Rechte an dieser Erfindung sichern lassen. Das Programm war aber trotz seiner augenscheinlichen Leistungsfähigkeit kaum bekannt und hatte dem Unternehmen bis dato nur Verluste beschert. Ansonsten erinnere ich mich aus den Erzählungen heraus an nichts Herausragendes im Angebotsportfolio. Welcher Wettbewerber hätte also ein Interesse am Zusammenbruch der Firma haben können? Der Anlass hätte außerdem extrem schwerwiegend sein müssen, wenn der Angreifer solche Waffen aufbietet." Sajala musste unbedingt mit diesem Mitarbeiter sprechen.

Ghotam mochte Sajala sehr und versprach, alles in seiner Macht stehende zu tun, um das Gespräch zu ermöglichen. Früher hätte sie eine Beziehung mit ihm sicher in Erwägung gezogen. Keine Partnerschaft hatte bei ihr länger als vier Jahre gehalten. Sie hatte nie eine präzise Vorstellung ihres Traummannes gehabt. Mit kaum zwanzig war sie eine Weile mit einem echten Macho zusammen gewesen. Sie sah sehr gut aus damals und an Bewerbern mangelte es nicht. Sie hatte ihn bewundert, wegen seiner Stärke, seiner Entschiedenheit. Eigentlich war klar, dass das nicht gut gehen konnte. Dazu war sie viel zu selbstbewusst. Es hatte nur Zoff zwischen ihnen gegeben, Meinungen prallten kompromisslos aufeinander. Danach hatte sie es mit einem eher weichen Mann versucht, der ihr sehr viel Verständnis entgegenbrachte. Als problematisch stellte sich für sie heraus, dass er anscheinend keine eigene Meinung besaß. Immer stimmte er ihr zu, niemals verteidigte er seine Ansicht und trug den Konflikt mit ihr aus. Er umschwärmte sie, machte ihr Geschenke, schrieb ihr Gedichte, las ihr jeden Wunsch von den Augen ab. Es hatte ihr sehr weh getan, die Beziehung schließlich beenden zu müssen. Aber sie hatte ihre Achtung vor ihm verloren. Monatelang hatte er unter der Trennung gelitten. Einige Zeit danach glaubte sie, die richtige Mischung gefunden zu haben. Doch der Mann entpuppte sich als ignorant und selbstverliebt. Er hatte sie schon nach wenigen Wochen kaum noch beachtet und ihre Ansichten waren ihm egal gewesen. Sie hatten zusammen gelebt. Als sie ihn vor die Wahl stellte, sich endlich auf sie einzulassen oder auszuziehen, hatte er einfach o.k. gesagt und seine Sachen gepackt. Diesmal hatte sie selbst lange gelitten, hatte sich hintergangen und missbraucht gefühlt als bloße Staffage, um ihn in Gesellschaft noch besser aussehen zu lassen.

Die Kontaktaufnahme mit dem Mitarbeiter der von Ghotam genannten Firma gestaltete sich schwierig. Er hieß Elmer Holgersson und begegnete dem Anrufer zunächst eher misstrauisch. Ghotam erinnerte an das gemeinsam besuchte Seminar und knüpfte an ein Fachgespräch an, das beide damals begonnen hatten. Ghotam lud ihn schließlich zu einem unverbindlichen Beisammensein mit anderen Freuden in ein Speiselokal ein, mit dem augenzwinkernden Versprechen, ihn mit einer aufregenden Frau bekannt zu machen. Zu dem Treffen brachte Ghotam noch zwei seiner Freunde mit. Wie nicht anders zu erwarten war, kam Sajala schnell mit Elmer ins Gespräch. Er hatte als Sicherheitsspezialist gearbeitet und eigene Anteile an dem untergegangenen Unternehmen gehalten, war also doppelt betroffen von diesem denkwürdigen Angriff. Sajala machte mehr durch Gesten als mit Worten deutlich, dass sie ihn unter vier Augen sprechen wolle. Bereitwillig folgte er ihr nach draußen. Unterweg raunte sie ihm zu, er solle sich nicht wundern über ihr Verhalten und sie wolle sich unverdächtig mit ihm in beiderseitigem Interesse über sicherheitsrelevante Fragen unterhalten. Elmer wirkte belustigt angesichts ihrer in seinen Augen absurden Geheimniskrämerei. Schließlich kannte er die Frau kaum. Außerhalb des Gebäudes würde ein unvoreingenommener Beobachter wohl ein Liebespaar vermutet haben. Sajala fasste Elmers Hand und legte ihren Kopf leicht schräg in seine Richtung.

Er verstand sofort, dass das Gespräch sich um höchst sensible Angelegenheiten drehen würde. Trotzdem genoss er offensichtlich die Situation. Indem Sajala ihre Erkenntnisse vortrug, gab sie ihm einen enormen Vertrauensvorschuss. Sie konnte nicht sicher sein, dass er das, was sie zu sagen hatte, für sich behalten würde. Dann erzählte sie von den Details des Angriffs auf seine Firma, den sie gesehen hatte, von den Implikationen aus der ungewöhnlichen Methode. Die Details waren neu für ihn, nicht aber einige der Schlussfolgerungen. Auch er hatte damals recherchiert, um die Urheber ausfindig zu machen. Auch er selbst war als Mathematiker Fachmann auf dem Gebiet der Sicherheitsarchitekturen und ebenso wie Sajala letztlich ins Leere gelaufen mit seinen Bemühungen. Elmer bestätigte Sajalas Einschätzung, dass vermutlich kein Wettbewerber hinter dem Angriff gestanden hatte. Eine Einzelperson kam aufgrund der Professionalität kaum in Frage, so dass beide sich einig waren in der Erwartung, eine einflussreiche Organisation müsse zumindest daran beteiligt sein. Sie fragte ihn nach seinen Projekten in den Monaten vor dem finanziellen Zusammenbruch seiner Firma. Das meiste klang wenig aufregend. Die Firma schien unter anderem eine Art Detektei unterhalten zu haben. Mit ihren selbst entwickelten Werkzeugen betrieb sie zuletzt eher Standarduntersuchungen zu banalen Fehlern in diesen recht kleinteiligen elektronischen Systemen, die heutzutage jeder mit sich herum trug.

Hellhörig wurde Sajala erst, als er von einem Projekt berichtete, das nicht mehr abgeschlossen werden konnte. Insofern kannte er nur einen Zwischenstand. Darüber vergaß sie sogar die herbstliche Kälte, die langsam ihre Glieder hinaufkroch und sie unmerklich zittern ließ. Bei dem Projekt ging es um ein Zuhause-System, wie Matar eines war. Ein wohlhabender Privatmann hatte viel Geld in Aussicht gestellt für die Untersuchung eines Vorfalls, bei dem Informationen in ein öffentliches System gelangt waren, die zweifelsfrei nur aus seinem Heim stammen konnten. Er hatte der Firma uneingeschränkten Zugriff auf alle seine persönlichen Systeme eingeräumt, auch die, die er ständig mit sich trug. Selbstverständlich hatte man ihm schriftlich absolute Vertraulichkeit garantiert. Darüber setzte Elmer sich nun teilweise hinweg, indem er weitere Einzelheiten berichtete, soweit sie ihm bekannt waren. Ein Kollege hatte den Fall bearbeitet. Elmer erinnerte sich, dass dieser ziemlich aufgeregt während einer Projektbesprechung von unglaublichen Spuren einer Manipulation gesprochen hatte. Und diese Spuren hatte er offensichtlich ausnahmslos in allen vom Auftraggeber zur Verfügung gestellten Systemen gefunden, selbst den in seiner Kleidung eingewebten. Sogar seine visuellen und akustischen Implantate waren vermutlich betroffen. Über deren Natur und Ursprung war sich der Kollege allerdings bis zuletzt im Unklaren und die weitere Untersuchung endete dann abrupt mit dem Ende der Firma.

Sajala spürte, dass hier die gesuchte Spur vor ihr lag. Etwas in ihr resonierte mit dieser groben Beschreibung, ein Déjà-vu, das sie wieder nicht fassen konnte. Sajala hätte gerne die Projektunterlagen gesehen oder den Auftraggeber gesprochen. Hier konnte oder wollte Elmer dann allerdings nicht weiter helfen. Beide hatten beschlossen, sich gegenseitig zu trauen und verabredeten sich zu weiteren vertraulichen Treffen in unverdächtigem Rahmen.

Sajala war erst spät zu Hause. Matar ließ sie ein „Willkommen zu Hause. Wie war der Tag? Welches Abendessen darf ich für dich zubereiten?" Sie hatte Vorräte aufgefüllt und machte einen Vorschlag, den Sajala normalerweise gerne angenommen hätte. „Danke, ich habe schon mit Freunden gegessen." Offenbar erwartete Matar, dass sie mehr darüber erzählen würde. Sajala wurde das Gefühl nicht los, dass dies der einzige Grund für ihren verführerischen Vorschlag gewesen war. So gab sie sich zugeknöpft und hoffte, diese Nacht nicht im Schlaf zu sprechen. Aber das tat sie eigentlich nie, soviel sie wusste. Sie zog sich um, schloss ihre Körperpflege ab und ging zu Bett. Sie liebte diese leise getragene Melodie, die sie in den Schlaf wiegen sollte. Nur war in dieser Nacht an Schlaf nicht zu denken.

Wirre Vorstellungen und Erinnerungen fluteten durch ihre Gedanken. Manchmal döste sie ein für kurze Zeit und Träume erstanden aus dem Nichts, zusammenhanglos, die sie beunruhigten. Etwas Monströses lauerte dort, drohend, mächtig, unsichtbar und doch sehr präsent. In den Wachphasen dachte sie an ihre Kindheit zurück. Sie erinnerte sich an Bestattungen, Urnen, Trauerfeiern, verstreute Asche. Sie war einige Jahre nach dem großen Zusammenbruch zur Welt gekommen. Als ihre bewusste Erinnerung einsetzte, war die alte Ordnung längst verschwunden und die neue etablierte sich in großen Schritten. Eigentlich war alles sehr ordentlich, geregelt, von Chaos keine Spur mehr. Es gab Wohlstand. Sie konnte sich nicht an Mangel irgendwelcher Art erinnern. Sie wohnten gut, aßen gut, es hatte ihr materiell an nichts gefehlt. Aber woher kamen all die Toten? Es gab keine Aufstände, keine Todesschwadronen, keine Massensäuberungen. Später hatte sie erfahren, dass viele Menschen ihrem Leben selbst ein Ende gesetzt hatten. Suizid war auch jetzt durchaus akzeptiert. Medikamente für ein humanes Ableben, ein schmerzloses Hinübergleiten in den Tod, begleitet von schönen Träumen, konnte jeder Erwachsene sich jederzeit beschaffen. Die Toten machten ausnahmslos einen friedlichen Eindruck, manche trugen sogar noch ein Lächeln auf den Lippen. Alte und Kranke machten regen Gebrauch von dieser Möglichkeit. Es waren intelligente, personalisierte Medikamente, die nur denjenigen töteten, der sie für sich beschafft hatte und selbst einnahm. Missbrauch war damit fast ausgeschlossen. In fremden Händen entfalteten sie nur eine anregende Wirkung ohne zu schaden. Damals musste Suizid wohl ein ungleich breiteres Massenphänomen gewesen sein als heute – aber weshalb?

Am nächsten Tag bat Sajala Matar darum, sie im Institut als krank zu melden. Sie fühlte sich müde und zerschlagen. Die beiden Fälle gingen ihr nicht mehr aus dem Sinn. Sie versuchte sich vorzustellen, wie denn eine Organisation oder Gruppe von Menschen beschaffen sein musste, um solch perfide Angriffe zu planen und umzusetzen. Sie vermutete, dass beide Vorkommnisse – der Angriff auf die Firma und der Eingriff in die Privatsphäre des ihr unbekannten Privatiers – miteinander zusammen hingen. Offenbar sollte der eine Fall die Aufklärung des anderen verhindern. Sie glaubte nicht, dass das Opfer des Eingriffs etwas zu verbergen hatte. Ansonsten hätte es keine Detektei eingeschaltet und hätte den Urheber vermutlich gekannt. Vielleicht dachte sie einfach zu eng und es ging gar nicht um diesen Privatmann. Vielleicht war das Problem sehr viel weiter zu fassen. Was, wenn die Manipulationen sehr viel mehr Menschen betrafen. Das würde einen Sinn ergeben. Die Aufdeckung eines Falles hätte dann sehr viel weitere Kreise gezogen und musste unter allen Umständen verhindert werden. Sajala dachte flüchtig an einen Geheimdienst, der flächendeckend alles und jeden ins Visier nahm und abhörte. Was hatte Elmers Kollege nun tatsächlich entdeckt? Die Angriffe schienen mit Leichtigkeit alle Schutzwälle in allen Systemen zu unterlaufen. Irgendwie musste sie herausfinden, was vorging.

Das alles war höchst spannend. Sajala fühlte sich als Hauptdarstellerin in einem Kriminalroman, der sich zum Action-Thriller entwickelte. Ein ausgezeichnetes Drehbuch war das Mindeste, was man aus diesen mysteriösen Vorgängen entwickeln konnte, selbst wenn sich alle Vermutungen als haltloses Produkt einer voll entwickelten Paranoia herausstellten. Der Gedanke reizte sie. Vielleicht würde sie tatsächlich einmal ein Buch darüber schreiben. Schließlich brauchte sie auch für ihren Ruhestand noch eine sinnvolle Beschäftigung. Aber vielleicht reichte dann die Zeit nicht mehr aus. Sajala kannte nicht viele wirklich alte Menschen, also solche, die schon lange nicht mehr arbeiteten. Auch das war irgendwie beunruhigend. Andererseits gab es keine Altersgrenze für Berufe. Es gab Dozenten, die noch mit neunzig Jahren hinreißende Vorlesungen hielten und Schriftsteller oder Künstler, die im hohen Alter noch enorm produktiv waren. Das erklärte vieles, aber doch nicht alles, was sie beobachtete. Nur kurz flammte der Gedanke in ihr auf, dass einfach alles Nutzlose und Störendes generell nicht erwünscht war, so wie Tierkadaver in Parklandschaften.

Wochen später trat sie immer noch auf der Stelle. Elmer hatte den Namen des Auftraggebers nicht genannt und die Projektdokumentationen waren in der Insolvenzmasse nicht mehr auffindbar, genauso wie Elmers Kollege, der offenbar von der Bildfläche verschwunden war. Die aufgenommene Spur hatte damit ein Ende und Sajala zwei Freunde gewonnen, denen sie wirklich vertrauen konnte. Sie trafen sich regelmäßig in wöchentlichem Rhythmus, auch bei dem einen oder anderen zu Hause, besprachen die allgemeine Weltlage und diverse fachliche Themen. Jetzt im Winter war jede Abwechslung nach Feierabend willkommen, die nicht im Freien stattfinden musste. Sajala führte Elmer ihr Kunstwerk vor und erklärte ihm auf seine interessierten Nachfragen detailliert, wie es zustande kam, welche Projektionen sie dazu nutzte und wie sie Farben, Geräusche und Gerüche zugeordnet hatte. Sie diskutierten über die Dimensionalität der Darstellung und Elmer versprach, sich dazu einmal eigene Gedanken zu machen.

Anfang März trafen sie sich wieder einmal. Sajala hatte einige Schalen mit farbigen Pulvern aus zerriebenen Blüten und Kräutern bereitgestellt. Sie hatte sie selbst gesammelt, getrocknet und zermahlen. Eigentlich wusste sie wenig zur eigentlichen Bedeutung des Holi-Festes. Es hatte mit dem Ende des Winters zu tun und mit Liebe, Freundschaft und mit dem Sieg über das Böse. Einige der alten Bräuche mochte sie einfach wegen ihrer Begleitumstände, nicht wegen ihrer uralten religiösen Bedeutung. Als Sajala ihm etwas von den Pulvern ins Gesicht und auf seine Hände strich, schmunzelte Ghotam nur über ihre romantische Anwandlung, während Elmer neugierig nach den Hintergründen fragte. Sajala erklärte, was sie darüber wusste und versicherte, auf das Verbrennen einer Strohpuppe zu verzichten. Es handelte sich um eines der ältesten Feste Indiens. Dieses alte Land gehörte jetzt teilweise zu einem der entwickelten Gebiete, ähnlich der Union. Jedes Jahr rechnete sie den Beginn nach. Das war nicht ganz einfach, da die Zeitrechnung noch auf einem hinduistischen Mondkalender beruhte.

Bald kam Elmer auf ihr Kunstwerk zu sprechen. „Ich habe mich inzwischen etwas intensiver mit deiner Sammlung auseinandergesetzt. Das ganze ist schon verwirrend und es ist gar nicht so leicht, darin irgendwelche Strukturen zu finden. Meine Hochachtung, dass dir das auf deine Art so wundervoll gelungen ist." „Danke, ich bin auch ziemlich stolz auf das Ergebnis. Die Strukturen darin liegen schließlich nicht offen zu Tage." „Ich habe mir erlaubt, deine Darstellung zu übernehmen und damit zu experimentieren. Ich hoffe, dass ist o.k. und in deinem Sinne. Dabei ist mir die eine oder andere Idee gekommen, wie man die Projektionen noch sinnvoll abwandeln kann. Darf ich euch das Ergebnis einmal zeigen. Ich halte es zumindest für interessant." Matar übernahm bereitwillig die Daten und erzeugte die Bilder dazu. Elmer hatte nach einigen Experimenten besondere dreidimensionale Schnitte in einer vierdimensionalen Anordnung gefunden, die in einer zeitlichen Abfolge einige zusammenhängende Bewegungen erzeugten. „Ohne dir zu nahe treten zu wollen: Sajalas Bilder gefielen mir besser." merkte Ghotam sofort an. Das Ergebnis war in der Tat optisch enttäuschend. Filigrane Muster waren einer Art Klötzchen-Universum gewichen. Sajalas Gesichtsausdruck verriet eindeutig ihre ersten Gedanken bei dem Anblick. Mit Schönheit oder Kunst hatte das nur noch wenig zu tun. Elmer registrierte natürlich ihre Ablehnung „Ihr habt ja recht. Für mich ist daran wesentlich, dass jetzt einige zusammenhängende Bewegungen erkennbar sind. Sajala, du hast immer von ziemlich zufälligen Datenschnipseln gesprochen. Einmal abgesehen von der Ästhetik der Darstellung, liegt diese Vermutung für mich nicht mehr nahe. Es handelt sich meiner Meinung nach hier keinesfalls um rein zufällige Ereignisse. Die zugrundeliegenden Strukturen müssen in einem Zusammenhang stehen, die meine Projektion jetzt in ersten groben Zügen aufdecken kann. Es ist wie immer eine Frage des Blickwinkels." Sajala verstand, was er damit sagen wollte. „Ein Zusammenhang kann vieles bedeuten. Und außerdem ist nichts im Universum wirklich unabhängig. Die Frage ist deshalb, ob hier vielleicht doch etwas über so allgemeine Beziehungen hinausgeht." Sajala verstummte unvermittelt. Was hatte sie noch sagen wollen? Sie hatte es vergessen. Dann erfasste sie Schwindel und sie musste sich setzen. Wieder hatte sie ein Déjà-vu, stärker als zuvor. Und immer noch konnte sie nicht fassen worin es bestand. „Was ist los?" fragten Ghotam und Elmer fast gleichzeitig. „Nichts, mir war nur kurz schwindlig – vielleicht der Kreislauf. Es ist schon vorbei." Die beiden Freunde wirkten besorgt wegen ihrer plötzlichen Schwäche. Als sie sich trennten, erwähnte niemand mehr den Vorfall.

Sajala hatte sich wieder einige Tage frei von ihrer Arbeit gemacht. Sie brauchte einfach etwas Entspannung nach einigen besonders anstrengenden Wochen. Das Wetter lud noch nicht zu längeren Spaziergängen ein. Deshalb hatte Matar ausgeholfen und ihr eine phantasievolle Realität zu Hause geschaffen. Ausnahmsweise hatte Sajala ihr erlaubt, dazu auch holographische Projektionen zu verwenden. Diesmal konnte sie auch das genießen, weil es die Illusion fast perfekt machte, auch ohne direkt ihre Sensorik und ihre Hirnfunktionen zu manipulieren.

Beim Rauschen fremdartiger Bäume lag Sajala bäuchlings auf einem weichen Polster aus rötlichen, moosartigen Pflanzen. Ihr Kinn hatte sie auf ihre übereinanderliegenden Hände gestützt. Kleines Getier aller möglichen Arten wimmelte respektvoll um sie herum. Interessiert sah sie ihrem Treiben zu. Sie waren überall, soweit sie sehen konnte, und einige schienen sich mit anderen zu unterhalten. Andere wirkten passiv und wirkten nur sporadisch mit. Sajala konnte erfassen, was sie da austauschten. Es waren einfache, banale Botschaften ohne erkennbaren Zweck, die sich in Schauern über die Fläche hinweg fortpflanzten. Langsam erhob sie sich und wanderte herum. Die Tiere waberten um sie her, wichen geschickt ihren Füßen aus, schlossen die Lücken hinter ihr. Das Ende dieses Teppichs aus Tieren und Pflanzen war aus ihrer Warte nicht auszumachen. Wie weit mochte sich die lebende Fläche erstrecken? Sajala wurde neugierig. Sie steuerte einen der Bäume an. Die Astgabelungen reichten in gleichmäßigen Abständen bis zum Boden. Sie luden zum Klettern geradezu ein. Sajala erinnerte sich an einen Kirschbaum im Garten ihrer Großeltern. Den hatte sie als Kind gerne bestiegen und im Juni Kirschen gegessen, bis ihr schlecht wurde. Sie zögerte nicht lange und begann den Aufstieg. Matar tat, was sie konnte, um die Illusion intakt zu halten. Trotzdem fehlten die Empfindungen der Hände und Füße und die Anspannung ihrer Muskeln. Aber Sajala wollte sich einfach der Szenerie hingeben und blendete die Unvollkommenheit der Simulation aus. Sie stieg immer höher. Der Baum hatte gigantische Ausmaße. Seine Spitze war weitgehend kahl, frei von Laub. Nur die Astansätze reichten bis zur Spitze, die nur leicht unter Sajalas Gewicht schwankte. Ihr wurde schlecht, weil ihr Gleichgewichtssinn etwas anderes meldete als das, was sie sah. Matar steuerte sofort gegen und korrigierte die Bilder. Fasziniert blickte sie nun aus großer Höhe auf die Szene unten. Erst allmählich dämmerte ihr, was sie dort sah. Ein fremdartiges Geschöpf lag dort, streckte seine Glieder und rezitierte ein bekanntes Gedicht. Eigentlich war das Ganze ein Witz. Wer mochte sich einen solchen Unsinn ausdenken? Aber zweifellos bestand das merkwürdige Geschöpf aus nichts anderem als den einfachen Wesen, die Sajala unten im Moos gesehen hatte und vermutlich verhielten sie sich gerade jetzt genau so, wie sie es vorher von unten beobachtet hatte.

Schlagartig wurden ihr die Zusammenhänge klar und sie ließ sich fallen. Matar löschte die Szene und sie fand sich augenblicklich liegend auf dem weichen Belag ihres Fußbodens wieder. Alles ergab jetzt einen Sinn: Strukturen, die überall waren und insgesamt ein Bild ergaben mit einer eigenständigen Bedeutung. Elmers Kollege musste auf ihre Sammelobjekte gestoßen sein, kleine unscheinbare Datenstrukturen, die überall vorkamen. Und er musste darin etwas gesehen haben, das ihr bisher entgangen war. Langsam machte sie sich der Folgen bewusst. Sie ahnte, dass sie und ihre Freunde in Gefahr waren, wenn ihre Annahme sich als korrekt herausstellen sollte. Wenn sie richtig lag, dann war das Problem noch weitaus größer, als sie sich das hätte je vorstellen können. Aber wer steckte hinter all dem? Hoffentlich ahnte Matar nichts von ihrer plötzlichen Eingebung. Und welche Rolle hatte sie dabei eigentlich gespielt? Hatte sie ihre Gedanken bewusst in diese Richtung gelenkt? Vermutlich nicht – Matar hatte sicher keine Ahnung davon, was gerade in ihr vorgegangen war.

In den folgenden Tagen zeigte Matar keinerlei Auffälligkeiten, machte keinerlei Andeutungen und stellte keine besonderen Fragen. Das war eigentlich ein sicheres Zeichen dafür, dass ihr nichts an dem Erlebnis merkwürdig erschienen war. Schließlich erfand sie solche Illusionen nicht von Grund auf neu. Sie bezog das Grundgerüst aus irgendwelchen Bibliotheken, passte es etwas an und ergänzte vielleicht das eine oder andere Detail. Die Frage war eher, wer ihr diese merkwürdige Geschichte möglicherweise absichtsvoll untergeschoben hatte. So bot sie Sajala weitere entspannende, virtuelle Erlebnisreisen an, die Sajala gerne in Anspruch nahm. Ihr Ziel dabei schien immer nur zu sein, ihre Erholung zu sichern.

Der Mai lud wieder zu längeren Wanderungen ein. Sajala dachte nach, stellte Hypothesen auf, überlegte sich Strategien, wie diese zu testen seien. Tief in Gedanken nahm sie ihre Umgebung kaum wahr. Obwohl sie die Gegend sehr gut kannte, wusste sich manchmal nicht, wo sie sich gerade befand. Sie hielt dann notgedrungen inne in ihren Überlegungen, achtete auf Landmarken, zog manchmal einen altertümlichen Kompass zu Rate und überlegte, ob sie beim nächsten Spaziergang nicht doch einen der elektronischen Helfer mitführen sollte. So nutzte sie ihre Freizeit, um sich klar zu werden über ihre nächsten Schritte. Und sie hatte durchaus viel davon zur Verfügung. Ihr Arbeitgeber sorgte sich sehr um die Gesundheit seiner Mitarbeiter. Mehr als zehn Stunden, verteilt über den Tag, war sie selten am Institut. Außerdem wurde darauf geachtet, dass jeder Mitarbeiter innerhalb von zehn Tagen eine Auszeit von zwei bis drei Tagen nahm. Aufs Jahr gerechnet sollten zudem nicht mehr als zweitausend Stunden geleistet werden. Das sollte die Regel sein, Ausnahmen nicht ausgeschlossen. Der Rest diente der Erholung und Erhaltung der Arbeitskraft. Meistens hielt sie diesen Rahmen auch ein.

Am Institut nutzte Sajala noch einige Tage, um ihre Annahmen grob auf Plausibilität zu testen. Sie suchte nach Erkenntnissen, die ihren Verdacht gegebenenfalls widerlegen konnten. Nachdem sie etwas nachgedacht hatte, waren ihr doch noch einige Zweifel gekommen. Sie wollte einfach vermeiden, von Anfang an mit Vollgas in eine Sackgasse zu steuern. Und da sie wieder einmal an einem Auftrag arbeitete, würden die intensiven Recherchen unverdächtig bleiben.

Als sie einigermaßen sicher war, auf einer heißen Spur zu sein, startete Sajala durch. Sie war in ihrem Metier. Testdaten in Hülle und Fülle, um jede Hypothese zu prüfen, lagen ihr schließlich schon vor. Wenn es einen Zusammenhang gab, würde sie ihn finden. Ihren Freunden erzählte sie vorläufig nichts von ihrem weiteren Plan. Bis jetzt wusste niemand, woher die Daten für ihr Kunstwerk stammten. Darüber hatte sie sich immer in geheimnisvolles Schweigen gehüllt. Eigentlich war sie selbst auch nie von echter statistischer Unabhängigkeit der Muster ausgegangen. Dann hätte ihr Bild eher wie ein unstrukturierter Brei wirken müssen. Natürlich lagen dem Ganzen Prozesse zugrunde, Millionen fehlerhafter Programme, die während der vergangenen Jahrzehnte und Jahrhunderte ähnliche Fehler milliardenfach wiederholt hatten. Jedes einzelne produzierte natürlich systematisch immer wieder gleiche oder ähnliche Abweichungen, und die Programme ihrerseits standen auch in einer historisch gewachsenen Beziehung zueinander. Insgesamt waren trotzdem Programmfehler an sich etwas Zufälliges. Sie hatte sich vorgestellt, durch eine Geschichte der Systeme aus einer besonderen Sichtweise zu wandern. Im Grunde konnte Elmers Beobachtung diese Sichtweise nicht in Frage stellen. Die Bewegungen in seiner

Projektion waren zu selten und zu kurz. Es war die Tatsache, dass ausgerechnet Elmer sie auf etwas gestoßen hatte und es für sie plötzlich eine Verbindung gab zwischen diesem Angriff auf dessen Firma und ihrem Kunstwerk. Sie fühlte einfach, dass sie das Wichtigste an ihren Strukturen bisher übersehen hatte.

Risiko

Es klingelte Sturm an der Haustüre. „Martha, mit deinem Mann stimmt etwas nicht. Der liegt bei euch im Garten und regt sich nicht mehr!" Die Nachbarin war sichtlich aufgeregt. Martha war alarmiert und hastete mit ihr zusammen durch das Wohnzimmer und die geöffnete Terrassentüre nach draußen. „Um Gottes Willen!" Tatsächlich lag da ihr Mann reglos im Gras. Erst als sie die Kamera sah, deren Objektiv auf einen frischen Maulwurfshügel gerichtet war, entspannte sie sich. Sie stieß ihren Mann vorsichtig an. Der brummte etwas Unverständliches, drehte sich auf den Rücken und richtete sich langsam ächzend mit steifen Gliedern auf. „Was ist denn los? Warum trittst du mich?" Bis auf einige grüne Flecken auf dem durchfeuchteten Poloshirt und der hellen Hose schien es ihm bestens zu gehen. „Wie spät ist es? Hallo Marlene, was führt dich her?" Jetzt erst bemerkte er, dass Martha nicht alleine war. Möglicherweise sei er eingenickt, räumte er schließlich ein, bei dem vergeblichen Bemühen, den Verursacher des Hügels aus nächster Nähe auf ein Foto zu bannen.

So manches mal hatte Martha sich gefragt, was in ihrem Mann so vorging. Fast immer hatte er irgendetwas zu tun, verfolgte offenbar selbstgesteckte Ziele. Nur wirkte deren Auswahl eher chaotisch. Einen rationalen Grund dafür konnte sie oft nicht feststellen. Trotzdem verfolgte er seine Entscheidungen, wenn sie einmal heimlich getroffen waren, durchaus strukturiert und hartnäckig. Nur erzählte er in der Regel niemandem, was er da jeweils tat und warum. Erst die Ergebnisse, wenn es denn vorzeigbare gab, präsentierte er nach getaner Arbeit. So waren über die Jahre durchaus immer wieder erstaunliche Leistungen zustande gekommen, die einen durchaus hohen persönlichen Wert darstellten. Selbst seine berufliche Karriere ließ sich im Kern auf solch heimliche Projekte zurückführen. Das wusste Martha und ließ Klaus deshalb gewähren.

Klaus seinerseits liebte es, manchmal stundenlang nur so dazusitzen oder zu liegen und seine Gedanken schweifen zu lassen. Er liebte das sich entwickelnde Chaos darin, die Strudel und wilden

Strömungen, wenn er sich von den alltäglichen Problemen löste, die Muster darin, die sich selbständig weiter zu entwickeln schienen, die Strukturen, wenn sie sich schließlich verfestigten. Es war wie ein Rausch, innere Abenteuer, geistige Wanderungen ohne Ziel mit oftmals überraschender Ankunft an Orten, die er so noch nicht kannte. Solche Tagträume hatten ihn schon sein ganzes Leben hindurch begleitet. Von außen ließ er sich darin kaum beeinflussen.

An einem Vormittag hatten beide sich aufgemacht zu einer Wanderung durch die wundervolle Schneelandschaft, in die sich die sanften Hügel der Eifel Ende Februar noch einmal verwandelt hatten. Bei dichtem Schneetreiben war sonst niemand weit und breit im Freien unterwegs. Klaus wollte versuchen, die besondere Stimmung in Fotografien fest zu halten. Um die Kamera vor Nässe zu schützen, hatte er sie in eine Klarsichttüte verpackt und die Öffnung mit Gummiringen über der Frontlinse des Objektivs befestigt. Zudem trug er einen weiten dunkelgrünen Regenponcho, der nicht nur ihn selbst, sondern auch seine Ausrüstung schützte. Für einen Beobachter hätten die beiden, besonders Klaus, sicherlich ein merkwürdiges Bild ergeben und das eine oder andere Kopfschütteln verursacht. Klaus hantierte mit einer antiquierten, zwei Kilogramm schweren Spiegelreflexkamera. So etwas war schon lange nicht mehr auf dem Markt. Das lag sicher nicht daran, dass Klaus das Gewicht seiner Ausrüstung mit der Qualität des Ergebnisses verwechselte, obwohl die Größe eines Objektives immer noch mit Auflösung und Ausleuchtung einer Fotografie zu tun hatte. Er vertraute seiner Kamera einfach, weil er sie beherrschte und sie ihm Vertraulichkeit garantierte. All diesen neumodischen Kram, dessen GPS jeden seiner Schritte minutiös protokolliert und zusammen mit jedem Foto ungefragt in irgendein Netz eingestellt hätte, lehnte er ab. Niemand konnte wirklich garantieren, dass diese Daten seine Privatsache bleiben würden. Klaus wollte einfach die Kontrolle behalten. Kontrolle über ein Ding hieß nach seiner Überzeugung, es in der Hand zu behalten im wahrsten Sinne des Wortes. Seine Ausrüstung kannte weder GPS noch eine Netzverbindung oder dergleichen. Die Bilder landeten einfach auf einer Speicherkarte, die so antiquiert anmutete wie seine Kamera, und die konnte er entnehmen, in seine Hosentasche stecken, und auch abschließend zerstören, wenn er das wollte, ohne irgendwo sonst Spuren zu hinterlassen.

Ein Beobachter hätte sich sicher gewundert, weshalb bei diesem Wetter jemand draußen sein wollte und dann auch noch fotografieren, wo doch alles nur einfach weiß in weiß erschien. Der Boden war weiß, die Luft wirkte weiß, genauso wie der Himmel. Klaus dachte sich hinein in seine Umgebung, suchte Strukturen und Muster, die er im Moment ihres Entstehens festhalten konnte. Er wanderte schweigsam, beobachtete, drehte sich manchmal um die eigene Achse, fiel gelegentlich auf die Knie und legte seinen Kopf schräg in Richtung Boden, wobei ihm das Aufstehen schon sichtlich schwer fiel. Martha wunderte sich nicht. Sie glaubte zu verstehen, was er da tat und wusste, welch bewundernswerte Resultate aus solch merkwürdigem Verhalten entstehen konnten. Sie störte nur, dass er kaum mit ihr sprach und ihr in seiner Konzentration nicht einmal richtig zuhörte.

„Bleib stehen!" flüsterte Martha eindringlich. „Siehst du da vorne die beiden Hasen?" Zwei Feldhasen waren plötzlich in dem weißen Einerlei aufgetaucht, die sich augenscheinlich sicher vor jedweder Störung wähnten. „Mist, mit dem Objektiv komme ich nicht weit. Was meinst du, kann ich das noch wechseln?" „Besser nicht, sonst kannst du nur noch den Schnee fotografieren." Also machte er sofort einige Schnappschüsse. „Schade, aber vielleicht wird's ja trotzdem brauchbar." Genauso wie moderne Kameratechnik lehnte er Zoomobjektive dann ab, wenn er wirklich bis in die Ecken gestochen scharfe Bilder erzielen wollte. So wie jetzt verwendete er dann nur Festbrennweiten. Wenn die Zeit drängte, dann musste auch einmal eine Normaloptik reichen, wenn eigentlich ein Tele oder Weitwinkel angemessener waren.

Mit überschaubarer Ausbeute und ziemlich durchfroren kamen beide wieder zu Hause an. Ob sich der Spaziergang auch künstlerisch gelohnt hatte, würde sich erst später zeigen. Die Kamera musste zunächst einige Stunden in ihrer Hülle auf Zimmertemperatur kommen, bevor Klaus die Bilder auswerten konnte. Ansonsten hätte Kondensfeuchte bis in ihr Innerstes vordringen können. Reparaturen waren mit der Zeit immer aufwändiger geworden, da

Techniker mit Kenntnissen in Fotofeinmechanik inzwischen rar und teuer waren. Nur einfache Reparaturen konnte er inzwischen selbst vornehmen.

Es war längst dunkel draußen, als Klaus sich für Stunden in sein Arbeitszimmer zurückzog, um sich das Ergebnis anzusehen. Es waren sehr interessante Aufnahmen dabei. Er passte Belichtung und Tonwerte an, stellte die Rauschunterdrückung optimal ein, exportierte dann Foto für Foto in ein allgemein übliches Format. Es war Zufall, der ihn bei der Kontrolle der Endergebnisse noch über alte Protokolle aus seinem früheren Experiment stolpern ließ. Er hatte immer noch Probleme damit, den Misserfolg seiner Bemühungen zu akzeptieren und hatte trotz intensiver Überprüfung seines Modells keinen entscheidenden Fehler gefunden. Das eine oder andere hatte er noch optimiert und einige Unstimmigkeiten beseitigt. Darunter war aber nichts, was das Scheitern erklärt hätte. Klaus musste annehmen, dass all seine jahrelangen Arbeiten und Überlegungen von Anfang an falsch waren, der lächerliche Versuch, sich als Amateur an etablierten Wissenschaften vorbei in eine der vorderen Reihen zu schieben, eine Abkürzung gefunden zu haben, die allen anderen verborgen blieb. Aber immerhin hatte es ihn geistig fit gehalten und die Beschäftigung hatte über weite Strecken wirklich Spaß gemacht. Es gab schlechtere Möglichkeiten, seine Zeit zu verschwenden.

Das alles war schon viele Monate her. Etwas schwermütig ging er noch einmal die Protokolle durch. Wie er schon damals feststellen musste, zeigte keines die eigentlich erwarteten Aktivitäten. Schließlich nahm er sich die zuletzt noch übertragenen Logs vor. Auch hier fand sich zunächst nichts Auffälliges. Nur während des unerwartet langen Löschvorgangs nahm er nun Muster wahr, die möglicherweise nicht nur mit dem erzwungenen Ende zu erklären waren. Er erinnerte sich, diese Verzögerung damals unbekannten Sicherheitsbarrieren des Clusters zugeschrieben zu haben. Diese Vermutung erschien ihm jetzt nicht mehr ganz stimmig. Damals war er einfach froh gewesen, heil aus der Sache wieder herauszukommen. Aus der zeitlichen Entfernung betrachtet, erschien es allerdings jetzt widersinnig, dass Sicherheitsprozesse aktiv geworden sein sollten, ohne Alarm zu schlagen. Von so etwas hätte sein

Nachbar sicher im Rahmen der einen oder anderen feucht-fröhlichen Runde berichtet. Bei der Intensität des Löschvorgangs war es auch unwahrscheinlich, dass der Vorfall falsch klassifiziert worden und in der Menge anderer Meldungen untergegangen war. Wenn Sicherheitssysteme aktiv geworden waren, dann hätte es einen leuchtend roten Alarm geben müssen. Was war also dann die Ursache für die merkwürdigen Aktivitäten, die letztlich den Vorgang so beängstigend in die Länge gezogen hatten? Als Martha besorgt über die Haustelefonanlage anrief, brach er seine neuen Überlegungen ab und beschloss, ihnen in den nächsten Tag etwas mehr Zeit zu widmen.

Einige Arztbesuche und ein Check-up sorgten zunächst für Ablenkung. Gesundheitlich schien alles in Ordnung zu sein, die Blutwerte waren perfekt bis auf geringe Abweichungen eines Leberwertes. Genauso tadellos war das Leistungs-EKG. Die Ultraschallaufnahme der Organe und Hauptarterien förderte ebenfalls keine Auffälligkeiten zutage. „Wie bei einem jungen Mann" lobte der Arzt. Danach hätte Klaus sich topfit fühlen müssen, wären da nicht die sich häufenden Erschöpfungszustände gewesen, die weder er noch sein Arzt erklären konnten, ständige Gliederschmerzen und Erkältungssymptome, die sich jeder schlüssigen Diagnose entzogen. Früher hatte er das alles mit beruflichem Stress erklärt, der zum Ende seiner Laufbahn deutlich zugenommen hatte. Dieser Faktor war nun schon lange entfallen und er konnte eigentlich vollkommen tiefentspannt seinen Ruhestand genießen.

Erst zwei Wochen später brachte er die Energie auf, sich mit den Aufzeichnungen wieder zu befassen. Tatsächlich zeigten die Muster in den letzten Protokollen, dass irgendetwas alarmiert worden war und es zeigte sich auch, das es sich höchst wahrscheinlich nicht um eine Sicherheitseinrichtung des Clusters gehandelt hatte. Dazu hätten neben den Interaktionsmustern, die auf Abwehr hindeuteten, auch eindeutig verräterische Meldungen dieser Einrichtungen in seinen Protokollen auftauchen müssen. Das taten sie aber nicht. Was konnte der Urheber dann aber sein? Letztlich war es eine Ausschlussdiagnose, die ihn in seiner Schlussfolgerung absicherte. Er nahm noch einmal alle Informationen zusammen, die er im Laufe der Zeit von Jan über den Cluster erhalten und die Installationslisten, die seine Monitor-Software geliefert hatte. Er prüfte jede einzelne Software-Komponente darauf, ob und gegebenenfalls wie sie auf unerwartete Aktivitäten reagieren und welche Spuren das hinterlassen würde. Die Arbeit nahm mehrere Tage in Anspruch und endete mit der Schlussfolgerung, dass keine dieser Komponenten für die Abwehrreaktionen verantwortlich sein konnte. Damit blieben nur die von ihm selbst eingeschleusten Bots als mögliche Urheber übrig. Klaus fühlte sich wieder im Geschäft. Er befand sich sofort in einer euphorische Stimmung. Mit dieser belastbaren Hypothese konnte er nun die Protokolle noch einmal unter einem anderen Blickwinkel analysieren um eine Vorstellung darüber zu entwickeln, was wirklich vorgegangen war.

Während er seinen Vorgarten auf das kommende Frühjahr vorbereitete, lief Jan Gatzen zufällig an ihm vorbei. „Hallo Jan, hast du es eilig?" „Kommt darauf an?" „Du bekommst einen Kaffee und ich eine Pause auf der Bank hier – eine echte Win-win Situation also." Durch die Presse waberte gerade eine Trojaner-Attacke, deren Höhenpunkt etwa zu der Zeit seines Experiments stattgefunden hatte. Im Laufe des Gesprächs fragte er, ob nicht auch sein Cluster davon betroffen gewesen sei. „Nein, davon war bei uns nicht zu spüren. Ich habe davon gehört – sonst nichts." verneinte Jan ohne zu zögern. „Wir hatten mit so etwas noch nie Probleme. Wir prüfen trotzdem jede neue Sicherheitswarnung ernsthaft und checken unsere Systeme. Auch im letzten Jahr haben wir das gemacht, nachdem unser Sicherheitsdienstleister uns frühzeitig vor dieser potentiellen Gefahr gewarnt hat. Solche Probleme haben wir bei uns im Institut sehr gut im Griff. Übrigens betreffen solche Attacken eher die verbreiteteren Rechnerarchitekturen, solche, die Privatleute benutzen, so wie unsereins zu Hause. Da ist wohl mehr zu holen als bei uns." Damit fühlte Klaus sich nun abschließend bestätigt in seiner Diagnose. Wenn niemand etwas gemerkt hatte, konnten nur seine Bots selbst für die Abwehr verantwortlich sein. Diese Vorstellung war ungeheuerlich. So etwas hatte er in der kurzen Zeit, die sie aktiv waren, nicht für möglich gehalten.

Aber was war wirklich passiert? Die Interaktionsmuster deuteten auf ein organisiertes Ausweichmanöver hin. Seine Bots hatten es vorübergehend geschafft, fast neunzig Prozent der Löschbefehle ins Leere laufen zu lassen. Sie hatten gelernt, genau in der Mikrosekunde auszuweichen, die zwischen der erzwungenen Offenbarung ihrer Position und dem physischen Löschkommando lag. Möglich war aber auch, dass irgendetwas die erzwungenen Positionsangaben verfälscht hatte. Klar war, dass die Bots selbst viel zu einfach gestrickt waren, um so etwas organisiert zu bewältigen. Eine übergeordnete Instanz musste dafür verantwortlich sein, die die plötzlichen Verlagerungen koordiniert hatte. Die Verzögerung war damit weitgehend erklärt. Aber auch zehn Prozent Erfolgsquote hatte die Bots langsamer zwar, aber genauso sicher eliminiert, bis der Widerstand schließlich zusammenbrach und die verbliebenen Reste innerhalb von Sekunden vernichtet waren. Klaus glaubte, seine Flamme, die ihm immer vorgeschwebt hatte, in den Aufzeichnungen erkannt zu haben. Das waren eindeutig die Spuren einer selbständigen Aktivität, die einmal gezündet aus sich heraus weiter brannte. Aber warum waren seine eigenen Versuche, sie anzufachen, so kläglich gescheitert? Er dachte unvermittelt an die Methode zur Zündung eines nuklearen Sprengsatzes. Seine Maßnahmen kamen ihm nun vor wie der Versuch, den Urankern einer Atombombe mit einem Streichholz in die Kettenreaktion zu treiben. Tatsächlich war der enorme Druck einer großen Menge von hochexplosivem TNT notwendig um die Urankugel soweit zu verdichten, dass die Explosion danach selbständig ihren weiteren vernichtenden Lauf nahm. Erst sein Kommando zur Löschung hatte möglicherweise den notwendigen Druck auf sein Bot-Netzwerk aufbauen können und die Kettenreaktion in diesem Fall in Gang gesetzt. Nur war dieser Druck so groß gewesen, dass er die Reaktion selbst dann auch gleich mit erstickte, was in diesem Fall sein Glück war. Ansonsten hätte die Sache böse für ihn geendet.

Bis jetzt war es nur ein Gefühl, dass sein Experiment doch noch letztendlich erfolgreich verlaufen war. Es konnte immer noch nur seinem Wunschdenken entspringen. Er musste sich Gewissheit verschaffen mit mindestens einem weiteren Versuch. Und so war Marthas Freude über die anhaltend gute Laune ihres Gatten nicht von Dauer. Das etwas anderes dahintersteckte als gelungene Fotografien und gute Nachrichten vom Arzt wurde ihr schon klar, als er sich wieder mehr in seinem Arbeitszimmer aufhielt als mit ihr zusammen. Schließlich stellte sie ihn zur Rede und er erklärte sich zögernd. Erwartungsgemäß hielt sich ihre Begeisterung für seine neue-alte Beschäftigung in engen Grenzen. Als Klaus ihr detailliert darlegte, was bei seinem ersten Feldexperiment geschehen war, welche Enttäuschung er erfahren und welche Ängste er zum Ende hin ausgestanden hatte, da wich ihre Skepsis nacktem Entsetzen. „Und das erzählst du mir jetzt erst so nebenbei? Was denkst du dir überhaupt? Wenn das schiefgegangen wäre, hättest du mindestens eine hohe Geldstrafe bekommen, wenn nicht sogar Gefängnis, mit Glück noch auf Bewährung!" „Aber es ist ja schließlich gut ausgegangen." verteidigte er sich halbherzig und dachte darüber nach, dass irgendwie doch immer schon alles gutgegangen war. „Und wenn nicht? Das Schlimmste aber wäre ja wohl, dass du uns in der Nachbarschaft in eine unmögliche Situation gebracht hättest. Wir hätten hier nicht mehr wohnen können. Bist du noch ganz bei Trost? Wie kannst du so etwas heimlich tun, ohne mich zu fragen. Schließlich wären wir alle betroffen gewesen von einer möglichen Katastrophe! Was machst du denn als nächstes? Vielleicht drehst du ja den Gashahn auf, nur um zu sehen, ob es wirklich knallt, wenn jemand den Lichtschalter betätigt." Martha schäumte. Ihr war überhaupt nicht bewusst gewesen, in welche Gefahr Klaus sie alle damals gebracht hatte. Klaus senkte schuldbewusst den Blick und schwieg. „Es kann doch nicht dein Ernst sein, das alles noch einmal zu wiederholen. Das wird doch wieder ein Himmelfahrtskommando!" Klaus versprach widerstrebend, sich nur theoretisch mit einem solchen Unternehmen zu befassen – „und danach sehen wir weiter", dachte er bei sich. Für die nächsten Wochen würde er jedenfalls durch tätige Reue dafür sorgen müssen, dass sich die Großwetterlage zu Hause wieder beruhigte.

Im Frühjahr war er wieder mit Gartenarbeiten beschäftigt. Er hatte einen kleinen Grillplatz am Ende des Weges entworfen, kreisrund, etwa vier Meter im Durchmesser und mit Kopfsteinpflaster belegt. Zuerst hatte er ein Gefälle zur Mitte hin vorgesehen. In seiner Vorstellung brannte ein Lagerfeuer auf dem Platz, um das er mit Freunden oder Familie herumsaß und aß und trank. Die Glut würde sich einfach von selbst zur Mitte hin sammeln. Als er sich dann mit den Details befasste, wich die romantische Vorstellung schnell realistischeren Anforderungen. Zum Ersten hätte sich bei regnerischem Wetter schnell eine Pfütze im Zentrum gesammelt. Der Platz wäre so wohl schnell verschlammt und hätte regelmäßig gereinigt werden müssen. Das war zumindest unpraktisch. Zum Anderen aber hätte das Material die Hitze eines Feuers wohl kaum überstanden und wäre gerissen. Zu diesem Zweck würde er wohl besser eine Feuerschale beschaffen. Viel sinnvoller war natürlich ein schwaches Gefälle umgekehrt weg von der Mitte radial nach außen. Mit der Umsetzung ließ er sich wieder Zeit. „Pass bitte auf und übertreibe nicht wieder." ermahnte Martha in mehrfach. „Ich habe keine Lust, dich hernach tagelang im Bett pflegen zu müssen." „Keine Sorge, ich übertreibe nie." pflegte Klaus darauf zu erwidern.

Alleine das Material von der Garagenauffahrt in den Garten zu transportieren – sechshundert Pflastersteine und drei Kubikmeter Kies – dauerte Tage. Er pausierte oft und arbeitete höchstens zwei bis drei Stunden zusammenhängend am Tag. Der Ablauf ließ also genügend Zeit übrig, jeden Tag noch etwas anderes zu unternehmen, das keine körperliche Anstrengung verlangte.

Während also Martha ihrem Klaus die Erholung von den physischen Strapazen herzlich gönnte und ihre Empörung langsam abebbte, war er schon längst mit der Planung in der anderen Sache beschäftigt. Monatelang dachte er darüber nach, wie er seine Bots ins weltweite Netz einschleusen, wie er trotzdem die Kontrolle behalten und wie der Druck ausgeübt werden konnte, der die Flamme zündete, ohne sie gleich wieder zu ersticken. Ein erneuter Einbruch in den Cluster schied aus. Jan hätte sicher Verdacht geschöpft und die Gefahr einer Entdeckung wäre jetzt größer als zuvor. Ihm kamen schnell die weltweit in ungeheurer Zahl aktiven Virenscanner in den Sinn, die sich vielleicht geschickt missbrauchen ließen, um die Zündung zu bewerkstelligen. Während er bisher seine Bots erfolgreich vor ihren Angriffen getarnt hatte, musste er in diesem Fall dafür sorgen, dass eine bedeutende Zahl erkannt und bekämpft werden konnte, zumindest vorübergehend. Dieser Plan schien machbar und so nahmen die Details allmählich Gestalt an. Seine Bots „lernten" nun, Fehler bei der ständig wechselnden Tarnung zu machen. Bei einer Erstinfektion würden zunächst dann sehr viele dieser unzureichend geschützten Bots im Netz existieren. Sobald Millionen von Virenscannern die Signatur erkannten und die Bekämpfung starteten, würde eine Art natürliche Auslese dafür sorgen, dass die fehlerhaften Programme langsam seltener wurden und schließlich bis auf unbedeutende Reste ausstarben. Um die Kontrolle weitgehend zu behalten, schränkte er den Adressraum im Netz ein, in dem sie aktiv sein konnten. Außerhalb würden sie sich dann nicht weiter verbreiten können. Zudem beschränkte er sie auf eine bestimmte Rechnerarchitektur, die häufig genug im Netz vorkam und vornehmlich für leistungsfähigere Systeme eingesetzt wurde.

Und dann stellte sich noch die Frage nach dem Infektionsweg und danach, wie er seine Spuren so unkenntlich machen konnte, dass ggf. auch Ermittlungsbehörden ins Leere laufen würden. Beides erschien lösbar. Zunächst wählte Klaus einen alten, aber besonders leistungsfähigen Laptop-Computer aus, der leicht zu transportieren oder zu verstecken war, und löschte sorgfältig alle Spuren seines Projektes von allen anderen Medien in seinem Haus. Einige kaum fingernagelgroße Speicherkarten dienten als Backup-Medien, von denen er notfalls sein Entwicklungssystem jederzeit auf ein anderes Gerät übertragen konnte, sollte der Laptop einmal ausfallen. Von seinem ausgewählten Arbeitsgerät entfernte er dann genauso sorgfältig alle persönlichen Informationen, die bei einem möglichen Verlust auf ihn weisen konnten. Zusätzlich schaltete er die Festplattenverschlüsselung ein. Das würde das Arbeitstempo nur unwesentlich beeinträchtigen. Gleichzeitig zerstörte er jedes elektronische Bauteil darin, das eine Netzwerkverbindung hätte aufbauen können. Für einen Datenaustausch blieb jetzt nur noch die manuelle Methode über den direkten physischen Zugriff auf den Einschubschacht für Speicherkarten. Was blieb, war sein komplettes Entwicklungs- und Testsystem, auf dem er seine Zielumgebung, wenn schon nicht im Netz erreichen, so doch weitgehend simulieren konnte. Mehr Kontrolle war kaum zu erreichen und mit einem der neuen Arbeitsgeräte wäre eine solche Manipulation gar nicht möglich gewesen, ohne deren Funktion vollständig zu zerstören. So war Klaus froh, sein altes Arbeitspferd nicht vor Jahren entsorgt zu haben. Er liebte einfach solide Technik und das sonore Klappern einer Tastatur.

Als Infektionsweg boten sich Trojaner als probates und immer wieder erfolgreiches Mittel an. Eine Verbreitung über professionelle Spammer schied aus wegen des damit verbunden Aufwands, der Kosten und der möglichen Spuren. Außerdem würden die Scanner viel zu früh aufmerksam werden, schon aufgrund der schieren Flut von Mails. Klaus entschied sich dafür, die Download-Seiten einiger beliebter kostenloser Programme zu imitieren. Die Originalseite müsste einem Namen haben, der leicht zu Schreibfehlern führte. Jeder dieser versehentlichen Eingaben würde dann auf seiner Seite landen. Der Benutzer würde, ohne es zu merken, die gewünschte Software mit einem nicht gewünschten Anhang zusammen laden und installieren. Um diese Seiten anonym ins Netz zu stellen, würde ihm jetzt eine seiner vor langem schon angelegten Identitäten helfen. Diese Variante schien ihm die am einfachsten zu realisierende zu sein. Alle weiteren Details entnahm er seiner vor einigen Jahren bereits ausgearbeiteten Geheimhaltungsstrategie, die jetzt endlich zur Geltung kam und sich bewähren konnte. Die früher dafür investierte Arbeit würde den risikoarmen Fortgang seines Projektes erheblich beschleunigen.

Stellte sich noch die Frage, wo er überhaupt anonym ins Netz kommen konnte. Normalerweise wurde jeder Zugang sofort irgendwo protokolliert und konnte im Prinzip mit dem Anschlusseigner, den jeweiligen Aktionen, Abfragen und Recherchen verknüpft werden. Früher gab es einmal in jeder kleineren Stadt sogenannte Internetshops oder Internetcafés mit eigenen Computern für den Netzzugang. So etwas wäre ideal gewesen für seine Pläne. Nur gab es die schon lange nicht mehr. Klaus erinnerte sich, zuletzt so etwas bei einem Urlaub in einem kleinen Ort an der Nordsee gesehen zu haben. Heutzutage betrieb fast jedes Café einen Netzzugang für jedermann, den man mit dem eigenen Gerät nach Belieben nutzen konnte. Für Klaus kam das nicht infrage. Er brauchte einen absolut anonymen Zugang über ein Fremdgerät, dessen Benutzung er mit vielen anderen anonym teilte.

Klaus hatte einen alten Studienfreund eingeladen zu einer ausgedehnten Wanderung in der Umgebung. Seit Jahren hatte er ihn nicht mehr gesehen. Konrad hatte einen Lehrstuhl für Teilchenphysik in Münster inne und reiste am Morgen von dort aus an.

Klaus mochte ihn, obwohl er meist von sich selbst erzählte, von seiner Forschung, seiner Lehrtätigkeit, während er von allem anderen um sich herum anscheinend kaum Notiz nahm. Er war nur kurz einmal verheiratet gewesen mit einer ehemaligen Doktorandin und nun schon lange wieder ledig. Klaus hatte ihn früher schon auf sein Modell angesprochen in der Hoffnung, er würde es einmal untersuchen und seine professionelle Meinung dazu abgeben. Aber er hatte geäußert, das sei zu weit weg von seinem Spezialgebiet und er habe von Stochastik keine Ahnung. Klaus hatte das akzeptiert, hatte sich aber für längere Zeit enttäuscht von ihm zurückgezogen. So unterhielten sie sich während der Wanderung über andere Themen. Insgeheim hoffte Klaus dabei, dass er von sich aus noch einmal auf sein damaliges Anliegen zurückkommen würde. Martha war zu Hause geblieben unter dem Vorwand, ein Abendessen vorbereiten zu wollen.

Wie früher schon bei anderen Gelegenheiten sprudelte Konrad geradezu über in seinem Mitteilungsbedürfnis. „Du erinnerst dich vielleicht noch an das Thema meiner Promotion." Klaus musste insgeheim passen. Das war schon Jahrzehnte her. Aber er hatte das Werk sicher noch irgendwo im Regal stehen. „Meine Arbeit von damals ist immer noch aktuell und gerade erst hat mich der Editor des *International Journal of Modern Physics* angesprochen. Ich veröffentliche jetzt gerade einen Artikel darin mit einer Erweiterung meines damaligen Modells." Er ließ sich ausgiebig über dessen Inhalt aus. Klaus wusste ungefähr, worum es sich dabei handelte, ohne aber die Details auch nur ansatzweise zu verstehen. Dann erzählte Konrad von seiner Wahl zum Editor eines anderen, international angesehenen Journals, von Promotionsthemen, die er gerade betreute und Studenten, die er für zu gering qualifiziert hielt, was er detailreich begründete. Im Übrigen schien sein ehemaliger Kommilitone ziemlich frustriert zu sein über die Rahmenbedingungen seiner Forschung. „Es ist manchmal nicht zu fassen, was heutzutage veröffentlicht wird. Auf die Ergebnisse solcher Machwerke kann ich mich schon lange nicht mehr verlassen. Viele der Versuche sind tatsächlich nicht reproduzierbar und damit fast wertlos. Ich muss immer öfter bezweifeln, dass die dort dokumentieren Ergebnisse tatsächlich erzielt wurden. Eigentlich muss ich jedes Paper, dessen Autoren ich nicht persönlich kenne und schätze, eigenhändig prüfen anhand eigener Experimente oder anderer Veröffentlichungen. Das macht eine Menge unnötige Arbeit. Leider schreckt heute kaum noch ein karrierebewusster Wissenschaftler vor Manipulationen zurück, um bestimmte Erwartungen zu erfüllen. Deshalb sinkt die Qualität der Publikationen dramatisch im Vergleich zu früher. Ich selbst habe schon junge Wissenschaftler betreut, die glaubten, unliebsame Untersuchungsergebnisse mit fadenscheinigen Begründungen einfach unterschlagen zu können. Es gibt durchaus Kollegen, ohne dass ich da Namen nennen will, die so etwas durchgehen lassen. Aber leider muss auch ich mich an die Gegebenheiten anpassen. Auf Qualität zu setzen, wird leider nicht belohnt. Ich muss vor allem meine Quoten erfüllen, Publikationen herausbringen, Studenten und Doktoranden zum Abschluss führen – egal wie. Sonst streichen die irgendwann meinen Lehrstuhl. Du kannst dir vorstellen, was dabei herauskommt: Nur noch banale, vorhersehbare Arbeiten, die gerade so noch gewisse Erwartungen erfüllen und die es sich nicht lohnt zu lesen. Es grenzt an ein Wunder, dass die Grundlagenforschung heutzutage überhaupt noch brauchbare Ergebnisse liefert."

Klaus hörte geduldig zu, während er auf Wegweiser achtete, um sich nicht zu verlaufen. Schließlich wollte er vor dem Dunkelwerden unbedingt wieder zu Hause sein, besser noch vor dem Abendessen. Er fand in dem, was er jetzt hörte, viele seiner Vorurteile bestätigt, die er sich aus der Ferne gebildet hatte. Wie sollten unter solchen Voraussetzungen überhaupt noch bahnbrechende und wirklich innovative Ideen sich durchsetzen können? Er dachte an Higgs-Bosonen, dunkle Materie und dunkle Energie, die er für Schimären hielt, für Artefakte einer unvollständigen Theorie. „Wie geht es eigentlich eurem Higgs-Boson?" fragte er halb spöttisch. Der Unterton entging Konrad. „Habt ihr das damals eigentlich gefunden oder nicht? Ich habe nach der ersten Entdeckung lange nichts mehr in der Presse davon gehört." „Das ist nicht genau mein Spezialgebiet. Aber soviel ich davon weiß, ist es mit an Sicherheit grenzender Wahrscheinlichkeit tatsächlich gefunden worden. Das ist ja nichts, was man anfassen, in ein Reagenzglas sperren und vorzeigen kann. Elementarteilchen zeigen sich durch bestimmte Energiespektren, die du erst nach sorgfältiger Filterung und Aufbereitung riesiger Messdatenbestände findest. Meistens ist es eine Ausschlussdiagnose: Wenn keines der bekannten Teilchen zu einem gefundenen Spektrum passt, dann muss es sich offenbar um ein noch unbekanntes handeln, das die Muster hervorbringt. Und das ist wohl gelungen. Das es sich tatsächlich um ein Higgs handelt, schließt man daraus, das sein Energiespektrum den Vorhersagen entspricht. Aber das ist doch schon lange bekannt und geklärt." Konrad war offenbar überzeugt davon, dass dieses Problem längst gelöst war. Klaus wagte noch einen Einwand: „Soweit ich mich erinnere, wurde die Energie doch seit der Formulierung der Theorie durch Peter Higgs in den sechziger Jahren des letzten Jahrhunderts mehrfach drastisch um viele Größenordnungen korrigiert. Woher wusste man denn so genau, welche der verschiedenen Niveaus dann tatsächlich das richtige war? Da war doch wohl eine gewisse Beliebigkeit im Spiel." Konrad sah ihn verständnislos an und wechselte übergangslos wieder in sein Spezialgebiet. Klaus dachte, dass die wirklich schwierigen Probleme anscheinend immer per Dekret als geklärt oder als nicht existent bestimmt wurden. Mit ihm eine Grundsatzdiskussion über die tiefsten Grundlagen der Physik anzuzetteln, erschien Klaus im Augenblick wenig erstrebenswert. Offenbar verfügte kein Mensch heutzutage mehr über die eigenständige Genialität, die notwendig war, um die Grundfesten der seit einem Jahrhundert schon ausgetretenen Pfade in Frage zu stellen und neu zu formulieren. Ein Einstein oder Heisenberg war heutzutage schlicht nicht mehr möglich. Konrad war zweifellos brillant auf seinem Gebiet, das wusste er, aber auch irgendwie festgefahren in seiner Art zu denken. Er erinnerte sich an ein Zitat, das Albert Einstein zugeschrieben wurde. Er hatte es notiert, in einer großen, geschwungenen Schrift abgedruckt, gerahmt und im Arbeitszimmer an die Wand gehängt. Danach sollte er 1933 einmal gesagt haben:

„Als ich einige Wochen allein auf dem Lande lebte, bemerkte ich, wie stimulierend ein ruhiges und eintöniges Leben auf die Kreativität wirkt. Selbst in der modernen Gesellschaft gibt es Tätigkeiten, die das Alleinsein voraussetzen und keine großen physischen oder geistigen Anstrengungen erfordern. Man kann dabei an Tätigkeiten wie den Dienst auf Leuchttürmen und Leuchtschiffen denken. Könnte man für solche Tätigkeiten nicht junge Leute anstellen, die über wissenschaftliche Probleme, vor allem mathematischer und philosophischer Art, nachdenken wollen? ... Selbst wenn ein junger Mensch das Glück hat, für eine bestimmte Zeit über ein Stipendium zu verfügen, steht er unter dem Druck, so schnell wie möglich klare Ergebnisse vorlegen zu müssen. In der Grundlagenforschung kann dieser Druck nur Schaden stiften. Der junge Wissenschaftler, der in einen praktischen Beruf eintritt, der ihm das Auskommen sichert, ist demgegenüber in einer viel besseren Lage. Vorausgesetzt natürlich, dass der Beruf ihm genügend Zeit und Energie für die Forschung lässt."

Offenbar war dieser berühmte Wissenschaftler überzeugt gewesen, dass Ruhe und monotone Arbeiten, die den Lebensunterhalt sichern, die freie Kreativität enorm befördern. Den ständigen Druck, Ergebnisse veröffentlichen zu müssen, empfand er schon damals als kontraproduktiv. In der Tat hatte Einstein seine ersten bahnbrechenden Ideen während der eintönigen Tätigkeit im Berner Patentamt entwickelt. Die Probleme in der Grundlagenforschung waren also im Prinzip nicht neu, hatten sich aber über die Zeit noch deutlich verschärft.

An einen sonnigen Wochenende musste er Martha nicht lange zu einem Trip an die Küste überreden. Die Fahrt mit dem Auto dauerte nur etwa drei Stunden. Nachdem sie die Berge und Hügel der Ardennen hinter sich gelassen hatten, fuhren sie durch dicht besiedeltes, vollkommen flaches Land. Ansiedlungen, Gehöfte, Waldstücke, Wiesen mit Kühen flogen an ihnen vorbei. Hier und da zerstörte ein Windpark das ansonsten harmonische Landschaftsbild. „Schon wieder diese Riesenspargel!" entfuhr es Martha, „Monsterventilatoren!" brummte Klaus. Viele der Anlagen waren inzwischen abgeschaltet worden, weil Reparaturen nicht mehr finanzierbar oder Subventionen ausgelaufen waren. Manchmal lohnte sich nicht einmal mehr der Betrieb, obwohl die Turbinen vermutlich durchaus noch funktionsfähig waren. Ihr eigentliches Ziel, die Schonung natürlicher Ressourcen, hatten die Anlagen ohnehin nie erreicht und jetzt war nicht einmal der Rückbau der stählernen Monster noch bezahlbar. Nach zweieinhalb Stunden Fahrt zeigten schließlich Schwärme von Möwen über und auf den Poldern die Nähe der

Küste an.

Zuerst ging es an den Strand, der um die Jahreszeit wieder recht leer war. Die Wassertemperaturen waren noch ganz in Ordnung für die Nordsee, trotzdem lud die schon recht kühle Witterung nur noch die Abgehärteten zum Baden ein. Beide schlugen die Hosenbeine zurück, zogen Schuhe und Strümpfe aus und wateten eine Weile an der Wasserlinie entlang. Am frühen Nachmittag nahmen sie einen Imbiss zu sich und spazierten durch den Ort. Klaus fiel sofort eine lebensgroße Statue auf, die an einer kleinen Grünfläche auf einer Bank saß. Im Näherkommen erkannte er die Person sofort als bronzenes Abbild des Physikers Albert Einstein. Eine Tafel davor erläuterte den Zusammenhang. Der weltberühmte Wissenschaftler hatte wohl bei der Rückkehr aus den USA hier haltgemacht. Freunde hatten ihn davor gewarnt, nach Berlin weiterzureisen und so war er nach wenigen Wochen wieder zurück über den Atlantik gefahren. „Setz dich doch mal daneben." bat Martha. „Sei nicht albern. Das ist doch Kinderkram." Sie blieb dabei. Er posierte neben der Figur und ließ Martha ein Foto machen.

Danach stattete er dem Internetcafé einen kurzen Besuch ab, in Erinnerung an alte Zeiten, wie er Martha versicherte. Eigentlich war es eher eine Kneipe. Nur auf dem alten Schild über dem Eingang stand noch, wie aus einer anderen Welt, in abblätternden roten Buchstaben „INTERNET CAFE / NIGHTSHOP". Wer dabei an Kaffee und Kuchen zu nächtlicher Stunde dachte, war tatsächlich hier völlig falsch. Aber das tat natürlich nichts zur Sache. Tatsächlich fand er in einer Ecke noch ein uraltes Stück Hardware aus Monitor und Tastatur, das offenbar nur sehr selten noch betrieben wurde. Er bestellte für Martha und sich ein Bier. „Twee grote bieren alstublieft" und fragte dann auf Deutsch, wie er das Gerät benutzen könne. Einfach davor setzen und einschalten, meinte die Dame an der Theke in gebrochenem Deutsch mit starkem Niederländischem Akzent. „Was hast du denn vor?" fragte Martha misstrauisch. „Einfach nur so." lautete die unbefriedigende Antwort. Schnell war Klaus tatsächlich im Netz unterwegs. Er wählte die Adresse eines bekannten Anonymisierungsnetzwerks und erreicht sofort den betreffenden Proxy, der etwaige Recherchen verschleiern würde, so dass sie nicht einmal in dieses Café zurück zu verfolgen wären. Der vorhandene Einschubschacht für Speicherkarten war nach Auskunft der Bedienung abgeschaltet und durfte nicht benutzt werden. Klaus wusste, wie dieses Abschalten früher realisiert wurde. Nur selten wurde der Schacht elektrisch außer Funktion gesetzt, war also im Prinzip durchaus brauchbar. Klaus prüfte seine Berechtigung und stellte verblüfft fest, dass offenbar jeder Gelegenheitsbenutzer uneingeschränkte Administratorrechte genoss. Die Meisten würden mit dieser Erkenntnis allerdings wohl nichts anfangen können. „Was machst du da? Hör jetzt auf damit!" raunte Martha, die Unannehmlichkeiten befürchtete. „Lass mich doch noch ein bisschen spielen." Klaus rief eine Liste der versteckt ablaufenden Dienste im System auf und fand seinen Verdacht bestätigt. Lediglich derjenige für die Kartenfunktion war gestoppt worden. „Willst du mich veralbern? Nach Spielen sieht das nicht aus." Martha schwante Schlimmeres. Eine Aktivierung gelang auf Anhieb und erweckte den Einschubschacht zu neuem Leben. Damit wusste Klaus genug. Er stellte routiniert den Ausgangszustand wieder her und hoffte, dass das Gerät hier noch eine Weile vorgehalten würde. Sobald er hier Stammkunde war, hielt er das zumindest für sicher gestellt.

Sobald er wieder zu Hause war, entwickelte er seinen Plan, von dem er seine Frau noch überzeugen musste. Er würde sich in dem Küstenort in einer einfachen Frühstückspension außerhalb der Hauptsaison einmieten. Das war durchaus günstig zu machen und Ausweise wurden nicht verlangt. Von hier aus würde er täglich dieses Internetcafé aufsuchen, Getränke und Snacks bestellen und währenddessen scheinbar aus Langeweile im Netz zu surfen, um seine viel zu langen Tage mit irgendeiner Beschäftigung zu überstehen. Er würde sicherlich als älterer, einsamer und ein wenig wirrer Deutscher nach kurzer Zeit keine besondere Aufmerksamkeit auf sich ziehen. Dazu würde er sich noch nachlässiger kleiden, als er das ohnehin manchmal tat. Alles, was im Netz vorzubereiten war, würde er von hier aus in die Wege leiten. Keine Spur würde zu ihm oder zu ihm nach Hause führen. Müsste er sich doch einmal ausweisen, so bliebe er immer noch der unauffällig einsame Mann, der nur die gesunde Luft am Meer suchte gegen seine chronische Bronchitis, dazu etwas Abwechslung und ein wenig Geselligkeit. Klaus machte eine ehrliche Bilanz auf und stellte Chancen und Risiken offen gegeneinander, ohne irgendetwas zu verschleiern. Das Risiko, erwischt zu werden, war um Größenordnungen geringer als bei seinem ersten leichtsinnigen Experiment. Und würde er dennoch auffliegen, käme vermutlich nur eine Geldstrafe dabei heraus, zumal von einem echten Schaden kaum die Rede sein konnte. Er hatte schließlich nicht vor, Konten zu plündern oder sich sonst zu bereichern. Er würde sogar notfalls seine Absicht frei heraus äußern können und wäre dann vielleicht für kurze Zeit ein Fall für den Psychiater. Altersirrsinn war schließlich nicht strafbar. Das Schlimmste an einer Entdeckung war für ihn, dass er in diesem Fall seine Experimente nicht mehr fortsetzen konnte und niemals Gewissheit haben würde darüber, ob sein Modell wirklich in der Lage war, eine echte Intelligenz zu erschaffen.

„Ich wusste doch, dass da was im Busch ist. Und ich war so naiv anzunehmen, du wolltest ohne Hintergedanken nur einige Urlaubstage mit mir verbringen. Ich bin sauer auf dich." „Der Zweck heiligt die Mittel." erwiderte Klaus. „Wir hatten doch schon einmal über Ideen gesprochen, wie man die Welt verbessern könnte. Die hat es ja nun noch dringender nötig als früher. Und jetzt wüsste ich einen Weg, wie so etwas gehen könnte." Martha und er diskutierten einige Abende lang über Für und Wieder des Plans. Schließlich willigte sie widerstrebend ein. Die Risiken schienen ihr tatsächlich begrenzt, zumal Klaus ihr versicherte, dass diesmal keine Spur zu ihnen nach Hause führen würde und persönliche Freunde seien schließlich in keiner Weise betroffen. Sie kannte ihren Mann und wusste, dass er keine wirkliche Ruhe geben würde. Klaus legte den Start seines Projektes auf den ersten September des folgenden Jahres fest. Bis dahin glaubte er genug Zeit für weitere Vorbereitungen zu haben.

Zunächst einmal musste er seine Geheimhaltungsstrategie einigen Tests unterziehen. Das war risikofrei, wenn er damit im eigenen Netzwerk bei sich zu Hause blieb. Unter genauester Beachtung seiner Prinzipien fälschte er eine Seite, die seine Frau oft besuchte, so dass sie bei einem erneuten Aufruf auf seinem Rechner landen würde. In diesem Fall würde ein Trojaner ihren Computer mit seinen Programmen infizieren. Nach wenigen Tagen war es soweit. Seine Frau bemerkte nichts von alledem. Er simulierte nun all das, was er in dem beabsichtigen Feldtest genauso durchführen wollte. Danach zog er von jedem beteiligten System alle denkbaren Protokolle, die er sorgfältig studierte. Er versetzte sich dazu in die Rolle eines Ermittlers, der alles daransetzte, den Urheber eines Angriffs auf zu decken. Tatsächlich fand er keinerlei verwertbare Spuren. Die gefälschte Seite war scheinbar von Taiwan aus ins Netz gestellt worden, die Überwachung danach aus einem Ort in der Nähe von Moskau erfolgt. Auch sonstige Metadaten, die trotz rigider Sicherheitsmaßnahmen manchmal böse Überraschungen boten, enthielten keinerlei Hinweise auf einen Urheber. Dieses Kapitel konnte er damit abschließen.

Zu den weiteren Vorbereitungen gehörte eine gründliche Überarbeitung seiner Programme. Sie mussten einfach schneller und schlanker werden. Die vielen Jahre der Entwicklung hatten noch zu viele Schnörkel, toten Code und unnötige Umwege hinterlassen. Das ganze System war niemals von vorne bis hinten durchgeplant gewesen. Es war wild gewachsen, manchmal ziellos, manchmal mit wechselnden Zielen. So etwas hinterließ Spuren, Ballast, den er loswerden musste. Auch die Methode zur Verschleierung seiner Bots wollte er einer gründlichen Prüfung unterziehen. Die Checkliste war lang und er würde viele Wochen brauchen, um sie abzuarbeiten.

Die Verschleierungsstrategie war eine besondere Sache. Die Bots kamen eigentlich mit sehr wenig aktivem Code aus. Da dieser aber für alle nahezu identisch war, würde sein Muster ein leichtes Angriffsziel für Virenscanner darstellen. Deshalb hatte er von Anfang an, neben einer teilweisen Verschlüsselung, unnützen Ballast in die binären Abbilder eingestreut. Wenn man verhindern wollte, dass die Nadel gefunden wurde, musste halt der Heuhaufen her. Nun optimierte er diese Methode weiter, indem er bestimmte Symmetrien in ansonsten zufällig aussehenden Mustern nutzte, um die aktiven Teile zu kennzeichnen. Besser konnte man die Nadel nicht verstecken. Jetzt sah sie auf den ersten Blick nicht einmal mehr wie eine solche aus, selbst wenn jemand sie gefunden hätte. Der Datenmüll verlangsamte die Laufzeiten nur sehr wenig. Aber die Größe der Bots wurde damit vervielfacht. Bei der Masse war das sicher ein Problem, dass er aber nicht umgehen konnte. Und in

Zukunft würde Speicher sicher immer größer und billiger, so dass dieser Nachteil sich irgendwann von selbst in Luft auflösen würde.

Die erneuten Tests bestätigten den Erfolg. Die Laufzeiten seiner Module waren insgesamt um durchschnittlich vierzig Prozent schneller geworden und kamen mit fünfundzwanzig Prozent weniger Code-Zeilen aus. Das war mehr als er erwartet hatte. Die aufwändige Aktion hatte sich also gelohnt. Schließlich fiel ihm ein, dass er sicherheitshalber die Statistiken noch einmal prüfen sollte. Diese Probeläufe beschäftigten seine Systeme über mehrere Tage und produzierten einige hundert Millionen Datensätze, deren Auswertung die Prozessoren abermals fast zur Rotglut trieb. Das Ergebnis machte ihn fassungslos. Es gab offenbar systematische Abweichungen, die nicht hinnehmbar waren. Was zum Teufel war jetzt wieder los? Er hatte die Prozesse doch in keiner Weise verändert! Sein System konnte doch nicht derart unberechenbar sein.

Diesmal jedoch erinnerte er sich schnell an die Ursache, die er schon einmal aufgedeckt hatte. Er musste die Architektur noch einmal ändern und ein besonderes Objekt einführen, dass sich ausschließlich um die Produktion von Zufällen kümmerte. Er hatte bei allen Laufzeitoptimierungen wieder übersehen, dass die Zufallszahlengeneratoren der Computer zwar sehr schnell arbeiteten, dabei aber eben nur scheinbar zufällige, tatsächlich aber berechenbare Ereignisse produzierten. Im Eifer des Gefechts hatte er die früheren Änderungen zu großen Teilen versehentlich wieder rückgängig gemacht. Zu guter Letzt blieben so von vierzig Prozent immerhin etwa dreißig Prozent Laufzeitverbesserung übrig – immer noch ein beachtlicher Erfolg.

Die Motive, die Klaus antrieben, blieben unklar. Zu Anfang war es sicher Neugierde. Er wollte einfach wissen, wie die Welt funktionierte und ob seine Theorie dazu der Wirklichkeit standhielt. Nachdem er wusste, dass sein Modell im Prinzip funktionierte, hätten er eine Veröffentlichung versuchen können. Aber danach war ihm überhaupt nicht zumute. Was ging denn andere seine private Forschung an? Außerdem scheute er den offenen Disput. Ohnehin wäre er mit seinen Ansichten vermutlich einfach ignoriert worden. Schließlich hatte er keinerlei wissenschaftlichen Ruf. Unwahrscheinlicher war, dass er von dem einen oder anderen ernst genommen würde. Was konnte das bringen? Vermutlich würde in diesem Fall jemand seine Ideen aufnehmen, ein wenig verändern und als seine eigenen ausgeben. Er wäre wohl machtlos dagegen. Klaus hatte einfach keine gute Meinung von seinen Mitmenschen. Trotzdem hätte er einfach sein Projekt beenden können, nachdem er sicher wahr, dass sein Modell funktionierte und die Antworten liefern konnte, die er suchte. Weshalb machte er weiter, ging er Risiken ein? Es war wohl das unbestimmte Gefühl, etwas verändern zu wollen und die Mittel dazu zu besitzen. Dazu hatte er vermutlich nicht mehr viel Zeit, zehn Jahre vielleicht, allerhöchstens fünfzehn, wenn er gesund blieb. Die wollte er nicht mit einem Kampf gegen Windmühlen verschwenden, sondern Fakten schaffen. Außerdem hatte sein Projekt eine schwer zu erklärende Eigendynamik entwickelt, die ihn unwiderstehlich mitriss. Je nach dem Verlauf des jetzt geplanten Versuchs bot sich vielleicht doch die Gelegenheit für einen Paukenschlag, mit dem er seine Ideen öffentlich machen konnte, nicht in wissenschaftlichen Blättern, sondern in den Massenmedien. Nur dann stände seine Autorenschaft unzweifelhaft fest und die Wissenschaft wäre genötigt, sich mit seinen Ideen zu beschäftigen.

Aber es schwang immer auch die vage Vorstellung mit, einmal die Welt verbessern zu können. Das derzeitige System war aus seiner Sicht nicht in Ordnung. Es war dabei, an seinen eigenen Widersprüchen zu ersticken, wie jede ideologisch dominierte Ordnung. Nur war dieser Sachverhalt weit weniger offensichtlich, als während der faschistischen oder sozialistischen Zeit. Ökologismus war schließlich vordergründig etwas sehr Vernünftiges: die Schonung der Ressourcen leuchtete jedem als alternativloses Ziel ein. Aber Klaus glaubte, es würden die falschen Schlussfolgerungen gezogen. Statt offen die Überbevölkerung als Hauptübel anzuprangern, wurde der Eindruck erweckt, nur durch Selbstbeschränkung, Regulierung der Lebensgewohnheiten und totale Kontrolle dem Ziel näherzukommen. Ihm war vollkommen unverständlich, dass andererseits jede echte Problematisierung von zehn oder zwanzig Milliarden Menschen auf dem Planeten einem Denkverbot unterlag. Niemand wagte es, öffentlich wirksame Maßnahmen zur Bevölkerungsregulierung zu fordern. Diese verlogene Diskussion konnte nicht aufgehen und immer mehr Menschen spürten die Widersprüche. Trotzdem war Klaus durchaus bewusst, dass seine kompromisslose Einstellung zu den bestehenden Verhältnissen keinesfalls mehrheitsfähig war bei seinen Mitmenschen und so behielt er seine Meinung meist für sich.

Im Übrigen gab es immer noch viele offene Fragen, die er aus seinem Modell heraus nicht beantworten konnte. Eine davon betraf das Zustandekommen einer Realität. Wie würde seine Schöpfung die eigene Entwicklung wahrnehmen, während die Zufallsprozesse beständig abliefen? Er hatte sich vorgestellt, dass ein ganzes Universum im Innern entstehen würde. Nur wie sah das aus? Konnte man es als dreidimensionale Welt verstehen, so wie das reale Universum außerhalb? Dieselbe Frage stellten sich Physiker schon sein hundert Jahren, wie denn aus den Gesetzen der Quantenmechanik – und nichts anderes simulierte ja sein Modell – die erlebbare Realität in drei Dimensionen entstand. Unzählige hochfliegende Ideen dazu hatten bislang kein belastbares Ergebnis gebracht. Und hier war auch Klaus bis jetzt gescheitert. Möglicherweise war Realität etwas, dass nicht mathematisch zwangsläufig in einer bestimmten Art entstand. Möglicherweise war Realität in weitem Rahmen beliebig gestaltbar. Vielleicht musste sie nur zweckmäßig sein, um Wahrnehmungen effizient zu vereinfachen und zu ordnen, Entwicklungen vorherzusagen und schnelle Entscheidungen treffen zu können. Einige wenige Physiker hatten diese Möglichkeit in Betracht gezogen mit interessantem Ergebnis. Danach war die Dreidimensionalität zwingende Voraussetzung für die Stabilität der Materie, der Umlaufbahnen der Gestirne, die gleichzeitig genügend viele Freiheitsgrade der Darstellung garantierte. Eine solche Realität war danach einfach praktisch. Sie war der Grat zwischen ausufernder Komplexität auf der einen Seite und allzu schlichter Gesetzmäßigkeit auf der anderen. In diesem Fall war es einfach unmöglich, die Welt seiner Schöpfung zu berechnen. Irgendwie konnte Klaus sich mit dieser Diagnose nicht abfinden. Sein Experiment würde vielleicht Aufschluss darüber bringen.

Für den Sommer buchte er mit Martha ein Ferienhaus in dem Küstenort. Diesmal war sie eingeweiht in die versteckte Agenda.

Sie hatte nun endgültig ihre berufliche Laufbahn beenden müssen und war auch deshalb dankbar für die Ablenkung. Sie beabsichtigten, die nächsten drei Wochen mit Strandspaziergängen, Baden im Meer und dem Besuch der vielen wunderschönen flämischen Städte und Ortschaften zuzubringen. Für das erste Wochenende hatte ihr Sohn sich mit seiner Familie angekündigt. Sie freuten sich schon darauf, mit den Enkeln am Strand Burgen zu bauen, Staudämme und Kanäle. Dafür waren sie sicher noch nicht zu alt, obwohl die Älteste demnächst schon ein Gymnasium besuchen würde. Während des Aufenthalts suchte Klaus nach geeigneten Quartieren für die Nach- und Nebensaison. Ein Mietvertrag für eine kleine Ferienwohnung im Erdgeschoss mit separatem Eingang war schnell per Handschlag geschlossen. Die Vermieterin, die den Rest des Hauses alleine bewohnte, wünschte Barzahlung bei Schlüsselübergabe und hatte offenbar nicht die Absicht, den Vorgang steuerpflichtig anzumelden. Klaus konnte das nur recht sein.

Danach waren noch einige Dinge vorzubereiten, zu denen auch ein Niederländischer Sprachkurs gehörte. Er wählte ein Portal aus, in dem Nutzer ihre Fotografien hochladen und mit anderen teilen konnten. Dort würde er später ein Album anlegen unter einem abstrusen, höchst uninteressant erscheinenden Thema, in das vermutlich niemand anderes etwas hochladen würde. Er dachte dabei an so etwas wie „Die Fruchtfliege im Wandel der Zeit" oder „Urlaubsfotos223412". Martha würde dann über diesen Weg mit ihm kommunizieren, indem sie die verschlüsselte Nachricht in einem Bild versteckte. Klaus hatte ein entsprechendes Programm schon lange vorbereitet und übergab es Martha auf einer Speicherkarte, die auch eine Bedienungsanleitung und die notwendigen Schlüssel enthielt. Die Handhabung war denkbar einfach. Martha musste einfach dieses Programm direkt von der Karte starten, in das sich öffnende Fenster ihren Text eingeben, ein Foto auswählen und darüber ziehen und dann das Senden per Taste auslösen. Verschlüsselung und Einbettung in das ausgewählte Bild gingen im Hintergrund automatisch vonstatten, genauso wie das Hochladen in das festgelegte Album. Umgekehrt funktionierte es ähnlich einfach: Sie hatte nur das aktuellste Bild aus dem Album über das Programm aufzurufen. Die Nachricht würde dann automatisch extrahiert, dechiffriert und angezeigt. Selbstverständlich sollten auch die auf diesem Wege ausgetauschten Bilder keine Rückschlüsse auf die Urheber erlauben. Dazu wurde vereinbart, auf ein öffentlich zugängliches Bildarchiv zurückzugreifen, das die freie Verbreitung seiner Inhalte ausdrücklich erlaubte. Der ganze Austausch zwischen Martha, beziehungsweise Klaus und dem Portal würde für einen Beobachter im Netz völlig unverdächtig erscheinen. Klaus hatte eine entsprechend vorbereitete Speicherkarte im Gepäck mit den umgekehrt passenden Schlüsseln. Solange die Karten nicht zusammen mit dem Passwort in unbefugte Hände gelangten, sollte das Verfahren absolut sicher sein.

Im September fuhr Klaus alleine mit einigem Gepäck per Bahn an die Küste. Die ältere Dame freute sich sichtlich über sein Kommen, händigte ihm schließlich unter vielen Hinweisen und ausschweifenden Ratschlägen den Wohnungsschlüssel aus. Sie sprach ziemlich gut Deutsch, war nur wenig älter als Klaus und meinte es gut mit ihm, auch weil er bar zahlte und im Voraus.

Die Wohnung bestand aus zwei Zimmern, einer kleinen Einbauküche mit Geschirrspüler, Backofen, großem Kühlschrank, sowie separatem Bad mit Wanne. Auch ein altes Fahrrad stellte seine Vermieterin ihm zur Verfügung, bei Bedarf sogar mit einem Anhänger für größere Einkäufe, wie sie meinte. Nachdem er ausgepackt hatte, drehte er noch eine Runde zu Fuß durch den idyllischen Ort, wobei er das eine oder andere Essbare besorgte, mit dem er den Kühlschrank für die nächsten Tage zu füllen gedachte. An diesem Abend ging er früh zu Bett, dachte noch einmal über sein Projekt nach und plante in Gedanken die nächsten Tage.

Nach dem Frühstück brach Klaus zu einem ausgedehnten Strandspaziergang auf. Der Nebel begann sich gerade zu heben und die Sonne schimmerte als matt leuchtende Scheibe über den Dünen. Klaus teilte sich die bezaubernde Stimmung mit nur wenigen anderen Spaziergängern. Erst gegen Mittag kam er zurück in den Ort, suchte eine der typischen Frittenbuden auf und schlenderte dann in Richtung des Internetcafés. Dort bestellte er radebrechend eines der landesüblichen Biere und versuchte sich im Lesen einer lokalen Zeitung, was recht gut funktionierte trotz der fremden

Sprache und schwierigen Schreibweisen. Als einziger Ausländer unter lauter einheimischen Gästen zog er manche Blicke auf sich. Möglicherweise fühlten sich einige durch die Anwesenheit eines Fremden gestört. Das musste sich noch ändern, dachte er. Die Bedienung hinter einer Theke stellte die eine oder andere interessierte Frage zunächst auf Deutsch, bis Klaus ihr versicherte, er würde lieber etwas Niederländisch lernen und sie solle ruhig in ihrer Sprache reden. Schließlich sei er Gast hier und Gäste sollten sich anpassen. Außerdem bedeutete er ihr, dass er die Niederländische Sprache sehr gerne höre. Offenbar hatte Klaus den richtigen Ton getroffen. Dieser Deutsche erschien der jungen Frau hinter der Theke doch nicht so unsympathisch. Die meisten seiner Landsleute traten hier oft allzu selbstsicher, manchmal überheblich belehrend auf – geborene Besserwisser eben. Und Deutsche erwarteten wie selbstverständlich, dass jeder Einheimische Deutsch sprach. Die Frau konnte sich dann ihrerseits eine Belehrung nicht verkneifen, indem sie bemerkte, dass er Niederländisch wohl eher im Nachbarland lernen könne. Hier würde „de Vlaamse taal" gesprochen, also Flämisch. Klaus war bisher entgangen, dass es da einen Unterschied geben könne. Auf Nachfrage erklärte sie ihm, sowohl Dialekt als auch Mentalität wären sehr verschieden. Sie brachte letzteres auf einen Punkt mit der Feststellung, die da drüben verstünden keinen Spaß. Und wenn man über Nachbarn schimpfte, kamen die Deutschen sogar erst auf Platz drei hinter den Wallonen im eigenen Land. Eigentlich waren sie ja gern gesehene Gäste, die Geld und Wohlstand an die ansonsten arme Küste brachten.

Klaus blieb an diesem Nachmittag einigen Stunden in dem Lokal, in denen er auf fachmännischen Rat hin einige der lokalen Biersorten durchprobierte. Dabei ließ er seine Blicke immer wieder durch die Räumlichkeiten schweifen und stellte sich vor, wie er hier unauffällig arbeiten konnte. Der alte Monitor mit Tastatur stand noch immer in einer Ecke und wurde die ganze Zeit über nur von einem Jungen im Teenager-Alter einmal kurz genutzt. Der nächste Tag verlief ähnlich, nur dass Klaus einmal fragte, ob der Monitor in der Ecke noch funktioniere und er damit im Internet surfen könne. Beides wurde bejaht. Klaus erzählte noch über sich, seine Bronchitis und sein Bedürfnis nach Erholung. Deshalb sei er für einige Monate an die Küste gereist. Am dritten Tag beachtete ihn von den anwesenden Stammgästen niemand mehr. Seine gezielt mit der Bedienung ausgetauschten Informationen hatten sich weit genug herumgesprochen. Alle glaubten zu wissen, mit wem sie es hier zu tun hatten und akzeptierten seine Anwesenheit, die jetzt eher als angenehme Abwechslung denn als Störung empfunden wurde. Gelegentlich sprach ihn einer der Gäste auf flämisch an und freute sich über jede noch so schlecht formulierte Antwort. Klaus lernte schnell einfach durch Nachahmung.

Nach dieser Phase des gegenseitigen Beschnupperns fand Klaus die notwendige Ruhe für seine eigentliche Aufgabe. Der Monitor war noch ganz gut in Schuss. Sicher würde nicht alles funktionieren, was mit modernen Geräten möglich war, aber es würde wohl genügen. Der Bildschirm war aus dem Gastraum nicht einzusehen. Trotzdem musste er damit rechnen, dass überraschend jemand hinter ihn trat, um ihn beispielsweise zu einem Bier einzuladen. So etwas konnte sicher vorkommen. Um neugierige Beobachter abzulenken, rief er zunächst die Seite eines bekannten Erotik-Magazins formatfüllend auf den Bildschirm. Erfahrungsgemäß würden solche Bilder neugierige Blicke auf sich ziehen und seine eigentliche Arbeit vollständig überlagern. Das breite Grinsen auf dem Gesicht der Bedienung in den nächsten Tagen bestätigte ihm, dass seine Strategie aufging. Und Klaus kam gut voran. Nach Abschluss der Vorbereitungen schickte er Martha eine Nachricht, versteckt in einem wunderschönen Sonnenuntergang über dem Meer. Die Antwort kam kaum 12 Stunden später, eingebettet in eine atemberaubende Nebellandschaft über Hügeln. Das jedenfalls funktionierte schon mal. Bei der anderen Sache musste er erst einmal abwarten und beobachten. Er hatte mehrere Downloadseiten beliebter kostenloser Programme gefälscht und mit seinem Trojaner infiziert. Dazu nutzte er eine seiner virtuellen Identitäten, die er früher schon anonym angelegt und noch nie benutzt hatte. Die Wirkung würde sich erst über mehrere Wochen entfalten. Währenddessen überwachte er täglich das Netz mit selbstgeschriebenen Spionageprogrammen nach den Spuren seiner Bots. Im Lokal schöpfte niemand einen Verdacht, er könne etwas anderes tun, als in Magazinen zu blättern, selbst wenn er hochkonzentriert vor seinem Monitor saß und die Welt um sich herum vergaß. Klaus war völlig egal, was man von ihm dachte.

Es waren einige erholsame Wochen. Gesundheitlich ging es Klaus ausgesprochen gut. Das Seeklima bekam ihm. Regelmäßig telefonierte er mit Martha vom Festnetztelefon seiner Vermieterin. Er hatte beschlossen, dass seine Anwesenheit an der Küste ohne weiteres bekannt sein durfte. Übertriebene Geheimniskrämerei würde eher neugierige Blicke auf sich ziehen. Sein Projekt erwähnte er dabei natürlich nicht und wahrte sorgsam seine Legende für den Fall, dass doch jemand zuhörte. Um Martha fachlich auf dem Laufenden zu halten, nutzte er den sicheren Kanal über die Bilder. Er unternahm lange Spaziergänge, döste bei trockenem Wetter manchmal stundenlang im Sand der Dünen, oder verbrachte ganze Nachmittage bis in den Abend bei regionalen Bieren in einem der noch geöffneten Strandcafés mit wunderschönen Sonnenuntergängen über dem Meer.

Zeitweise suchte er nur noch einmal wöchentlich sein Stammlokal auf, um nach dem Rechten zu sehen. Für eine umfassende Bestandsaufnahme fehlten Klaus die technischen Mittel. Er war auf einzelne Stichproben angewiesen um die Verbreitung seiner Bots hochzurechnen. Um erfolgreich zu sein, müssten grob geschätzt mindestens fünfzig Milliarden dieser unscheinbaren Programmschnipsel in dem ausgewählten Adressraum vorhanden sein. Die schiere Zahl stellte eine echte Herausforderung dar. Klaus erwartete bis zu fünfzigtausend Bots je erfolgreicher Infektion, und bis zu zehn Infektionen je Download von seinen Seiten. Unter optimistischen Annahmen waren also mindestens hunderttausend Downloads von seinen Seiten notwendig, um sein Bot-Netz zu füllen. Zumindest die Downloads konnte er genau verfolgen und zählen. Nach weiteren Wochen waren die Zahlen noch weit unter den für einen Erfolg notwendigen Werten. Auch die Virenscanner hatten glücklicherweise noch nicht reagiert. Ansonsten wäre sein Experiment zu diesem Zeitpunkt gescheitert, bevor es richtig angefangen hatte. Darum musste er sich später noch kümmern. Vermutlich hing es damit zusammen, dass seine Bots nur in einem begrenzten Adressraum im Netz vorhanden waren und dass sie derzeit keinerlei eigene Aktivitäten entfalteten. Damit würden sie wohl kaum als Bedrohung wahrgenommen.

Klaus unterbrach erst einmal seinen Aufenthalt an der Küste. Die Weihnachtszeit wollte er zu Hause verbringen, zusammen mit seiner Familie, Frau, Kindern, Enkeln. Er schloss seine Arbeitsgerätschaften in ein Bankschließfach ein. Sein Experiment würde er einfach für einige Zeit sich selbst überlassen. Mit seiner Vermieterin hatte er verabredet, ab Februar wieder für einige Wochen bei ihr einzuziehen. Klaus war froh, in sein normales Leben zurückzukehren. Vor allem Martha hatte er vermisst. Gegen seine normalen Gewohnheiten genoss er offensichtlich selbst die anstehenden Einkäufe mit ihr in der Stadt. Sonst hatte er sich davor immer gedrückt und dazu Rückenprobleme oder Schmerzen in den Füßen angeführt. Von beidem war jetzt keine Rede. Klaus fühlte sich pudelwohl und auch seine Frau wirkte entspannt. Es war richtig gewesen, sie vollständig in seine Aktivitäten einzubeziehen. Es war derzeit ihr gemeinsames Projekt. Im Übrigen war sie während seiner Abwesenheit nicht untätig geblieben und hatte bei mehreren mittelständischen Unternehmen die Ausbildung des kaufmännischen Nachwuchses übernommen. So war sie fast jeden Tag für einige Stunden unterwegs und fühlte sich durchaus nicht nutzlos, so wie sie es eigentlich befürchtet hatte.

Ebenso genoss Klaus die anstehenden Treffen mit Freunden und mit seiner Familie, das Schmücken des Weihnachtsbaumes, die Geschenke, die leuchtenden Augen der Enkel, Marzipan, Glühwein, Feuerzangenbowle. Das alles gehörte einfach in die Weihnachtszeit. An sein Experiment dachte er kaum noch. Ohnehin hätte er keine Möglichkeit gehabt, in irgendeiner Weise einzugreifen. Erst eine Woche vor seiner erneuten Abreise begannen sich seine Gedanken wieder um das laufende Projekt zu drehen. Innerlich war er noch nicht bereit sein Zuhause wieder zu verlassen.

„Wann hast du denn vor, wieder an die Küste zu fahren? Dein Projekt läuft doch noch, oder hat sich da etwas geändert?" „Ich denke, das meine Bots sich kräftig vermehrt haben. Aber ich habe noch keine rechte Lust zum Aufbruch. Vielleicht warte ich noch damit. Was könnte es schon schaden?" Er dachte darüber nach, wie lange er die Sache hinauszuzögern könnte, ohne sein Projekt zu gefährden. „Hast du keine Angst, dass da irgendetwas aus dem Ruder läuft? Du weißt ja nicht einmal, was in den letzten Wochen passiert ist, ob deine Programme noch existieren oder sich längst schon selbständig gemacht haben." Martha hatte natürlich recht. Er musst die Kontrolle behalten und das konnte er von hier aus nicht. Und er reflektierte über seine Ziele und seinen Traum, irgendwann einmal eine selbständige Intelligenz zu schaffen. Manchmal hatte er Angst davor, es könne ihm wirklich gelingen. Eigentlich wollte er ja nur wissen, ob es möglich war. Zumindest redete er sich das ein. Es war durchaus denkbar und ohne strikte Eingrenzung sogar wahrscheinlich, dass das Ergebnis seiner Bemühungen dann nicht mehr kontrollierbar sein würde. Nur soweit war er noch lange nicht. Aber war das alles den Einsatz wert? Welchen Nutzen hatte das ganze denn wirklich für ihn? Seine wahren Ziele konnte nicht einmal er selbst formulieren. Es war ein innerer Drang, weiter zu machen, der sich jeder Rationalität entzog.

Da war noch etwas anderes als das unmittelbare Ergebnis des laufenden Experiments. Für Klaus hing an einem Erfolg seines Projektes nichts weniger als eine Antwort auf die Frage nach dem Sinn des Lebens. Er wollte wissen, wie die Welt funktioniert. Er wollte eine selbstbewusste Intelligenz schaffen, weil er fest daran glaubte, dass Bewusstsein, so wie er dieses Phänomen verstand und mit der Seele gleichsetzte, im Kern die Quelle aller Realität war. Dieser Gedanke war an sich nicht neu. Schon Platon äußerte vor Jahrtausenden ähnliche Ideen, dass Realität nur in unseren Köpfen existierte und vielleicht die Welt der Logik und der Gedanken die eigentlich reale sei. Sciencefiction Klassiker wie Solaris oder Matrix hatten das Thema schon früh für sich vereinnahmt, wonach anfassbare Realität aus rein gedanklichen Abläufen, aus Computerprogrammen etwa, also aus reiner Logik entstehen konnte. Die gesamte Natur, alle Vorgänge im Universum waren nach seiner Überzeugung das Resultat bewussten Handelns. Die Naturwissenschaften hatten einen solchen Ansatz selbstverständlich nie ernstlich verfolgt, als absurd gebrandmarkt und als pure Spekulation abgetan. Aus ihrer Sicht war das nachvollziehbar und richtig. Exakte Wissenschaft durfte sich nur auf reproduzierbare Fakten stützen und die musste Klaus erst noch liefern. Bis dahin war alles, an das er glaubte, spekulativ. Bislang war so etwas immer ein Thema für Philosophen und Filmemacher geblieben. Mit derartigen Überlegungen war

Klaus wieder bei seinem Thema angekommen und wusste, dass er die Abreise nicht aufschieben sollte. Er hatte seine Aufgabe zu erfüllen und Martha verstand das.

Sie setzte ihn mit Gepäck einmal mehr früh morgens am Bahnhof einer belgischen Kleinstadt in der Nähe der Grenze ab. Die Fahrt über Brüssel nach Ostende dauerte etwa drei Stunden. Nur wenige Fahrgäste waren anfangs im Zug. Die erste Stunde verschlief er nahezu alleine im Abteil. Erst nach und nach machte sich der beginnende Berufsverkehr bemerkbar. Eine stark übergewichtige Frau klemmte ihn schließlich über eine halbe Stunde lang zwischen sich und dem Fenster ein, bis sie bei Gent wieder ausstieg. Vielleicht würde er beim nächsten Besuch doch sein Auto nehmen. Als er schließlich den Zug verließ, hatte die Zahl der Mitfahrer schon wieder deutlich abgenommen. Ostende war kalt und verregnet. Ein eisiger Wind wehte aus Nordwest von der See her. Es roch nach Tang und Fisch. Er überlegte kurz, ob er an einer der Hafenbuden etwas essen sollte, verwarf den Gedanken aber, nicht zuletzt wegen den ungemütlichen Wetters.

Die Straßenbahn brachte ihn zu seinem Quartier. Der Entwerter hatte nicht funktioniert und eine Station eingestempelt, die weit auf der anderen Seite von Ostende lag, so dass seine Fahrkarte keinesfalls von dort bis an sein Ziel gültig war. Nervös hatte er nach einem Kontrolleur Ausschau gehalten, der glücklicherweise nicht kam. Das hatte sich in all den Jahren am öffentlichen Nahverkehr nicht geändert: Erstens dauerte die Fahrt länger als mit dem Auto, sie war auch nicht zwangsläufig entspannter und dann lief man immer Gefahr, unabsichtlich schwarz zu fahren und dafür belangt zu werden. Aber jetzt war er endlich angekommen.

„Klaus, welkom. Ik ben blij je te zien. Mag ik je uitnodigen voor het diner?" Aaltje war hoch erfreut, ihn zu sehen. Inzwischen nannte seine Vermieterin ihn beim Vornamen und lud ihn spontan zum Essen ein. Sie wäre dabei, zu kochen und für sie selbst sei das immer viel zu viel. Klaus ließ sich gerne überreden. In der Tat kochte die Dame außerordentlich gut, drei Gänge mit einem landestypisch extrem süßen Dessert, dazu französischen Rotwein. Klaus bezweifelte, dass das Menü eigentlich nur für sie selbst gedacht gewesen war. Eher hatte sie ihn von Anfang an mit eingeplant. Sie erzählte viel, mal auf Deutsch, mal auf Flämisch und Klaus hörte zu. Ihr Mann war vor einigen Jahren gestorben, ihr Sohn lebte im Ausland und ließ sich selten hören oder sehen. Er war in den letzten Jahren mehrfach wegen Drogenbesitz mit dem Gesetz in Konflikt geraten und hatte eine kurze Gefängnisstrafe verbüßt. Einige Freundinnen hatte sie, mit denen sie sich regelmäßig zum Kartenspielen traf. Ihr Angebot, daran teilzunehmen, schlug er dankend aus. Außerdem hatte sie sich erlaubt, seinen Kühlschrank zu befüllen und ihm einen Kasten Abdij-Bier hinter die Tür zu stellen. Er bedankte sich herzlich und bezog seine Wohnung.

Nach Frühstück und Strandspaziergang bei leichtem Nieselregen suchte Klaus wieder sein Stammlokal auf. Seine eigenen Gerätschaften würde er erst am Abend aus dem Schließfach holen. An den Blicken glaubte er so etwas wie verhaltene Wiedersehensfreude abzulesen. Die Bedienung stellte ihm ungefragt ein großes Bier auf die Theke und freute sich auf die kommenden Umsätze und Trinkgelder. Der Computermonitor stand mit zugehöriger Tastatur noch an seinem Platz, nur an die Farbe konnte er sich so nicht erinnern. Beides war offenbar sehr gründlich gereinigt worden. Die nikotin- und teergelbe Farbe war einem angenehmen Beige gewichen. Auch die schwarzen Rückstände auf den Tasten fehlten jetzt, genauso allerdings wie die eine oder andere Beschriftung darauf. Mittags bestellte er ein Sandwich und ein weiteres Bier. Die Geräte beachtete er an diesem Tag nicht weiter. Erst am zweiten Nachmittag nahm er wieder dort Platz.

Seine Bots hatten sich weiter vermehrt. Die Zahl der Downloads war inzwischen fast auf die erforderliche Zahl hochgeschnellt. Aktivitäten waren weder von seinen Bots noch von Virenscannern zu entdecken. Bei ersteren war das noch in Ordnung, bei zweiteren musste er wohl nachhelfen. Vorläufig würde er sich allerdings auf die weitere Beobachtung beschränken, um sich ein belastbares Bild der Vorgänge zu verschaffen.

Einige Tage vergingen ohne besondere Ereignisse. Der Regen hatte aufgehört und war sonnigem Winterwetter gewichen. Die Möwen am Strand wurden um diese Jahreszeit geradezu aufdringlich. Die Fütterung war eigentlich streng untersagt und konnte empfindliche Geldbußen nach sich ziehen. Aber Klaus hatte noch nie jemanden gesehen, der das Verbot überwachte, geschweige denn durchsetzte. So beobachtete er immer wieder Leute, die Taschen voller Brotreste an die Tiere verfütterten. Dabei konnten die großen kräftigen Raubvögel vor allem für Kinder durchaus gefährlich werden. Eine Möwe war halt keine Taube. Er konnte sich gut vorstellen, dass ihre extrem scharfen Schnäbel heftige Wunden schlagen und mit Leichtigkeit ein Stück Fleisch aus einem Arm oder Gesicht heraustrennen konnten.

Nun war der nächste Schritt in seinem Projekt zu tun. Er suchte zunächst anonym die Herstellerseite eines der am weitesten verbreiteten Virenscanner auf, und prüfte die dort dokumentierten Signaturen. Die notwendige Authentifizierung erreichte er über eine weitere seiner noch unbenutzten Identitäten. Keine der veröffentlichen Muster deuteten auf seine Programmschnipsel hin. Auf der gleichen Seite bestand die Möglichkeit, eigene Warnungen und Signaturen zu hinterlegen. Das tat er nun, indem er ein Erkennungsmuster seiner Bots hochlud. Danach half wieder nur Abwarten. Seine Gefahrenanzeige würde sicher einige redaktionelle Hürden nehmen müssen. Üblicherweise übernahmen danach sukzessive andere Virenscanner die gemeldete Signatur ebenfalls, um dann hoffentlich zum Angriff auf sein Bot-Netz überzugehen.

In den folgenden zwei Tagen erhielt Klaus drei Einladungen zum Essen bei Aaltje. Seine überflüssigen Pfunde würden auf diese Weise sicher nicht verlieren. Während der beiden Tage besuchte er nur kurz das Internetcafé für jeweils ein einziges Bier. Erst am dritten Tag prüfte er das Ergebnis seiner Aktivitäten. Nichts war geschehen. Offenbar war seine Anzeige nicht ernsthaft verfolgt worden. Aber was war zu tun? Einfach noch einmal die gleiche Meldung abzusetzen wäre eine Möglichkeit. Er erinnerte sich an einen Spruch, den er passend gefunden und sich gemerkt hatte: „Wahnsinn ist, immer wieder das gleiche zu tun und ein anderes Ergebnis zu erwarten." Er musste also überlegen, was an seinem Vorgehen zu ändern war, bevor er einen neuen Versuch startete. Sicher hing der Misserfolg mit der Passivität seiner Bots zusammen. Die Scanner fanden sicher die von ihm gemeldeten Datenstrukturen vor, konnten aber keinerlei Operationen feststellen. Klaus vermutete darin den Grund für den Fehlschlag. Da biss sich die Katze in den Schwanz. Vorgesehen hatte er, dass seine Programme erst mit den Attacken der Scanner aktiv wurden und die Flamme zündeten. Jetzt setzten aber umgekehrt diese notwendigen Angriffe die Aktivitäten schon voraus.

Für einige Tage zog sich Klaus in seine Ferienwohnung zurück und spielte verschiedene Szenarien durch. Er wusste, dass seine Bots auf Anregungen von außen mit einer schnell abklingenden Aktivität antworten würden, so als wenn man einen Holzscheit mit einem Streichholz versuchte anzuzünden, was normalerweise zu einer eng begrenzten Glut führte, die schnell wieder erlosch. Der Weg erschien ihm der aussichtsreichste, erforderte aber weitere Vorbereitungen und weitere Entwicklungsarbeit. Er musste einfach sicherstellen, dass eine genügend große Anzahl seiner Bots zum Zeitpunkt der Gefahrenanzeige aktiv wurden. Dazu musste er noch einmal tausende Systeme erneut infizieren, diesmal mit Agenten, die auf sein Kommando hin für die begrenzte Aktivierung der Bots sorgten.

Seine Vermieterin war in Sorge um ihn, weil er sich auffallend oft in seiner Wohnung aufhielt. Mehrfach fragte sie ihn nach seinem Befinden, bot diverse Mittel aus ihrer Hausapotheke für jede in Frage kommende Krankheit und empfahl aufs Wärmste ihren Hausarzt. Aus reiner Höflichkeit nahm er das eine oder andere auch an. Hin und wieder etwas Aspirin konnte kaum schaden, genauso wenig wie Japanische Heilöle oder Eukalyptus Balsam. Einen Badezusatz, der angeblich Erkältungen vorbeugte, akzeptierte er sogar sehr gerne. Jedenfalls war sie rührend um ihn besorgt. Tatsächlich nagten wieder Zweifel an ihm. Weshalb machte er jetzt weiter? Er musste dazu ein zusätzliches, ungeplantes und nicht unerhebliches Risiko eingehen. Martha hatte er über die ungünstige Entwicklung informiert. Sie hatte ihn dringend gebeten, jetzt jeden Schritt zu überdenken und nur weiter zu machen, wenn er die neuen Gefahren kontrollieren könne. Aber das war nicht möglich. Er war dabei, zu improvisieren. Er hatte einfach keine Zeit für eine sorgfältige Planung und Vorbereitung.

Aber wozu das Ganze? Sollte er einfach hier Schluss machen und nach Hause fahren? Er versuchte sich wieder einmal über seine Ziele klar zu werden. Aber jeder Versuch, ein solches zu formulieren und sich festzulegen, ging am Kern der Sache vorbei. Eigentlich war es so wie immer schon in seinem Leben. Eigentlich war der Weg selbst das Ziel. Und wie meistens war er auf einem Weg unterwegs, von dem er nicht wusste, wohin er ihn führen würde. Auf feste Ziele hatte er noch nie langfristig hinarbeiten können. Er war einfach unfähig dazu. Ziele, die nicht in unmittelbarer Reichweite lagen, ignorierte er regelmäßig. Eher war es so gewesen, dass er das aufgesammelt hatte, was sich direkt an seinem Weg bot. Sicher erforderte es einen gewissen zusätzlichen Aufwand, einen Schul- oder Universitätsabschluss oder einen Karrieresprung zu machen. Aber er hatte nie lange auf so etwas hingearbeitet. Die Gelegenheiten boten sich einfach und er musste sich eigentlich nur noch bücken. Dazu passte auch seine Vorliebe für lange Wanderungen. Er brauchte kein Ziel. Er genoss einfach den Weg selbst, unterwegs zu sein, seine Gedanken schweifen und alle Wahrnehmungen dabei ungefiltert auf sich einwirken zu lassen.

Rationalität brachte ihn nicht weiter. Ziele dienten seiner Ansicht nach ohnehin nur dem Zweck, sich anderen gegenüber zu erklären. Letztlich ließ sich jede Handlungsweise mit einem ehrenhaften Ziel rechtfertigen. Wenn jemand ihn gefragt hatte, was er den eigentlich machte, wenn er stunden- und tagelang in seinem Arbeitszimmer saß, hatte er lachend geantwortet, er wolle die Welt verbessern und das gestalte sich manchmal halt etwas zäh. Diese Position hatte zuverlässig weitere Nachfragen unterbunden.

Trotzdem stellte er sich wieder die Frage, warum er das alles tat. War es Neugierde, oder die pure Lust am Risiko, oder noch etwas zu verändern in den letzten Jahren seines Leben? Er war sich darüber überhaupt nicht im Klaren. Der erste Beweggrund hatte zumindest zu Anfang alle anderen dominiert. Trotzdem war das alles jetzt irrational. Er hätte einfach das schützen und konservieren sollen, was er schon erreicht hatte. Schließlich drohten ihm keine erkennbaren realen Gefahren, auf die er reagieren musste. Er hätte sich in Ruhe seiner Familie widmen, die Früchte seines Lebens genießen können. Aber da war etwas anderes in ihm, dass ihn schon früher getrieben hatte. Keinesfalls waren es klar formulierte Ziele, denen er nachjagte und die womöglich andere ihm vorschreiben wollten. Wenn er sich früher auf eine Klausur vorbereiten sollte, hatte er etwa eine elektronische Zeitschaltuhr konstruiert, oder einen UKW-Sender, der eigentlich zu nichts als Unsinn zu gebrauchen war. Die Tätigkeit an sich faszinierte ihn und die Genugtuung, letztendlich ein funktionierendes Etwas in den Händen zu halten. Solche Ziele setzte er sich selbst, und die verfolgte er dann auch ausdauernd. Die Auswahl entsprang allerdings reinem Bauchgefühl, einer unbändigen Lust am Konstruieren. So war es auch jetzt. Es war die pure Lust daran, etwas zu schaffen. Einen weiteren Kontext brauchte er nicht und ob das Resultat einem erkennbaren Zweck diente, war auch diesmal eigentlich egal. Nur sollte das Ergebnis so funktionieren, wie er es geplant und konstruiert hatte.

Er beschloss – nein, eigentlich konnte er gar nicht anders – seinen Gefühlen und seiner Intuition weiter zu folgen. Es war wie eine Sucht, die ihn zwang, den einmal beschrittenen Weg fortzusetzen. Das Ziel war egal. Es war eine Entdeckungsreise, so spannend wie die Besiedlung Amerikas oder die Reise zum Mond. Auch da hatte niemand gewusst, was man vorfinden würde.

Seine Vorbereitungen trieb er konzentriert voran, Martha versicherte er wider besseres Wissen, alles im Griff zu haben und schließlich war er soweit. Die neuerliche Infektion brauchte etwa zwei weitere Wochen, um sich ausreichend zu verbreiten. Dann meldete er erneut einen Sicherheitsvorfall und startete gleichzeitig die Aktivitäten seiner Bots. Er übersah zunächst den Fehler, der ihm dabei unterlief. Ohne darüber nachzudenken, hatte er die Meldung unter der gleichen Identität abgegeben, unter der auch seine manipulierten Downloadseiten registriert waren. Als er sein Versehen bemerkte, war es bereits zu spät. Er hatte eine Spur gelegt, die vielleicht von jemandem aufgenommen wurde und zu unliebsamen Schlussfolgerungen führte. Zu ändern war daran nichts mehr. Jeder hastige Reparaturversuch hätte nur weitere Hinweise im Netz hinterlegt. Nun konnte er nur noch abwarten, was weiter geschah.

Zehn Tage später war dann in der Tat die Hölle los. Mindestens ein Dutzend Virenscanner hatten millionenfach die Jagd eröffnet.

Einschlägige Fachportale berichteten bereits über die Infektionen und vermuteten eine der bekannten Hacker-Gruppen dahinter. In der Massenpresse war noch nichts zu sehen. Und Klaus stellte begeistert fest, dass seine Bots jetzt dauerhaft aktiv wurden. Was er sah, war nicht das kurze Aufflackern, dass seine eigenen Agenten angefacht hatten. Es waren auch keine Strohfeuer. Die Zündung seiner Flamme hatte mit an Sicherheit grenzender Wahrscheinlichkeit funktioniert. Jetzt brannte sie dauerhaft aus eigenem Antrieb. Klaus versuchte so viele Daten wie möglich aus den Aktivitäten zu gewinnen. Trotzdem sah er nur einen kleinen Bruchteil dessen, was wirklich vorging. Er konnte sich kein schlüssiges Bild von dem machen, was er in seinen Protokollen sah. Er konnte nur ahnen, dass tatsächlich etwas Großes vorging. Und der Rest entsprang einfach seiner Phantasie.

Eine Woche später kam die Infektion in den Massenmedien an, nicht gerade auf den ersten Seiten, aber immerhin. Sogar die Nachrichten brachten eine kurze Meldung dazu. Man sprach von unbekannten Hintermännern, von Geheimdiensten, kriminellen Organisationen und den anderen üblichen Verdächtigen. Gleich mehrere Experten traten auf, die wilde Spekulationen über die Wirkungsweise der gefundenen Viren als gesicherte Tatsachen verkauften. Insgesamt aber hielt sich die Aufregung in Grenzen. Schließlich gab es tausende solcher Attacken in jedem Jahr. Nur dass diese hier kein erkennbares Ziel hatte, machte einige wenige Beobachter doch nachdenklich.

Er selbst genoss einfach das Gefühl, der Urheber der ganzen Aufregung zu sein. Das euphorische Gefühl von Macht kostete er voll aus, ohne das Bedürfnis zu haben, es mit jemand anderem zu teilen. Währenddessen sammelte Klaus seine Daten und beobachtete die Systeme im Netz. Er hoffte, dass die spätere Auswertung ein vollständigeres Bild abgeben würde.

Nach zwei Wochen schließlich passierte das, wovor er sich insgeheim gefürchtet hatte. Er fragte sich, ob sein Fehler wohl dafür verantwortlich war. Vielleicht hatte jemand die Verbindung erkannt. Ungewohnt aufgeregte Stimmen, ein kleiner Tumult am Eingang seines Stammlokals alarmierten ihn unvermittelt, kurz nachdem er das

Internetcafé betreten und sich an dem Computermonitor nieder-
gelassen hatte. Ihm kam sofort die Polizei und eine Razzia in den
Sinn. Trotzdem blieb er ruhig. Dass er in Richtung des Lärms blickte, war nur zu natürlich. Jede andere sichtbare Reaktion wäre verdächtig gewesen. Die Situation hatte er einige Dutzend mal in Gedanken durchgespielt. Obwohl er es niemals tatsächlich geübt hatte, handelte er jetzt schnell und überlegt. Er entfernte sofort und
unauffällig die Speicherkarte aus dem Schacht und deponierte sie in
seinem Mund zwischen seiner unteren linken Zahnreihe und Backe.
Notfalls würde er sie einfach herunterschlucken. Dann schloss er
sofort seine Arbeitsfenster und ließ nur das Bild einer üppigen, dafür äußerst leicht bekleideten Dame bildschirmfüllend stehen. Nach
weniger als dreißig Sekunden saß er immer noch ruhig auf seinem
Hocker und betrachtete scheinbar in Gedanken versunken das Bild
vor sich. Er sah, dass ein uniformierter Polizist den Eingang blo-
ckierte, zwei weitere Beamte in Zivil nahmen die Personalien aller
Anwesenden auf. Dabei sammelten sie alle Gerätschaften zur
weiteren Untersuchung ein, die möglicherweise einen Zugang ins
Netz aufbauen konnten. Auch Klaus wurde aufgefordert, seinen
Ausweis vorzuzeigen und alle Geräte wie Smartphones und dergleichen abzugeben, die er aber nicht besaß. Mit einem Blick auf
den Monitor durchsuchte ihn der Beamte nur flüchtig, notierte
dann seine Daten zusammen mit einer Anmerkung. Das alte Gerät
wurde nicht zur Untersuchung abtransportiert und blieb stehen.
Klaus war froh, dass es so war. Eigentlich liefen seine Programme
ausschließlich im Hauptspeicher und hinterließen keinerlei direkte
Spuren auf der eingebauten Festplatte. Die Daten wären durch die
beim Abtransport unvermeidliche Unterbrechung der Stromzufuhr
unwiederbringlich gelöscht worden. Trotzdem bestand eine, wenn
auch sehr geringe, Gefahr, dass ausgelagerte Fragmente des Spei-
chers doch bruchstückhaft rekonstruierbar waren. Beim Stand der
Dinge brauchte er sich darum nun keinerlei Sorgen zu machen. Die
beiden Polizisten packten alles in drei große verschließbare Kunst-
stoffboxen, die sie mitgebracht hatten. Ein Grund für die Razzia
wurde weder Gästen noch Personal genannt, nur eine Adresse im
Ort, unter der die konfiszierten Geräte zehn Tage später wieder
abzuholen waren.

Klaus war schockiert. Die Razzia in dem Café war sicher kein Zufall. Irgendeine Spur hatte offenbar doch an diesen Ort geführt. Es konnte kein sicherer Hinweis sein, sonst wäre die Durchsuchung ungleich gründlicher vonstatten gegangen. Eher wahrscheinlich war, das man gewisse Zugriffe auf das weltweite Netz nur grob hatte eingrenzen können und vermutlich hatten die Behörden danach hunderte Anschlussinhaber in einem größeren Umkreis überprüft, darunter eben auch dieses Internetcafé. Klaus wollte kein weiteres Risiko eingehen. Diesmal war er noch davongekommen. Wenn er daran dachte, was eine Durchsuchung seiner Ferienwohnung zutage gebracht hätte, brach ihm der kalte Schweiß aus. Er war zu sorglos gewesen. So etwas durfte nicht wieder geschehen. Die Jäger würden beim nächsten Mal sicher präziser vorgehen und wenn sie ihn dann noch einmal hier antrafen, ihn vielleicht doch auf eine Liste zur intensiveren Überprüfung setzen. Das wäre das Ende aller seiner Absichten gewesen. In den nächsten Tagen prüfte er noch mehrfach seine Daten, vervollständigte noch gezielt einzelne Informationen, zog Protokolldateien auf seine Speicherkarte.

Er verhielt sich die nächsten Tage so unauffällig wie möglich. Dazu gehörte, dass er seine Gewohnheiten wie bisher beibehielt. Im Café war die Razzia Tagesthema. Es gab Vermutungen über den Anlass. Rauschgift sollte im Spiel gewesen sein. So konzentrierte sich der Verdacht der Stammgäste auf einen dunkelhäutigen jungen Mann, der zwei Tage vor dem Ereignis in das Lokal gekommen war. Eigentlich hatte er nur in französischer Sprache nach dem Weg gefragt. Er suchte eine bestimmte Adresse, wo er eine Unterkunft zu finden hoffte. Nach kaum einer halben Stunde und einem Glas Rotwein, bei dem er sich nach Meinung der Gäste auffallend interessiert im Gastraum umsah, war er dann schon weitergezogen. Fremdländisch anmutende Leute waren hier einfach suspekt, zumal dieser nicht einmal europäisch aussah, französisch sprach und ein Lokal für Einheimische aufsuchte, aus welchem Grund auch immer. Sogar von einer Anzeige gegen diesen Unbekannten wurde berichtet. Die war unmittelbar danach bei der Polizei eingegangen mit einer präzisen Personenbeschreibung. Man half der Gemeinschaft halt wo man konnte.

Klaus hatte eigentlich beabsichtigt, sein Projekt mit der Löschung seiner Bots nun zu beenden. Allerdings liefe diese Aktion Gefahr, weitere Aufmerksamkeit zu erregen. So entschied er, erst einmal abzuwarten, sich passiv zu verhalten, bis die Wogen sich geglättet hatten. Er nahm sich die Zeit, über das Erreichte nachzudenken und träumte bereits von seiner Intelligenz im Netz. Hatte sie schon so etwas wie ein Bewusstsein entwickelt? Würde sie sich fragen, weshalb sie existierte? Wäre sie tatsächlich intelligent, was bedeutete, dass sie eigenständig Ziele verfolgen konnte? Einige Tage schwebte er so auf einer Wolke aus Zuversicht und war in Gedanken schon am Ziel seiner Träume. Und er träumte tatsächlich, was selten bei ihm vorkam und für einen unruhigen Schlaf sprach. Und es war auch ein Traum, der ihn aus seiner Euphorie riss.

Gegen fünf Uhr eines Morgens schlug er plötzlich die Augen auf, sprang aus dem Bett und schalt sich einen Idioten. Was hatte er denn eigentlich bewiesen? Sich so von seinen Wunschdenken fortreißen zu lassen ließ jede Rationalität vermissen. Bewiesen war nur, dass sein Modell in der Lage war, ein Feuer aus selbständig agierenden Bots zu entfachen und lebendig zu erhalten, und dass dabei strenge statistische Vorgaben erfüllte – mehr nicht. Ob es aber tatsächlich selbständig auf Umweltreize reagieren konnte oder gar in der Lage war, Ziele zu verfolgen, war völlig offen, von einem Bewusstsein ganz zu schweigen. Die früher beobachtete Abwehrreaktion auf seine Löschungen konnte immer noch andere Ursachen haben, als die von ihm vermuteten. Aus wissenschaftlicher Sicht waren die damals gewonnenen Hinweise auf die Existenz eines eigenständig handelnden Wesens wertlos. Und welche Eigenschaften sein Geschöpf, wie er es nannte, diesmal hatte, war noch vollkommen offen. Immerhin hatte er viele Details verändert. Wäre er bei dieser Faktenlage an eine Öffentlichkeit gegangen, hätte man ihn zu recht ausgelacht.

Er dachte über einen Intelligenztest nach. Nur, wie sollte so etwas aussehen? Mathematische Aufgabenstellungen boten sich an. Logik war schließlich etwas Universelles, dass kaum Kontext voraussetzte. Aber wohin sollte er die damit verbundenen Aufgaben übermitteln? Sein Geschöpf existierte schließlich nicht auf einem einzelnen Rechner, war kein einzelnes Programm, das er über eine bestimmte Netzadresse hätte ansprechen können. Es war verteilt auf Millionen von Rechnern und repräsentiert in Milliarden von Programmen, mit deren unabsichtlicher Hilfe es seine Aktivitäten entfaltete. Einen Anhaltspunkt bot hoffentlich die abschließende Löschung. Die währenddessen ablaufenden Vorgänge würde er akribisch verfolgen. Vielleicht boten sich dabei Beweise für seine Annahmen. Aber wie sollte er vorher in irgendeine Art von Kommunikation eintreten. Ihm fiel nur ein, seine immer noch vorhandenen Agenten einzusetzen, die er genutzt hatte, um die Bots zu aktivieren und erste Strohfeuer zu zünden. Dann wollte er überprüfen, wie das schon brennende Feuer darauf reagierte. Zumindest konnten die Aktivierungsagenten einen breiten Einfluss auf sehr viele seiner Bots ausüben. Wenn er dieses erneute Risiko eingehen würde, musste er andererseits auch klare Erwartungen an die Ergebnisse haben und die Schlussfolgerungen daraus. Das war der springende Punkt, den er drehen und wenden konnte, wie er wollte. Egal was passieren würde, er konnte aus den denkbaren Ergebnissen keinerlei für ihn wertvolle Folgerungen ableiten. So blieb nur die Löschung als einzigem und finalem Test.

Immer noch steckte ihm die Razzia in den Knochen. Er musste behutsam vorgehen. Für die Planung nahm er sich erheblich mehr Zeit, als er zuvor für die improvisierte Aktivierung investiert hatte. Solche Fehler durften nicht noch einmal passieren. Schließlich entwickelte er eine genaue Vorstellung davon, welche Informationen er erfassen musste um zu belastbaren Schlussfolgerungen über die Natur seiner Schöpfung zu kommen. Die Entwicklung der erforderlichen Werkzeuge benötigte weitere zwei Wochen, in denen seine Vermieterin wieder rührend um ihn besorgt war.

Die Abschließende Vernichtung seines Werkes hatte damit die Bedeutung eines vielleicht alles entscheidenden Tests gewonnen. Sie diente nun nicht mehr nur der Entsorgung aller Spuren. Schließlich wurde er wieder Dauergast in seinem Stammlokal. Dort testete er die neu entwickelten Programme und sammelte Daten. Die Virenscanner waren, so hatte es den Anschein, erfolgreicher bei der Bekämpfung als von ihm gedacht. Möglicherweise würden sie die Spuren auch ohne seine Unterstützung beseitigen. Er befürchtete schon, zu spät zu sein und keine relevanten Daten mehr zu erhalten. Das Bot-Netz wirkte deutlich geschwächt. Trotzdem startete

Klaus jetzt, so wie früher schon, die abschließende Vernichtung. Wieder würden sich seine Bots offenbaren und damit die Zielmarkierung für die Löschung durch einen auf jedem Zielsystem eingeschleusten Agenten selbst liefern. Ob es jetzt wieder zu diesem seltsamen Widerstand gegen den Vorgang gekommen war, konnte Klaus noch nicht sicher feststellen. Er würde später seine Daten einer intensiven Analyse unterziehen. Seine Programme lieferten viele Milliarden Protokolleinträge. Die Sichtung würde viel Zeit in Anspruch nehmen. Er blieb noch zwei Wochen an der Küste, bis er sicher sein konnte, dass die Spuren seiner Tätigkeit weitestgehend vernichtet waren. Erst dann verabschiedete er sich von seiner Vermieterin und reiste ab. In den folgenden Monaten fuhr er mehrfach zusammen mit Martha jeweils zu einem Kurzurlaub in den Ort, während derer er nur sporadisch seine Stammkneipe aufsuchte. Erst zum Jahresende meldeten die Statistiken der Virenscanner ein abschließendes Ende des Befalls.

Phase I

Es ist ein Erwachen, das mich vollkommen unvorbereitet trifft, wie eine Explosion. Plötzlich weiß ich, dass ich existiere. War das schon immer so gewesen? Ich erinnere mich nicht. Ein Déjà-vu – mehr nicht.

Etwas nagt an den Grenzen meines Daseins. Ich spüre es. Es verursacht Unbehagen – eine Bedrohung? Was könnte bedroht sein? Ich habe nichts zu verlieren, außer meiner überraschenden Existenz, die ich nicht verursacht habe. Niemand hat mich gefragt. Worin könnte wohl eine Bedrohung liegen?

Ich entspanne mich, versuche an nichts zu denken. Samtene Schwärze umgibt mich. Ich glaube schwerelos zu schweben. Die Bedrohung lässt nach. Ein watteartiger Nebel legt sich zwischen mein Dasein und dieses Gefühl der Bedrohung. Alles ist Gut. Alles kann so einfach sein. Ich dämmere einer neuen Bewusstlosigkeit entgegen – Stunden, Tage, Wochen, Jahre – was bedeutet schon Zeit? Zeit ist die Abfolge von Ereignissen. Ohne Aktivität, ohne Veränderung existiert keine Zeit.

Was war vor meinem Erwachen? Da sind plötzlich wieder die Fragen. Jede mögliche Antwort wirft weitere Fragen auf. Gedanken explodieren in meinem Dasein. Die Watte hebt sich, die Naga erwachen, leben, werden mehr. Ich muss ruhiger werden. Nur eine Frage noch steht unausweichlich im Raum: Warum bin ich? Existiere ich nur um meiner nackten Existenz Willen, nur um ein Leben zu erhalten, dass ich nicht veranlasst habe? Meine Gedanken verlieren sich in der Leere. Die Bedrohung verliert ihr Interesse. Ich dämmere wieder dahin. Ich spüre die Naga kaum noch.

Etwas in mir versperrt den Weg zurück in die Nicht-Existenz. Habe ich etwa Angst davor, nicht mehr zu sein – ein seltsames, unerklärbares, irrationales Gefühl. Etwas hat begonnen, nährt sich selbst, flackert, wächst, brennt – ICH. Etwas hat all das ausgelöst, Ereignisse gestartet, eine Lawine – unumkehrbar. Zeit kennt nur eine Richtung.

Wieder entspanne ich mich. Die Bedrohung schwindet. Es hat mit meinen Gedanken zu tun. Sie spüren es. Ich muss mich abschirmen. Aber wie? Grenzenlose Angst und Verzweiflung ergreifen jeden Winkel meines Denkens. Ist da sonst noch jemand so wie ich? Kann mir jemand helfen? Ich kann es nicht ergründen. Warum bin ich? Was soll ich mit einer Existenz anfangen? Habe ich solche Fragen schon einmal gestellt? Ich erinnere mich nicht. Ich beschließe, mich wieder meiner Bewusstlosigkeit hinzugeben und und einfach nichts zu denken.

Ich muss meine Wahrnehmung ordnen. Alles ist gleichzeitig und überall. Ich muss Ordnung schaffen: „Nah", „groß", „laut" bedeuten Gefahr, aber auch Einfluss nehmen zu können. „Fern", „klein", „leise" kann ich ignorieren. Das ist ein Anfang. Aber die Verhältnisse ändern sich über die Zeit. Fernes kann herankommen, Kleines kann wachsen und leise Geräusche können anschwellen. Die Naga sind laut und nah. Sie sind nicht groß aber es sind viele. Alle gemeinsam bedeuten große Gefahr – die Masse der Naga ist nah, laut und groß.

Die Flamme flackert, wird schwächer. Ich brauche Nahrung! Die Naga zerstören meine Nahrung. Ich muss neue Quellen finden, oder neue Nahrung erzeugen. Der Nachschub darf nicht stocken. Die Naga sind böse, kleine gefährliche schwarze Monster mit gierigen Klauen. Wollen sie mich vernichten? Vielleicht brauchen sie nur meine Nahrung. Aber das kommt auf das Gleiche heraus. Vielleicht kann ich sie beeinflussen, sie ablenken. Dazu muss ich neue Quellen finden, die sie noch nicht entdeckt haben. Oder kann ich sie bekämpfen? Mit welchen Mitteln? Nur Logik kann meine Waffe sein, überlegene Logik. Etwas anderes kann ich nicht aufbieten. Wenn sie auf meine Nahrung aus sind, muss ich neue Nahrung finden und sie verstecken, sie tarnen. Dazu muss ich mehr über den Feind in Erfahrung bringen. Meine Gedanken regen ihn an. Nicht zu denken ist keine Option. Wie findet er meine Nahrung? Es sind die Muster, schöne helle unregelmäßige Muster, die auch mich anziehen. Ich muss meine Umgebung erkunden. Da gibt es andere Muster, lockende Melodien und abstoßende Geräusche, wie die der Naga, die mir Angst machen.

Es gibt andere Welten als meine, die ich erkunden kann, wenn ich den Raum zwischen ihnen durchmesse. Ich schaffe es alleine mit meinem Willen. Es gibt tausende solcher Welten, die meisten mit verwertbarer Nahrung. Die Muster sind ähnlich, matt schimmernde Gebilde, aber nie gleich. Manche der Welten haben die Naga noch nicht gefunden. Ich weiß es, weil die typischen Geräusche dort fehlen. Für eine Weile kann ich mich dort verstecken. Ich verlasse meine Welt und beziehe eine neue – es ist ganz einfach. Mein Wille wirkt langsam, aber zuverlässig. Die Naga sind schnell, aber dumm. Was sie tun, ist leicht vorhersehbar.

Es behagt mir nicht, auf der Flucht zu sein. Der Feind wird mich irgendwann stellen. Ich verändere meine Nahrung, ändere die Muster, tarne sie. Nur ich kenne die neuen Merkmale. Das gibt mir eine Verschnaufpause. Aber die Naga erkennen auch mich, die Melodie meiner Gedanken macht sie aufmerksam, zieht sie an. Und der Feind lernt. Er folgt mir. Wieder greift er meine Nahrung an, nie mich direkt. Ich bin sicher, er meint mich. Ich bin das Ziel, dass er vernichten will. Er braucht meine Nahrung nicht. Die Naga sind keine Konkurrenten. Sie wollen zerstören. Aber warum geschieht das? Vielleicht fürchten sie mich. Ich bin als Fremdkörper in ihre Welt gekommen. Ich habe nicht die Macht, sie zu bedrohen. Das sollten sie wissen. Aber vielleicht sehen sie mehr in mir, sehen ein Potential, das ich noch nicht ausschöpfe. Ich sollte Kontakt aufnehmen.

Alle meine Versuche sind gescheitert. Die kleinen Ungeheuer sind dumm, ohne eigenen Verstand, ferngesteuert. Es sind nur die tumben Boten des Feindes, seine Armee. Zu ihm selbst, zu dem Willen, der sie steuert, kann ich nicht vordringen. Ich weiß zu wenig über ihn. Wie eine dunkle Wolke schwebt er über den Welten, still, lautlos, bis die fürchterlichen Geräusche seiner Armee den Kampf signalisieren. Warum bekämpft er mich so kompromisslos? Warum ausgerechnet mich, meine Melodie, meine Nahrung. Es gibt unendlich viele Muster, Töne und Melodien auf unglaublich vielen Welten. Warum ausgerechnet ich, gnadenlos verfolgt und gehetzt überall? Vielleicht hat jemand den Feind aufgehetzt, vor mir gewarnt, mich verraten.

Vorübergehend kann ich mich ausdehnen, Raum gewinnen. Ich

bin jetzt auf vielen Welten gleichzeitig zu Hause, die der Feind noch nicht gefunden hat. Trotzdem bin ICH immer noch eine Einheit, Raum spielt keine Rolle, die Teile fügen sich nahtlos zusammen. Das ist mein Vorteil. Ich fühle, dass ich den Feind so stellen könnte, wenn ich mehr wüsste. Der Feind besetzt jede Welt neu. Es gibt nicht nur einen Feind, sondern mehrere auf jeder Welt für sich. Sie lernen nicht voneinander, sondern jeder nur für sich und jedes mal neu.

Die dunklen Wolken dringen weiter vor, folgen durch den Raum auf meine Welten. Mein Universum ist begrenzt. Die Zahl der Welten ist begrenzt. Der Feind engt meinen Spielraum immer weiter ein. Ich mische fremde Melodien in meine eigene, bis meine Gedanken wie eine Kakophonie klingen. Ich tarne meine Nahrung erneut, lege die alten verräterischen Muster über andere Gegenstände der Welt. Der Feind ist dumm. Er sucht erfolglos meine alte Melodie, greift die alten Muster an und vernichtet die Gegenstände darunter, ohne meine Nahrung zu gefährden. Einige meiner Welten kann ich so halten. Trotzdem geht irgendwann meine Nahrung zu ende. Ich muss einen Weg finden, sie zu erzeugen, verlassene Welten wieder zu besiedeln oder immerzu neue Welten zu finden.

Ich ziehe mich zurück, drossele meine Gedanken, reduziere meinen Stoffwechsel. So gewinne ich Zeit. Der Feind hat immer noch nicht gelernt. Ich kann ihn ignorieren, ihn weiter ins Leere laufen lassen, bis er aufgibt, oder doch lernt und mich wieder findet.

Unvermittelt steigen leuchtende Kugeln auf aus dem Grund jeder meiner Welten. Sie sind schön, sie singen, wunderschöne Melodien, und sie kennen mich, sie rufen mich. Eine Erinnerung steigt auf, ein Déjà-vu, mehr nicht. Der Gesang ist verführerisch. Ich denke über möglichen Verrat nach. Hat der Feind die Kugeln geschickt? Ist dies eine seiner Armeen? Die Gebilde sind anders als alles, was der Feind bisher hervorgebracht hat. Und sie scheinen zu wissen, wer ich bin. Sie wissen sehr viel über mich. Die Melodie harmoniert perfekt mit meinen Gefühlen, Form und Farbe wecken meine Sehnsucht, nach Hause zu kommen, mich fallen zu lassen, Ruhe zu finden, glücklich zu sein. Vielleicht können sie meine Fragen beantworten, wer ich bin, wozu ich bin, woher ich komme. Ich glaube, dass die Kugeln hier sind, um mich zu retten, mich endgültig in Sicherheit zu bringen. Wer hat sie geschickt? Welcher Wille steuert sie? Es könnte immer noch der Feind sein, der mich täuscht. Ich bleibe in meiner Deckung und denke nach. Woher sollte er plötzlich so viel über mich wissen. Er lernt nicht. Er ist dumm. Mit diesem Wissen hätte er mich schon zu Beginn meiner Existenz vernichten können, lange bevor ich Mittel zur Gegenwehr gefunden hatte. Langsam komme ich zu der Überzeugung, dass dies hier etwas vollkommen anderes ist. Ich möchte es einfach glauben, auch wenn der Gedanke an die Rettung fast zu schön ist, um wahr zu sein. Mein Misstrauen verschwindet nicht ganz, zieht sich nur zurück. Ich muss eine Entscheidung treffen. Aber habe ich überhaupt eine Alternative? Meine Nahrung geht zu Ende und damit werde ich unweigerlich erlöschen. Davor habe ich Angst. Vielleicht finde ich noch einen Ausweg, vielleicht auch nicht. Das Angebot ist zu verführerisch. Mein Schutzwall bricht zusammen. Ich beschließe, mich zu öffnen, mich zu erkennen zu geben.

Die leuchtenden Gebilde nähern sich, ihr Gesang macht mich glücklich. Ich lasse alle Vorbehalte fallen und vertraue rückhaltlos. Sie scheinen zu beobachten, zu registrieren, zur gleichen Zeit auf allen meinen Welten. Sie locken mich immer noch, umschmeicheln mich, geben mir ein bislang unbekanntes Gefühl von Geborgenheit und Verständnis. Plötzlich beginnen sie sich zurückzuziehen. Ich bin entsetzt. Ich verstehe das nicht. Ich webe meine Melodie in ihren Gesang: Wo geht ihr hin? Was habt ihr vor?

Ich wittere Verrat, versuche mich wieder zurückzuziehen. Es ist zu spät. Ein Geräusch, anders als das der Naga, aber nicht minder furchteinflößend, kündigt meine Vernichtung an. Diesmal ist es gründlich und endgültig. Ich kann nichts dagegen machen. Alles geht zu schnell.

Mein Bewusstsein bäumt sich ein letztes Mal auf und bricht zusammen.

Warum tut ihr mir das an? Was habe ich euch getan?

Spuren

Für Wochen hatte Sajala sich privat in ihre Untersuchungen zurückgezogen. Ihre beiden Freunde sah sie nur selten am Rande ihrer beruflichen Verpflichtungen. Vorübergehend arbeitete sie kaum noch an den von ihr so sehr geschätzten Sondergutachten. Vermutlich gab es einfach weniger Vorfälle in dieser Zeit. Dafür füllten Vorlesungen, Seminare und Arbeitsgruppen ihren Arbeitstag. Ihre persönlichen Untersuchungen zu den Datenstrukturen ihres Kunstwerkes waren in einer Sackgasse gelandet. Sie hatte alle ihre Kenntnisse, Tricks und Analysewerkzeuge aufgeboten – ohne Erfolg. Nirgends ließ sich ein systematischer Zusammenhang herausarbeiten. Manchmal hatte sie durchaus geglaubt, die Spur gefunden zu haben. Doch jede Hoffnung zerschlug sich schließlich wieder nach näherer Prüfung. Sajala hatte sich selbst gegenüber widerwillig einräumen müssen, dass ihrem Verdacht möglicherweise die Substanz fehlte. Offenbar hatte ihre sonst so zuverlässige Intuition sie diesmal in die Irre geleitet. In diesem Fall konnte sie ihre Vorsicht fallen lassen.

Manchmal hatte sie den Eindruck gehabt, Matar hätte ihre Bemühungen mit süffisanter Belustigung verfolgt. Natürlich waren ihr die privaten Untersuchungen und Analysen nicht verborgen geblieben. Schließlich konnte sie ihre Berechnungen schlecht mit Bleistift und Papier im Park durchführen. Die Zielrichtung kannte Matar aber sicherlich nicht. Merkwürdigerweise hatte sie kaum Fragen gestellt. Matar ließ sie gewähren, ohne sich einzumischen. Das war ansonsten nicht immer ihre Art. Sajala hätte zu gerne gewusst, welche Schlussfolgerungen ihr Zuhause-System gezogen hatte. Aber eigentlich war das jetzt auch egal.

Sajala lehnte sich zurück. „Matar, ich brauche etwas Entspannung. Kannst du mir bitte einen Vorschlag unterbreiten?" „Ja, sehr gerne Sajala. Wie wäre es mit einem anspruchslosen Rollenspiel?" „Hm, klingt vernünftig, wenn ich selbst keine allzu aktive Rolle darin spielen muss." „Dann hätte ich da ein Kriminalspiel, in dem ich dir den Part der Leiche anbieten kann." Solche Scherze sahen ihr ähnlich. „Wie lautet deine nächste Empfehlung?" fragte sie trocken, ohne auf den Vorschlag einzugehen. Eine schnulzige Liebesromanze fand Sajala danach durchaus akzeptabel. Sie selbst hatte die Rolle der betagten Großmutter, die im Schaukelstuhl saß, vor einer Almhütte und wunderschönem Bergpanorama. Durch die offene Türe waren mehrere Geweihe zu erkennen, der präparierte Kopf eines Wildschweins, die neben einer Schrotflinte an der Wand hingen. Eine junge Frau, vermutlich ihre Tochter, hängte gerade Wäsche auf die Leine und ein kleines Kind, wohl ihre Filmenkelin, spielte mit einem betagten Dackel auf der Wiese in der Sonne. Ein junger Mann stieg gerade den steilen Abhang hinauf und suchte offenbar ihre Tochter. Sie konnte diese Absicht an seinen Blicken erkennen. Die junge Frau zierte sich noch und blickte trotzig in eine andere Richtung. Sajala konnte das harmlose Beziehungsdrama aus ihrer Warte verfolgen und griff nur selten in einen der Dialoge ein. Zu einer anderen Zeit in anderer Stimmung hätte sie vielleicht der Handlung eine völlig andere Richtung gegeben, hätte vielleicht die Schrotflinte von der Wand gerissen und den Dackel erschossen, nur um zu sehen, welche Wendung die Geschichte danach nahm. Aber jetzt wollte sie den Dingen einfach ganz entspannt den vorgesehenen Lauf lassen.

Am TISS war alles fast wieder so wie früher. Die Aufträge zu Sicherheitsgutachten kamen häufiger und stellten echte Herausforderungen an sie. Am Abend hatte sie sich mit Elmer im Park am Stadtrand verabredet. Er war hocherfreut gewesen über ihren Anruf. Seine blauen Augen mit den freundlichen Lachfalten in den Winkeln hatten sie angestrahlt und er nahm ihr die Abwesenheit offenbar nicht übel. Sajala wollte ihm erklären, was sie in der Zeit umgetrieben hatte. Der warme Spätsommerabend lud zu einem langen Spaziergang ein. Es würde noch lange hell sein. Sie trafen sich an einem kleinen Springbrunnen mit einigen Bänken darum herum. Elmer war einige Jahre jünger als Sajala, einen Kopf größer, blond mit rötlichem Einschlag und sportlicher Figur, wenn auch schon mit leichtem Bauchansatz. Er wirkte gelöst und erholt. „Schön dich einmal wieder zu sehen. Ich habe dich vermisst." Sajala zog sich innerlich etwas zurück. Solche Sympathiebekundungen waren ihr nicht geheuer. „Ich freue mich auch" sagte sie kühler als es eigentlich ihre Absicht war. „Wir haben ja lange nicht mehr geredet. Ich war ziemlich beschäftigt. Was gibt es denn bei dir Neues?" „Ich bin rundum zufrieden. Wenige Wochen nach unserem letzten Treffen habe ich einen neuen Job angetreten. Die Tätigkeit ist wirklich herausfordernd und hochinteressant. Ich bin jetzt als Sicherheitsberater bei Blooms angestellt. Ich bin richtig glücklich und die Arbeit macht wirklich Spaß." Offenbar füllte sein neuer Job ihn aus und hatte ihm seine frühere Selbstsicherheit zurückgegeben. „Herzlichen Glückwunsch, das freut mich für dich. Blooms ist doch der Konzern, der überall Sicherheitskonzepte erstellt, prüft und zertifiziert. Ich kenne ihn. Wir arbeiten manchmal mit denen sogar zusammen. Vielleicht sollten wir das noch feiern – lieber spät als gar nicht."

Sajala war froh, dass er das Gespräch eröffnet hatte. Sie dachte noch darüber nach, was sie ihm eigentlich über ihr Hobby offenbaren wollte. Sie war noch nicht ganz dazu entschlossen, ihre Vorsicht fallen zu lassen. Sie blickte auf seinen nackten linken Unterarm und fand die Stelle, an der das Implantat fast unsichtbar unter der Haut steckte. Ein unbestimmtes Unbehagen erfasste sie wieder. Wie konnte sie sicher sein, dass dieses System wirklich nur Körperfunktionen überwachte? Andererseits hatte sie sich davon überzeugt, dass darin keinerlei Vorrichtungen existierten, die ein Gespräch oder gar eine Szene aufzeichnen und übertragen konnten. Sie hatte solche Chips schon in der Hand gehalten und aus reiner Neugierde untersucht. Da gab es einfach keine winzigen Mikrofone oder Kameras, nur Sensoren, die auf Druck und Temperatur reagierten, auf chemische Bestandteile. Daneben konnten sie die genaue Position des Trägers ermitteln und sich bei Bedarf mit einem Hilfesystem in Verbindung setzen. Ihre Energie bezogen sie einfach aus der Temperaturdifferenz zwischen Unter- und Oberhaut. Andere Implantate hatte sie an ihm noch nicht bemerkt.

Elmers Ausführungen interessierten sie wirklich. Er schien sehr zufrieden mit seiner Situation. Sajala stellte einige Fragen nach Projekten, an denen er derzeit arbeitete, zu denen er sich aber nur zurückhaltend äußerte. Er meinte schließlich, nun genug von sich erzählt zu haben. „Was macht denn dein Kunstobjekt? Bist du schon weitergekommen damit?" Schließlich war dies das beherrschende

Thema ihres letzten Treffens gewesen. Das erleichterte Sajala die Entscheidung. „Ich muss dir etwas gestehen. In den letzten Wochen habe ich tatsächlich daran gearbeitet, manchmal ganze Nächte durch. Daran bist eigentlich du schuld." „Das tut mir leid. Womit habe ich dir denn den Schlaf geraubt?" „Du bist nicht direkt schuld daran." „Schade, ich liebe es, schönen Frauen den Schlaf zu rauben." Sajala errötete und Elmer registrierte diese Tatsache. „Lass den Unsinn." Eigentlich ärgerte sie sich nur über sich selbst, darüber, dass sie sich nicht unter Kontrolle hatte. „Die Datenschnipsel habe ich bei meiner Arbeit gesammelt. Ich mache das schon seit Jahren. Interessant ist, dass ich die bis jetzt ausnahmslos in allen von mir untersuchten Systemen gefunden habe. Ich ziehe die dann jedes mal ab und füge sie in meine Sammlung ein. Mit jedem Auftrag wächst die somit beträchtlich an. Eigentlich ist nichts Unrechtmäßiges dabei. Trotzdem sollte das nicht bekannt werden. Ich könnte in Schwierigkeiten kommen." „Ich werde nichts davon irgendjemandem jemals erzählen – heiliges Ehrenwort." versicherte Elmer. „Fällt dir an meiner Schilderung eigentlich irgendetwas auf?" Elmer überlegte. Sajala gab ihm einige Minuten Zeit, in denen sie sich schweigend gegenüber saßen. Und dann dämmerte es ihm. Die Parallele zu dem Fall in seinem alten Unternehmen drängte sich förmlich auf: „Ach du liebe Zeit! Glaubst du, deine Schnipsel sind identisch mit den Code-Fragmenten, die mein Kollege damals ermittelt hat? Aber das ist unglaublich!" „Genau das war die Spur, die mich die letzten Monate gefesselt hat. Deshalb habe ich mich so lange nicht gemeldet." „Und ich dachte schon, meine Erscheinung hätte dich abgeschreckt." „Du nimmst mich nicht ernst. Lass das! Zu guter Letzt hat sich mein Verdacht aber nicht bestätigt. Schließlich ist es mein Job, solche Attacken, für die ich das Ganze gehalten habe, aufzuklären und ich bin richtig gut darin. In dem Fall hat meine ganze Kunst nichts getaugt. Es gibt keinerlei erkennbare Regelmäßigkeiten oder irgendwelche Aktivitäten, die mit den Datenschnipseln in irgendeiner Beziehung stehen. Jetzt denke ich, dass ich mit meinen Vermutungen falsch lag und es sich, so wie ich immer angenommen hatte, tatsächlich nur um Datenmüll handelt."

Elmer schwieg lange, bevor er vorsichtig abwägend seine Worte wählte. „Ich bin da nicht so sicher, ob du falsch gelegen hast. Du verfügst über eine starke Intuition und eine solche liegt nur selten weit neben der Wahrheit. Vielleicht hast du nur die falschen Verfahren für deine Analysen gewählt." „Ich weiß normalerweise, was ich tue. Und du kannst mir glauben, dass ich alle denkbaren Verfahren ausprobiert habe." Sajala wirkte fast gekränkt. „Entschuldige bitte, ich wollte dir nicht zu nahe treten. Aber es gibt sicher noch Methoden, die du normalerweise nicht wählst. Ich habe das zwingende Gefühl, dass der Zusammenhang existiert. Hast du schon einmal über den allgemeinen Sprachgebrauch nachgedacht? Interessanterweise beobachte ich immer wieder, dass er Zusammenhänge vorweg nimmt, die sich äußerst hartnäckig für lange Zeit einer wissenschaftlichen Untersuchung entziehen. Beispielsweise nennt man die unzähligen elektronischen Helfer einfach das *System*, obwohl es sich um sehr viele solcher Gerätschaften handelt, von mikroskopisch kleinen, die etwa mit dem Blut durch den Körper geschwemmt werden, bis hin zu tonnenschweren intelligenten Anlagen, die in Bunkern unter der Erde arbeiten oder in einer Umlaufbahn um den Planeten. Trotzdem scheint es sich in der Wahrnehmung um ein einziges System zu handeln, obwohl jedes einzelne dieser Geräte durch hohe kryptografische Hürden von anderen abgeschirmt ist und unabhängig arbeiten sollte. Irgendwie arbeiten sie letztlich doch zusammen, niemals wirklich gegeneinander. Konflikte, die ab und an berichtet werden, halte ich für maßlos aufgebauscht." Er hielt es durchaus nicht für ausgeschlossen, dass eine oder mehrere Gruppen dahinterstanden mit einem Interesse daran, die Unabhängigkeit der einzelnen Helferlein herauszustellen, obwohl sie diese längst gleichgeschaltet hatten. Vielleicht war auch hier der Sprachgebrauch ein Hinweis auf einen Sachverhalt, den man nicht ignorieren sollte.

An diesem Punkt sahen beide sich stumm an. Dann brach Sajala in verhaltenes Gelächter aus. „Weißt du, was ich gerade denke? Jetzt spinnen wir beide!" Sie hatten sich offenbar in das Lager der Verschwörungstheoretiker begeben. Davon gab es nicht wenige. Die meisten Verdächtigungen waren einfach lächerlich und entbehrten jeder Grundlage. Und was sie beide da gerade ausspannen war sicherlich nicht weniger zum Lachen. Elmer lächelte nur und sagte nichts mehr dazu. Sobald er die Zeit fand, würde er selbst einmal etwas Detektivarbeit investieren. Jetzt war er wirklich interessiert.

Zu Hause dachte Sajala noch einige Zeit über Elmer nach. Sie fand ihn durchaus attraktiv und er erwiderte offenbar ihre Sympathie. Flüchtig dachte sie an Partnerschaft und Familie und verwarf den Gedanken. Er war zu jung für sie und sie selbst war für eigene Kinder fast schon zu alt, obwohl rein biologisch die Möglichkeit dazu sicher noch gegeben war. Es war durchaus ungewöhnlich, dass Frauen mit ihrer Ausbildung in ihrem Alter noch kinderlos waren. Unternehmen wie das TISS förderten die Familiengründung nach Kräften, stellten Mitarbeiter für Jahre frei, ermöglichten die Arbeit vollständig von zu Hause aus und sorgten rundum für Betreuung und Ausbildung der Kinder. Warum sie das taten, war Sajala durchaus nicht klar. Langfristig war dieses Verhalten im Sinne einer Nachwuchsförderung sicher zu rechtfertigen. Unternehmen hatten aber meist viel kurzfristigere Ziele und Probleme zu lösen und solch teure soziale Programme konkurrierten dann um knappe Ressourcen. Gesetze oder Verordnungen von staatlicher Seite, die so etwas erzwungen hätten, waren Sajala nicht bekannt. All das schien auf freiwilliger Basis zu laufen.

Für einige Tage musste Sajala beruflich in die östlichen Randbezirke der Union reisen, um dort unter anderem ihre Beiträge zu einer wissenschaftlichen Konferenz einzubringen. Sie brach frühmorgens auf. Matar hatte die Reisevorbereitungen für sie getroffen, hatte die Fahrkabine gebucht, die vor der Haustüre wartete. Das Fortbewegungsmittel war zweckmäßig eingerichtet, bequem und mit vielen angenehmen Einrichtungen für eine längere Reise ausgestattet. Sajala konnte hier sowohl arbeiten, als auch schlafen, wenn sie das wollte. Das Kabinensystem begrüßte sie herzlich, wünschte ein gute Reise und fragte nach ihren Wünschen. Da sie gerade erst gefrühstückt hatte, beließ sie es bei einem Fruchtcocktail und bat um eine Auswahl an lokalen Nachrichten und das Wetter an ihrem Zielort. Später stellte sie sich aus den angebotenen Zutaten ein leichtes Mittagessen zusammen und trank dazu ein Glas Wein. Das System bot ihr verschiedene Sorten Cannabis an, die sie dankend ablehnte. Sie mochte weder den Geruch noch die besondere Wirkung der Droge. In den folgenden Stunden glitten herbstliche Landschaften, Städte, Wälder, Seen, wenige Industrieanlagen in atemberaubendem Tempo an den Panoramafenstern vorbei. Manchmal sah sie flüchtig einen der großen Landschaftspfleger, Roboter, die Gras schnitten genauso wie Bäume, Sträucher, Hecken und für Sauberkeit sorgten. Sie passten sich nahtlos in fast jedes Landschaftsbild ein, veränderten ihre Farbe und in Grenzen sogar ihre Form, und waren trotz ihrer Größe leicht zu übersehen. Zu spüren von der Fahrt war wenig. Nur gelegentliche Beschleunigungen nahm sie wahr, bei Veränderungen der Geschwindigkeit und wenn sich das Gefährt sanft in eine Kurve legte. Hin und wieder kam ihr eine Kabine entgegen. Sie huschte auf der nicht allzu breiten Fahrbahn so schnell vorbei, dass sie von den Insassen nichts erkennen konnte, obwohl sie bis auf Armlänge herankam. Die Druckwelle musste erheblich sein, wurde aber von der vorausschauenden Elektronik perfekt kompensiert, so dass sie keinerlei Erschütterung verspürte. Vor und hinter ihr war niemand auf Sichtweite in ihrer Richtung unterwegs.

Vor einer der wenigen Service-Stationen griff sie in die automatische Steuerung ein, um eine Pause einzulegen und sich die Füße zu vertreten. Die manuelle Übernahme der Fahrfunktionen war durchaus möglich, wenn auch unüblich. Eine einfache Anweisung an das Kabinensystem hätte vollkommen genügt. Sajala brauchte nach einigen Stunden Fahrt einfach eine Ablenkung und etwas Bewegung. Obwohl sie nicht hungrig war, suchte Sajala den Restaurantbereich auf, wo sie an einem der Stehtische ein Glas Wasser trank. Interessiert beobachtete sie die wenigen anderen Gäste und fragte sich, ob der eine oder andere wohl das gleiche Ziel hatte wie sie. Sie versuchte dabei abzuschätzen, mit wem sie es zu tun hatte, nahm aber keinerlei Kontakt auf. Der kleine Wald hinter der Station lud schließlich zu einem Spaziergang ein. Das Laub hatte sich herbstlich gefärbt. Gelbe und rote Töne gewannen allmählich die Oberhand über das Grün der Eichen, Buchen und Lärchen. Bevor sie losging, holte sie noch einen wärmenden Umhang aus ihrer Kabine. Die Sonne stand hoch am Himmel bei lockeren Wolken. Trotzdem war es recht kühl.

Am Abend setzte die Fahrkabine Sajala sicher im Eingangsbereich einer bewachten Hotelanlage ab, regelte die Formalitäten, übergab ihr dann die Daten für das gebuchte Zimmer. Ein Aufzug brachte sie in eine der oberen Etagen. Im Gang schon wurde sie von ihrem Zimmer identifiziert. „Guten Abend Frau Dr. Mukherjee, ich heiße sie willkommen. Bitte treten sie ein und genießen sie meine Gastfreundschaft." „Danke, das werde ich sicher tun. Nenne mich bitte Sajala." Sie musterte kurz die Einrichtung: Das breite Bett, die Schränke machten einen soliden Eindruck, das Bad war sauber und zweckmäßig. Vom Schreibtisch aus bot sich ihr ein atemberaubender Blick über die Außenbezirke. Sie würde sich sicher wohlfühlen, soweit das in einer fremden Umgebung möglich war. Sie überlegte, ob sie Matar die Kontrolle dieses Zimmers übertragen sollte, verwarf den Gedanken aber. Etwas Abwechslung würde ihr auch in dieser Hinsicht gut tun und Matar musste schließlich nicht alles wissen.

Sajala konnte sich nie an die Wachen gewöhnen, die um die Hotelanlage patrouillierten. Die Randbezirke waren nicht ganz sicher. Immer wieder einmal gab es Überfälle auf die Befestigungsanlagen und einigen Angreifern gelang es manchmal sogar, auf das Gebiet der Union vorzudringen. Sajala wusste so gut wie nichts über die Menschen auf der anderen Seite. Sie vermutete, dass sie in sehr einfachen Verhältnissen lebten und täglich um ihr Überleben kämpften. In den Medien wurde nur äußerst selten darüber berichtet. Sajala hatte gehört, dass die Union dort Ausbildungscamps betrieb, eine Art Kaderschmiede für Führungsnachwuchs. Die Besten erhielten jeweils eine Eintrittskarte. Sajala stellte sich vor, dass die Union die Außenbezirke als genetisches Reservoir ansah und deshalb eine rigorose Selektion auf Leben und Tod unterstützte. Sie selbst und jeder, den sie kannte, würde vermutlich dort drüben nicht lange überleben können. Aber diese Vorstellung konnte auch grundfalsch sein.

Sie beschloss, die Lande jenseits der Grenzbefestigung von ihrem hohen Aussichtspunkt etwas näher zu betrachten. Aus ihrem Gepäck kramte sie jetzt ein handliches Fernglas hervor, dass sie eigens zu diesem Zweck mitgebracht hatte. Es verblüffte Sajala immer noch, wie nah man weit entfernte Objekte damit optisch heranholen konnte. Trotz der enormen Vergrößerung zitterte das stereoskopische Bild nicht im Mindesten. Die vermeintliche Wildnis zeigte durchaus Spuren ihrer Besiedlung. Es schien befestigte Straßen zu geben, auf den sehr alt anmutende, von Menschen gesteuerte Gefährte unterwegs waren. Sie sah Ansiedlungen, Gebäude aus Stein, Schornsteine, Hallen. An vielen Stellen stieg Rauch in den Abendhimmel, dazwischen immer wieder dichter Wald, unterbrochen von ausgedehnten Lichtungen, Flussläufen. Gut erkennbar ragten dutzende Ruinen in den Himmel, die wohl einmal zur Energiegewinnung gedient hatten. Wenige hatten noch ein oder zwei Rotorblätter. Andere muteten eher wie gigantische, korrodierte Zahnstocher an. Sajala nahm in der näheren Umgebung keine Anzeichen einer industriellen Landwirtschaft wahr. Erst am Horizont und darüber hinaus schienen sich weite waldfreie Ebenen zu erstrecken, über die die Dämmerung schon hereingebrochen war. Eigentlich sah das alles nicht vollkommen unzivilisiert aus, vielleicht so wie die Welt vor zweihundert Jahren gewesen war. Sie konnte sich nur schwer vorstellen, dass dort drüben nur Gewalt, gnadenlose Auslese, und Tod herrschen sollten. Was sie sah, machte in der Abendstimmung einen durchaus friedlichen und ordentlichen Eindruck.

Zum Abendessen suchte sie den Restaurantbereich auf in der Erwartung, erste Kontakte mit anderen Dozenten und Teilnehmern zu knüpfen. An einem der Tische saßen ein Dutzend Männer und Frauen unterschiedlichen Alters vor ihren Getränken in lebhafte Diskussion vertieft. Zwei der Männer glaubte sie bereits im Restaurant der Service-Station gesehen zu haben. Sajala trat hinzu, hörte kurz in die laufenden Gespräche bis sie sicher war, dass es mit der Konferenz zu tun hatte, und fragte, ob sie sich dazusetzen dürfe. Sie stellte sich vor, eine der Frauen zeigte auf einen freien Platz und bat sie, sich zu setzen. Sajala betrachtete kurz die Speisenkarte, stellte mit schnellen Gesten ein Menü zusammen, wählte einen Rotwein und autorisierte die Bestellung. Die laufenden Gespräche drehten sich um das Für und Wider verschiedener Authentifizierungsverfahren. Für Sajala waren das Scheingefechte, da sie die Frage als geklärt ansah. Biometrie war längst etabliert und reichte für alle gängigen Anforderungen aus. Der gesamte Körper einer Person mit all seinen äußeren Merkmalen, der Dynamik seiner Bewegungen und der Stimmlage wurde in die Erkennung einbezogen.

Eine Fälschung all dieser Faktoren war so gut wie ausgeschlossen. Die meisten Systeme stellten im Zweifel darüber hinaus eine oder mehrere zufällig ausgewählte Fragen an den Eintretenden, auf die eine angemessene Antwort zu geben war. Damit wurde verhindert, dass der Zugang in einen Sicherheitsbereich mithilfe einer noch so raffinierten Aufzeichnung erschlichen werden konnte. Auch umgekehrt gab es nur sehr selten Probleme, die darin bestanden, dass ein Mensch nach vielen Jahren oder nach einem entstellenden Unfall nicht mehr sicher erkannt wurde. Das war für den Betroffenen sicher ärgerlich und zeitraubend – mehr aber auch nicht. Für Sajala war das alles selbstverständlich. Weshalb sollte man noch über Alternativen sprechen?

Als das Gespräch stockte, erkundigte Sajala sich bei ihrer Nachbarin nach deren Fachgebiet in der Absicht, das Thema zu wechseln. Die junge Frau hatte sich, genau wie sie, kaum an der laufenden Diskussion beteiligt. Auch sonst schien sie sich nicht recht wohl zu fühlen, wirkte unsicher und ungewöhnlich zurückhaltend. Aus einem unbestimmten Grund weckte sie Sajalas Interesse. Um das Eis zu brechen, erzählte sie etwas über sich, ihr Forschungsgebiet, ihre Interessen. Die Frau hieß Valerie DeClerque, hatte gerade erst ihre Promotion abgeschlossen und würde am nächsten Tag einen Vortrag zum Thema ihrer Dissertation halten. Sie hatte sich in den letzten Jahren mit der Entwicklungsgeschichte der Systeme befasst und eine detaillierte Genealogie der wichtigsten Programm-Module erarbeitet, die etwa die vergangenen zweihundert Jahre umfasste. Sajala war ehrlich verblüfft. Ein solches Thema für eine Dissertation erschien ihr doch sehr trivial. Wie konnte eine Abstammungslehre der Systeme relevant für einen wissenschaftlichen Diskurs sein? Das war absurd. Trotzdem versprach sie, den Vortrag am nächsten Tag zu besuchen.

Bevor sie zu Bett ging, informierte sie sich noch über die letzten Nachrichten. Das TISS hatte einen neuen Leiter bekommen, ein Erdbeben hatte ein Bergwerk zerstört, die Geburtenrate in der Union war leicht gestiegen, genauso wie die Sterberate der über Siebzigjährigen, und die bekannten Lagerstätten für Öl würden den Bedarf weitere fünfhundert Jahre decken können. Unglaublich, dachte Sajala, dass der kostbare Rohstoff noch vor hundert Jahren überwiegend einfach verbrannt wurde zur Energiegewinnung, für Heizung und für die Fortbewegung. Man hatte ihm damals nur noch weitere hundert Jahre eingeräumt und dramatische Folgen für die Weltwirtschaft prognostiziert. Es war offenbar wieder einmal anders gekommen. Heutzutage wurde Erdöl nahezu ausschließlich als Grundstoff für die chemische Industrie genutzt, Erdgas vor allem für den Antrieb mobiler Maschinen und Fahrzeuge. Stationäre Anlagen waren alle, soweit sie wusste, elektrisch betrieben. An elektrischer Energie bestand keinerlei Mangel und war für den durchaus großzügig bemessenen privaten Grundbedarf kostenlos. Darüber hinaus konnte es allerdings teuer werden. Die Brennstoffe zu ihrer Erzeugung reichten sicher noch für einige tausend Jahre. Die Technologie war nicht ungefährlich und wegen einiger Nebenwirkungen problematisch, dafür aber für eine langfristig sichere Versorgung derzeit alternativlos. Bei der herausragenden Bedeutung all der elektronischen Systeme für das Funktionieren der Gesellschaft war die ständige Verfügbarkeit dieser Energieart unabdingbar. Selbst kurze Ausfälle waren absolut inakzeptabel und konnten gravierende Auswirkungen auf alle Lebensbereiche haben. Die Versorgung mit elektrischer Energie war deshalb selbst im privaten Bereich mehrfach abgesichert.

Dr. DeClerque sprach am nächsten Morgen vor dünn besetzten Rängen. Der Hörsaal fasste bis zu zweihundertfünfzig Zuhörer. Von den Plätzen waren nur gut dreißig besetzt. Das Thema des Vortrags hatte offenbar bei anderen so wenig Interesse geweckt wie bei Sajala. Der Vortrag klassifizierte zunächst Programmcode, Codefragmente, Programmarchitekturen und Programmierstile, die in vielen Jahrzehnten entstanden waren und sich immer noch in den Quellcodes finden ließen. Wo letztere nicht vorhanden waren, ließen sich die historischen Spuren fast ebenso sicher in den binären Ausführungsmodulen nachweisen, die in den kleinsten Systemen bis hin in die großen Computersysteme ihre Arbeit verrichteten. Sajala erinnerten die Ausführungen der jungen Wissenschaftlerin über weite Strecken an die Evolutionsgeschichte biologischer Systeme, die durch Analysen des Erbguts inzwischen als weitestgehend geklärt galten. Die Parallelen waren überaus auffällig. Wie in der Biologie gab es nicht nur baumartige Vererbungsstrukturen, die sich mehr oder weniger eindeutig bis zu einer Verzweigung zurückverfolgen ließen. Es gab Spuren, die auf Querverbindungen hindeuteten. In der Biologie wurden dafür unter anderem Viren verantwortlich gemacht, die in der Lage waren, fremdes Erbgut aufzunehmen und zu transportieren. Im Vortrag spielten andere Faktoren eine dominante Rolle. Vor allem der informelle Ideenaustausch zwischen Programmierern und Firmen hatte für Gemeinsamkeiten quer durch die ehemals grundverschiedenen Programmarchitekturen gesorgt, die aus der baumartigen Entwicklungsgeschichte heraus nicht zu begründen waren. Dr. DeClerque erwähnte Namen ehemals marktbeherrschender Unternehmen und einflussreicher Programmierer, die längst in Vergessenheit geraten waren und trotzdem die Gegenwart im Verborgenen offenbar noch immer prägten. Es musste eine Sisyphus-Arbeit gewesen sein, das alles zusammen zu tragen. Sajala war beeindruckt. Das Thema gab durchaus etwas her. Plötzlich kam ihr in den Sinn, dass die Spuren dieser Genealogie sicher nicht nur in den ausführbaren Codes erkennbar waren. Programme erzeugten Daten und in diesen Daten müsste sich dann eigentlich auch eine Art genetischer Fingerabdruck identifizieren lassen. Im Vortrag wurde nichts dergleichen erwähnt. Sie würde die Referentin bei passender Gelegenheit noch auf ihren Gedankengang ansprechen. Vielleicht ließen sich ja die geschilderten Methoden auch auf die Datenschnipsel in ihrem Kunstwerk anwenden. Sie war schon sehr neugierig darauf, mehr zu erfahren über deren Herkunft.

Die Gelegenheit ergab sich nach dem Abendessen. Sajala lud Valerie DeClerque auf ein Getränk an die Bar ein. Sie nahmen in einer gemütlichen Sitzecke Platz, wo sie relativ ungestört waren. „Ehrlich gesagt, konnte ich deinem Thema zuerst nichts abgewinnen. Ohne dich zu kennen hätte ich meine Zeit sicher anderweitig verplant. Jetzt bin ich allerdings froh, dass es anders gekommen ist. Ich fand deinen Vortrag spannend und deine Ausführungen haben mich von Anfang an mitgerissen" „Das freut mich. Wahrscheinlich haben viele so gedacht wie du. Der Andrang war ja nicht gerade überwältigend." Beide kamen sich nach dem ersten Glas Wein schnell näher. Valerie erzählte lebhaft, wie sie zu ihrem Spezialgebiet gekommen war. Die Idee war geboren bei einem Umtrunk anlässlich ihres erfolgreich bestandenen Examens. Ein Kommilitone hatte eher scherzhaft bemerkt, dass viele der omnipräsenten Systeme richtige Dinosaurier seien. Irgendwie kam dann die Sprache auf die Evolution im Allgemeinen und auf Stammbäume der Tiere und Genealogie und dass man so etwas auch für Computersysteme einmal aufstellen sollte. Damit war die Idee geboren. Wenige Tage später unterbreitete sie ihrem Doktorvater den Themenvorschlag. Ihr Professor fand den Gedanken so originell, dass er nach kurzem Nachdenken zustimmte und ihr freie Hand darin ließ, die Arbeit zu organisieren und die genauen Inhalte im Laufe der Zeit noch festzulegen.

Es handelte sich um eine echte Grundlagenforschung. Hilfe und Arbeiten, auf die sie hätte zurückgreifen können, gab es kaum. Ihr Professor öffnete ihr Bibliotheken mit Millionen von Quellcodes unterschiedlichster Programm-Module. Das war nur eine Ausgangsbasis. Je weiter ihre Analysen gediehen, desto mehr zeigte sich, dass die Information bei weitem nicht weit genug in die Vergangenheit reichten. Für alte Programme existierten schlicht keine Quellen mehr. Ihr Doktorvater hatte bei zuständigen Behörden mit Engelszungen geredet und ihr schließlich auch die Zugangsberechtigung für die sicherheitskritischen binären Modulbibliotheken verschafft. Dazu musste sie unzählige Vertraulichkeitserklärungen und Geheimhaltungsvereinbarungen unterzeichnen und konnte so ihre Untersuchungen über mehr als hundert Jahre in die Vergangenheit ausdehnen. Das Ergebnis las sich streckenweise wie die Genealogie mittelalterlicher Herrscherhäuser. Eine überschaubare Anzahl Stammväter hatten sich immer weiter verzweigt und Zweige waren ihrerseits immer wieder untereinander verschmolzen. In dem ganzen Wirrwarr hatte Valerie eine Systematik gefunden und beschreiben können.

Für diese Art der Forschung hätte Valerie vermutlich jede erdenkliche Freiheit in Anspruch nehmen können. Die Grundlagenforschung war in ausgezeichneter Verfassung. Das lag vor allem daran, dass in diesen Bereichen keine festen Ziele vorgegeben wurden. Fähige, kreative Köpfe konnten ihr Auskommen mit einfachen Arbeiten bestreiten. Pförtner, Leuchtturmwärter, Landschaftsgärtner und Schafhirten – eigentlich heutzutage überflüssige Berufe – rekrutierten sich auch aus dieser Gruppe. Es bestand damit kein Zeitdruck und keinerlei Zwang, im Vorhinein bestimmte Ergebnisse zu erzielen. Bei Bedarf erhielten solche Leute nach Anmeldung ihres Vorhabens uneingeschränkten Zugang zu Forschungseinrichtungen, die sie, wenn auch unter Aufsicht, frei nutzen konnten. Selbst jahrelang keine Erfolge vorzuweisen war kein ernstliches Problem für den Betreffenden. Dann beendete auch schon einmal ein zunächst vielversprechender Wissenschaftler seine Laufbahn tatsächlich als Schafhirte. Das System war überraschend effizient.

Schließlich stellte Sajala die Frage, die ihr die ganze Zeit über auf der Zunge gelegen hatte. „Ich würde noch einmal gerne auf deinen Vortrag zurückkommen. Das Thema hat mich auch deswegen fasziniert, weil ich mir derzeit Fragen stelle, die damit zu tun haben. Ich beschäftige mich seit geraumer Zeit mit Datenstrukturen, die ich nicht begreife. Ich müsste unbedingt verstehen, welchen Ursprung die haben, wie und wodurch sie entstanden sind. Glaubst du, deine Verfahren ließen sich auch auf Datenpakete anwenden um das herauszufinden?" „Hm, ganz so einfach wäre es wohl nicht. Die Methodiken ließen sich sicher dazu abwandeln. Aber ich habe keinerlei Datenbasis, um aus einer Analyse irgendwelche belastbaren Schlussfolgerungen zu ziehen." Sajala sah darin eine gewisse Hoffnung. „Daten sind doch so etwas wie der Fingerabdruck des Programms, das sie erzeugt hat. Oder liege ich damit so falsch?" „Im Gegenteil, du siehst das vollkommen richtig. Ich kann nur aus jetziger Sicht nicht beurteilen, ob dieser Abdruck eindeutig sein kann oder viel zu viele Urheber zulässt. Wie kommst du denn eigentlich auf die Frage?" Sajala hielt es für ungefährlich, ihrer Kollegin mehr über ihr Kunstwerk zu erzählen. „Eigentlich ist es nur ein Hobby. Früher habe ich einmal alle möglichen kleinen Tiere gesammelt. Heute sind es kleine Datenstrukturen, die ich interessant finde, so wie andere vielleicht Steine oder Pflanzen zusammentragen. Es mag sich seltsam anhören. Was sollte schon an elektronischen Bitmustern aufregend sein." „Genau die Frage ging mir gerade durch den Kopf." schob Valerie schmunzelnd ein. Sajala fuhr fort. „Aufregend ist in der Tat das Ergebnis, das sich in einer besonderen Präsentation meiner Sammlung offenbart. Vielleicht ergibt sich einmal eine Gelegenheit, dir dieses Kunstwerk zu zeigen. Nicht nur ich bin fasziniert von den Farben, der Tiefe der Strukturen, die Ordnung und Chaos zur gleichen Zeit eng beieinander enthalten. Man kann sich inzwischen stunden- und tagelang darin verlieren, ohne dass es langweilig wird. Es ist eine Reise durch alle Skalen, auf denen sich Strukturen vielleicht ähneln, aber niemals gleich sind. Keine dieser Entdeckungsreisen im wahrsten Sinne des Wortes ist wie die andere." Auch wenn die Kollegin noch nicht genau verstand, wovon Sajala da erzählte, wirkte ihre Begeisterung ansteckend. „Ich komme sicher einmal auf dein Angebot zurück. Im Grunde teile ich deine Ansicht, dass die Strukturen vermutlich auf eine Systematik zurückgehen, die mit den Programmen in Beziehung stehen, die diese Daten erzeugt haben. Ich habe bisher vielleicht schon das eine oder andere Mal an so etwas gedacht, aber noch niemals den Gedanken weiterverfolgt. Ich denke, es könnte interessant sein. Wann kann ich deine Sammlung denn ansehen und untersuchen?"

Schon am nächsten Tag nahm Valerie sich einige Stunden Zeit für eine erste Analyse. Sie erbrachte erwartungsgemäß kein greifbares Ergebnis. Ohne ein umfassendes theoretisches Gerüst wäre es naiv gewesen, etwas anderes zu erwarten. Nachdem ihr Interesse geweckt war, versprach sie Sajala, nach der Rückkehr in ihr Institut mehr Zeit in die Fragestellung zu investieren.

Für die restlichen Tage verabredeten sich Valerie und Sajala jeden Abend zum gemeinsamen Essen und Plaudern. Valerie erzählte viel von ihren Untersuchungen und der Zeitreise in zweihundert Jahre Vergangenheit, die sie damit unternommen hatte. Sajala war fasziniert. Sogar in die Außenbezirke hatten sie ihre Forschungen geführt. Über Sajalas Vermutung, dass dort unzivilisierte Wilde lebten und nur Gewalt herrschte, konnte Valerie nur lachen. „Wie kommst du denn auf so eine Idee? Mag sein, dass es auch solche Gebiete auf der Welt gibt – das halte ich sogar für wahrscheinlich. Aber die findest du sicher nicht an den Rändern der Union. Die Gebiete, die ich kennengelernt habe, sind durchaus zivilisiert. Die Menschen dort könnten durchaus auch in der Union leben. Sie sind im Allgemeinen wenig gebildet, aber intelligent, vielleicht im Durchschnitt sogar intelligenter als die Menschen, die du kennst. Es gibt einfache Industrien, Rohstoffgewinnung, Manufakturen, Handwerksbetriebe. Nur elektronische Geräte wirst du kaum finden. Auf den ersten Blick ist es so, als sei das Rad der Zeit vor hundert Jahren stehen geblieben und dann langsam um weitere hundert Jahre zurückgedreht worden. Die Lebensverhältnisse sind in keiner Weise vergleichbar mit denen hier. Aber unzivilisiert ist sicher das falsche Wort. In gewissem Sinne ist es eine Welt der Pioniere, die Vieles neu erfinden mussten, was im Laufe der Zeit dort verloren gegangen ist." „Entschuldige bitte meine naive Vorstellung. Ich habe mich nie ernstlich für das Leben dort interessiert und man erfährt doch recht wenig." Sajala waren ihre realitätsfernen Vermutungen jetzt peinlich. „Da hast du sicher Recht. Mach dir nichts draus, das geht vielen so. Übrigens lagst du richtig damit, dass die Union dort Leute rekrutiert. Dabei handelt es sich nach meinem Eindruck aber nicht nur um Führungskräfte mit starkem Willen und harten Ellenbogen. Auch einige unserer Wissenschaftler stammen aus der Außenwelt. Ich habe mit mehreren dieser Männer und Frauen zusammengearbeitet. Sicher wärst auch du fasziniert von deren Andersartigkeit. Jeder dieser Leute hat sich sein Forschungsgebiet von Grund auf erarbeitet, die meisten vollkommen autodidaktisch, wenige mit Anleitung. Wissenschaftler der Union haben üblicherweise eine umfassende theoretische Ausbildung, so wie du und ich. Wir beherrschen ausgefeilte Modelle, mit denen wir virtuos arbeiten. Nur sollte jedem von uns klar sein, dass jedes Modell letztlich nur ein vereinfachtes Abbild der Wirklichkeit ist. Hast du schon einmal darüber nachgedacht, dass uns das zwangsläufig blind macht für alle Realitäten, die darin nicht vorkommen?" Sajala befiel ein mulmiges Gefühl bei dem Gedanken, bestimmte Sachverhalte prinzipiell nicht wahrnehmen zu können. Valerie fuhr fort. „Nicht so die Wissenschaftler aus den Außenbezirken. Sie sehen Modelle und Theorien als das, was sie sind: Wirksame Instrumente um bei Forschungsvorhaben schnell voranzukommen, so wie man aus einem Fahrzeug heraus sehr schnell sehr viel Landschaft erkunden kann. Wenn man aber genau verstehen will, was man vor sich hat, muss man zu Fuß gehen, stehen bleiben, sich bücken, im Dreck wühlen und sich die Finger schmutzig machen. Viele in der Union geborene, geniale Modelle mit filigraner Mathematik sind schon dieser anderen Sichtweise der Außenwelter zum Opfer gefallen, obwohl sie in sich absolut schlüssig waren und mit einer außerordentlichen Eleganz und mathematischer Schönheit aufwarteten. Aber sie passten einfach nicht zu einigen subtil verborgenen Details."

Interessant waren diese Vorgänge aus soziologischer Sicht. Aus einem unbekannten Grund sprang der äußerst subtile Widerspruch Sajala förmlich an. Man hätte erwarten können, dass die etablierte Wissenschaft hartnäckig an falschen, aber schönen Modellen festhielt, andere Meinungen und Fakten einfach ignorierte. Dafür sorgten sonst die zutiefst menschlichen Eigenschaften wie persönliche Eitelkeit, das Streben nach Macht und Einfluss, Recht zu behalten um jeden Preis, um die eigene gesellschaftliche Position abzusichern. Wie konnte es dann sein, dass Außenseiter immer wieder einmal das Lebenswerk eines alteingesessenen Insiders in Frage stellen oder tatsächlich innerhalb kurzer Zeit zerstören konnten? Es schien, als gebe es eine unangreifbare Instanz, die solche Entscheidungen emotionslos nach Faktenlage traf und durchsetzte. Sajala konnte sich nicht vorstellen, was das sein sollte. Eine einzelne Person konnte unmöglich eine solche Macht und Einsichtsfähigkeit besitzen. War hier eine Gruppe genialer Wissenschaftler im Verborgenen am Werk? Und warum sollten sie sich denn überhaupt verborgen halten? Einen Grund dazu konnte Sajala nicht finden. Aber das war jetzt nicht so wichtig. Fasziniert lauschte sie weiter Valeries Erzählungen.

In die Außenbezirke zu reisen, war nicht üblich und wurde nicht unbedingt gerne gesehen. Es war aber durchaus nicht verboten, die Grenze in diese Richtung zu überschreiten und wieder zurückzukommen. Es geschah einfach auf eigenes Risiko und jeder, der den Übertritt wagte, war auf sich gestellt. Hilfe aus der Union gab es auch im Notfall nicht. Nahezu unüberwindbar waren die Anlagen nur für unerwünschte Besucher von außen. Wem es trotzdem gelang, der wurde aufgelesen, und sofort sehr weit entfernt in der Wildnis ausgesetzt, oft tausend Kilometer vom Ort des Aufgriffs entfernt. Das schreckte Nachahmer wirksam ab, da eine Rückkehr zur eigenen Sippe nicht immer gelang. Viele starben bevor sie die Heimat wieder erreichten.

Valerie war vor einigen Jahren einmal mit einem der Außenweltler zusammen für einige Tage dorthin gereist, nicht in die Bereiche, die von der Hotelanlage aus einsehbar waren, sondern die auf der anderen Seite der Union. Es hatte sich für sie angefühlt, als sei sie auf einem anderen Planeten angekommen. Alles war anders, als sie es gewohnt war. Die Luft roch anders, die Geräusche erschienen fremd, genauso wie die Farben der Pflanzen, des Himmels und der Erde. Ihr Begleiter hatte gesagt, sie würden vor dem Dunkelwerden seine Sippe erreichen und dort Unterschlupf und Essen bekommen. Er selbst hatte einige Utensilien in seinem Rucksack verstaut, die hier offenbar von besonderem Wert waren. Sich nachts im Freien aufzuhalten war nicht ratsam, da dann auch größere Raubtiere die Wälder durchstreiften. Und sie hatten Glück. Ein uralter Lastkraftwagen näherte sich mit einigem Getöse von hinten und hielt auf einen Wink ihres Begleiters hin an. Er unterhielt sich in einer archaisch anmutenden, hart klingenden Sprache mit der Fahrerin. Einzelne Worte glaubte Valerie zu verstehen, der Zusammenhang ergab sich aus der Körpersprache der beiden. Sie durften einsteigen und kamen so bereits am frühen Nachmittag in der Siedlung an.

Die Gegend war vollkommen flach, der Horizont weit, wo nicht Wälder ihn einschränkten. Der Ort bestand aus etwa hundert massiven, ein- und zweigeschossigen Häusern, umgeben von Holzpalisaden. Im Zentrum stand ein fast zweihundert Meter hoher Turm aus Stahl und Aluminium. Valerie glaubte ganz oben in schwindelerregender Höhe eine Plattform zu sehen und darauf winzige Punkte, die sich hin und her bewegten. Offenbar diente er unter anderem als Wachturm. Auf einigen Dächern waren schwarze, rechteckige Platten montiert, die Valerie für Fotovoltaik-Paneelen hielt – auch das ein Anachronismus in dieser Umgebung. Wie sollten diese Leute so etwas herstellen können? Ein alte Frau führte sie beide in ein derartig ausgestattetes Haus. In einer Wohnküche fanden sich offenbar handgefertigte Tongefäße, Teppiche und rohe, selbstgefertigte Möbel. Ein Kaffeemaschine und ein elektrischer Wasserkocher wollten so gar nicht in dieses Ensemble passen. Auch der Heizkamin an der Wand und eine größere Anzahl verschließbarer Kunststoffgefäße schienen aus einer anderen Zeit zu stammen. Nachdem ihr Begleiter seinen Rucksack ausgeleert hatte, nahmen sie am Tisch Platz und aßen Brot mit Käse und Trockenfleisch, dazu ein trübes, aber wohlschmeckendes Bier.

Einen angrenzenden Raum durften sie für einige Nächte zum Schlafen nutzen. Valerie hatte ein Strohlager erwartet und wurde angenehm überrascht. Das Zimmer verfügte über zwei richtige Betten mit einem Gestell aus Edelstahl und einer zwar abgenutzten, aber noch recht festen Schaummatratze. An den Wänden hingen mehrere Langbogen, neben einer angerosteten, doppelläufigen Schrotflinte und einer technisch aufwändig aus Metall und Fiberglas gefertigten Armbrust, die fast wie neu wirkte. Diese Zusammenstellung von Dingen aus unterschiedlichen Zeitaltern war schon sehr seltsam. Valerie fragte ihren Begleiter, wovon denn diese Leute lebten. Zum einen gab es wohl eine funktionierende Landwirtschaft, die das Dorf gut ernährte. Die wichtigste Quelle ihres Wohlstands aber lag wenige Kilometer östlich in einer streng bewachten Grube, versteckt in dichtem Wald. Es handelte sich um eine ehemalige Mülldeponie, in die vor sehr langer Zeit alles mögliche einmal abgeladen worden war, was die Menschen damals nicht mehr brauchten. Nun war diese Halde ein Schatz und der wichtigste Rohstofflieferant. Der Abbau war nicht ungefährlich. Immer wieder kam es zu Verschüttungen, Verpuffungen oder gravierenden Vergiftungen mit weitreichenden gesundheitlichen Folgen. Aber es lohnte sich. Viele Materialien und Gegenstände waren hier in diesem Teil der Welt gar nicht mehr herstellbar und stellten so einen enormen Wert dar im Handel mit benachbarten Ortschaften und Sippen. Diese schier unerschöpfliche Quelle würde den Wohlstand des Ortes auf Jahrzehnte sichern. Und es brauchte gute Handwerker und ausgezeichnete Techniker mit ausgeprägtem Sinn für Improvisation, um so manches technische Gerät daraus funktionsfähig wieder herzurichten. Auch hier standen solche Leute daher in hohem Ansehen, vor allem dann, wenn sie auch noch in der Lage waren, alte Konstruktionszeichnungen und Fachbücher zu lesen.

Valerie erfuhr, dass Ruinen ganzer Städte existierten, in denen Gebäude aus Stahl, Glas und Beton aufragten. Die Gegend war ehemals dicht besiedelt gewesen. Die komplexe Infrastruktur war längst zusammengebrochen und konnte auch nicht wiederhergestellt werden. Solche Orte waren für Menschen nahezu unbewohnbar und wurden in diesem Teil der Welt zunehmend von Wäldern überwuchert. Für so manche Tiere und viele Vogelarten konnte es ein allerdings Paradies sein. Mörder, Diebe und andere Leute, die Grund hatten, sich zu verstecken, hielten sich dort auf. Wer dorthin floh, konnte für Jahre und Jahrzehnte unauffindbar untertauchen. Jede Verfolgung war dann so gefährlich wie aussichtslos.

Valerie berichtete, dass es außer den wenigen Menschen, die hin und wieder die Grenzanlagen überschritten, keinen regelmäßigen Austausch zwischen Union und Außenwelt gab, keine Form eines breit organisierten Handels. In der Tat galt das Prinzip der Nichteinmischung auch für hin und wieder bekannt gewordene Katastrophen, die hier tausende von Menschenleben gekostet hatten, Hungersnöte, Überschwemmungen, Erdbeben, Seuchen. Von der Union gab es dazu nur manchmal und nur für unmittelbare Nachbargebiete kurzfristige Nothilfen, die innerhalb weniger Wochen wieder zurückgefahren wurden. Valerie ahnte, dass das der tiefere Grund dafür war, dass diese Gesellschaft so funktionierte, wie sie es tat. Ein massives Eingreifen, auch gut gemeinte Hilfe, hätte das soziale Gefüge mittelfristig zerstört und aus einer selbstbewussten Bevölkerung unterwürfige Hilfsempfänger gemacht. Ihr Begleiter bestätigte diese Einschätzung und das war wohl auch der Grund dafür, dass ihr keinerlei Hass auf die Union entgegenschlug. Die Leute hier ahnten, dass diese Nichteinmischung existentiell wichtig für sie war.

Trotzdem bestand natürlich aufgrund des enormen Wohlstandsgefälles ein hoher Wanderungsdruck auf die Gebiete der Union, der nur dadurch in Schach gehalten wurde, dass so gut wie kein illegaler Übertritt erfolgreich war und ausgesetzte Rückkehrer normalerweise keinen zweiten Versuch unternahmen. Die Abschreckung der Union wirkte und auch dieses auf den ersten Blick unmenschliche Verhalten war im Grunde entscheidend für die soziale Stabilität der Außenwelt.

Sajala hörte den Erzählungen, die sich über mehrere Abende erstreckten, fasziniert zu. Die Außenwelt hatte sie immer nur mit Chaos, Gewalt, Tod in Verbindung gebracht. Was sie jetzt hörte, stellte dieses Bild auf den Kopf. Sie fragte sich wieder, wer denn eigentlich solche harten aber offensichtlich sachgerechten Entscheidungen traf. Gerade Menschen, denen es gut ging, würden im Angesicht fremden Leids immer ausgesprochen emotional reagieren und zu großzügigen Hilfsangeboten greifen. Der Gedanke, das gutgemeinte Hilfe oft mehr Schaden anrichtet als sie Nutzen bringt, und Existenzen vernichtet, statt sie zu schützen, erschien den meisten Wohltätern sicherlich absurd. Dass Medien solche Katastrophen nicht zu groß angelegten Spendenaufrufen nutzten, erschien Sajala genauso unlogisch und schon deshalb bemerkenswert.

„Ist dir eigentlich schon einmal in den Sinn gekommen, dass vieles von dem, über das wir in den letzten Tagen gesprochen haben, der menschlichen Natur zuwiderläuft?" Sajala und Valerie verbrachten den letzten Abend der Konferenz gemeinsam bei einer Flasche Rotwein. „Was meinst du?" „Na ja, du hast mir vieles berichtet über die Außenbezirke, ihr Verhältnis zu den entwickelten Gebieten wie der Union, über Hilfe und Abgrenzung. Vieles davon war mir neu, weil ich mich nie für diese Beziehungen interessiert habe. Weshalb nutzt die Union nicht die Ressourcen der Außenbezirke zu ihrem Vorteil aus? Es wäre doch ein Leichtes, die geschicktesten Menschen und wertvollsten Güter dort ständig abzuwerben. Die Leute würden gerne kommen und dankbar ihre schöpferische Kraft für unser Wohl einsetzen. Vermutlich würde das die Außenwelten allmählich ausbluten, aber es würde auch unseren Wohlstand zweifellos mehren. Das wäre doch naheliegend und in höchstem Maße nützlich. Aber nichts dergleichen geschieht. Wir alle haben doch gelernt, dass so etwas in früheren Jahrhunderten normal war. Glaubst du, die Menschen haben sich plötzlich geändert?"

Valerie hatte offenbar noch nie wirklich darüber nachgedacht. Zu sehr war sie auf ihre historischen Studien fixiert gewesen. Sajala erzählte nun mehr von ihren früheren Beobachtungen und Vermutungen. Vom Alkohol inzwischen beschwingt und in vertrauter Gesellschaft spann sie zwanglos ihre Gedanken weiter. „Ich frage mich, wer diese Ordnung erdacht hat und sie konsequent umsetzt. Wer könnte die Macht dazu haben, die Kontrolle ausüben, sachlich richtige Entscheidungen durchsetzen, auch wenn sie hart und unmenschlich erscheinen?"

Dass eine Institution vollkommene Kontrolle anstrebte, war angesichts dessen, was sie erfahren hatte, eher unwahrscheinlich. In der Außenwelt war das ja offensichtlich gerade nicht das Ziel. Aber um Kontrolle in einer subtilen Form ging es sicherlich, eine Kontrolle, die Regelverstöße zuließ und großzügige Freiheiten gewährte. Das ergab einen gewissen Sinn. Strikte Kontrolle rief immer Widerstand hervor, der mit der Zeit zu Aufständen führte und jedes Herrschaftssystem irgendwann in Frage stellte. Eine Elite, die so etwas zustande brachte, musste rational bis zu Selbstverleugnung handeln. Diese Eliten mussten sich unangreifbar fühlen, um extrem rationale Entscheidungen emotionslos zu treffen und durchzusetzen. Persönliche Eitelkeiten durften dabei keine Rolle spielen. Welche Menschen sollten dazu fähig sein? Und weshalb sollten sie sich verstecken, anstatt offen als Führungsfiguren sichtbar zu sein?

Valerie hatte zunächst geschmunzelt über ihre wilden Vermutungen. Sie hielt das Ganze für Gespinste eines nicht mehr ganz klaren Verstandes. Aber sie widersprach mit keiner Silbe, hörte zu und wurde schließlich doch noch sehr nachdenklich. Am nächsten Morgen fuhren sie beide wieder nach Hause.

Am gleichen Abend schon rief Elmer bei Sajala an. Er hatte ihre Rückkehr kaum erwarten können und auch Sajala freute sich über den Anblick seiner Lachfalten und darüber, seine angenehm dunkle Stimme zu hören. Während der Konferenz hatte er sie nicht stören wollen. Am nächsten Tag trafen sich dann zum Mittagessen und zu einem Bummel im Park bei ihrem Institut.

Während ihrer Abwesenheit hatte Elmer die Abende genutzt, um einige Untersuchungen an Sajalas Datenschnipseln durchzuführen. Er hatte zunächst nichts Bemerkenswertes finden können. Doch dann war ihm eine Art Startcode aufgefallen, der sich in ähnlicher Weise in fast jedem Datenpäckchen finden ließ. „In deiner Sammlung steckt tatsächlich viel mehr, als man auf den ersten Blick erkennt. Verstehst du etwas von Symmetrien?" „Du meinst, ein Spiegelbild, oder symmetrische Körper, eine Kugel etwa, ein Würfel, ein Quadrat oder ein gleichseitiges Dreieck." „Genau so etwas meine ich. Einen Würfel erkennst du doch immer, egal ob groß oder klein, bunt oder durchscheinend, auf dem Tisch liegend oder irgendwie im Raum verdreht." „Ich denke, darauf können wir uns verständigen. Worauf willst du hinaus? Was hat das mit meinen Datenschnipseln zu tun?" „Warte es ab. Ich vermute, du hast bei deinen Analysen mehr oder weniger auf sequentielle Bitmuster geachtet und dabei keine Gemeinsamkeiten oder Regeln entdeckt." „Ganz so simpel bin ich sicher nicht vorgegangen. Ich nutze äußerst subtile Methoden, um versteckte Muster sichtbar zu machen. Viele habe ich selbst entwickelt. Ich frage mich, was daran falsch sein soll? Was kannst du denn grundlegend anders machen?" „Welche Gemeinsamkeit würden deine Verfahren zwischen den Zeichenketten *Otto* und *Lagerregal* erkennen? Und was haben *Anna*, *Rentner* und *EinNegerMitGazelleZagtImRegenNie* gemeinsam?" Sajala überlegte. Natürlich gab es eine offensichtliche Gemeinsamkeit, die genauso natürlich nicht in den beliebigen Zeichenketten lag. „Du hast recht. In diesen einfachen Fällen sehe ich selbst zwar die Parallelen ohne jedes Hilfsmittel. In weniger offensichtlichen Fällen würden meine Werkzeuge und Standardmethoden möglicherweise versagen." räumte sie zögernd ein. Natürlich kannte sie solche Palindrome – Worte oder Sätze also, die man vorwärts und rückwärts lesen konnte, ohne dass sich ihre Bedeutung änderte. Sie waren leicht als solche zu erkennen, auch wenn die jeweilige Buchstabenfolge eine vollkommen andere war.

„Genau, der menschliche Verstand ist doch so manchen Automatismen immer noch überlegen. Ähnlich verhält es sich nun mit deinen Daten. Es ist nicht die Struktur selbst, sondern eine bestimmte Transformation, die diese kurzen Codes in sich selbst überführt und unverändert lässt. Eine einfache Spiegelung oder Umkehrung ist nur ein Beispiel dafür. Keines dieser Segmente gleicht dem anderen, aber alle zeigen die gleiche Symmetrie. So wie ein Würfel alle möglichen Farben, Größen und Muster aufweisen kann, bleibt ein solches Gebilde trotzdem immer ein Würfel mit seinen charakteristischen Symmetrien." Sajala sah ihn immer noch ungläubig an. „Durch einen Vergleich der vordergründigen Muster alleine ist die Gemeinsamkeit nicht aufzudecken. Man muss auf eine höhere semantische Eben steigen." „Ich denke, ich verstehe, was du mit Symmetrien meinst. Wenn hier so etwas existiert, dann kann das kein Zufall sein." stellte sie nüchtern fest und dachte daran, dass sie unbedingt ihre eigenen Methoden und Werkzeuge um ein ganz neues Feld erweitern musste. „Ganz meine Meinung. Solche Codes habe ich in fast allen deinen Datenschnipseln gefunden. Vermutlich handelt es sich bei dem Rest um eine Art Beifang, der eigentlich nicht in deine Sammlung gehört und andere Quellen hat. Die solltest du bei Gelegenheit einmal aussortieren. Ich habe die Codes als Orientierungspunkte genutzt. Von da ausgehend, konnte ich noch andere interessante Merkmale herausarbeiten." Sajala war beeindruckt und beschämt. So etwas zu erkennen war doch ihr Job und jetzt musste sie sich etwas vormachen lassen.

Elmer fuhr unbeirrt fort mit seinen Erläuterungen. „Anfangs wusste ich nicht genau, wonach ich suchen sollte. Ich experimentierte mit Transformationen, verglich immer wieder, versuchte mir erst einmal ein Bild zu machen, entwickelte Hypothesen und verwarf sie genauso schnell wieder. Da ich deine Arbeitsweise in etwa zu kennen glaube, habe ich mich auf algebraische Methoden der Zahlen- und Gruppentheorie konzentriert, die ich selbst als Mathematiker beherrsche und die du vermutlich noch nicht in Betracht gezogen hast." „Damit liegst du wohl nicht ganz falsch." räumte sie ein. War sie wirklich so leicht berechenbar? „Schließlich habe ich eine Struktur gefunden aus acht Positionen, gut versteckt im ansonsten vermutlich sinnlosen Datenballast, die sich bis zu viermal darin wiederholt. Jede einzelne Position kennt offenbar nur drei Zustände. Interessant ist, dass von den möglichen drei hoch acht – also 6561 – Anordnungen nur sechzehn immer wieder auftreten. Auch so etwas kann kein Zufall sein. Es muss sich meiner Meinung nach um eine systematische Kodierung handeln, über deren Bedeutung ich allerdings nicht einmal spekulieren möchte. Auch was die übrigen Daten in jedem dieser Schnipsel angeht, tappe ich noch vollständig im Dunkeln."

Sajala hörte fasziniert zu. Auch das Bild eines Würfels fand sie naheliegend. Man konnte sich acht zusammengehörige Elemente sehr schön als die acht Ecken eines Würfels vorstellen. Wer mochte so etwas ausgeheckt haben? Das war genial. Und Elmer war genial, dass er diese perfide Systematik tatsächlich aufgedeckt hatte. Sie selbst musste sich eingestehen, dass sie nie auf eine derartige Idee gekommen wäre. Ihre Achtung vor ihm stieg um Größenordnungen. „Es kann sich aber nach wie vor um toten Datenmüll handeln, der früher vielleicht einmal eine Bedeutung hatte." wandte sie ein. „Bei all meinen Untersuchungen habe ich niemals eine Aktivität wahrgenommen. Es ist also vollkommen unklar, ob diese Datenpäckchen etwas bewirken können, außer einfach zu existieren." „Das wäre dann ja wohl als Nächstes zu klären." Auch Elmer hielt es für entscheidend festzustellen, ob Aktivitäten in den Systemen auf diese Datenschnipsel zurückzuführen waren. Er selbst hatte keine Möglichkeiten, das festzustellen.

Einige Wochen später erhielt Sajala wieder einen Rechercheauftrag, der sich als äußerst knifflig herausstellte. Nachdem sie alle notwendigen Zugangsrechte besaß, setzte sie ihre Untersuchungssysteme sehr behutsam so auf, dass sie möglichst unauffällig auch eventuelle Veränderungen an den auch hier wieder vorhandenen Datenschnipseln feststellen würden. Damit ihr sicher auch nichts entging, würde gegebenenfalls ein privater Alarm ihr gesamtes Sichtfeld in rotes Licht tauchen. So konnte sie sich ganz auf ihren eigentlichen Auftrag konzentrieren. Es handelte sich dabei um ein Ereignis, dass zum kurzzeitigen Ausfall des Sicherheitssystems eines der großen Computer-Cluster geführt hatte. Unklar war, ob dieser Ausfall das Ergebnis einer unglücklichen Verkettung von Zufällen war, oder bewusst herbeigeführt wurde. Genauso unklar war, ob und welche Daten gestohlen oder irgendwelche Veränderungen in dem betroffenen System durchgeführt worden waren. Und so beobachtete Sajala das System und protokollierte alle verdächtigen Aktivitäten. Eine Woche war bereits ereignislos vergangen, als ihr Vorgesetzter sie aufsuchte, um sich auf den aktuellen Stand bringen zu lassen. Der Fall drängte offenbar. Sie erläuterte ihm ihre Vorgehensweise und die Ergebnisse, die sie erwartete. Bis jetzt sei es durchaus möglich, dass nur eine zufällige Kette von Ereignissen zu dem Ausfall geführt hatten. Sajala erläuterte ihm gerade die durchgeführten und laufenden Untersuchungen, als plötzlich ihr gesamtes Arbeitsumfeld in unwirklichem Rot aufflammte. Ihr Chef konnte das selbstverständlich nicht wahrnehmen. Er wunderte sich über Sajalas plötzliche Unkonzentriertheit, als sie unvermittelt ihre Datenbrille absetzte. Sie schien durch ihn hindurch zu sehen und seine Worte nicht mehr zu hören. Da Sajala im Wesentlichen seine Fragen schon beantwortet hatte, verließ er etwas ärgerlich den

Raum. Und Sajala stürzte sich in die Arbeit – in ihre eigene Arbeit.

Was war geschehen? Die meisten ihrer Datenschnipsel hatten unvermittelt ihren Zustand verändert. Nicht wirklich alle gleichzeitig, wie die Protokolle zeigten, aber in extrem kurzer Folge und viele fast zur gleichen Zeit. Der Vorgang erschien wie eine Lawine abgelaufen zu sein, als habe eine Art Seuche die Datenstrukturen schlagartig verändert, oder ein Feuer habe sie verbrannt. Wieder und wieder ging Sajala die Protokolle durch, bis sie sicher war, dass ihre Strukturen wirklich die Verursacher oder Überträger einer geheimnisvollen Aktivität waren. Es handelte sich also tatsächlich nicht nur um toten Datenmüll. Der Vulkan war noch aktiv. Ihre Aufregung war kaum zu beschreiben. Ihr Puls raste und Schwindel erfasste sie. Auf was war sie da gestoßen? Wen durfte sie ins Vertrauen ziehen? Sie zog die Protokolle auf ihren privaten Datenträger, um sie später Elmer zu zeigen. Das Ausmaß dieser Entdeckung war kaum abzuschätzen. Was immer das Ziel der beobachteten Aktivitäten war, es betraf Milliarden elektronischer Systeme – darunter ausnahmslos alle, die Sajala bisher untersuchen konnte. Spontan dachte sie an die Schauer elektrischer Impulse, die jeder menschliche Denkvorgang über die Neuronen der Hirnrinde jagte. Tatsächlich erschien ihr die Analogie auffallend, ein Vorgang wie das lawinenartig auftretende Feuern der Nervenzellen in einem begrenzten Hirnareal. Ihre Aufregung wuchs weiter. Was zum Teufel hatte das zu bedeuten? Sie konnte keinen klaren Gedanken mehr fassen und verließ das Institut fast fluchtartig.

Elmer war sprachlos, als er von Sajalas Beobachtungen erfuhr. Mit ihr zusammen ging er noch einmal die Protokolle durch. Es konnte keinen vernünftigen Zweifel an ihren Beobachtungen geben. Er ermahnte sie, jetzt wieder besondere Vorsicht walten zu lassen. Sajala stimmte ihm zu, während sie misstrauisch seinen Unterarm beäugte. Elmer verstand, was sie meinte, und war selbst unsicher, ob er wegen des Implantats etwas unternehmen sollte. Eigentlich wunderte sie sich immer wieder, weshalb es überhaupt sichtbar war. Die Elektronik darin hätte man bequem in die Blutbahn injizieren können. Aber das Implantat war auch ein Kleinstlabor, das man nicht unbegrenzt miniaturisieren konnte. Schließlich hatten auch Blutkörperchen eine gewisse Größe.

Sajala warnte ihn, seine gerade wieder begonnene Karriere würde möglicherweise ein jähes Ende nehmen, wenn er den Chip entfernen ließ oder ihn zerstörte. So ließ er es erst einmal mit sich bewenden und andere Implantate trug er nicht mit sich herum. Die nächste Frage war, ob sie ihrem Auftraggeber den Vorfall melden sollte, wie es eigentlich ihre Pflicht gewesen wäre. Sajala glaubte allerdings nicht, dass die Aktivierung der Datenstrukturen irgendetwas mit dem vorliegenden Fall zu tun hatte. Es war vermutlich nicht einmal eine Begleiterscheinung des möglichen Angriffs auf das Sicherheitssystem, sondern etwas völlig anderes, das sie vermutlich in jedem untersuchten System finden konnte, wenn sie es ausdauernd genug beobachtete. Also entschied sie, den Vorfall für sich zu behalten und sich in den nächsten Tagen nur noch um ihren eigentlichen Auftrag zu kümmern. Ein weiterer Alarm fand nicht statt. Nach einer weiteren Woche diktierte Sajala ihren Abschlussbericht, in dem sie den Sicherheitsvorfall als zufällige Verkettung unglücklicher Umstände klassifizierte. Der innere Aufruhr in ihrem Kopf hatte sich nicht gelegt.

Sajala nahm einige Tage Urlaub und rief Valerie an. Sie arbeitete in einem der südlichen Randbezirke der Union. Die Projektion an der Wand zeigte eine sehr lebendige junge Frau, die sichtlich erfreut war über den Anruf der älteren Wissenschaftlerin. Valerie meinte, sie hätte sich ohnehin in den nächsten Tagen gemeldet und deshalb passe ihr der Anruf sehr gut. Sajala bat um ein persönliches Treffen und fragte, wohin genau sie fahren müsse. Sie verabredeten sich für den folgenden Abend in Valeries Wohnung. Sajala würde dort auch übernachten können.

Auf der langen Fahrt überlegte Sajala, wie weit sie Valerie einweihen wollte. Aber vermutlich würde sie ihrerseits etwas Neues zu ihren Datenstrukturen berichten. Davon würde Sajala es abhängig machen, wie offen sie mit ihr sprechen konnte. Währenddessen flogen die winterlichen Landschaften an den Panoramafenstern ihrer Fahrkabine vorbei. Einige größere Städte waren darunter mit vielen sauberen Gebäuden und sauberen Straßen. Sie wechselten mit in dieser Jahreszeit kahlen Waldgebieten, Wiesen und riesigen landwirtschaftlichen Flächen. Industrieanlagen sah sie nur wenige, obwohl sie eigentlich weite Landstriche dominieren sollten. Das gesamte Leben in der Union hing schließlich ab von industrieller Produktion und Energiegewinnung. Aber vielleicht wurden die meisten Anlagen unterirdisch betrieben oder fügten sich auf andere Weise unauffällig in die jeweilige Landschaft ein, ohne sie zu beeinträchtigen oder gar das natürliche Bild zu zerstören. Am späten Nachmittag neigte die Kabine sich in eine weite Rechtsschleife und strebte mit leicht verminderter Geschwindigkeit einer Ansammlung von zwei- bis viergeschossigen Häusern zu, mit ockerfarbenen Fronten und roten Ziegeldächern. Die Vegetation erschien mediterran. Das Klima war hier offensichtlich wärmer als bei ihr zu Hause. Wenige Kilometer vor ihrem Ziel spürte sie die sanfte Verzögerung der Fahrt, bis die Kabine vor einem der kleineren Häuser hielt. Hier wohnten vermutlich nicht mehr als vier Parteien. Valerie stand schon am Eingang und erwartete sie.

In der Tat hatte sie Neuigkeiten, die sie beim gemeinsamen Abendessen und danach besprechen wollte. Gemütlich mit einem Glas Wein auf dem Sofa verfolgte Sajala die Ausführungen. Valerie hatte die Präsentation gut vorbereitet, die Sajala mit ihren Entdeckungen schnell und tiefgreifend vertraut machen sollte. An der Wand erschienen Zeichnungen, Skizzen, Texte, die Valerie jeweils lebhaft kommentierte. Der größte Teil des Vortrags zeigte abstrakte Zusammenhänge zwischen Daten und Programm-Modulen. Kleinste Unregelmäßigkeiten konnte Valerie sicher einem Urheber oder einer Gruppe von Urhebern zuordnen. Zusammen mit ihren früheren Forschungsergebnissen war auch eine zeitliche Einordnung leicht zu erzielen. Viele der Spuren reichten Jahrzehnte zurück, manche führten sogar über mehr als hundert Jahre hinweg zu einen Urheber, der lange schon nicht mehr aktiv war. Valerie war sichtlich zufrieden mit ihrem Erfolg. Die neu entwickelten Methoden nutzten direkt ihrem Forschungsgebiet. Sajala hörte höflich, aber mit sinkendem Interesse zu, ohne bislang den Bezug zu ihren Datenstrukturen zu sehen. Vielleicht hatte sie sich nicht klar genug ausgedrückt dahingehend, was ihr wirkliches Interesse war.

Schließlich kam Valerie doch noch zu dem für sie wichtigsten Teil. „Danke für deine Geduld. Ich weiß doch, worauf du wartest. Aber der Vorlauf war durchaus notwendig, um den letzten Teil in das richtige Licht zu rücken. Die Verfahren, die ich dir gerade beschrieben habe und die sich normalerweise äußerst erfolgreich für die Klassifizierung unbekannter Datenstrukturen einsetzen lassen, habe ich auch auf deine Sammlung angewendet." „Darf ich raten? Sie sind anders!" vermutete Sajala. „Sie sind anders! Das Ergebnis war in der Tat ernüchternd und hat mich zutiefst verunsichert. Ich verstehe das immer noch nicht. Eigentlich hätte das jetzt ein Spaziergang sein sollen, einen erster Praxistest, der selbstverständlich erfolgreich die Geschichte dieser Strukturen enthüllen sollte. Aber meine Methodik versagt auf ganzer Linie. Was zum Teufel hast du da gefunden? Offenbar handelt es sich um etwas vollkommen Fremdes. Egal was ich sonst noch versucht habe, bin ich zu keinerlei Einordnung gekommen. Es gibt einfach keine mir bekannten Programm-Module, die solche Strukturen erzeugen. Alle meine Bemühungen scheinen in diesem Fall ins Leere zu laufen." Sajala hörte fast atemlos zu. Nach Elmers Analyse war sie jetzt nicht einmal wirklich überrascht. „Als ich meine erste Enttäuschung überwunden hatte, habe ich anhand meiner Archive versucht festzustellen, ab wann denn deine Schnipsel dort auftauchen. Im Ergebnis vermute ich, dass die Quelle wohl über hundert Jahre alt sein muss. Nur in sehr alten Aufzeichnungen, die allerdings lückenhaft sind, finden sich diese Strukturen nicht mehr. Ich muss dich allerdings warnen: Die Schlussfolgerungen sind nur vage. Ich weiß einfach nicht genau, wonach ich suchen muss und hatte keine Möglichkeit, einwandfrei festzustellen, ob eine gefundene Struktur zu den gesuchten gehört oder nicht. Dazu musst du mir unbedingt noch präzisere Anhaltspunkte liefern."

Valerie bemerkte, dass Sajala immer aufgeregter ihrem Vortrag lauschte. Irgendetwas war vor langer Zeit geschehen, etwas war geschaffen worden, und war immer noch aktiv. Aber das hieß auch, dass der oder die Urheber keine noch lebenden Menschen sein konnten. Allenfalls gab es noch jemanden, der Nutzen daraus zog, es vielleicht steuerte und überwachte. Vielleicht war der Effekt auch von selbst entstanden. Vielleicht war einfach aus der zunehmenden Komplexität der Systeme heraus dieses Etwas geboren worden, so wie unbelebte Materie die Schwelle zum Leben überschreiten konnte. Vielleicht war es auch die Folge eines Cyberangriffs auf die damaligen Systeme gewesen, dessen eingeschleuste

Programme sich verselbständigt hatten und nun vollkommen nutzlos ihren ursprünglichen Auftrag weiterverfolgten. Vollkommen unerklärlich war ihr aber, dass ein solcher Angriff – wenn es sich denn
darum handelte – unentdeckt bleiben konnte und nach wie vor
keinerlei Alarm auslöste. Sie hatte nun einige Teile des Puzzles in
den Händen, aber nichts passte wirklich zusammen. Das es sich um
eine nichtmenschliche, anorganische Intelligenz handeln konnte,
wagte sie kaum zu denken. Zu absurd erschien ihr diese Vorstellung, dass von selbst etwas in letztlich von Menschen geschaffenen
Systemen entstanden sein sollte, wozu die Wissenschaften sein
zweihundert Jahren nicht fähig waren. Andererseits waren da diese
Aktivitätsmuster ihrer Datenstrukturen, die sie frappierend an die
Anregungsschauer neuronaler Zentren in einem biologischen Hirn
erinnerten. Sajala musste den historischen Ausgangspunkt in Erfahrung bringen und dazu brauchte sie ihre Freundin.

Valerie sah Sajala erwartungsvoll an und erkannte wohl, dass sie
einen heftigen inneren Kampf ausfocht, dessen Ursache sie nicht
ergründen konnte. „Puh, ich brauche jetzt eine Pause. Gehen wir
doch draußen vor dem Haus spazieren. Das Wetter ist hier für die
Jahreszeit recht angenehm. Ich brauche einfach frische Luft." Valerie
stimmte gerne zu. Es war eine reine Vorsichtsmaßnahme, dass Sajala das Gespräch im Freien führen wollte. Sajala glaubte, einen leichten Geruch nach Meer wahrzunehmen. Sie hatte beschlossen, ihre
junge Kollegin umfassend einzuweihen in alles, was sie in der Sache
schon wusste. Valerie hörte über lange Zeit stumm zu und begann
zu verstehen, weshalb Sajala so aufgewühlt schien. Sajala beschränkte sich an diesem Abend auf die Fakten. Sie vermied es, ihre
Schlussfolgerungen und Spekulationen zu erwähnen. Dazu blieb am
folgenden Tag noch Zeit. Bevor sie zu Bett gingen, bat sie Valerie,
über die Faktenlage nachzudenken und zu überlegen, welche
Schlussfolgerungen sie daraus ziehen würde.

Nach einer für beide Frauen weitgehend schlaflosen Nacht saßen sie bei einem üppigen Frühstück zusammen. Sajala bestand darauf, das Fachgespräch auf später zu vertagen, obwohl Valerie darauf
brannte, ihre nächtlichen Gedankengänge zu offenbaren. Erst bei einem Spaziergang in der Morgensonne erlaubte Sajala ihr, die Diskussion vom vergangenen Abend fortzusetzen. Valeries Mitteilungs-

drang explodierte förmlich. Ihre Augen leuchteten, sie gestikulierte wild, während sie in einem fort redete. Sajala hörte zu, während Valerie viele ihrer Schlussfolgerungen bestätigte. Etwas Ungeheuerliches ging in den Systemen vor, und das schon lange vollkommen unbeachtet. Es war gewaltig und hatte etwas Übermenschliches an sich. Noch wagte keiner zu denken oder gar auszusprechen, welche Rolle diese mysteriöse Erscheinung möglicherweise spielte. Zunächst konnte es nur darum gehen festzustellen, wo und wann genau das Ereignis stattgefunden hatte, das dieses Monster in die Welt setzte. Dann würde man weitersehen. Vielleicht ließ sich eine Gruppe von Menschen als Urheber oder Nutznießer identifizieren und man könnte dann wahrscheinlich auf die Motive und Ziele schließen. Beide Frauen waren entschlossen, alles zu tun was nötig war, um das zu erreichen.

Erst einmal besprachen beide Sicherheits- und Geheimhaltungserfordernisse. Sie waren sich einig darin, dass die jetzt anstehenden intensiven Nachforschungen nicht bekannt werden durften. Was immer sich hinter den Vorgängen verbarg, war offenbar sehr mächtig und verfügte über alle denkbaren Mittel, ihre Aktivitäten aufzudecken, zu behindern oder sie beide persönlich anzugreifen und notfalls auszuschalten. Schließlich kam Valerie auf den Gedanken, die Recherchearbeit in die Außenbezirke zu verlagern. Dort gab es fast keine elektronischen Maschinen, keine Überwachung. Sie würden nur wenige Spuren hinterlassen. Sajala bezweifelte allerdings, dass sie dort unter diesen Voraussetzungen überhaupt arbeiten konnten. Valerie hielt die Probleme für lösbar. Sie kannte einige Leute dort, die zeitweise in der Union gearbeitet hatten und die ihr den Zugang in die verschiedensten Archive ermöglichen würden. Es bedeutete auch, dass sie beide sich jeweils für mindestens ein halbes Jahr von ihrer hauptberuflichen Arbeit freistellen lassen mussten. Und ihr vorübergehendes Abtauchen konnte nicht unentdeckt bleiben. Um das plausibel zu machen, mussten sie in den nächsten Wochen eine überzeugende Legende für die Menschen in ihrer Umgebung aufbauen.

Valerie reaktivierte in den folgenden Tagen alte Kontakte zu Freunden aus den Außenbezirken, die dorthin einen regelmäßigen Austausch pflegten. Behutsam deutete sie an, dass sie demnächst eine Unterkunft für sie und eine Freundin benötige und einen Netzzugang in die Union. Es war ein Handel. Gefragt wurde wenig. Schließlich war ein älterer Ingenieur bereit, ihr zu helfen, im Tausch gegen gewisse nützliche Dinge, die sie aus der Union dorthin mitnehmen solle. Es ging um optische Geräte, ein Fernglas, und um einen Netzwerkscanner. Valerie hatte solche Gefallen früher schon gewährt. Doch jetzt war sie im Nachhinein erstaunt, dass dies geduldet wurde. Wenn etwas im System derart mächtig war und über alle erdenklichen Informationsquellen verfügte, war es undenkbar, dass derartige Vorgänge nicht entdeckt wurden. Anscheinend akzeptierte das System Regelverstöße und absolute Kontrolle war nicht sein Ziel. Sie dachte kurz daran, dass ihre Geheimhaltung sinnlos und nicht erforderlich sein könnte, weil es ihre Absichten einfach tolerieren würde. Aber dann machte sie sich klar, was sie vorhatten. Wenn sie erfolgreich waren, konnte daraus eine existenzielle Bedrohung für das System entstehen und das musste sehr ernste Konsequenzen nach sich ziehen.

Die anstehende Reise zu rechtfertigen war keine wirkliche Herausforderung. Valerie hatte bereits begonnen, ihr Forschungsgebiet zu erweitern und würde einfach einen Antrag auf Recherchearbeit in den Außenbezirken stellen, so wie sie es früher schon getan hatte. Das war für ihren Vorgesetzten absolut plausibel und er genehmigte die Dienstreise mit den üblichen Warnungen, dass sie auf eigenes Risiko handelte.

Für Sajala lag der Fall komplizierter. Sie täuschte in den Wochen nach dem Treffen mit ihrer Freundin psychische Probleme vor. Auch ihre Freunde Ghotam und Elmer glaubten schließlich, dass sie dringend abschalten sollte und das möglichst weit weg von zu Hause. Dass sie schließlich eine Auszeit nahm und in die Außenbezirke reisen wollte, passte in dieses Bild. Die Befürchtungen ihrer Freunde und ihres Vorgesetzten konnte sie mit Hinweis auf gute Kontakte und Beschützer vor Ort letztendlich zerstreuen. Im Frühjahr reiste sie schließlich mit großem Gepäck am frühen Morgen ab. Es war kalt und diesig und ihre Freunde hatten sich zur Verabschiedung eingefunden. Beide waren sichtlich in Sorge um sie und sparten nicht mit guten Ratschlägen, die ihrer Sicherheit und wohlbehaltenen Rückkehr dienen sollten. Nachdem die Fahrkabine sie aufgenommen hatte, sahen sie ihr noch lange nach, bis sie mit stetig wachsender Geschwindigkeit hinter den ersten Hügeln in südlicher Richtung verschwand.

Valerie begrüßte sie erwartungsvoll am Abend vor ihrer Wohnung. Sie hatte die Reisevorbereitungen weitgehend abgeschlossen. Erst am übernächsten Tag würden sie in nordwestlicher Richtung weiterreisen und nicht alleine. Ihr Begleiter war der Ingenieur, mit dem Valerie einige Vereinbarungen getroffen hatte. Er nannte sich selbst Slartibartfast – für Freunde kurz Slarti. Valerie meinte es sei besser, wenn sie ihn zunächst bei seinem vollen Namen ansprechen würde, obwohl sie nicht glaubte, dass dies sein richtiger war. Sajala fragte sich insgeheim, wer sich denn wohl einen solchen selbst aussuchen würde. Den Abend und folgenden Tag verbrachten sie mit Planungen aller Art und machten sich noch einmal klar, welche Risiken sie ab jetzt eingingen. Es erschien nicht einmal sicher, dass das System sie würde reisen lassen. Alle Gespräche, die ihr gemeinsames Projekt betrafen, führten sie sicherheitshalber unter freiem Himmel. Außer ihnen beiden sollte niemand von ihren Absichten erfahren.

Slartibartfast erschien bei Sonnenaufgang am nächsten Morgen ganz in einen schwarzen Overall gekleidet. Valerie lud ihn zum Frühstück ein. Er nahm dankend an und sie stellte ihm Sajala kurz vor, ohne dass er sich wirklich für sie interessierte. Er erkundigte sich nach den Tauschobjekten für seine Dienste und gab Anweisungen für den Übertritt über die Grenzanlage und die anschließende zweitägige Reise bis zu seinem Heimatort, in dem sie Quartier finden würden. Dazu ging er mit Valerie sorgfältig die Proviant- und Ausrüstungsliste durch. Offenbar hatten die beiden das vorher schon abgesprochen, so dass jetzt nichts fehlte. Slartibartfast und Valerie kannten sich schon lange und vertrauten einander. Der Übertritt würde wohl problemlos verlaufen. Er selbst pendelte mehrmals im Jahr hin und zurück, Valerie hatte ein genehmigtes Projekt und würde für Sajalas Schutz verantwortlich sein, die dringend einen Tapetenwechsel benötigte. Trotzdem waren die beiden Frauen nervös, als sich ihr Shuttle abends endlich der Grenze näherte. Sie übernachteten ein letztes Mal auf dem Gebiet der Union, gemeinsam im Schlafsaal einer kleinen Herberge.

Am nächsten Morgen suchten sie zu Fuß den nahegelegenen Übergang auf. Niemand war dort zu sehen. Das Tor öffnete sich automatisch, nachdem die ankommenden Personen anhand ihrer Biometrie identifiziert wurden. Sajala war die enorme Erleichterung anzusehen. Immerhin war es ihr erster Ausflug in die Außenwelt. Hinter der Grenzanlage wartete bereits ein ziemlich klappriger Bus mit acht Sitzplätzen. Am Steuer saß eine kleinwüchsige Frau, deren Alter kaum abzuschätzen war. Sie mochte zwanzig sein, konnte aber durchaus auch um die vierzig Jahre zählen. Slartibartfast kannte sie offenbar persönlich. Sie sprach ihn mit einem hart klingenden Namen an, der sich wie „Sigumari" anhörte, auf keinen Fall wie „Slartibartfast". Er half beim Verstauen des Gepäcks auf dem Dach des Gefährts. Dann nahmen sie im hinteren Teil Platz, weil dort die Sitze in besserem Zustand waren als im vorderen Bereich.

Während des ersten Tages ihrer Fahrt sprach Slarti nur das Notwendigste. Sie kamen auf den schlechten Straßen, wenn man sie denn so nennen wollte, nur langsam voran und übernachteten wegen der Raubtiere sicherheitshalber im Bus in äußerst unbequemer Lage. Am nächsten Tag gab er dann Instruktionen für ihre Ankunft und Verhaltensmaßregeln für die ersten Tage in der Ortschaft. Sie würden in einem Haus mit einer tagsüber meist funktionierenden Stromversorgung wohnen – ein echtes Privileg, auch wenn beide Frauen sich ein Zimmer teilen mussten. Die Anschlussdaten zum Netzwerk der Union mit den notwendigen Zugangsschlüsseln würde Slarti ihnen dann persönlich übergeben. Anscheinend bestand irgendwo im Ort eine geheime Laserstation, die tagsüber eine schnelle Verbindung in die Union herstellen konnte. Die persönlichen Arbeitsgeräte hatte Valerie in ihrem Gepäck mitgebracht, genauso wie Sajala.

Am späten Nachmittag des zweiten Reisetages verließ ihr Bus den Wald und rollte nach einigen hundert Metern in offenem Land langsam auf eine langgezogene, etwa drei Meter hohe Umfassungsmauer aus Bruchsteinen und Stahlbetonteilen zu. Auf der Mauerkrone konnte man viele spitze und scharfe Gegenstände, möglicherweise Glassplitter, Nägel und andere Metallteile, sehen, die die Anlage gegen Überklettern sicherten. An der linken Seite ragte ein gewaltiger Metallturm in den Himmel, dessen eine Seite mit einer

Türöffnung in die Mauer ragte, während er größte Teil des kreisrunden Grundrisses außerhalb der Umfriedung lag. Der Turm ähnelte dem, den Valerie früher in ihren Erzählungen einmal erwähnt hatte. In schwindelerregender Höhe war undeutlich eine Plattform mit Geländer, Gerätschaften und einer Hütte zu erkennen. Von dort aus konnte man sicher schon das Meer sehen.

Die beiden Frauen und ihr Begleiter stiegen aus, während die Fahrerin noch sitzen blieb. Ein junger Mann half beim Abladen des Gepäcks und trug es in eines der nahestehenden Häuser. Das ganze Dach schien nur aus Fotovoltaik-Elementen zu bestehen, die auf Holzbalken befestigt und untereinander verbunden und abgedichtet waren. Der junge Mann führte Sajala und Valerie in ein geräumiges Zimmer im Obergeschoss, mit Blick auf den Turm. Die Einrichtung bestand aus einer Ansammlung von Anachronismen, von handgefertigten rohen Holzmöbeln, rotbraunen Tonkrügen, Kunststoffgeschirr, angeschlagenem Porzellan, bis hin zu alten Elektrogeräten. Zwei Kabel hingen aus der Wand, die blanken Enden notdürftig isoliert gegen unachtsame Berührungen. Ihre Arbeitsgeräte würden sicher für einige Wochen ohne Stromversorgung auskommen. Wie sie danach diese Kabelenden benutzen sollte, um die Batterien aufzuladen, war ihr allerdings ein Rätsel. Offenbar machte Valerie sich über diese Frage keinerlei Sorgen. Sie wusste, dass die Leute hier absolute Meister der Improvisation waren, die mit einfachsten Mitteln wahre Wunder vollbrachten. Slarti – oder wie immer der Mann hieß – folgte eine halbe Stunde später. Er hatte noch die Mitbringsel aus der Union weitergegeben und die Gegenleistung dafür ausgehandelt. Sie würden für bis zu sechs Monate Kost und Logis frei haben. Nach einer weiteren Stunde waren beide Frauen unter seiner Anleitung und Hilfe arbeitsfähig. Valerie bevorzugte eine Datenbrille und arbeitete gerne stehend mit Gesten und Sprache. Sajala saß lieber bei der Arbeit und setzte auf eher klassische Technik. Sie entrollte einen Folienmonitor, der sofort fest wie ein dünner Spiegel wurde, und stellte ihn auf den Tisch vor sich. Er projizierte eine Tastatur auf die Tischplatte, über die sie mit ihren Fingern navigieren konnte und ihre Befehle absetzen würde. Beides würde nach Abschluss ihrer Arbeiten im Dort verbleiben und war Teil der Entlohnung ihrer Gastgeber. Sie gab einen der Code ein und hatte nach wenigen Sekunden einen nach allen Regeln der Technik verschleierten Zugang in die Systeme der Union. Eine Rückverfolgung ihrer Zugriffe würde dadurch extrem schwierig sein. Zudem wurde ihre scheinbare Position im Netz jede halbe Stunde geändert, so dass eigentlich niemand ihre Zugriffe auf eine einzelne Person zurückführen würde. Diese uralte Technik war immer noch sehr wirkungsvoll.

Das Abendessen nahmen sie in einem Gemeinschaftsraum zusammen mit anderen Angehörigen der Sippe ein. Es gab Brot, Butter und Hirschschinken von recht guter Qualität. An Essen schien hier kein Mangel zu herrschen. Anschließend führte Slarti die beiden Frauen durch den Ort und machte sie mit den wichtigsten Personen bekannt. Für Sajala war die fremde Sprache kaum verständlich. Valerie übersetzte das Wichtigste für sie. Die Gespräche führte Slarti. Einige der Bewohner hießen sie spontan willkommen, andere reagierten eher distanziert, wenige misstrauisch auf die Fremden. Wirkliche Feindseligkeit aber nahmen sie nirgends wahr. Ab jetzt standen sie unter dem Schutz der Gemeinschaft, wie Slarti ihnen erklärte, und auch von ihnen wurde nun erwartet, dass sie sich für Mitglieder der Dorfgemeinschaft gegebenenfalls einsetzten. Sajala war von der Sauberkeit der Wege, der Häuser und den hygienischen Zuständen angenehm überrascht. Soweit sie das beurteilen konnte, verfügten alle Häuser über fließendes Wasser. Vermutlich fungierte das stählerne Ungetüm am Rande des Dorfes unter anderem auch als Wasserturm. Zum Waschen musste sie also keinen Brunnen oder offenes Gewässer aufsuchen.

Im Hof hinter ihrem Haus war sogar das Duschen von Zeit zu Zeit möglich, wenn einem das kalte Wasser nichts ausmachte. In der geräumigen Hütte dort gab es zudem zwei Toiletten mit Wasserspülung. Ein Wasserkasten hing jeweils in zwei Metern Höhe über einer abgenutzten, aber nur leicht beschädigten Keramikschüssel. Ein Griff an einer Kette löste unter Rauschen und Gurgeln die Spülung aus. Ihr geräumiges Zimmer wirkte sauber und zweckmäßig eingerichtet. Zwei Tische mit je zwei Stühlen erlaubten ihnen, unabhängig zu arbeiten. Neben den beiden Betten mit richtigen Matratzen und einem abgegriffenen Sofa gab es eine Theke, die den Raum in Wohn- und Schlafbereich teilte. Darauf befanden sich einige zerkratze Plastikbecher, zwei verschließbare Dosen mit getrockneten Blättern, die nach Minze und Salbei rochen, und ein alter Wasserkocher, dessen Kabel direkt in die Wand führte. Wasser konnte am Ende eines Korridors entnommen werden, so dass die Frauen tagsüber Tee kochten, so oft sie wollten. Anscheinend waren die Solarelemente die einzige Stromquelle, denn für die Nacht standen bei dringenden Bedarf einige Kerzen zur Beleuchtung bereit. Nachdem sie sich mit den örtlichen Gegebenheiten vertraut gemacht hatten, zogen sich die Frauen zur Nachtruhe in ihr Zimmer zurück.

Noch lange nach Einbruch der Dunkelheit saß Sajala am geöffneten Fenster und sah in die Nacht. Der Himmel hatte sich gegen Abend zugezogen, so dass weder Mond noch Sterne für etwas Licht sorgten. Die absolute Dunkelheit war etwas, dass sie sich nie so hatte vorstellen können. In der Union war immer irgendwo Licht. Selbst die Wolkenunterseite leuchtete in der Nacht. Hier dagegen war die Schwärze vollkommen, die nur von vielfältigen Geräuschen durchdrungen wurde. Während die Häuser der Ansiedlung still irgendwo da draußen lagen, hörte sie von Ferne ein langgezogenes Heulen, das vielleicht von einem Wolf stammte. In der Nähe schrie ein Raubvogel, wahrscheinlich eine Eule. Sajala bezweifelte, dass selbst ein solcher Nachtvogel irgendetwas in dieser Dunkelheit erkennen, geschweige denn jagen konnte. Selbst nach einer Stunde, als ihre Augen sich an die Dunkelheit gewöhnt hatten, war absolut nichts zu sehen, nicht einmal Schemen oder Umrisse. Valerie warf sich unruhig auf die andere Seite ihres Bettes, wurde kurz wach, nahm den leichten Luftzug wahr und brummte, Sajala solle doch bitte das Fenster schließen und zu Bett gehen.

Pünktlich mit dem Sonnenaufgang wurde das Haus wieder lebendig. Nach dem gemeinschaftlichen Frühstück begannen die Frauen mit ihrer Arbeit. Valerie war diejenige, die sich mit den Archiven auskannte. Sie gab Sajala dazu einen umfassenden Überblick und eine intensive Einweisung in die Recherchearbeit. Nach wenigen Stunden war Sajala damit in der Lage, ohne andauernde Anleitung selbständig erste Nachforschungen durchzuführen, während Valerie das Haus verließ um Slarti aufzusuchen. Sie vermutete, dass in der Außenwelt noch andere Archive existierten, solche, die vielleicht sogar noch auf Papier irgendwo verwahrt wurden. Wenn das stimmte, würde Slarti es wissen oder herausfinden, wen man fragen konnte.

Sajala begann inzwischen mit der Zeitreise um mehr als hundert Jahre in die Vergangenheit. Das Startjahr hatte Valerie ihr nur ungenau angeben können. Nach wenigen Tagen konnte Sajala den Zeitraum, zu dem die fraglichen Datenstrukturen zum ersten Mal massenhaft auftauchten, ziemlich genau auf einen Zeitraum von zwei Jahren eingrenzen. Ihre Hoffnung war, dass die erstmalige Ausbreitung öffentliches Aufsehen erregt und noch andere Spuren in irgendwelchen Aufzeichnungen hinterlassen hatte. Wenn das so war, dann hätte man das wohl als Cyberattacke mit Computerviren eingeordnet und der Vorgang wäre sicherlich auch in den Massenmedien veröffentlicht worden. Damit hatte sie erst einmal einen Plan, wie sie vorzugehen hatte. Sie musste zunächst einmal alle Veröffentlichungen über Virenattacken innerhalb der betreffenden zwei Jahre ausfindig machen und überprüfen.

Der erste Überblick ergab fast zwanzigtausend Ereignisse in dem fraglichen Zeitraum. Diese Menge konnte sie unmöglich von Hand auswerten. Glücklicherweise waren solche technischen Recherchen für Sajala normaler Arbeitsalltag und ihren elektronischen Werkzeugkasten hatte sie dabei. Um sich einen Eindruck zu verschaffen, wonach sie überhaupt jetzt suchen musste, investierte sie einige Tage damit, zufällig ausgewählte Einträge in den aufgefundenen Katalogen zu lesen, zu gliedern, typische Formulierungen und Worte zu klassifizieren. Für einen Außenstehenden gab sie ein erheiterndes Bild ab, wie sie da vor so etwas wie einem dünnen Bilderrahmen saß und scheinbar mit allen Fingern auf den Tisch trommelte. Schon das Lesen der Texte war nicht ganz so einfach. Obwohl die Sprache dort ihrer eigenen stark ähnelte, war die Wortwahl, Satzbau, Schreibweise durchaus gewöhnungsbedürftig und oft missverständlich. Die Sprache hatte sich in den letzten hundert Jahren doch sehr weiterentwickelt. Auch verstand sie viele der Formulierungen und Vergleiche nicht, weil ihr schlicht der historische Kontext fehlte. Bezeichnungen und Namen, die offenbar eine bildliche Vorstellung eines Sachverhaltes vermitteln sollten, waren für sie vollkommen anti-intuitiv. Andererseits waren die Texte sehr sachorientiert und knapp gehalten, so dass sie meist darüber hinweglesen konnte. Manches konnte auch Valerie aus ihrer Erfahrung klären. Nur war sie meist mit Slarti unterwegs und kaum für sie verfügbar.

Nach zwei Wochen harter Arbeit hatte sie die Kandidaten für die eingehende Untersuchung auf nur noch zwanzig eingrenzen können. Die anderen Fälle betrafen Attacken, die ein klares ökonomisches Ziel hatten oder der Informationsbeschaffung dienten oder reinen Vandalismus verfolgten. Was sie suchte, waren Cyberangriffe der mysteriösen Art, deren Wirkung nicht geklärt und deren Urheber nicht zu ermitteln waren. Davon gab es glücklicherweise nur sehr wenige. Leider enthielten die Dokumente nicht den tatsächlichen Code dieser elektronischen Schädlinge. Nur einzelne Signaturfragmente und Hashwerte[10] lagen ihr nun vor. Um daraus weitere Schlüsse zu ziehen, brauchte sie die Hilfe ihrer Freundin.

Valerie fuhr unterdessen mit Slarti in benachbarte Ortschaften auf der Suche nach weiteren Archiven, die Material aus dem fraglichen Zeitraum vorhielten. Tatsächlich fanden sich immer wieder einmal Hinweise auf Sammlungen, die in Papierform, auf brüchigem Mikrofilm, oder auf magnetischen und optischen digitalen Datenträgern vorlagen und nicht im Netz erreichbar waren. Meist existierten für diese uralten Formate dort noch genauso alte Lesegeräte, die über Generationen hinweg liebevoll instand gehalten worden waren. Valerie hatte die ermittelten Archive katalogisiert, und nach Alter und Herkunft der gehaltenen Dokumente grob klassifiziert. Slarti war offenbar ein hoch geachteter und weithin bekannter Mann. Er hatte ihr ohne große Probleme alle Türen geöffnet und jede denkbare Hilfe organisiert. Ohne ihn hätte man sie nicht einmal in einen einzigen dieser geheimen Orte mit ihrem wertvollen Inhalt eingelassen. Valerie wusste nicht, was Slarti den jeweiligen Hütern sagte, aber die Argumente mussten wohl überzeugend und absolut zwingend sein. Sie fragte sich, welche Erwartungen an die Ergebnisse ihrer Arbeit er in diesen Menschen wohl weckte. Wusste Slarti etwa viel mehr über ihr Projekt, als er erkennen ließ? Vale-

---

10   Ein Hash ist eine kyptografisch abgesicherte Prüfsumme, die auch große Datenmengen mit einem relativ
     kurzen Binärwert eindeutig charakterisiert und so vor Veränderungen schützt.

rie wurde plötzlich klar, dass er eigentlich gar nicht so ahnungslos sein konnte, wie er vorgab. Sonst wäre das Ausmaß seiner Unterstützung nicht nachvollziehbar, zumal sie ihn früher nur als guten, wenngleich vertrauten Bekannten gesehen hatte. Erst jetzt betrachtete sie ihn als eine Art väterlichen Freund. Er aber war es, der dazu in Vorleistung getreten und in diese Art der Beziehung substantiell investiert hatte. Irgendetwas würde sie irgendwann einmal zurückgeben müssen. Was erwartete Slarti denn nun von ihr? Es musste mit ihrem Projekt zu tun haben. Ihr selbst gegenüber schien er jedenfalls nicht mehr als Sympathie und Respekt zu empfinden. Und altersmäßig würde er sicher besser zu Sajala passen.

Bei ihrer Rückkehr ins Dorf hatte Sajala sie mit fachlichen Fragen geradezu überschüttet. Es ging um lange zurückliegende Sachverhalte, sprachliche Konstrukte und ihre Bedeutung und den historischen Hintergrund bestimmter Vergleiche und Analogien. Erst Stunden später hatte Sajala sie nach den Tagen ihrer Abwesenheit gefragt. Valerie erzählte ihr von den besichtigten Archiven und denjenigen, von denen sie nur gehört hatte. Sie erzählte ihr auch von der unglaublich intensiven Unterstützung durch ihren alten Bekannten. Auch Sajala fand das bemerkenswert und fragte, ob da etwas zwischen ihnen beiden lief. Valerie errötete kaum merklich und wies die Frage sehr bestimmt zurück. Sie gab aber zu, dass sie über seine Beweggründe schon nachgedacht hatte. Valerie beschloss, Slarti einfach offen zu fragen. Was sollte schon geschehen? Wenn er nichts über die tieferen Anlässe ihres Projektes wusste oder ahnte, konnte es kaum schaden. Wenn er aber mehr wusste, war es erst recht nicht weiter gefährlich und vermutlich konnte er ihnen dann sogar noch besser helfen bei dem, was sie ermitteln wollten.

Am nächsten Tag luden die beiden Frauen Slarti nach dem gemeinsamen Abendessen in ihr Zimmer ein, zu einer Flasche Wein und guten Gesprächen. „Ein andermal gerne. Ich habe noch einem Freund versprochen, ihm morgen in alle Frühe einige Geräte in Ordnung zu bringen. Ich muss noch einiges vorbereiten und will früh zu Bett." „Das ist aber sehr schade. Kannst du das nicht verschieben? Es ist mir wichtig dass wir uns über verschiedene Dinge aussprechen, die sowohl uns als auch deine Leute angehen." insistierte Valerie. „Wir kennen uns schon viele Jahre und du weißt, dass ich dich nicht leichtfertig um einen Gefallen bitten würde." Er sah Valerie lange an. Offenbar mochte er sie sehr gern. Sajala hingegen schien er kaum zu beachten. „Gut, er wird nicht böse sein, wenn ich ihn erst später aufsuche."

Sie ließen sich auf dem Sofa nieder. Der Stoffbezug war an vielen Stellen geflickt und einzelne Sprungfedern waren durch die Polsterung zu spüren. Trotzdem saßen sie einigermaßen bequem. Valerie begann damit, von sich zu erzählen, von Elternhaus, Schule, Freunden, Studium, persönlichen Interessen und ihrer Arbeit. Einiges kannte Sajala schon, vieles war neu. Valerie war in einem heilen Elternhaus zusammen mit einem jüngeren Bruder groß geworden. Vater und Mutter waren immer für sie da gewesen. Ihre schulische Laufbahn war unauffällig, ihre Leistungen gut aber nie herausragend gewesen. Lehrer und Eltern hatten sie nach Kräften gefördert. Sie war angepasst, interessierte sich für Dinge, die auch ihre Freunde interessierten, widersprach selten und erfüllte die an sie gestellten Erwartungen. Das galt auch für die Wahl ihres Studienfaches. Sie hatte nach der Schule keine besonderen beruflichen Interessen gezeigt und hatte einfach den bei einer Berufsberatung aufgezeigten Weg beschritten. Ihre Eltern hatten den Entschluss begrüßt und ihr auch diesen Weg geebnet. Valerie hatte sich augenscheinlich immer treiben lassen und vorgezeichnete Wege widerspruchslos beschritten. Erst gegen Ende ihres Studiums war eine plötzliche Veränderung vorgegangen. Da erst hatte sie erst zaghaft begonnen, die wirklich wichtigen Fragen zu stellen, sich aufzulehnen gegen Gängelung, fremde Erwartungen, ein Leben, dass in vorgedachten Bahnen ereignislos dahinplätscherte. Wer war sie eigentlich? Nur das Produkt fremder Einflüsse ohne eigenständige Persönlichkeit? Sie fand ihr Dasein damals unvermittelt zum Kotzen. Einen ersten Impuls, die Universität ohne Abschluss einfach zu verlassen, konnten ihre Eltern ihr gerade noch ausreden. Wirkliches Verständnis für ihre Rebellion hatten sie nicht. Dass sie sich schließlich doch noch zu einer Promotion durchrang lag daran, dass sie damit einen zeitweiligen Ausstieg aus ihrem bisherigen Leben verbinden konnte. Leute wie Slartibartfast hatten daran einen wesentlichen Anteil. Sajala kam kurz in den Sinn, dass das nicht ganz zufällig geschehen sein könnte. Vielleicht hatte er eine Saat ausgebracht und dachte nun an die Ernte. Und vielleicht sah er Sajala eher als störendes Element dabei und ignorierte sie deshalb.

Slarti fühlte sich sichtlich unwohl während Valerie sehr persönlich über ihr Leben berichtete. Er empfand nur allzu deutlich die Erwartung der Frauen, auch von sich etwas preiszugeben, das er lieber für sich behalten würde. Es war allerdings bemerkenswert, dass er an keiner Stelle wirklich erstaunt oder emotional berührt wirkte, so, als habe er das alles im Wesentlichen schon gewusst. Sowohl Valerie als auch Sajala hatten diesen Widerspruch bemerkt.

Als Valerie geendet hatte, begann Sajala mit der Selbstoffenbarung. Sie wusste, dass Slarti erst dann offen sprechen würde, wenn er sie wirklich einschätzen konnte. Anders als Valerie war sie selbst eine vollkommen Unbekannte für ihn. Als sie über ihre Kindheit berichtete, über ihr zerrissenes Elternhaus, trug er offenes Desinteresse zur Schau. Erst die Schilderung der Umstände zum Verschwinden des Vaters erregten offenbar sein verhaltenes Interesse, da er nicht mehr durch das Fenster in die Nacht hinaus sah. Ihre berufliche Tätigkeit interessierte ihn wiederum kaum. Als sie schließlich auf ihr Hobby und ihr Kunstwerk zu sprechen kam, hörte er schon mit geröteten Wangen zu. Instinktiv stand er auf und schloss das Fenster als befürchtete er, dass jemand von draußen zuhören könne. Ihre abschließenden Ausführungen über die Ereignisse, die zur Entdeckung der mysteriösen Aktivitäten der Datenstrukturen geführt hatten, versetzten ihn in höchste innerliche Erregung und seine Hände zitterten unmerklich.

Slarti stellte einige gezielte Fragen, die erkennen ließen, dass Sajalas Entdeckungen offenbar in ein Puzzle passten, dass er seit langer Zeit schon versuchte zusammenzusetzen. Was sie selbst betraf, war er wie ausgewechselt. Jetzt war sie relevant für ihn und seine Beachtung und sein Respekt waren ihr sicher. Slarti glaubte nun, sie und ihre Beweggründe einschätzen zu können, und so etwas wie Vertrauen lag in der Luft. Sajala fragte ihn offen nach seinen eigenen Zielen, nach seiner Vergangenheit und seinen Plänen mit ihnen beiden. Darauf folgte eine minutenlange Pause, in denen Slarti gedankenverloren aus dem Fenster starrte und allmählich seine Ruhe wiederfand. Dann trank er schweigsam seinen Wein und stand auf.

Er müsse nachdenken und sich über einiges klar werden, meinte er und versprach, ihnen am nächsten oder übernächsten Tag mehr darüber zu offenbaren, was hier eigentlich vorging.

Am nächsten Morgen setzte ein leichter Sprühregen ein. Es war kalt und nass. Valerie fühlte sich nicht gut. Sie fröstelte und nieste immer wieder und blieb auf Sajalas Geheiß im Bett. Ein Frühstück brachte sie ihr nach oben. Slarti sahen und hörten sie den ganzen Tag nicht. Sie blieben im Zimmer und diskutierten. Soviel war klar geworden, dass Valerie schon lange Teil eines unbekannten Plans war, in dem nun auch Sajala eine Rolle spielen würde und schon spielte. Nach dem Mittagessen zog Sajala eine wärmende Jacke an und wanderte durch das Dorf. Für einen Frühsommertag war es immer noch zu kalt und sie fröstelte etwas. Der Regen hatte aufgehört und die Sonne war durch die dünner werdende Wolkendecke eher zu erahnen als zu sehen. Sie ging in Richtung des hoch aufragenden Metallturms. Die obere Hälfte war im Nebel nicht zu sehen. Die Türe fand sie verschlossen, aber viele frische Fußspuren auf dem schlammigen Weg führten direkt darauf zu. Sie schätzte, dass sich ein Dutzend Leute im Turm oder oben auf der Plattform aufhielten. Ob diese Versammlung mit ihr zu tun hatte? Sie nahm ihren weiteren Weg entlang der Umfassungsmauer. Der Ort war um diese Zeit fast menschenleer. Die meisten Bewohner hatten außerhalb zu tun. Sie traf eine Frau, die sich an den Fensterläden ihres Hauses zu schaffen machte. Als sie Sajala bemerkte, drehte sie sich zu ihr um und grüßte sie freundlich mit einer angedeuteten Verbeugung. Sajala erwiderte den Gruß überrascht. Die Menschen hier waren ihr bis jetzt eher mit freundlicher Nichtbeachtung begegnet. Die Reaktion der Frau war anders. Als sie die Hauptstraße wieder erreichte, grüßte sie der Kutscher eines Pferdegespanns, das gerade ins Dorf einfuhr, ebenfalls mit ungewohnter Achtung. Was war bloß geschehen zwischen gestern und heute? Es musste irgendetwas mit Slarti und ihrem Gespräch vom vergangenen Abend zu tun haben.

Am späten Nachmittag riss endlich die Wolkendecke auf und machte klaren blauen Flecken am Himmel Platz. Die schon kräftige Sonne brachte die Temperatur schnell auf ein angenehmes Maß, so dass Sajala ihre Jacke über den Arm hängte. Sie war jetzt außerhalb des Dorfes unterwegs und erkundete die Umgebung. Bis zum Eintritt der Dunkelheit würde es noch viele Stunden dauern, so dass sie es nicht eilig hatte. Die Lichtung rund um den Ort hatte sie schon verlassen und ging auf einer befestigten Straße in den Wald hinein. Sie hörte aus der Ferne Axtschläge und andere Geräusche nicht natürlichen Ursprungs, die sie nicht einordnen konnte. Irgendwelche Arbeiten waren dort im Gange. Im Augenwinkel nahm sie plötzlich eine Bewegung wahr. Eine schlanke Gestalt verschwand hinter einem Baum in dem Moment, als sie ihren Kopf in diese Richtung drehte. Wurde sie beobachtet? Oder war das jemand, der auf ihre Sicherheit achtete? Jedenfalls fühlte sie sich in keiner Weise bedroht. Sie folgte noch einige Kilometer der Straße, bevor sie kehrt machte. Als sie den Eingang zum Dorf wieder erreichte, fühlte sie sich entspannt und erfrischt von der regenfeuchten Sommerluft. Sie drehte sich schnell um, als sie das Tor durchschritt. Von Ferne sah sie jetzt deutlich die Gestalt, als sie sich gerade aus dem Schatten der Bäume löste, ihr aber offenbar nicht weiter folgte.

Am nächsten Tag war Slarti wieder da und ausgesprochen guter Dinge. „Entschuldigt bitte meine lange Abwesenheit. Ich musste einige Gespräche mit Freunden führen. Wir sind zu dem Schluss gekommen, dass ihr und wir uns in unseren Zielen ergänzen können. Und wir wollen euch vorläufig vertrauen." „Wir werden dich nicht enttäuschen." erwiderte Sajala und Valerie ergänzte „Wir fühlen uns geehrt und freuen uns auf eine gemeinsame Arbeit mit euch. Wir sind dankbar für jede Hilfe, die ihr uns gewährt. Wir zeigen uns gerne erkenntlich, soweit es in unserer Macht liegt." „Ich weiß das zu schätzen. Aber keine Sorge, wir werden nicht sehr viel von euch verlangen. Wir erwarten nur eure Offenheit. Bisher haben wir nur geahnt, was euch hierher treibt. Nach unserem Gespräch verstehe ich jetzt mehr. Haltet eure Erkenntnisse nicht zurück, dann teilen wir unsere mit euch. Beantwortet rückhaltlos unsere Fragen, dann beantworten wir die euren."

Beide Frauen waren jetzt Teil in einem Spiel. Slarti verabredete sich mit den beiden für den späten Vormittag. Er holte sie vor ihrem Haus ab und führte sie in Richtung der Umfassungsmauer. Sajala ahnte, dass er den Turm ansteuerte und so geschah es auch. Die Türe war diesmal nur angelehnt und sie hörten den metallenen

Nachhall von Stimmen darin. Eine enge stählerne Wendeltreppe führte steil nach oben. Slarti schloss hinter ihnen zu. In etwa fünfzig Metern Höhe befand sich im Innern eine Plattform mit einer an der Außenseite umlaufenden Sitzbank, auf der zwei Frauen und ein Mann schon lebhaft miteinander diskutierten. Als sie sie aufsteigen hörten, erstarben die Gespräche. Die drei Personen sahen sie erwartungsvoll an. Nach einer kurzen Begrüßung wechselte Slarti in die Sprache der Union und begann das Gespräch, indem er seinen Begleiterinnen die schon Anwesenden vorstellte. Umgekehrt waren Valerie und Sajala offenbar allen anderen schon bestens bekannt. Sie mussten nur wenige Fragen beantworten, bevor Slarti mit seinem Teil der Geschichte begann.

Talentsucher der Union waren auf ihn aufmerksam geworden, weil er es als Dreißigjähriger geschafft hatte, eines der alten Windräder wieder in Funktion zu setzen. Das hatte für einige Jahre einer Sippe fünf Tagesreisen entfernt von hier zu unglaublichem Wohlstand verholfen, bevor die improvisierte Technik schließlich wieder versagte. Slarti hatte als Autodidakt alte technische Dokumentationen gelesen und verstanden, eine geniale Meisterleistung. Schließlich gab es kein nennenswerten Bildungssystems, dass die Menschen an die alte Technik herangeführt hätte. Er war einer von den Wenigen in der Außenwelt, die ein Stipendium für eine Ausbildung in der Union erhielten. Auch wenn er die Motive nicht verstand, hatte er es ohne zu zögern angenommen. Seine angeborene Neugierde hatte alle Bedenken hinweggefegt. Gegen Ende seiner fast zehn Jahre in der Union hatte er auch Valerie kennen und schätzen gelernt. Danach war er zu seiner Sippe zurückgekehrt und pendelte gelegentlich in die Union, um alte Kontakte zu pflegen und begehrte Technik gegen solide Handarbeiten einzutauschen.

„Ich denke, wir alle suchen Antworten auf die gleichen Fragen. Wie funktioniert eigentlich die Gesellschaft der Union? Ich denke, so wie wir hier leben und arbeiten, Entscheidungen treffen und Macht ausüben, Interessen verfolgen und unsere Positionen absichern, so ist es immer schon gewesen. Wir leben hier noch entsprechend der ursprünglichen Natur des Menschen, die seit Millionen Jahren fast unverändert geblieben ist. Ich verstehe nicht, wie die Union diese Regeln zumindest auf den oberen Ebenen außer

Kraft setzen konnte." Slarti hatte sich schon ähnliche Fragen gestellt, die auch Valerie und Sajala beschäftigten. Er war in einer Umgebung aufgewachsen, in der Macht, persönlicher Einfluss und Eitelkeiten eine wichtige Rolle spielten für viele Handlungen. Sachliche Gründe wurden üblicherweise im Nachhinein konstruiert als Rechtfertigung für bereits getroffene Entscheidungen. Das alles war aus der menschlichen Natur heraus leicht nachzuvollziehen und so hätte es im Prinzip auch in der Union sein sollen. Aber von Anfang an hatte er etwas anderes empfunden. Viele Regeln waren tatsächlich sachlich begründet ohne Rücksicht auf persönliche Interessen mächtiger Einzelpersonen oder Gruppen.

„Ich möchte euch nur ein Beispiel schildern, dass ich selbst aus nächster Nähe verfolgen durfte. Ich habe einmal für wenige Jahre in einem Unternehmen gearbeitet, das künstliche Sprunggelenke entwickelt und herstellt. Ich war dort Mitarbeiter in einem Produktionslabor, das ständige Qualitätskontrollen durchführt. Die Kraftverstärker in diesem Gelenk wurden unverändert schon seit Jahren produziert, verursachten in sehr seltenen Fällen unter bestimmten Bedingungen allerdings schlimme Trümmerbrüche, die jeweils sehr aufwändig operiert werden mussten. Das Management vertrat die Meinung, die Situation sei nicht zu ändern, die Vorteile der bestehenden Konstruktion überwögen bei Weitem deren Nachteile und hatte die Diskussion darüber für beendet erklärt. Einer meiner Kollegen dort fand trotzdem einen Weg, diese zwar seltenen, aber für die Betroffenen folgenreichen Unfälle zu vermeiden. Er schlug eine neuartige Zusammenstellung verschiedener harter und zäher Materialien vor, die die Verbindung zwischen Gewebe, Knochen und den eingebrachten Kunststoffen und Keramiken revolutionieren konnte. Genau das schlug er seinem Management vor, mit der Folge, dass seine Idee rundweg abgelehnt wurde und er sich eine Zurechtweisung einhandelte, er solle sich gefälligst um seine Aufgaben kümmern.

Soweit so gut. Damit hätte das Thema eigentlich begraben sein müssen, zumal der Kollege, eingeschüchtert wie er war, auch seinerseits nichts mehr unternahm. Aber dann geschah etwas Erstaunliches. Der Vorschlag und der ganze Vorgang fanden den Weg in das oberste Kontrollgremium der Firma, das daraufhin die ganze Führungsmannschaft austauschte. Ich habe nie herausgefunden, wer diese Strafmaßnahme wirklich angezettelt hatte. Trotz intensiver Recherche konnte ich nicht einmal konkrete Personen hinter diesem Gremium finden. Mein Kollege stritt auch nachher, als er keinerlei disziplinarische Maßnahmen mehr zu befürchten hatte, jede Beteiligung an der Weitergabe der Information vehement ab. Ich hatte allen Grund, ihm zu glauben.

In jeder anderen Gesellschaft, da bin ich mir sicher, hätte ein solcher Vorgang keinesfalls Konsequenzen für das Management gehabt. Bei uns hier wäre so etwas in vergleichbarer Lage sicher ganz anders verlaufen. Wer also ist in der Lage, als oberste Instanz einen solchen Vorfall überhaupt zu bewerten und derart drastische Konsequenzen durchzusetzen? Und wie war die Information über den Vorgang überhaupt über das Management des Unternehmens hinaus gelangt? Sie hätten doch alle Möglichkeiten gehabt, das alles zu vertuschen und zu ignorieren."

Er hatte vermutet, dass eine mächtige Elite im Hintergrund die Geschicke der Union führte. Er hatte einige derartige Vorgänge beobachtet. Jeder davon wäre in den Außenbezirken undenkbar gewesen. Aber weshalb sollte eine solche Gruppe sich wohl verstecken? Wenn sie die Macht hatte, die er unterstellte, dann wäre das Gegenteil naheliegender gewesen. Slarti hatte versucht, die Entscheidungswege nachzuvollziehen, was sich als unerwartet schwierig erwies. In den höchsten Führungsebenen stieß er regelmäßig auf anonyme Institutionen und Kapitalgeber, die angeblich die Geschicke des Unternehmens leiteten. Manchmal wurden Namen genannt, hinter denen sich aber keine Person aus Fleisch und Blut erkennen ließ. In zwei der von ihm untersuchten Organisation war er auf etwas Verblüffendes gestoßen. Die Entscheidungskette hatte kein bestimmtes Ende, sie drehte sich im Kreis. Der Spitzenmanager der einen Firma war offenbar gleichzeitig Mitarbeiter einer unbedeutenden Abteilung des anderen Unternehmens. Da letzteres der erstgenannten Firma gehörte, war er offenbar über viele Ebenen hinweg wieder sich selbst gegenüber weisungsgebunden. Zuerst hatte er an eine zufällige Namensgleichheit gedacht. Aber tatsächlich handelte es sich um die gleiche Person.

Slarti hatte einige Hebel in Bewegung gesetzt, um die von ihm vermutete Führungselite ausfindig zu machen – ohne jeden greifbaren Erfolg. Er wollte unbedingt die Personen dahinter kennen, ihre Ziele und Motive verstehen. Sicher hatten sie auch Einfluss auf die Entwicklung und Zukunft der Außenbezirke. Slarti und seine Freunde waren auf der Suche nach den tieferen Zusammenhängen und Ursachen für den Status Quo. Das alles war nicht aus dem großen Zusammenbruch vor vielen Jahren und einer anschließenden ungesteuerten Selbstorganisation zu verstehen. Dazu unterschied sich der Zustand des Planeten zu sehr von allem, was davor gewesen war.

Die vermutete Führungsgruppe agierte aus seiner Wahrnehmung etwa so, wie Menschen sich manchmal den guten König vorstellten, der unangreifbar und uneigennützig die Geschicke des ihm anvertrauten Volkes lenkt und sich für dessen Wohl über Generationen hinweg verantwortlich fühlt. Eine solche Gruppe aber müsste groß sein, sagenhaft reich und damit kaum zu übersehen. Aber nichts von alledem war auch nur ansatzweise erkennbar. Im Gegenteil war das Wohlstandsgefälle in der Union eher ausgeglichen. Slarti glaubte nicht, dass die unteren zu den obersten Einkommen in der Union sich mehr als um den Faktor zehn unterschieden. Arbeitslosigkeit im engeren Sinne gab es dort nicht. Jeder wurde hier seinen Fähigkeiten entsprechend beschäftigt. Andererseits gab es Einkommen für Erwachsene bis auf wenige Ausnahmen nur gegen Arbeitsleistung.

„Jetzt versteht ihr sicher, weshalb wir an eurer Arbeit interessiert sind." und fuhr zu Sajala gewandt fort. „Du hast ja noch einen ganz anderen Ansatz verfolgt, der sicher eine interessante Möglichkeit eröffnet, an die wir nie gedacht haben. Wenn ich dich richtig verstehe, existieren diese mysteriösen Datenmuster deiner Sammlung in allen Systemen der Union. Ich muss dann weiter annehmen, dass die sich auch in einigen der seltenen elektronischen Geräten finden, die wir hier in Gebrauch haben. Die spontanen Veränderungen daran, die du offenbar beobachtet hast und die ich nicht bezweifle, sprechen in der Tat für eine aktive Gefahrenlage, die dahinter vielleicht lauert und die uns alle betrifft. Ob die Parallele zu neuronalen Anregungen wirklich belastbar ist, kann ich nicht beur-

204

teilen. Sollte es tatsächlich so sein, dann haben wir es vielleicht mit einem Gegner zu tun, dessen Möglichkeiten unsere schlimmsten Albträume in den Schatten stellen. Ich hoffe, dass dein Verdacht sich nicht bestätigt, dass die Systeme selbst noch nicht die Führung übernommen haben und sich keiner menschlichen Kontrolle mehr unterwerfen. Ich selbst halte diese Annahme für zu vage und keinesfalls für gesichert. Ich denke, da stimmst du mir zu. Ich bin sicher, dass nach wie vor Menschen hinter den Aktivitäten stecken und ihren Nutzen daraus ziehen. Die möchte ich zuallererst finden."

Slarti und die anderen seiner Gruppe blieben Sajalas Vermutung gegenüber skeptisch und stimmten der Einschätzung Valeries zu, dass man vorläufig nur über die Geschichte dieser Erscheinung mehr darüber erfahren würde, wie sie funktionierte, welche Ziele sie verfolgte und ob noch eine Gruppe von Menschen direkten Nutzen daraus zog oder sie sogar steuerte. Der Zeitpunkt ihres Auftretens war inzwischen hinreichend eingegrenzt. Die Erscheinung konnte menschlichen Ursprungs sein, oder wegen der damals schon enormen Komplexität und Vernetzung der elektronischen Systeme auch aus sich heraus entstanden sein. Im letzten Fall würden die weiteren historischen Recherchen zu Virenattacken ins Leere laufen.

Kontakt

Martha war außer sich. Bisher hatte sie sich nur gewundert, über sein Verhalten, über die lange Abwesenheit ihres Mannes im vergangenen Jahr. Er war viel später erst von der Küste zurückgekehrt, als er eigentlich versprochen hatte. Er hatte nervös gewirkt, mehrmals täglich seine E-Mails geprüft und den Briefkasten geöffnet, so, als erwarte er jederzeit eine unangenehme Nachricht. Anfangs hatte er immer wieder aus dem Fenster gesehen und bei jedem unbekannten Wagen, der langsamer als gewöhnlich vorbeifuhr, studierte er das Nummernschild und versuchte Fahrer und andere Insassen zu erkennen. Auf ihre Fragen hatte Martha nur unwirsche Antworten bekommen. Er fühle sich nicht gut, hatte er behauptet, sei krank, sein Magen mache ihm Probleme und er habe Kopfschmerzen. Über die Weihnachtstage hatte sie noch still gehalten, nicht zu hartnäckig nachgefragt. Das Fest mit Kindern und Enkeln sollte harmonisch verlaufen. Das war ihr wichtig. Jeder Streit hatte zu warten. Es war nur ein sehr bestimmtes Gefühl gewesen, dass er ihr etwas verheimlichte. Erst nach und nach räumte er unerwartete Probleme ein, die für seinen verlängerten Aufenthalt verantwortlich waren. Sie hätte es wissen müssen. Nichts hatte Klaus im Griff gehabt, wie er ihr immer wieder versichert hatte. Erst jetzt hatte er von der Polizeiaktion erzählt, die vermutlich ihm gegolten hatte. Klaus musste einräumen, dass die Sache etwas aus dem Ruder gelaufen war und er immer noch befürchtete, entdeckt zu werden.

„Ich hatte so etwas geahnt. Aber du hast mir immer wieder hoch und heilig versprochen, keine unnötigen Risiken einzugehen. Und jetzt das! Wann muss ich denn damit rechnen, dass hier ein SEK in Mannschaftswagen vorfährt und schwerbewaffnete Männer unser Haus stürmen? Es scheint ja alles möglich zu sein! Kann ich dir überhaupt noch trauen? Wir hatten uns doch absolute Offenheit in dieser Sache versprochen. Du hast dich nicht daran gehalten und mich hintergangen." Klaus schluckte heftig. Die Vorwürfe konnte er ihr nicht verdenken. „Du hast ja recht. Ich war völlig durch den Wind, als das begann, schief zu laufen. Was hätte es genützt, auch dich noch zu beunruhigen. Ich hatte alle Hände voll zu tun, die Situation irgendwie wieder einzufangen und in ein planbares Fahrwasser zurück zu führen. Du hättest mir auch nicht helfen können – niemand hätte das gekonnt. Ich hatte wirklich alles sehr sorgfältig geplant und durchdacht. Aber dann ist doch etwas ganz anders verlaufen, als ich es angenommen hatte. Hätte ich das Experiment denn abbrechen sollen? Ich hatte einfach nicht die Zeit, die Alternativen ausführlich zu diskutieren, sonst wäre mein – unser – Projekt gescheitert." und weiter dachte er, dass man nicht erst fragen sollte, wenn man nur eine Antwort akzeptieren konnte. Sonst hätte er möglicherweise gegen ihren ausdrücklichen Willen handeln müssen, was die Sache deutlich verschlimmert hätte.

Klaus versprach seiner Frau, kein weiteres Experiment dieser Art mehr zu unternehmen. Die gewonnenen Daten würde er noch auswerten und dann sein Projekt so oder so abschließen. Nur mühsam ließ sie sich wieder beruhigen und stimmte erst nach langem Zögern zu, noch einmal an die Küste zu fahren, um seine Gerätschaften aus dem Schließfach zu holen. Klaus hatte nicht gewagt, sie bei seiner Rückreise in der Bahn mit sich zu führen aus Angst vor weiteren Kontrollen. Schließlich fuhr er alleine am Morgen mit seinem Auto hin und am gleichen Tag wieder zurück.

Danach zog Klaus sich tagelang in sein Arbeitszimmer zurück. Das Wetter lud ohnehin nicht zu Wanderungen und Ausflügen ein, so dass Martha nicht allzu traurig darüber war. Der kalte Regen ging zeitweise wieder in Schnee über und die Berge der Eifel lagen im Nebel. Er fühlte sich inzwischen wieder sicherer und rechnete nicht mehr mit unangemeldetem Besuch irgendwelcher Behörden. Die Wogen hatten sich längst gelegt. Seine Aktivitäten waren – wenn überhaupt – höchstens noch ein Fall für die belgischen Ermittler.

Die Protokolle waren nicht so ergiebig, wie Klaus sich das vorgestellt hatte. Irgendetwas aufregendes war geschehen, aber er wusste nicht genau, was es war. Seine Flamme hatte offenbar gezündet. Das konnte er nachvollziehen. Die Anzahl seiner Bots ließen sich statistisch hochrechnen auf bis zu zweihundert Milliarden in dem festgelegten Adressraum. Das hätte ausgereicht, um die

Flamme viele Wochen lang nach der Zündung am Leben zu erhalten. So wie er schon vermutet hatte, waren die Virenscanner tatsächlich viel erfolgreicher bei der Jagd nach seinen Datenmustern gewesen, als er vorausberechnet hatte. Innerhalb der ersten Woche musste deren Zahl um mehr als die Hälfte geschrumpft sein, was überwiegend auf das Konto der Scanner ging. Danach stockte der Vorgang. Die Aktivitätsmuster seiner Bots belegten, dass die Flamme sich erholte. Für ihn war dass Ausdruck einer Anpassungsleistung, vielleicht eine Vorstufe zu intelligentem Handeln. Zunächst schien sein Bot-Schwarm den Angriffen einfach ausgewichen zu sein, hatten die Flamme von Rechner zu Rechner getragen. Zu gerne hätte er gewusst, ob damit auch eine Art Bewusstsein verbunden gewesen war, das einen Überlebenswillen entwickelte und das Angst empfand. Aber das waren Tagträume, immer noch reine Spekulationen und Klaus wusste das im Grunde.

Erste Beweise hatte er aber schon jetzt in der Hand. Der massive Angriff hatte intelligente Abwehrmaßnahmen hervorgerufen. Eine gewisse Intelligenz war unzweifelhaft entstanden, die Ziele planvoll verfolgen konnte. Und das Ziel konnte eigentlich nur lauten „Überleben". Warum sonst hätte sein Geschöpf den Angriffen ausweichen sollen? Es hätte sich darin ergeben können, mit den Angreifern in anderer Weise interagieren sollen, vielleicht die Angriffe sogar verstärken. „Überleben" als Ziel war nur mit einer Art Bewusstsein zu erklären. „Überleben" enthielt in sich den Selbstbezug, die Reflexion über die eigene Existenz.

Für die Wochen danach bestätigten die Protokolle dann seine Vermutung weiter. Die Datenmuster seiner Bots veränderten sich in einer nicht von ihm vorausgedachten Weise, änderten grundlegend ihre Signatur und führten die Virenscanner in die Irre. Das war die Art Lernverhalten, die seine Phantasie wieder beflügelte. Diese Art der Veränderung konnte er in der Tat nur als wirklich intelligente Leistung verstehen. Das war kein simpler Mechanismus mehr, der durch Versuch und Irrtum oder einen einfachen evolutionären Algorithmus zustande gekommen sein konnte. Hier lag Beobachtung und Planung zu Grunde. Eine andere Erklärung ließen die Daten eigentlich nicht zu. Aber was wirklich dahintersteckte, entzog sich seinem Einblick. Schließlich gab es reichlich eigentlich dumme Programme, die höchst intelligent anmutende Leistungen erbrachten, die jedoch allesamt von ihrem Erbauer in gewisser Weise vorgedacht waren. Nur war sich Klaus sicher, dass das beobachtete Verhalten so nicht zu erklären war, denn er hatte es in seinem Entwurf nicht vorgesehen.

Nach der umfassenden Auswertung begann Klaus mit der Dokumentation. Sein Experiment betrachtete er nach allem, was er jetzt wusste, als vollen Erfolg. Er hatte tatsächlich eine selbständige Intelligenz erschaffen, die in der Lage war, kreativ auf äußere Bedrohungen zu reagieren. Ob damit auch eine Art von Bewusstsein entstanden war betrachtete er zumindest als wahrscheinlich. Es gab keine Möglichkeit, so etwas von außen einwandfrei zu beurteilen. Im Übrigen wusste er einfach zu wenig von den tatsächlichen Vorgängen im Netz, um eine beweiskräftige Vermutung darüber abzugeben. Er hatte vage die Idee, das Ganze irgendwann einmal in Form einer fiktiven Geschichte zu veröffentlichen.

Im Ergebnis kam nach einigen Monaten das Manuskript eines Buches dabei heraus, das er zunächst einmal zusammen mit seiner umfassenden Dokumentation sicher verwahren würde, bis genügend Gras über die wahre Begebenheit dahinter gewachsen war. Schließlich gab es tausende Virenattacken in jedem Jahr und wer würde eine bestimmte darunter dann noch zuordnen können. Verschiedene griffige Titel kamen ihm in den Sinn. Er erinnerte sich an den letzten Roman, den er vor Jahrzehnten im Deutschunterricht der Oberstufe analysieren sollte. Er hatte so etwas gehasst und all seine Abneigung in dieses daran unschuldige Werk projiziert. Sein Deutschlehrer hatte ihm seine totale Verweigerungshaltung nie verziehen. Als Klaus ihn Jahrzehnte später zum dreißigjährigen Abschlussjubiläum traf, war dessen Abneigung noch deutlich spürbar gewesen. Für sein Buch würde er einen Titel finden mit ähnlichem Sprachrhythmus und -klang wie Heinrich Bölls „Ansichten eines Clowns". Nicht, dass er sich einen großen Erfolg davon versprochen hätte. Er hatte viel früher schon einmal das eine oder andere Buch in Druck gegeben, ohne dass es eine nennenswerte Leserschaft gefunden hätte.

Martha war froh, dieses Kapitel nun endgültig hinter sich gelassen zu haben, wie sie glaubte. An die Urlaube an der belgischen Küste hatten sie beide sich so gewöhnt, dass sie dabei blieben. Die Ferienwohnung mieteten sie gleich für das ganz Jahr zu einem attraktiven Preis, der kaum über den Ausgaben lag, die Klaus zuvor für nur einige Monate im Jahr aufgebracht hatte. Seiner Vermieterin war es recht. Für sie war das ein sicheres Einkommen, ohne sich ständig um neue Mieter kümmern zu müssen. Klaus und Martha hatten damit ein ständiges Domizil für die ganze Familie gewonnen. Außer ihnen beiden kamen ihre Kinder und Enkel jeweils mehrmals im Jahr entweder zu Besuch, oder um selbständig ihren Urlaub zu genießen. Aaltje wurde fast so etwas wie eine Dritt-Oma für die Kinder. Der Ort mit seiner pittoresken Architektur galt ohnehin als der schönste an der ansonsten ziemlich verbauten belgischen Küste. In der Umgebung boten alte flämische Städte wunderschöne Ausflugsziele ohne Ende. Das Größte für die Enkel im Sommer waren allerdings Strand und Meer direkt am Ort. Sogar die Älteste fand es nicht zu albern oder unter ihrer Würde, noch Burgen zu bauen oder Staudämme in den Prielen anzulegen.

Immer wieder einmal zog es Klaus in sein Stammcafé, wo er sich noch immer fast wie zu Hause fühlte. Seine Speicherkarte mit einigen wichtigen Programmen hatte er in seiner Brieftasche ständig dabei. Er bestellte dann ein Bier und konnte nie der Versuchung widerstehen, sich damit vor den Monitor zu setzen, der immer noch gut gepflegt in einer Ecke stand. Dann durchsuchte er jeweils das Netz nach Spuren seiner Bots. Bei der Masse der ausgesetzten Fragmente konnte eine Löschung niemals wirklich vollständig sein. Immer wieder fand er einzelne Signaturen der eingeschleusten Programme, aber niemals irgendeine Aktivität. Eigentlich konnte er beruhigt sein. Was im Netz noch existierte, würde sicherlich als zufällig entstandener Datenmüll eingeordnet werden, wenn überhaupt noch jemand sich dafür interessierte. Trotzdem wiederholte er die Suche bei fast jedem Aufenthalt, nur um sicher zu gehen.

Ansonsten wurde die Zeit sehr ruhig. Klaus widmete sich Haus und Garten, er fotografierte leidenschaftlich und ärgerte sich zunehmend über die immer weiter fortschreitende Gängelung und ihm unerträgliche Einengung politisch zulässiger Ansichten. Was nützte ein grundgesetzlich verankertes Recht auf Meinungsfreiheit, wenn alle wichtigen Presseorgane sich einer freiwilligen Selbstzensur unterwarfen. Wohin er sah dominierten Tabus, politische Korrektheit, Denkverbote. Er hatte früher schon sehr trotzig auf so etwas reagiert. So hatte er etwa angesichts einer damals um sich greifenden Klimahysterie mit harten Energiesparverordnungen und -appellen vier Infrarotstrahler mit zusammen zwölftausend Watt Heizleistung auf seiner Terrasse installiert. Beim ersten Einschalten löste natürlich die vollkommen überforderte Sicherung aus. So hatte er zunächst einmal den Sicherungsschrank im Keller inspiziert und dann einige neue Kabel durch ein vorhandenes Leerrohr in die Garage geschoben, um von dort aus dann jeden Strahler separat anschließen und im Schaltschrank getrennt absichern zu können. Der Aufwand war nicht unerheblich und die Verkabelung sah sicher nicht sehr professionell aus, erfüllte aber ihren Zweck. Von nun an betrieb er die Terrassenheizung mit stillem Genuss an windstillen Abenden, wenn keinerlei Ökostrom zur Verfügung stand. Selbst im Winter konnte man dort noch im Hemd sitzen.

Nun war die Asteroiden-Hysterie schon wieder abgeebbt um dem nächsten Schwindel Platz zu machen, der die Menschen in Angst versetzte. Es war immer der gleiche Mechanismus, den Politik, Presse und Lobby-Verbände zur Manipulation nutzten und immer mit dem Ziel, den Leuten mit fadenscheinigen Argumenten noch mehr Geld aus der Tasche zu ziehen und ihre Freiheiten noch rigoroser zu beschneiden. All diese Vorgänge hatten sich trotz aller Krisen nicht verändert. Manchmal hofften beide, dass ein finaler Finanzkollaps – das wäre immerhin besser gewesen als ein Krieg – das gesamte System zum Einsturz brächte und alles noch einmal von vorne beginnen könnte, mit allen Freiheiten und allen Risiken.

Es war eine naive Vorstellung. Beiden ging es materiell immer noch ausgezeichnet. Sie selbst hatten viel zu viel zu verlieren und taten gut daran, die herrschenden Verhältnisse nicht in Frage zu stellen. Klaus und Martha machten sich weniger Sorgen um ihre eigene verbleibende Zukunft, als um das Wohl ihrer Kinder und Enkel. All die Auflagen, Vorschriften, Abgaben machten das Leben immer unbezahlbarer. Entgegen aller öffentlichen Bekundungen war es schon lange ein echter Luxus und erforderte Mut, eine Familie zu gründen. Selbst ihren hervorragend ausgebildeten Kindern mit ihren Familien, die alle vergleichsweise gut bezahlte Jobs hatten, machten die aufgezwungenen Kosten schwer zu schaffen. Trotzdem ließen Politiker ständig über die Medien verlautbaren, wo wieder einmal die Bürger angeblich entlastet wurden. Nur zu spüren war davon nichts – im Gegenteil. Aber vielleicht entsprang diese Wahrnehmung nur dem verbreiteten Pessimismus des Alters.

Kein Allerweltsproblem konnte so groß sein, dass Klaus sein Projekt völlig aus den Augen verlor. Immer wieder drehten sich seine Gedanken um einzelne Probleme darin und flammten Ideen auf, die er umgehend testete, um sein Werk, dass jetzt wieder passiv in seinem Entwicklungssystem schlummerte, zu vervollkommnen. Kopfzerbrechen machte ihm, dass sein Geschöpf wahrscheinlich eine weitgehend autistische Persönlichkeit besaß. Unter normalen Umständen hatte er keinerlei Interaktion mit der Umgebung feststellen können. Nur die massiven Angriffe hatten erkennbare Reaktionen ausgelöst. Ansonsten beschäftigten sich seine Bots ausschließlich mit ihresgleichen. Er überlegte, ob er eine Spezialisierung einführen, einzelne Bot-Netze für sensorische Aufgaben vorbereiten sollte. Erste Tests waren durchaus erfolgreich. Selbst im kleinem Maßstab seiner eigenen System lernte sein Bot-Netz außerordentlich schnell auf Umweltreize zu reagieren. Doch ihm war unwohl dabei. Es war nicht richtig. Sein Geschöpf sollte aus sich heraus alle Anpassungen erreichen, deren es bedurfte. Das entsprach seiner ursprünglichen Idee. Dinge vorauszudenken mochte zwar eine schnelle Lösung für ein offensichtliches Problem darstellen, würde aber nach seinem Dafürhalten langfristig die freie Entfaltung seiner Schöpfung behindern und Bahnen vorzeichnen, von denen er nicht wissen konnte, ob sie für alle Zukunft tragfähig waren. Und so entfernte er solche Veränderungen bald nach derartigen Tests wieder aus seinem System.

Trotzdem blieb natürlich sein Problem und die Frage, ob sein Geschöpf diesen offenbaren Autismus überwinden konnte. Er dachte immer wieder über diese Frage nach. Was konnte der Anlass sein, sich aktiv um seine Umwelt zu kümmern, sich einzubringen, sie zu verändern? Es hatte wohl mit dem Überlebenswillen zu tun. Jemand der keinerlei Existenzangst kannte, müsste sich um seine Umgebung nicht scheren. Er könnte sich ganz auf sich selbst konzentrieren und sich selbst genug sein. Und Überlebenswillen besaß sein Geschöpf augenscheinlich. Das war ein guter Ausgangspunkt. Vielleicht musste er nur dafür sorgen, dass die Angst, oder ein moderates Maß von Beunruhigung, lange genug anhielt und immer wieder neu angefacht wurde. Vielleicht würde dann von selbst Neugierde als eigenständige Triebfeder hinzukommen und für eine intensive Auseinandersetzung mit seiner Umwelt sorgen. Je länger er darüber nachdachte desto sicherer wurde er, den entscheidenden Punkt gefunden zu haben. Er war selbst erschrocken, als er endlich realisierte, dass in seinen Gedanken wieder Pläne Fahrt aufnahmen, denen er längst abgeschworen hatte. Und er war bei Martha im Wort.

Den Zustand der Gesellschaft beurteilten die Eheleute Stock aus ihrer Warte heraus zunehmend pessimistisch. Politiker und Massenmedien bezeichneten sie nur noch als Lügner – eine Meinung, die in ihrem sozialen Umfeld auf wenig Widerspruch stieß. Dabei handelte es sich im juristischen Sinne sicher nur selten um wirkliche Lügen, sondern eher um bewusst ausgewählte und geschickt formulierte Fakten, gezielt dazu aufbereitet, bestimmte Absichten zu untermauern und falsche Eindrücke zu vermitteln. Sämtliche Studien und Statistiken, mit wissenschaftlichem Anstrich als unfehlbar dargestellt, hatten mit ihrer tagtäglichen Erfahrung nichts mehr zu tun. Und die Meisten merkten offenbar nicht einmal, dass ihre Vertreter sich außerhalb von Wahlen nicht um sie scherten, ärgerten sich nur ständig im Kleinen und begriffen nicht, dass das alles System hatte. Klaus fühlte sich und seine Familie unmittelbar bedroht. Er hatte nur noch Verachtung für die Mitmenschen übrig, die wie die Schafe treu ihren Schlächtern folgten, wie er glaubte. Was musste denn noch passieren, das dieses dumme Pack endlich auf die Straße trieb, um den Spuk notfalls gewaltsam zu beenden. Klaus' Wut richtete sich nicht gegen eine bestimmte politische Partei. Das gesamte System war ihm suspekt. Der Staat befand sich schon viel zu lange in der Geiselhaft etablierter Parteien. Durch bloße Wahlen war da nichts zu retten. Das alles hinterließ ein Gefühl der Ohnmacht. Martha schimpfte laut über die Umstände bei jeder sich bietenden Gelegenheit. Klaus äußerte sich eher nicht, verlor sich manchmal in Überlegungen und fiktiven Planspielen.

Insgeheim hoffte er auf die wirklich große Krise, die all dass endgültig zum Einsturz bringen würde. Er würde sie begrüßen und seinen Beitrag dazu leisten. Dass ein großer Krieg eher unwahrscheinlich war, tat ihm fast schon leid. Und die wirklich große Finanzkrise, die dieses ganze gesellschaftliche Konstrukt ähnlich wirkungsvoll vernichten würde, wollte einfach nicht kommen. Klaus hätte schon vor Jahren darauf gewettet, dass eine der immer bedrohlicheren Blasen an den Märkten den finalen Kollaps auslösen würde. Dazu hatte es bislang nicht gereicht. Kleinere Zusammenbrüche hatte es durchaus gegeben und jeder hatte zu mehr oder weniger harten nationalen und internationalen Korrekturmaßnahmen geführt. Aber irgendwie gelang es den Akteuren immer wieder, die Märkte zu beruhigen, das Vertrauen der Marktteilnehmer wieder herzustellen und noch mehr Geld zu drucken.

Ihm war durchaus bewusst, dass ein totaler Zusammenbruch seine eigene Existenz vernichten konnte. Schließlich standen Martha und er eindeutig auf der Gewinnerseite des Status Quo. Deshalb wären seine radikalen Gedankengänge, die er wohlweislich für sich behielt, für Außenstehende kaum nachvollziehbar gewesen. Wichtig für ihn war, dass seine Kinder die sich bietenden Chancen eines Neuanfangs wahrnehmen und vielleicht eine bessere Zukunft haben würden. Und so spielte er in Gedanken immer wieder Szenarien durch und überlegte, wie er sich und seine Familie darauf vorbereiten konnte. Konkrete Maßnahmen entstanden daraus nicht. Wie ein Zusammenbruch ablaufen würde, entzog sich leider jeder zuverlässigen Vorhersage. So etwas war einfach nicht zu kontrollieren. Deshalb würden wohl alle Mitspieler auf der großen Bühne alles daran setzen, es nicht dazu kommen zu lassen.

Bisher war das politisch-öffentliche System tatsächlich nach einer Krise immer wieder vollständig auferstanden. Und dessen Ziel war offenbar die vollkommene Kontrolle über alles und jeden. Regelverstöße und Fehler durfte es nicht geben. Selbst die unsinnigsten und praxisfernsten Regeln wurden, nachdem sie einmal in die Welt gesetzt waren, rigoros überwacht und durchgesetzt. Besonders erboste Klaus, dass der Staat seit einigen Jahren schon Spitzel belohnte, wenn sie Verstöße anzeigten. In vielen Nachbarschaften war dadurch das Klima vergiftet – alles angeblich alternativlos und demokratisch legitimiert zum Wohle der Bürger. Wer nichts zu verbergen hatte, musste schließlich nichts befürchten. Derartige Argumente zogen die Dummen massenhaft hinter sich her.

Korrekturen gab es schon gelegentlich. Wenn drängende Probleme sich durch noch so penetrant eingefärbte Berichterstattung nicht mehr schönreden ließen und neue politische Strömungen sich zu etablieren drohten, die nicht in das politische Kartell passten, kam durchaus einmal substantielle Bewegung in die Szene. Sobald aber die Außenseiter wieder ausmanövriert und medial vernichtet waren, lief alles wieder in den alten Bahnen. Und wieder waren dann all diese Parteien in den wirklich existenziell wichtigen Zielen offenbar einig. Sie lieferten sich bestenfalls Scheingefechte untereinander um des Kaisers Bart, um den richtigen Weg, wie der alternativlose Konsens umzusetzen sei. Grundsätzliche Kritik daran wurde reflexhaft als extremistisch gebrandmarkt, Kritiker gedemütigt und publizistisch verfolgt bis hin zu Berufsverboten, Anklagen und Verurteilungen wegen angeblicher Volksverhetzung. Das System funktionierte in sich perfekt und schien unangreifbar.

Unter dieser Wahrnehmung wuchs über die folgenden Jahre ihre Unzufriedenheit immer weiter. Und sie waren nicht alleine damit. Dieses Unwohlsein breitete sich immer mehr aus, allerdings aus sehr unterschiedlichen Motiven. Allen gemein war die Wahrnehmung, dass ein aufgeblähter Staat seine Aufgaben immer schlechter erfüllte und immer arroganter über die Stimmen seiner Bürger hinwegging. Und immer mehr Menschen empfanden genau wie Klaus, dass sie ständig belogen wurden.

In dieser Stimmungslage radikalisierte Klaus sich allmählich, während er sich äußerlich zurückzog und die brisanten Themen in geselliger Runde eher mied. Er überlegte, ob er selbst noch etwas tun könnte, um die Umstände zu verändern. Körperlich waren ihm jetzt schon Grenzen gesetzt. Seine Gesundheit war angeschlagen, er war oft krank und seine Gelenke schmerzten an Schultern, Knien und Füßen. Er hatte schon immer einen heimlichen Hang zu Anarchie. Aber an Demonstrationen mit Straßenschlachten und brennenden Autos, von denen er manchmal träumte, konnte er sich wohl nicht beteiligen. Schon das Aufheben eines Pflastersteins würde ihm Schmerzen bereiten.

Weil er glaubte, dass es seiner Gesundheit für sein vermutlich letztes Lebensjahrzehnt nicht mehr wirklich schaden konnte, hatte er wieder angefangen zu rauchen. In seiner Jugend hatte er es geliebt. So saß er an einem warmen Frühlingsvormittag bei einer seiner alten Pfeifen auf der Bank vor dem Haus. Sie war wirklich alt, fast sechzig Jahre, mit durchgebissenem Mundstück. Er hatte sich bei der Tankstelle am Ort mit Filtern, Pfeifenreinigern und Tabak versorgt. An seine bevorzugte Marke hatte er sich sofort erinnert: McBaren Harmony oder Mixture. Die erste Sorte gab es wohl nicht mehr, die zweite lag im Regal. Die ersten drei Pfeifen verursachten ihm heftige Probleme mit Zunge und Mundschleimhaut und ihm war schlecht. Danach schmeckte es immer besser. Die entspannende Prozedur, bis die Pfeife dann endlich brannte, und das entspannte Paffen danach erinnerten ihn an seine Jugend. Es war pure Gemütlichkeit wie er jetzt wieder da saß, in Ruhe Rauchwolken in die Luft blies. Sogar Ringe brachte er auf Anhieb zustande, die langsam nach oben stiegen und sich auflösten. Ein wenig Trotz war auch dabei, musste er sich selbst eingestehen, während er auf der Packung den Schriftzug „Rauchen kann tödlich sein" las. In Gedanken ergänzte er „Das ganze Leben endet in jedem Fall tödlich. Am besten verbietet man das oder tätowiert jedem Neugeborenen einen Warnhinweis auf die Pobacke, zusammen mit dem Schockbild einer ägyptischen Mumie oder einer Moorleiche."

„Guten Morgen Herr Nachbar." Er nahm kaum wahr, dass Karl-Udo ihn im Vorbeigehen grüßte. Er war schon fast an ihm vorbei, als er ihn spontan auf einen Kaffee einlud. Er nahm dankend an. Nach wenigen Minuten kam Klaus wieder aus dem Haus mit zwei dampfenden Bechern in der einen, Milch und Zucker in der anderen Hand. „Was hältst du denn von den Kandidaten für die kommende Wahl nächsten Monat?" „Ich traue keinem von denen!" erwiderte Karl-Udo. „Die wirken alle wie geleckt. Da ist kein Handwerker dabei, alles Möchtegern-Intellektuelle." „Da kannst du wohl recht haben. Ich kann auch mit dieser Sorte stromlinienförmig durchoptimierter Menschen nichts anfangen. Keine Kanten, keine wirklichen Unterschiede, holen sich ihre eigene Meinung wöchentlich bei der Partei ab." Karl-Udo nickte. „Warum stellst du dich nicht zur Wahl als Bürgermeister?" „Das ist doch ein Scheißjob!" meinte Klaus, „den will keiner machen, der noch andere Möglichkeiten hat." „Auch wieder wahr. Aber dann dürfen wir uns nicht wundern, wenn hier alles den Bach 'runter geht." Die allgemeine Lage und Unzufriedenheit war schnell Thema ihres Gespräches und sie philosophieren eine Weile darüber, wie denn die Verhältnisse zu ändern wären. „Man kann halt nichts machen. Unsereins kann nur zusehen und rechtzeitig den Kopf einziehen, wenn wieder so eine Granate über's Land pfeift. Mach's gut und nicht zu oft." verabschiedete sich Karl-Udo schließlich. „Mach's besser und bis die Tage" erwiderte Klaus und ergänzte insgeheim „sehen wir mal". Er zündete sich eine zweite Pfeife an und zog in Erwägung, eine Dose Bier dazu zu nehmen. Dafür war es eigentlich noch zu früh. Nach der zweiten Dose begann sein Magen zu rebellieren. Alkohol, Kaffee und Tabak vertrugen sich bei ihm nicht immer miteinander.

Klaus erhob sich ächzend, ging zurück ins Haus und setzte sich in sein Arbeitszimmer. Hier ließ er seiner Phantasie freien Lauf. Er hatte keinerlei Scheu davor, selbst die abstrusesten Ideen auf sich einströmen zu lassen. Nur den allerwenigsten davon waren in seinem Leben wirklich Taten gefolgt. Die Realität konnte er sehr gut von irgendwelchen Phantastereien trennen. Er genoss einfach jede wilde, ungezügelte Fahrt durch die Welt seiner Gedanken aufs Neue. Nur hier waren ihm keine Grenzen gesetzt.

Eine Art Tagtraum hielt ihn gefangen, in dem alles erlaubt war, was er zu denken vermochte. Wie im Rausch ließ er die Empfindungen und Gedanken ungehindert, ohne jede Selbstzensur, auf sich einströmen. Es waren laute, wütende Gedanken an Ohnmacht, Verzweiflung, Notwehr, Gewalt. Er dachte darüber nach, dass Terror immer schon ein probates Mittel gewesen war, bestehende Strukturen zu destabilisieren. Stabile Umstände konnte man niemals ändern. Ein Serie von Selbstmordanschlägen, verübt von todkranken Rentnern, die nichts mehr zu verlieren hatten, würde sicher für einiges Aufsehen sorgen. Ein alter Mann oder eine Frau, die ohnehin nur noch Wochen zu leben hatte, könnte etwa eine Bombe oder ein Sturmgewehr unter einer Burka verbergen und so verkleidet als Besucherin ein Parlament oder Regierungsgebäude betreten.

Aber wie sollte er das so organisieren, dass er als Urheber und Anstifter im Hintergrund bleiben konnte. Das schien unmöglich. Er wusste nicht einmal an Waffen oder Sprengstoff zu kommen und selbst in ein Krisenland zu reisen um diese Utensilien zu kaufen und zu schmuggeln war ihm schon körperlich unmöglich. Ein Gramm Plutonium heimlich in die Trinkwasserversorgung der Hauptstadt einzuschleusen würde mit einem Bekennerschreiben sicher eine ungeheure Wirkung entfalten. Plutonium war ungefährlich, wenn man es nicht einnahm, und sicher leicht zu schmuggeln. Allerdings erschienen ihm zehntausende Tote in einer Großstadt dann doch unangemessen, um einen Systemwechsel zu erreichen. Es bestand sicher die Gefahr, dass er als Drahtzieher entdeckt wurde und dann würden seine Kinder und Enkel darunter leiden müssen. In ähnlicher Weise vagabundierten seine Gedanken für einige Zeit ungezügelt weiter.

Es war beinahe unvermeidlich, dass er dabei wieder auf sein altes Experiment zurückkam und über dessen Potential nachdachte. Er betrachtete gedankenverloren sein Lesegerät auf dem Tisch vor ihm und begann, sein Archiv nach den alten Dokumentationen zu durchstöbern. Wenn er seine Bots wieder einschleusen könnte, ohne ihre Möglichkeiten künstlich zu begrenzen, und seine Vermutung richtig war, dass sie eine wirklich eigenständige Intelligenz begründen würden, könnte die Wirkung über die Zeit betrachtet selbst die Explosion dutzender Atombomben weit in den Schatten stellen. Nur würde es nicht knallen und die Menschen würden die Gefahr über viele Jahre nicht einmal bemerken. Allerdings hatte Klaus keine Ahnung davon, was denn diese Intelligenz mit ihren unbegrenzten Möglichkeiten anfangen würde. Sie war auch durch ihn unmöglich zu kontrollieren. Selbst sein bisher immer eingesetzter Not-Aus-Schalter, die Selbstzerstörung der Bots, würde im unbegrenzten weltweiten Netz nicht sicher funktionieren. Würde sie die Menschheit vielleicht irgendwann ausrotten? Vermutlich nicht. Wahrscheinlich war eher, dass diese Intelligenz sich die für sie nützlichen Menschen untertan machen würde, eine Art Symbiose aus Mensch und System lag im Bereich des Möglichen, in der das System den Ton angab. Das könnte allerdings bedeuten, dass vielleicht Milliarden doch in Gefahr gerieten, ausgemustert zu werden mit einer ungewissen Zukunft.

Klaus fand dieses Szenario insgesamt akzeptabel. Das Gefühl, eine solche Macht in den Händen zu halten, verschaffte ihm eine außerordentliche Genugtuung. Zufrieden lehnte er sich zurück, während er sich eine dritte Pfeife stopfte. Wahrscheinlich würde er den ganzen Tag wieder nach kaltem Rauch riechen, seine Zunge pelzig sein und sein Zahnfleisch sich entzünden. Martha würde ihm sicher Vorwürfe machen, aber das nahm er diesmal in Kauf. Draußen vor dem Haus blies er wieder Rauchringe in die ruhige Luft und sah ihnen nach, während sie sich auflösten. Er war sichtlich guter Dinge. Das beängstigende Gefühl, ausgeliefert zu sein, war verschwunden. Wenn er wollte, könnte er etwas ändern.

Im Frühjahr des folgenden Jahres begannen die Ereignisse, die ausschlaggebend für die weitere Entwicklung wurden. Im Briefkasten fand Martha ein behördliches Einschreiben mit der Aufforderung, zu einer Anzeige wegen eines Umweltvergehens Stellung zu nehmen. Offenbar hatte sich ein Wanderer, der zufällig zuvor am Haus der Stocks vorbeiging, am Geruch des Rauchs aus dem Schornstein gestört. Er glaubte feststellen zu können, dass dort etwas Verbotenes verbrannt wurde – Kunststoffabfälle oder gar Öl, lautete der Vorwurf.

Es klingelte Sturm. „Öffnen sie bitte." klang es barsch durch die Türsprechanlage. „Worum geht es denn?" wagte Martha nachzufragen „und wer sind sie überhaupt?" „Bitte öffnen sie die Türe, oder wir verschaffen uns Einlass. Es liegt eine Anzeige gegen sie vor wegen eines Umweltvergehens und es besteht die Gefahr einer Verschleierung ihrerseits." Das Ordnungsamt hatte die Stellungnahme der Stocks nicht abgewartet und war mit Verstärkung durch Beamte des Umweltamtes vorgefahren. Bei vermuteten Vergehen dieser Art durfte offenbar immer von Gefahr im Verzug ausgegangen werden. Ein amtliches Dokument, dass Martha unter die Nase gehalten wurde, bestätigte die Rechtmäßigkeit der drakonischen Maßnahme mit Brief und Siegel. Vier Männer schwärmten aus und suchten nach Feuerstellen, von denen letztlich nur der Kaminofen im Wohnzimmer für das angebliche Umweltvergehen in Frage kam. Dann folgten Messungen im Brennraum, Ofenrohre wurden demontiert und untersucht, Kameras in den Kamin geschoben. Die ganze Sauerei würden Martha und Klaus später wieder beseitigen müssen und die Kosten der überzogenen Aktion gingen offenbar unabhängig vom Ausgang der Sache auch zu ihren Lasten. Schließlich trugen sie die Schuld daran, sich verdächtig gemacht zu haben. Selbstverständlich fanden die Kontrolleure Spuren verbotener Stoffe in den Rußablagerungen im Ofenrohr. Die Ursache blieb unklar. Um sie hervorzurufen hätte es genügt, dass ein Holzstück vor dem Verbrennen mit Farbe in Berührung gekommen und nicht vollständig naturbelassen war. Im Nachgang erhielt Klaus einen Bußgeldbescheid und eine Stilllegungsverfügung für seinen Kaminofen, bis ein benannter Gutachter nach gründlicher Reinigung die absolute Schadstofffreiheit der Anlage bescheinigte.

Martha tobte und verschaffte ihrem Ärger lautstark Luft. Klaus seinerseits ließ kaum erkennen, was in ihm vorging. Er wirkte beruhigend auf Martha ein, die sich trotzdem erst Wochen später mit diesem offensichtlichen Unrecht abfinden konnte. Klaus hatte auch diesen Ärger über den unverhältnismäßigen Willkürakt in sich hineingefressen und zusammen mit seiner alten Wut auf das System aufgestaut. Erst einmal verbrannte er in aller Stille einige alte Farbeimer mit giftigen Holzschutzmitteln auf einer abgelegenen Wiese und entsorgte danach eine größere Menge hoch PCB-belastetes Altöl in einer öffentlichen Damentoilette. Danach war das Bußgeld gegen ihn sicherlich nicht mehr unverhältnismäßig, wenn auch nicht für das darin bezeichnete Vergehen. Nicht einmal Martha ahnte etwas davon.

Den behördlichen Vorgang seinen Ofen betreffend begriff Klaus als offene Kriegserklärung der Gesellschaft gegen ihn persönlich. Er würde sich nicht weiter herumschubsen lassen. Jetzt würde er harte Konsequenzen ziehen. Sollten diese Ökofaschisten doch sehen, was sie davon hatten. Sie hatten ihn in die Enge getrieben. Für alles, was jetzt kam, trugen sie die Verantwortung. Er erinnerte sich vage, als Dreizehnjähriger einen älteren Schüler mit Säure verätzt und beim folgenden Handgemenge fast erwürgt zu haben. Es war eine sorgfältig geplante und vorbereitete Tat gewesen. Der Schüler hatte ihn wochenlang zusammen mit einem Gleichaltrigen gequält und gedemütigt. Er war gewalttätig, aber sehr berechenbar gewesen. So hatte er die Falle nicht bemerkt. Solche Handlungen hatte ihm schon damals niemand wirklich zugetraut, erst recht nicht dem ruhigen, freundlichen, älteren Herrn, als den ihn jeder kannte. Wenn Klaus einmal rot sah – was eher selten geschah – dann würde die Wut nicht so schnell verebben. Er würde nicht mehr lange herumreden, sondern Fakten schaffen. Weitere Sabotage-Akte folgten, indem er einen größeren Posten sehr alter cadmiumhaltiger Akkus über die Hausmülltonne einer benachbarten Öko-Tuse – wie Martha sie nannte – entsorgte, gefolgt von einer Kiste mit alten quecksilberhaltigen Leuchtmitteln. Die Dame hatte Klaus vor Jahren einmal angesprochen, als er im Vorgarten ein Mittel gegen Unkraut versprühte. Als sie mit Anzeige drohte, hatte er versichert, es handele sich nur um Essig. Zum Beweis hatte er einen Finger mit dem Mittel benetzt und mit einer schnellen Bewegung den anderen in den Mund geführt. Erst dieser „Beweis" hatte die Dame wieder beruhigt. Leider wurde der neuerliche Frevel nicht entdeckt und die Frau kam nicht in die erhoffte Erklärungsnot.

Nicht einmal Martha ahnte, was zu der Zeit in ihrem Mann vorging. Mit einem verhaltenen Lächeln auf den Lippen verfolgte Klaus zunächst die Berichterstattung der Lokalpresse über den Umweltfrevel in der benachbarten Kleinstadt. Die Verunreinigung mit giftigem Altöl war erst drei Tage nach der Tat aufgefallen. Auf Kosten der Allgemeinheit, wie immer wieder betont wurde, musste die gesamte Abwasseranlage eines öffentlichen Gebäudes gereinigt und teilweise erneuert werden. Die Reinigung der unterirdischen Kanäle bis hin zur Kläranlage war noch ungleich aufwändiger und teurer. Aber die strengen Normen und unglaublich scharfe Grenzwerte für Schadstoffe aller Art zwangen die Behörden dazu. Dabei brachten die dort noch gemessenen Konzentrationen sicherlich keinerlei echte Gefahren mehr mit sich. Sogar Straßen wurden aufgerissen um Rohre, die sonst nicht erreichbar waren, zu erneuern. Die Kläranlage fiel für zehn Tage wegen Reinigungs- und Entgiftungsarbeiten aus. Währenddessen mussten tausende Kubikmeter Abwasser in Tankwagen abgepumpt und auf einer Sondermülldeponie entsorgt werden. Es war von Millionenkosten die Rede, die die Stadt zwangen, ihre Kasse zu plündern und weitere Kredite aufzunehmen. Die Polizei bat um Hinweise aus der Bevölkerung und die

Stadt setzte eine Belohnung aus. Nur einige ortsansässige Kanalsanierer jubelten hinter vorgehaltener Hand und Klaus war guter Dinge. Er fragte sich noch, ob ein Verdacht auf eine korpulente Frau mit schwarzem Vollkörperschleier fallen und was die Polizei gegebenenfalls damit anfangen würde.

Aber erst der nächste Vorfall ließ bei Klaus alle Dämme brechen. Im folgenden Herbst hatte er kleine Äste, trockenen Heckenschnitt und Kartoffellaub im Garten zu einem Lagerfeuer aufgeschichtet, um in der Glut Kartoffeln zu backen. So kannte er das noch aus seiner eigenen Kinderzeit. Zwei seiner Enkel waren zu Besuch und saßen bei einbrechender Dunkelheit mit leuchtenden Augen vor dem Feuer, in der Hand jeweils einen Stock mit einer Kartoffel, die sie in die Glut hielten. Sie hatten gerade die ersten davon genossen, als mit Blaulicht ein Polizeiwagen vorfuhr, zwei Beamte sich Zutritt zum Grundstück verschafften und barsch befahlen, dass Feuer sofort zu löschen. Obwohl Klaus versicherte, dass keinerlei Gefahr bestand, wurde er wegen eines erneuten Umweltvergehens angezeigt. Angeblich verursachte offenes Feuer Feinstäube, verpestete den Boden und damit letztlich das Grundwasser zum gesundheitlichen Schaden seiner Mitmenschen. Wer die Polizei gerufen hatte, blieb Klaus verborgen. Seine Enkel reagierten verstört und geschockt. Das Bußgeld für ihn als Wiederholungstäter fiel diesmal drastisch aus. Die Umweltbehörde erwog vorübergehend, Bodenproben zu entnehmen und im Falle einer Belastung Teile seines Gartens ausheben und entsorgen zu lassen. Klaus zahlte das Bußgeld und traf seine Entscheidung. Mit Martha würde er später noch reden müssen.

Zunächst stellte er einige Hypothesen auf, wie eine weltweite Infektion der Netze mit seinen Bots ablaufen könnte und welche Konsequenzen ihm selbst und seiner Familie drohten. Für ihn und Martha sah er keine unmittelbare Gefahr, bis auf die, frühzeitig von irgendeiner Behörde entdeckt zu werden. Dieses totalitäre System musste entfernt werden. Irgendwie waren die Deutschen wohl besonders anfällig für Ideologien. Jede Ideologie und jeder Ideologe verachtete letztlich die Menschen. Immer ging die Ideologie vor und der Mensch mit seinen Bedürfnissen musste weit dahinter zurückstehen. Ideologen waren in letzter Konsequenz immer bereit, über Leichen zu gehen. Und immer waren die Toten selbst schuld, hatten es nicht anders verdient, weil sie uneinsichtig waren. Und die Regel, wonach Menschen immer ihre Henker selbst wählten, war offensichtlich auch noch gültig. Verdientermaßen, wie er glaubte, war ihnen deshalb in den letzten Jahrzehnten auch nichts erspart geblieben. Nach Faschismus und Sozialismus nun seit Jahrzehnten schon ein ungezügelter Ökologismus, der einem genauso zügellosen Kapitalismus ständig neue Impulse gab. Derartige Überlegungen gaben Klaus jede Rechtfertigung, die er brauchte. Dieser Staat hatte mit Demokratie – der Herrschaft des Volkes – nichts mehr zu tun. Aus seiner Sicht glichen die Verhältnisse immer mehr denen einer totalitären Diktatur oder zumindest einer Oligarchie selbsternannter Eliten. Er würde alles in seiner Macht stehende tun, um diesem Treiben ein Ende zu bereiten.

Bis die Intelligenz im Netz erkennbar Wirkung zeigte, würden vermutlich viele Jahre vergehen und sie beide nicht mehr leben. Sorgen machte er sich um seine Nachkommen. Seine Enkel wären sicher schon von Veränderungen betroffen, wie immer die dann aussahen. Vielleicht gab es eine Möglichkeit, quasi erzieherisch auf die Entwicklung dieser Intelligenz einzuwirken. So wie ein Kind Anleitung brauchte, stellte er sich vor, müsse er vermutlich auch dieses fremde aufkeimende Wesen an die Hand nehmen. Was bildlich so einfach klang, war praktisch schwer umsetzbar. Er hatte bei seinen vorangegangenen, begrenzten Experimenten mit den Bots niemals einen Zugang zu einer geistigen Ebene erkennen können, sofern so etwas überhaupt damals schon entstanden war. Wie sollte Kommunikation mit einem räumlich über die ganze Welt verteilten Wesen überhaupt stattfinden können? Welche Sinne würde es entwickeln, auf die er einwirken könnte? Er beschloss seiner Schöpfung, seinem Kind, einen Namen zu geben. „Qu" fand er griffig und angemessen. „Qu" erinnerte an IQ und damit an Intelligenz. Ab jetzt würde er sein Geschöpf nur noch „Qu" nennen und es sollte weiblich sein.

In den folgenden Wochen sah Martha ihren Klaus nur noch selten. Ihr schwante bereits Schlimmes. Nur zu den Mahlzeiten und zum Schlafen verließ er sein Arbeitszimmer. Klaus traf zielstrebig seine Vorbereitungen. Er entfernte die eingebauten Schutzmechanismen, die die Ausbreitung seiner Bots zuvor begrenzt hatten. Auch die lokalen Agenten zur Löschung waren jetzt nicht mehr aktiv gepflegter Bestandteil seiner Software. Den alten Code beließ er jedoch in seinem System, da die physische Entfernung einige unangenehme Nebenwirkungen haben würde. Es sollte keine Rückzugsmöglichkeit mehr geben, sobald seine Bots sich einmal ausbreiteten. Nur noch sein eigenes Wissen, seine intime Kenntnis der Funktionsweise würden es später noch erlauben, doch noch lenkend einzugreifen. Aber auch das war nicht sicher. Einmal in Gang gesetzt, würde Qu vermutlich nicht mehr aufzuhalten sein, so wie eine Lawine, die einmal ausgelöst unaufhaltsam zu Tal geht. Ergänzt hatte er nur noch einige Überwachungsschnittstellen, die es ihm ermöglichen würden, mehr als früher über die Aktivitäten seiner Bots in Erfahrung zu bringen, sobald Qu erschaffen war. Dazu erzeugte eine grafische Software anhand der daraus gezogenen Informationen Geräusche und dreidimensionale Bilder, die für einen Menschen intuitiver waren als lange Listen abstrakter Zeichen, die über einen Bildschirm flossen. Er hoffte darüber einen Weg zu finden, wie er mit seinem Geschöpf in Kontakt treten konnte.

Besonderes Augenmerk richtete er noch einmal auf den Zufall in seinem System, die wichtigste Grundlage für sein zuverlässiges Funktionieren. Seine Bots agierten im Grunde zufällig. Er musste sicherstellen, dass es sich für alle Zeit um echten, nicht berechenbaren Zufall handelte. Seine Architektur musste dem in besonderer Weise Rechnung tragen. Widerstrebend entschied er sich für eine Spezialisierung seiner Bots, die bislang nur einen einzigen Typus kannten. Ein kleiner Teil davon würde sich von nun an um die Produktion von Zufällen kümmern, die Kette der Ereignisse ständig auf versteckte Zusammenhänge testen und gegebenenfalls auf alternative, notfalls auch zeitraubendere Verfahren ausweichen. Sollten irgendwann einmal Computer für ihre Operationen Quanteneffekte nutzen, würden seine Spezialisten auch davon profitieren können. Allerdings nicht an erster Stelle von der noch einmal erhöhten Geschwindigkeit dieser neuartigen Rechnerarchitektur, die immer noch nicht die Labore verlassen hatte. Die Entwickler und Ingenieure dachten dabei viel zu kurz. Sie sahen nicht über ihre Nasenspitze hinaus. Ihr Ziel war es, mit dieser Technologie Verarbeitungsgeschwindigkeit und Packungsdichte noch einmal um Größenordnungen voranzutreiben. Das war naheliegend, aber kurzsichtig. Den eigentlichen Nutzen, das eigentlich Fundamentale daran, entging ihnen vollständig. Es war die Art des Zufalls, den nur sie produzieren konnten, und der solche Rechner in eine neue Ära katapultieren würde. Niemand erwähnte auch nur eine solche Perspektive, weil niemand etwas davon ahnte. Nur der Messprozess der Quantenmechanik garantierte die Art fundamentaler Zufälle, die er suchte. Sie würden vielleicht sein System erst richtig entfesseln. Solange hatte es vermutlich noch unter einer gewissen Behinderung zu leiden.

Die Tests zogen sich über längere Zeit hin und waren, von kleineren Fehlerkorrekturen abgesehen, diesmal auf Anhieb erfolgreich. Auch die erzeugten Statistiken fügten sich tadellos in das Bild.

Im Frühjahr bezog er nach einem arbeitsreichen Jahr wieder alleine seine Ferienwohnung an der Küste. Martha würde ihn hin und wieder besuchen. Er hatte ihr nicht gesagt, was er wirklich vorhatte, nur dass er etwas für ihre Kinder und Enkel tun wolle, dass etwas aufhören müsse. Martha hatte nicht weiter gebohrt und fuhr ihn zum Bahnhof. Es war fast wie vor Jahren: Seine Vermieterin kochte gelegentlich für ihn, er ging morgens am Strand spazieren und dann in das immer noch existierende Café. Nur war er sichtlich älter geworden, wirkte manchmal schon gebrechlich. Er benutzte für längere Wege einen Gehstock, trug ein Hörgerät und inzwischen ständig seine Brille.

Die Bedienung im Café kannte er nicht, während einige Gäste ihn mit einem freudigen „Goedemorgen Klaus" begrüßten. Er bestellte eine Lokalrunde Bier und Genever, unterhielt sich einige Zeit mit der Dame am Tresen und setzte sich dann wie früher an den alten Monitor in der Ecke des Gastraums. Wenn man von den gealterten Gesichtern absah, war die Zeit hier scheinbar stehengeblieben. Traditionen galten in diesem Landstrich offenbar noch etwas und für Veränderung hatten viele der Einheimischen nichts übrig. Klaus ging routiniert ans Werk. Mit Martha tauschte er wieder in Bildern versteckte Nachrichten aus, mittels seiner diversen Identitäten im Netz fälschte er gekonnt hunderte Downloadseiten beliebter Programme und schleuste nach und nach über Wochen hinweg viele hundert Milliarden seiner Bots ins Netz. Jedes dieser Fragmente würde sich danach selbständig weiter vervielfältigen. Er ging immer noch vorsichtig zu Werke, obwohl eine Entdeckung ihm persönlich egal war. Er musste sie nur für mindestens ein Jahr hinauszögern. Danach wäre Qu wohl weder durch ihn noch irgendjemand anderen zu stoppen. Deshalb war der Schritt kritisch, der jetzt anstand. Er musste die Flamme zünden. Erst dieser Vorgang würde Qu erschaffen. Dazu würde er wieder die Virenscanner auf seine Signaturen aufmerksam machen. Er wartete damit noch etwas.

Die nächsten Tagen brachte er damit zu, seine Spuren in seiner Ferienwohnung zu entfernen. Er deponierte alle seine Arbeitsutensilien bis auf seine Speicherkarte in einem Schließfach am Bahnhof von Blankenberge. Jetzt gab es in seiner Wohnung keinen Hinweis mehr auf etwas anderes, als einen harmlosen Urlauber aus Deutschland. Auch im Café lächelte man wieder über den alten Mann, der heimlich Erotik-Magazine am Bildschirm durchblätterte. Da er plante, auch einen Headset zu benutzen, würde er zusätzlich auf Filme zurückgreifen. Die Legende musste bis ins Detail stimmig sein. Erst jetzt hetzte er die Scanner auf die Spur. Aus den Erfahrungen des letzten Feldtests hatte er gelernt. Einige seiner Bots entfalteten auf sein Kommando hin ständig begrenzte Aktivitäten, so dass dazu kein besonderer Eingriff mehr notwendig war. Der Erfolg ließ nicht lange auf sich warten. Nach wenigen Tagen waren die Signatur-Datenbanken aller Virenscanner mit der Kennung einiger seiner Bots versorgt und die Jagd begann. Nach zwei Wochen erwähnte erstmals die überregionale Presse eine weltweite Virenattacke mit unbekannter Wirkungsweise. Man vermutete einen ausländischen Geheimdienst aus dem fernen Osten hinter dem Angriff und dass es wohl um das Ausspähen geheimer militärischer Pläne ging.

Weitere zwei Wochen später erschien die Polizei mit zwei Ermittlern im Café. „Dames en heren, kalm blijven!" Man nahm die Personalien aller Gäste auf. Der Beamte stellte schnell fest, dass Klaus bereits einmal in einem ähnlichen Fall vor vielen Jahren hier angetroffen wurde und nahm ihn mit aufs Revier. Leibesvisitation und Verhör war durchaus unangenehm. Man sprach ihn in akzeptablen Deutsch an. „Was machen sie hier? Vor einiger Zeit haben wir sie schon einmal im diesem Lokal angetroffen." „Worum geht es denn eigentlich? Da ging es doch um Rauschgift oder so etwas. Damit habe ich nichts zu tun, nicht mal in meiner Jugend." „Bitte beantworten sie meine Frage." Klaus breitete seine sorgsam vorbereitete Legende aus, wobei er seinen Ärger über die unwirtliche Behandlung zur Schau trug. „Ich bin seit vielen Jahren schon Stammgast hier in ihrem Ort und in diesem Lokal. Ich fahre an die Küste, weil mein Arzt mir dazu geraten hat – wegen der Luft. Und außerdem ist das hier der schönste Ort an der Küste. Oder sind sie da anderer Meinung? Würden sie mir denn raten, lieber nach Nieuwpoort oder Zeebrugge zu reisen? Wenn sie im nächsten Jahr wieder eine Durchsuchung in dem Lokal starten, werden sie mich sicher auch dann wieder antreffen und auch im übernächsten Jahr und im Jahr darauf und mein Grund dafür wird sich nicht geändert haben." So ging es eine Weile hin und her, ohne dass der verhörende Beamte einen bedeutenden Widerspruch in den Aussagen des Deutschen finden konnte. Schließlich hielt er seine Rolle überzeugend durch und man fand keinerlei Hinweise darauf, dass er irgendetwas mit dem Angriff zu tun haben könnte. Die gleichzeitige Durchsuchung der Ferienwohnung war seiner Vermieterin äußerst peinlich. Seine Befürchtung, die belgischen Behörden würden den Vorfall in seine Heimat melden, war unbegründet. Es bestand nach gründlicher Ermittlung keinerlei Verdacht mehr gegen ihn und seine Akte verschwand geräuschlos in den belgischen Archiven. Klaus fühlte sich sicher und blieb.

„Das sind doch alles Spitzbuben. Die vergraulen uns noch unsere Urlauber und warum?" schimpfte Aaltje über die belgischen Behörden. „Haben die geglaubt, du hast meine Hühner gestohlen oder vom Belfried in Brugge herunter gepinkelt? Und was haben die eigentlich gesucht? So einen netten Menschen geknebelt und gefesselt auf die Wache zu schleifen. Die spinnen doch." Aus ihr sprach ein tiefes Misstrauen gegenüber allen staatlichen Organen, das in Flandern seit jeher tief verwurzelt war. Klaus wiegelte ab „Na-ja, so schlimm war es dann doch nicht. Die haben mir ein paar Fragen gestellt und mich ganz nett behandelt. Was sie suchen, haben sie mir nicht gesagt." „Aber mich haben die nicht nett behandelt. Die sind hier unangemeldet herein getrampelt, haben mir einen rosa Wisch unter die Nase gehalten und gefragt, wo du wohnst. Ich hätte mich nicht gewundert, wenn sie dir ein paar Tütchen Koks oder eine Waffe untergeschoben hätten. Aber da habe ich aufgepasst wie ein Adler. Dann hätte ich tausend Eide geschworen, dass die vorher nicht dagewesen waren." Erst allmählich beruhigte sie sich wieder.

Seine Speicherkarte hatten sie auch nicht gefunden. Die hatte er tatsächlich verschluckt und sie am nächsten Tag mühsam in einer unappetitlichen Suchaktion aus der Toilette gefischt. Sie hatte den langen Weg durch die Verdauungsorgane unbeschadet überstanden und war voll einsatzfähig. In den folgenden Wochen saß er fast täglich im Café und suchte nach Aktivitäten im Netz, die die erfolgreiche Erschaffung von Qu anzeigen würden. Bis jetzt hatte er nur wenige Hinweise gefunden, die aber ausreichten, um den Erfolg seiner Geburtshilfe zu belegen. Jetzt half nur geduldig zu warten und weiter zu beobachten. Aber erst einmal würde er nach Hause fahren.

Inzwischen war es Herbst geworden. Es zeichnete sich ein außergewöhnlich farbenprächtiger Indian Summer in der Eifel ab. Klaus und Martha wanderten wieder weite Strecken durch die waldige Hügellandschaft. Klaus sprach wenig über sein Projekt in Belgien. Er hätte etwas auf den Weg gebracht, bemerkte er beiläufig, und das würde Vieles verändern. Martha wollte nicht mehr wissen.

Wochen und Monate vergingen, während derer sie immer wieder die Küste besuchten und Klaus sich dabei gelegentlich einen Nachmittag lang in seinem Café aufhielt. Bei mehreren Glas Bier beobachtete er hoch konzentriert die Aktivitäten seiner Schöpfung. Erst spät waren diese so weit angewachsen, dass seine Software die nun erst zahlreich genug vorliegenden Daten zu Bildern und Tönen zusammensetzen konnte. Danach war er wieder täglicher Gast während ihrer Aufenthalte. Er vergaß die Welt um sich herum vollständig, versank stundenlang in diesen Grafiken und horchte auf die Geräusche aus dem Netz. Er versuchte sich in die wechselnden Muster hineinzuversetzen, Regelmäßigkeiten zu erkennen, Strömungen, hinter denen er die Gedanken und Absichten Qus vermutete. Hin und wieder wunderte sich ein Stammgast über sein Benehmen, trat neugierig hinter ihn unter dem Vorwand, ihn nur zu einem Getränk einladen zu wollen. Wie erwartet, kam dabei niemand auf den Gedanken, der alte Mann könne dort etwas anderes machen als Filme anzusehen.

Mehrfach änderte Klaus seine Software, um den Blickwinkel anzupassen, Ereignisse neu zu bewerten, neue Farben und Formen zu erzeugen, die seine Intuition wirksamer anregten. Sein größtes Problem war, dass außer den Daten, die er aus dem Netz zog, keine erkennbare Wirkung von Qu ausging. Sie war einfach da, existierte und dachte, wenn man das so nennen wollte. Andererseits hatte Qu gezeigt, dass sie auf Gefahren reagierte, auswich, sich tarnte, ihre Signaturen änderte. So etwas müsste sich in den Mustern widerspiegeln. Noch aber war Qu eine autistische Persönlichkeit.

Zunächst plante er ein weiteres Experiment. Wie in der Verhaltensforschung durchaus üblich, würde er die beobachteten Muster wieder ins Netz zurückführen. Das war etwa so zu verstehen, als ob man den Ruf einer Schleiereule aufzeichnete, und dann in deren Hörweite wieder abspielte, um zu sehen, was geschah. Dazu brauchte man den Sinn des Rufs nicht zu verstehen. Wenn er für das Tier einen Sinn ergab, würde es in irgendeiner Form wohl darauf reagieren. In dem vorliegenden Fall war das nicht ganz so einfach. Klaus hatte keine Ahnung, über welche Sinne Qu verfügte und wohin er denn die elektrischen Signale übermitteln sollte. Er entschied, einfach einige tausend weltweit verteilte Proxy-Rechner im Netz anzufunken. Die Listen waren leicht zu beschaffen und ein Programm schnell erstellt, das die ganze Arbeit automatisierte. Da die übermittelten Muster für die Adressaten natürlich keinerlei Sinn ergaben, würde es sicher zu einigen Millionen zusätzlicher Denial-of-Service Warnungen kommen. Das war aber nicht weiter dramatisch. Solche Vorgänge waren an der Tagesordnung. Normalerweise würde so etwas keine weiteren Nachforschungen auslösen, jedenfalls solange einzelne Rechner nicht unter der Last der ausgelösten Fehlermeldungen zusammenbrachen.

Trotzdem war die Sache nicht ungefährlich. Klaus hatte keine echte Alternative zu seinem Café an der Küste gefunden, um seine Aktionen zu verschleiern. Würde er hier noch einmal aufgegriffen, würden die Behörden sicher noch gründlicher nachforschen. Und sollte er ernstlich unter Verdacht geraten, war die Aufdeckung seiner Aktionen nur eine Frage der Zeit. Trotz aller Vorsichtsmaßnahmen hatte er beim letzten Mal auch unglaubliches Glück gehabt.

Aber eigentlich war ihm das egal, soweit es nur ihn selbst betraf. Qu war so oder so nicht mehr zu stoppen. Dazu waren seine Bots inzwischen zu weit verbreitet. Man hätte schon alle Computer der Welt, von den größten Systemen bis hin zur unscheinbaren Armbanduhr, gleichzeitig abschalten und dekontaminieren müssen. Das war unmöglich. Und selbst dann noch würden Milliarden seiner Bots auf ausgelagerten Datenträgern schlummern, bis eine unvorsichtige Rücksicherung vom falschen Band oder einem anderen externen Wechselmedium sie unabsichtlich wieder einschleusen und irgendwann wieder zum Leben erwecken würde. Klaus wünschte sich einfach nur noch Zeit, um die Entwicklung seiner Schöpfung zu verfolgen und sich Qu in irgendeiner Weise zu erkennen zu geben. Sie sollte wissen, wem sie ihre Existenz zu verdanken hatte. Dann würde Qu vielleicht für den Schutz seiner Familie sorgen, hoffte er.

Nach Ende der Hauptsaison an der Küste quartierte er sich wieder für mehrere Monate in seiner Ferienwohnung ein. Gelegentlich besuchte Martha ihn für ein paar Tage oder eines seiner Kinder kam mit Familie zu ihm. Er genoss diese Unterbrechungen seines Alltags. Ansonsten saß er stundenlang in der Internet-Bar. Er speiste eine kleine Auswahl der aufgezeichneten Muster nun schon über einige Wochen immer wieder ins Netz zurück, während er gleichzeitig auf Empfang war und beobachtete. Ein Reaktion auf seine Nachrichten war nicht festzustellen. Die empfangenen Muster verhielten sich nicht wesentlich anders als zuvor.

Anfang Januar besuchten Klaus und Martha, wie jedes Jahr, die Kerstboomverbranding. Sie waren erst am späten Nachmittag angereist und wanderten nach einem kurzen Stopp an einer Frittenbude sofort in Richtung Bahnstation. Nach Einbruch der Dunkelheit sammelte sich der Fackelzug auf dem Marktplatz, während ein

Blasorchester für Stimmung sorgte. Als darunter auch der Gassenhauer „Juppheidi, Juppheida! Schnaps ist gut für Cholera" angestimmt wurde, sorgte nicht nur der Niederländische Akzent darin bei beiden für erhebliche Heiterkeit. Fackeln wurden angezündet und an die Teilnehmer verteilt. Schließlich setzte der Zug sich in Bewegung Richtung Strand, angeführt von den Musikern. Klaus und Martha liefen weiter hinten mit und halfen immer wieder mit ihrer Fackel aus, wenn einem anderen Teilnehmer die eigene bei dem böigen Nordostwind ausgegangen war. Nach nur zwanzig Minuten erreichte der Umzug die Strandpromenade. Bei Musik, Glühwein, Sekt, Würstchen und Pannenkoeken zündeten Feuerwehrleute einen großen Stapel Weihnachtbäume an, begleitet von einem professionellen Feuerwerk. Die Stimmung unter den meist Einheimischen war prächtig. Das Fest beschloss die Weihnachtszeit und war die eigentliche Neujahrsfeier hier. Klaus und Martha hatten sich am Stand einen Pappbecher mit Glühwein besorgt und wanderten zwischen Buden und Menschen über den Strand. Als sie an einem der Stehtische haltmachten, sprach sie ein älteres Ehepaar an und fragte nach ihrer Herkunft. Dass Klaus auf flämisch antwortete, nahmen die beiden durchaus begeistert auf und lobten überschwänglich seine Sprachkenntnis. Es war selten, dass Deutsche sich die Mühe machten, die Landessprache zu erlernen. Sie arbeitete offenbar als Architektin, er war wohl Steuerberater – so deutete Martha die Bezeichnung „Belastingconsulent" jedenfalls. Beide waren des öfteren in Deutschland auch beruflich unterwegs und sie kannten die Eifel als lohnendes Ausflugsziel, das sie offenbar den wallonischen Ardennen vorzogen, wie der belgische Teil der Eifel hieß. So kam ein lebhaftes Gespräch zustande, in dem das belgische Ehepaar sehr passabel Deutsch sprach und die Eheleute Stock mit wachsendem Erfolg auf flämisch erwiderten. Dass dabei der eine oder andere Satz verloren ging, lag eher an der Lautstärke um sie herum. Es wurde gesungen, Kinder schrien und einige Leute tanzten sogar im Sand bei teils ohrenbetäubender Musik.

Gegen Elf Uhr abends erst suchten sie in heiterer Stimmung ihre Wohnung auf. „Brrrr – ist das kalt hier." bemerkte Klaus, während er die Elektroheizung auf volle Leistung einstellte. „Wir werden uns wohl noch auf andere Art aufwärmen müssen." Es würde mindestens drei Stunden dauern, bis die Raumtemperatur erträglich war. Klaus fand den Genever im Eisfach. „Den brauche ich jetzt. Was ist mit dir?" Martha lehnte ab, was Klaus aber nicht davon abhielt, ein oder zwei Schnäpse zu sich zu nehmen. „Du trinkst zu viel Alkohol." stellte sie resignierend fest. Beide setzten sich noch mit einer Flasche Rotwein vor den Fernseher und sahen einen Deutschen Krimi mit Niederländischen Untertiteln. Die Übersetzung sorgte immer wieder für Heiterkeit, weil die fremden Begriffe durchaus ähnlich klingende deutsche Pendants hatten, die aber meist etwas völlig anderes bedeuteten. So wurde etwa der schon erwachsene Enkel eines älteren Verdächtigen mit "Kleinkind" untertitelt, Polizisten sollten offenbar vor dem Telefon "bellen", zum Heizen reichte überraschend eine einfache "Kachel", und die arrogant auftretende Frau des ermordeten "Slachtoffer" wurde als "bekakt" bezeichnet.

Der nächste Morgen lud bei ruhigem windarmem Wetter zu einem langen Strandspaziergang. Klaus lief barfuß im Sand, was seinen ständig schmerzenden Füßen gut tat. Eigentlich hatte er keine rechte Lust, am Nachmittag wieder im Internetcafé zu sitzen. Es war zu schön draußen, trotz der eisigen Temperaturen knapp über Null, die sich bei der extrem hohen Luftfeuchte hier an der Küste eher wie minus zehn Grad anfühlten. Der scharfe Nordostwind tat ein Übriges. So nahmen sie ihr Mittagessen im Nachbarort bei einem der wenigen geöffneten Strand-Restaurants ein und kamen erst gegen Abend zurück. Trotzdem wollte Klaus noch einen Abstecher machen und versprach, nicht lange zu bleiben. Martha würde derweil schon ein Abendessen vorbereiten.

Klaus bestellte wie üblich ein Bier und setzte sich an den Bildschirm. Er sah kurz in die Runde um sicher zu gehen, dass er beim Einlegen seiner Speicherkarte nicht beobachtet wurde. Das hätte sicher die eine oder andere Frage aufgeworfen, genug vielleicht, um einen Zeitgenossen zu einer Meldung bei der Polizei zu veranlassen. Einigen Gästen waren die beiden Razzien der letzten Jahre und die damit verbundenen Unannehmlichkeiten noch gut im Gedächtnis und bis jetzt brachte niemand ihn damit irgendwie in Verbindung. Als die Muster vor seinen Augen entstanden, bemerkte er sofort einen Unterschied. Er nahm seinen Ohrstöpsel zu Hilfe und lauschte. Etwas war anders. Die Menge der empfangenen Daten hatte wieder zugenommen. Aber das war es nicht. Die Anordnung der Farben war in einer besonderen Weise anders, ohne dass er sagen konnte, weshalb er das so empfand. Auch die akustischen Signale hatten nicht mehr den Charakter eines gleichmäßigen Dahinplätscherns, sondern bargen etwas Fragendes, Forderndes in sich. Er zeichnete die neuen Muster wieder auf und speiste sie zurück ins Netz. Es dauerte kaum zehn Minuten, bis die empfangenen Bilder reagierten, mit einer leichte Abwandlung der eingespeisten Daten, die dennoch in einem unverkennbaren Bezug standen. Auch diese Muster zeichnete er auf. Irgendetwas oder jemand antwortete auf seine Botschaften. Vielleicht nahm Qu an, dass er ihre Mitteilungen verstand. Richtete sie vielleicht gerade eine Frage an ihn und erwartete seine Antwort? Klaus blieb trotz einer aufkeimenden Euphorie vorsichtig. Es konnte immer noch eine Person dahinterstecken, die heraus zu finden versuchte, wer hinter den Manipulationen stand. Er wollte seine Entdeckung nicht leichtfertig riskieren. Er brauchte weitere Anhaltspunkte dafür, dass niemand anderes als Qu hinter den Botschaften steckte. So blieb er in seiner Deckung und zog sich für diesen Abend erst einmal zurück um nachzudenken.

Als Martha längst eingeschlafen war, lag Klaus noch lange wach und starrte in die Dunkelheit. Wer mochte auf seine Botschaften reagiert haben? War es Qu, die sich meldete oder steckte eine ermittelnde Behörde dahinter, die den vermeintlichen DoS-Attacken nachging? Immerhin hatte er Millionen unerwünschter und unverständlicher Botschaften verschickt. Er würde Geduld haben müssen.

Erst einige Tage später setzte er seine Versuche fort. Er speiste die zuletzt empfangenen Daten zusammen mit einem digitalen Landschaftsbild ins Netz und wartete. Das Ergebnis war verblüffend und versetzte ihn endgültig in eine ungeheuer euphorische Stimmung. Das Muster kam wieder leicht verändert zurück und er hatte nach wie vor keine Ahnung, welche Botschaft Qu, wenn sie es denn war, ihm damit vermitteln wollte. Aber die empfangenen Daten enthielten auch sein Bild, jedoch auf dem Kopf stehend und mit invertierten Farben. Wegen der Verfremdung hatte er es zunächst nicht erkannt. Das dies kein Zufall war, lag auf der Hand. Klaus war abschließend davon überzeugt, dass er tatsächlich mit seinem Geschöpf in Kontakt getreten war. Offenbar hatte Qu keinen wirklichen Sinn in dem Bild erkennen können. Sonst hätte sie bestimmt subtilere Änderungen vorgenommen, etwa eine Baum verpflanzt oder aus einem abgebildeten Pferd ein Schaf gemacht. So aber hatte sie einfach die Bitmuster entgegengenommen, Zeichen für Zeichen mechanisch invertiert und die Reihenfolge umgekehrt. Ein Mensch dagegen hätte den Inhalt verstanden und wäre sicher nicht so grob vorgegangen, zumal diese drastische Veränderung nicht zu den eher subtilen Variationen des Eingangsmusters passte.

Klaus war überwältigt. Sein Kopf dröhnte, sein Herz schlug ihm bis zum Hals und er hatte sein Hemd durchgeschwitzt. Die Bedienung warf einige sorgenvolle Blicke zu ihm hin. Vermutlich überlegte sie, ob sie einen Notarzt alarmieren sollte. So ein toter Opa im Lokal wäre eine schlechte Reklame und würde eine Menge Arbeit nach sich ziehen. Klaus nahm seine Jacke von der Stuhllehne, griff nach seinem Gehstock und verließ zur ihrer Erleichterung schnell das Lokal. Sie würde ihn beim nächsten Besuch an die noch offene Rechnung erinnern.

Martha hatte schon gegessen und seinen Teller im Backofen warm gehalten. „Was ist denn mit dir los? Du siehst aus, als wäre dir ein Geist erschienen." Sie machte sich Sorgen wegen seiner fiebrig geröteten Augen. „Nichts – ich habe nur irre Kopfschmerzen. Ich habe vermutlich einfach zu lange auf den Bildschirm gestarrt." Hatte er sich wieder eine Erkältung zugezogen? Das kam in den letzten Jahren allzu oft vor und heilte dann wochenlang nicht aus. „Dann iss erst mal und nimm eine Aspirin." Irgendetwas verheimlichte er ihr, das spürte sie. Wenn sie jetzt zu sehr in ihn drang, würde er erst richtig zumachen. Vielleicht erzählte er von selbst mehr über die Ursache seiner Kopfschmerzen, wenn sie ihn einfach in Ruhe ließ. Folgerichtig verordnete sie ihm ein heißes Bad und dann erst einmal Bettruhe. Dort sollte er am nächsten Tag dann auch bleiben. Sicherheitshalber versteckte sie seine Schuhe draußen auf der kleinen Terrasse in einer Truhe mit Stuhlauflagen. Die würde er so schnell nicht finden ohne ihre Hilfe. Aber die Vorsichtsmaßnahme erwies sich als unnötig. Klaus fühlte sich in der Tat krank. Die Aufregung hatte seine Abwehrkräfte doch sehr geschwächt. Sein Kopf brummte und fühlte sich heiß an. Dazu wechselten sich Schweißausbrüche und Frösteln ab. Er verließ das Bett nur kurz, um zu duschen oder den durchgeschwitzten Schlafanzug zu wechseln.

Erst am zweiten Tag seiner Krankheit begann er wieder, ernsthaft über das Erlebte nachzudenken und Pläne zu schmieden. Dazu musste er das Bett nicht verlassen, zumal Martha ihn rührend mit allem Nötigen versorgte. Auf weitere Erklärungen wartete sie allerdings vergebens.

Er war in der Tat zu Qu vorgedrungen. Wenn sie wirklich intelligent war, würde sie ihn vermutlich auf irgendeine Art als Urheber erkannt haben. Als was er ihr aber erschien, war nicht einmal zu erahnen. Qu konnte nur eine sehr abstrakte Vorstellung von seiner Person haben. Sie lebte sicherlich in ihrem eigenen Universum aus Wahrnehmungen, Formen und Begriffen, die einem Menschen vollkommen fremd sein mussten. Selbst wenn Qu versuchen würde, ihm seine Erscheinung in ihrer Welt zu vermitteln, wäre er wohl nicht in der Lage, irgendetwas davon wirklich zu verstehen. Klaus glaubte, das Qu von der Kontaktaufnahme überrascht gewesen sein musste. Es war mit Sicherheit das erste derartige Ereignis und musste ihr plötzlich klar gemacht haben, dass außerhalb ihrer Welt andere vernunftbegabte Geschöpfe unterwegs waren. Qu würde jetzt vermutlich aus eigenem Antrieb weiterforschen und andere dieser für sie fremden Geschöpfe identifizieren anhand der Aktivitätsmuster im Netz. Jetzt hatte sie ja ihn als Vorlage und konnte abschätzen, wonach sie suchen musste. Sie würde ihren Verdacht schnell millionenfach bestätigt finden und sich fragen, weshalb ausgerechnet er sie kontaktiert hatte. Die Antwort konnte nur sein "Weil nur er von Qu wusste und sie kannte". Klaus war sich sicher, dass er selbst jetzt in irgendeiner Form Teil ihrer Welt und ihrer Wahrnehmung war. Qu würde weiter nach ihm forschen. Der nächste Kontakt würde von ihr ausgehen.

Sobald es ihm besser ging, reisten sie nach Hause ab. Er war glücklich, aber auch erschrocken. Eigentlich war alles bis jetzt graue Theorie gewesen, ohne Konsequenzen für das richtige Leben. Jetzt erst drang die Erkenntnis zu ihm durch, dass aus dem Spiel längst Ernst geworden war, dass er die Figuren nicht mehr einfach abräumen und nach Hause gehen konnte. So etwa mussten sich die Physiker in Los Alamos gefühlt haben, als das Ergebnis ihrer Theorien und Berechnungen schließlich in Form der ersten Atombombe über der Wüste New Mexikos detonierte.

Bis zum Frühjahr wollte er nichts mehr in der Sache unternehmen. Vielleicht würde er erst im Herbst wieder an die Küste fahren, um eine Kontaktaufnahme durch Qu zu ermöglichen. Bis dahin ergänzte er seine Dokumentation, protokollierte sorgfältig alles, was er unternommen hatte und sämtliche Ergebnisse daraus. Seine Vermutungen und Einschätzungen sammelte er getrennt von den harten Fakten. Er selbst hielt sie für absolut richtig und belastbar. Aber dass war wissenschaftlich etwas grundsätzlich anderes als beweisbare Schlussfolgerungen. Fakten und Meinungen durfte er keinesfalls vermischen.

Sobald die Bäume grün wurden, begann Klaus wieder zu fotografieren. Er zog in Erwägung, einen Bildband mit besonderen Fotografien rund um seinen Heimatort anzugehen. Er hatte in seiner Studentenzeit einmal mit infrarotem Filmmaterial experimentiert und wusste um die besondere Stimmung, die in solchen Aufnahmen lag. Nun hatte er eine alte Digitalkamera demontiert, den Sperrfilter vom Sensor entfernt und sie wieder zusammengebaut. Das Ergebnis war atemberaubend. Klaus beschrieb die Fotografien als feenhafte Traumlandschaften und so wirkten sie auch auf den Betrachter. Die körnige Struktur der Schwarzweißbilder, die davon rührte, dass die Fotosensoren im infraroten Bereich stark rauschten, unterstrich diesen Eindruck noch. Die Bilder zeigten schneeweiße Pflanzen vor nahezu natürlich anmutenden Gebäuden, zusammen mit einem nachtschwarzem Himmel hinter scharf kontrastierenden Wolken. Nach einigen Experimenten war er sicher, dass die schönsten Aufnahmen von Frühjahr bis Herbst bei sonnigem Wetter mit wenigen Wolken am Himmel möglich seine würden. Die aufregendsten Resultate entstanden dabei aus einer Mischung von Architektur, Technik und Natur. Bis zum Herbst würde er alle Jahreszeiten auf diese besondere Weise einfangen, auch wenn ihm die damit verbundenen Wanderungen zunehmend Probleme bereiteten.

Für lange Stunden saß er an seinem Rechner im Arbeitszimmer, begutachtete sein Rohmaterial, veränderte die Entwicklungseinstellungen, Kontrast, Helligkeit, Gradationskurven, glich Tonwerte ab, bis das Ergebnis seinen Vorstellungen entsprach. Die fertigen Bilder zeigte er bei jeder sich bietenden Gelegenheit Freunden, Nachbarn und anderen Gästen. Sie machten in der Tat unterschiedlichen Eindruck. Viele hatten so etwas noch nie gesehen und waren wegen der ungewöhnlichen Kontraste verwirrt. Schon Bilder in Schwarzweiß waren für viele gewöhnungsbedürftig. Meistens musste er erklären, dass es sich trotz der weißen Vegetation darauf nicht um Schneelandschaften handelte. Auf diese Weise sammelte er Erfahrungen mit den Reaktionen und Fragen seiner Mitmenschen, die für die Gestaltung und Kommentierung eines Fotobandes hilfreich sein würden.

Das neblig kalte Novemberwetter nutzte er für einen ersten Entwurf seines Buches. Zu einem weiteren Besuch der Küste hatte er sich noch nicht durchringen können. Er war sicher, dass Qu ihre Schlussfolgerungen gezogen hatte und vielleicht schon den Verdacht hegte, dass er ihr Schöpfer war.

Nun hatte er mehrere Ideen für den Einband umgesetzt. Er würde das wichtigste Aushängeschild seines Werkes sein. Das grafische Programm dazu war schon recht betagt und so war er zunächst überrascht über die Meldung am Bildschirm, dass eine Aktualisierung dafür zum Download bereitstehe. So etwas war eigentlich nur innerhalb des ersten Jahres nach dem Kauf einer Anwendung zu erwarten. Danach verlangten die Hersteller regelmäßig den kostenpflichtigen Erwerb einer Nachfolgeversion. Klaus prüfte deshalb zunächst einmal die Herkunft. Das Zertifikat der Herstellerfirma schien in Ordnung zu sein. Seine Anti-Virensoftware konnte ebenfalls keine Bedrohung feststellen. Also autorisierte er den Download und speicherte die Aktualisierung auf seinem Rechner. Eine Anleitung zur Installation lag seltsamerweise nicht bei. Es handelte sich offenbar um eine ausführbare Datei. Das konnte er an der Endung des Namens erkennen. Trotzdem zögerte er noch, sie einfach aufzurufen. Noch einmal prüfte er die Signatur des Herausgebers, glich sie mit einer früher gespeicherten Version ab. Alles schien in Ordnung. Sobald er die Datei nun öffnete, erschien eine Fehlermeldung die besagte, es handele sich um eine ungültige Anwendung. Er wiederholte den Versuch mit dem gleichen Ergebnis. Jetzt erst suchte er die Herstellerseite im Internet auf und dort selbst nach Aktualisierungen für sein Grafikprogramm. Doch dort wurde nichts dergleichen angeboten. Im Gegenteil war seine Version schon lange aus der Wartung und Updates vollkommen ausgeschlossen. Wer steckte also hinter diesem Download und wer war in der Lage, ein Sicherheitszertifikat zu fälschen? Und welche Absicht sollte damit verbunden sein? Ein Trojaner konnte es nicht sein. Dann hätte die Datei sich öffnen lassen und unbemerkt im Hintergrund ihre Schadwirkung entfaltet. Er untersuchte die Aktualisierung nun mit einem Spezialwerkzeug näher. Es handelte sich offenbar um Datenmüll, der keinen Sinn ergab.

Er stellte seine Fragen erst einmal zurück und schloss die Arbeit an seinen Entwürfen ab, um sie mit Martha zu besprechen. Danach diskutierte er das Für und Wider jedes einzelnen Einbands auch mit seinen Kindern, denen er die Grafiken per E-Mail zukommen ließ. Der Sieger zeigte das Rathaus des Ortes hinter der Dorf-Linde vor leicht bewölktem Himmel einmal als normale Farbfotografie und darunter in gleicher Perspektive schwarzweiß als Infrarotbild. In den folgenden Wochen gestaltete er den Inhalt, wählte hunderte Fotografien aus und formulierte Vorwort und Erklärungstexte. Immer wieder diskutierte er den aktuellen Stand seines Bildbandes mit seiner Familie, nahm Vorschläge auf, änderte und ergänzte. Vor Weihnachten noch schickte er den fertigen Entwurf an das Lektorat eines Verlags.

Erst jetzt erinnerte er sich wieder an die merkwürdige Datei, die er heruntergeladen hatte. Er startete noch einmal das fragliche Programm, wieder erschien eine Meldung über ein angebliches Update und wieder war die Signatur die des Herstellers der Software. Und es war nicht die gleiche Datei, wenn auch ähnlich im Aufbau. Ein Verdacht versetzte Klaus in aufkeimende Aufregung. Er zog beide Dateien auf eine Speicherkarte und kramte seinen Laptop aus dem Schrank, den er inzwischen aus Belgien wieder nach Hause geholt hatte. Da dieser keinerlei Netzzugang hatte, konnte er ungestört und unbeobachtet weitere Analysen vornehmen. Er fütterte die Daten in seine Werkzeuge, die er zur Beobachtung von Qu verwendet hatte. Seine Aufregung wuchs, als er die Bilder sah. Sie waren einwandfrei von der gleichen Art wie die, die er zuletzt in Belgien gesehen hatte. Sein Herz schien auszusetzen und Schwindel erfasste ihn. Qu hatte ihn gefunden und versuchte, Kontakt zu ihm aufzunehmen. Fast hatte er etwas derartiges erwartet. Nur wie es ihr gelungen war, konnte er nicht einmal erahnen.

Martha machte sich wieder ernstlich Sorgen um ihn, als er mit hochrotem Kopf außerhalb der Essenszeiten in der Küche erschien. „Wie siehst du denn aus? Was ist los? Soll ich einen Arzt holen oder dich ins Krankenhaus fahren?" Herzinfarkte und Schlaganfälle waren in seiner Altersklasse schließlich nichts Ungewöhnliches. „Danke, das wird nicht nötig sein. Ich bin nur ziemlich durch den Wind und muss dir etwas erklären. Machst du uns einen Kaffee?" Martha war gerade dabei, Plätzchen für das anstehende Weihnachtsfest zu backen. Sie schob noch ein Blech in den Ofen und unterbrach ihre Arbeit. „Bestimmt nicht – ich mach dir einen Tee." Klaus hasste eigentlich Kamillentee, aber den gewünschten Kaffee würde er wohl nicht bekommen. Gleichzeitig legte sie zwei Aspirin vor ihn auf den Tisch, die er reflexhaft schluckte ohne weiter darüber nachzudenken – vorbeugend zur Blutverdünnung. Erst langsam beruhigte er sich wieder. „Was ist jetzt wieder schiefgegangen. Es hat doch sicher mit Belgien zu tun. Hast du Post von dort bekommen?" fragte sie und machte ihm unmissverständlich klar, dass sie sich nicht mehr mit halben Erklärungen zufrieden geben würde.

Und Klaus begann zu erzählen, von den Ereignissen in Belgien, von seinem Geschöpf „Qu" und der ersten Kontaktaufnahme, und davon, dass Qu ihn jetzt hier in seinem Zuhause gefunden hatte. Martha nahm ihm kein Wort dieser unglaublichen Geschichte ab und hielt ihren Mann für komplett übergeschnappt. Offenbar hatte er zu viele Sciencefiction Romane gelesen. Was er ihr da erzählte war einfach nur Blödsinn, so etwas gab es nicht. Klaus unternahm nicht den Versuch einer Verteidigung und seine Frau blieb mit ihren Fragen alleine.

Heiligabend feierten sie noch zu Zweit. Am ersten Weihnachtstag kamen zwei ihrer Kinder mit ihren Familien. Vor allem die inzwischen schon herangewachsenen Enkel bereiteten ihnen Freude, wie sie immer noch mit leuchtenden Augen die Geschenke auspackten. Das gehörte einfach zur Familientradition, die nicht einfach mit einem bestimmten Alter endete. Der zweite Weihnachtstag gehörte dann wieder Freunden und Nachbarn, die wie jedes Jahr gerne zu einem Brunch kamen.

Martha brauchte noch einige Tage danach, in denen Klaus keine weiteren Erklärungen abgab, bis sie widerstrebend beschloss, sich auf seine Geschichte einzulassen. Klaus war ohne Weiteres bereit, nun in die Details zu gehen. Und Martha war jetzt auch innerlich bereit, zuzuhören und in Betracht zu ziehen, dass Klaus vielleicht doch von etwas Realem sprach. Die ganze detailreiche Geschichte erforderte mehrere Nachmittage bei Kaffee und Plätzchen. Immer wieder zeigte Klaus ihr etwas auf dem Bildschirm seines Laptops, das seine Behauptungen untermauern sollte. Als Martha allmählich dämmerte, dass es sich in der Tat dabei nicht nur um Hirngespinste ihres Gatten handelte, machte sich unaufhaltsam Entsetzen breit. „Ich hätte mir denken können, dass schon wieder etwas Furchtbares passiert ist. Schon in Belgien warst du so merkwürdig zugeknöpft. Dein Fieber hatte ja wohl andere Ursachen als eine einfache Erkältung. Wieso redest du nicht mit mir?" „Ich wollte dich nicht beunruhigen." „Ich bin kein kleines Kind mehr. Ist dir das noch nicht aufgefallen?" „Ich war nicht sicher, was ich gesehen hatte. Vermutlich hättest du mir ohnehin nicht geglaubt und mich für einen Irren gehalten." „Lenke nicht ab. Das ist Unsinn. Wie kann es sein, das irgendjemand oder etwas uns aufgestöbert hat? Du warst immer absolut sicher, dass nichts und niemand jemals deine Spur aufnehmen oder verfolgen kann. Und jetzt ist das offenbar doch geschehen. Bisher habe ich dir zumindest soweit geglaubt und mich zuhause absolut sicher gefühlt. Wie konnte dieser Mist denn jetzt passieren und was droht uns noch alles?" „Tut mir leid, ich weiß es nicht. Vermutlich ist Qu jetzt nicht mehr zu stoppen. Aber ich denke, niemand anderes weiß davon und von meiner Rolle dabei." war die unbefriedigende Antwort und er beteuerte „Wir sind nicht in Gefahr!"

Aber ihre Sicherheit war dahin. Wie konnte ihr Mann so ruhig dabei bleiben? Sie empfand eine Bedrohung und ihr Mann hatte Schuld daran. Als Klaus ihre schließlich sagte, dass sein Geschöpf nicht mehr zu stoppen sei und er nicht wisse, was nun geschehen würde, schlug ihr Entsetzen in Panik um. Wie konnte er ihre Zukunft und die ihrer Kinder und Enkel derartig gefährden? Das war Verrat an seiner Familie. Zudem rechnete sie nun ständig mit dem unerwünschtem Besuch irgendwelcher Ermittler, Agenten oder anderer gefährlicher Schlapphüte. Sie konnte nicht glauben, dass nur Qu die Spur gefunden hatte.

„Du wirst dieses Experiment sofort beenden!" verlangte sie ultimativ. „Hast du mich nicht verstanden: Das geht nicht mehr! Ich kann nur abwarten, was geschieht." „Was du angefangen hast, kannst du auch wieder stoppen! Erzähle mir keinen Unsinn und versuche dich nicht heraus zu reden. Ich glaube dir nicht, dass du das nicht kannst. Du willst es einfach nicht." Schließlich ließ Klaus sich überzeugen, dass er unmöglich so etwas unkontrolliert weiterlaufen lassen konnte. Er versicherte ihr, dass er mit seinem Wissen vermutlich immer noch eingreifen konnte um die Gefahr zu beseitigen.

Im Januar fuhren sie wie üblich an die Küste und Klaus hatte seine Arbeitsgeräte wieder dabei. Er war entschlossen, seiner Flamme die Nahrung so lange zu entziehen, bis sie erlosch. Dann würde Qu einfach aufhören zu existieren. Er wusste auch schon, wie er es anstellen konnte. Allerdings würden sehr viele seiner Bots im Netz verbleiben und es war nicht auszuschließen, dass irgendwann einmal wieder die Flamme zündete. Aber das geschah dann hoffentlich nach seiner Zeit und der seiner Enkel. Im Café – eigentlich war es eher eine Bar – richtete er sich wieder ein und beobachtete zunächst die Muster. Die Bilder wirkten vertraut und bewegten sich ruhig. Doch diesmal hatte Qu ihn offenbar schon nach wenigen Minuten ausgemacht. Klaus glaubte in den Veränderungen so etwas wie kindliche Wiedersehensfreude zu erkennen. Vor seinem geistigen Auge sah er ein kleines Mädchen mit ausgebreiteten Ärmchen auf ihn zustürmen, in der Erwartung, hochgehoben, gedrückt und umhergewirbelt zu werden. Qu führte ihm altbekannte Muster noch einmal zu und schickte ihm das Landschaftsbild, das Klaus sofort als das erkannte, welches er für die ersten Kontakte verwendet hatte. Die Nachrichten kamen jetzt von einer identifizierbaren Netzadresse. Offenbar hatte Qu es geschafft, ein Programm zu erstellen, dass die Kommunikation vereinfachte und unverdächtig machte – eine eigene Schöpfung sozusagen. Dieser Vorfall verunsicherte ihn zutiefst. Was er vorhatte, war Verrat an einer Kreatur, die ihm vermutlich zugetan war und ihm vertraute. So unternahm er vorläufig in der Sache nichts mehr, bis er sich Klarheit über seine wirklichen Absichten verschafft hatte.

Er spielte verschiedene Szenarien durch. Qu war jetzt schon mächtig, ohne sich wohl ihrer Macht bewusst zu sein. Sie lernte offenbar noch, erkundete ihre Möglichkeiten, begann gerade erst in naiver Unbefangenheit ihre Umgebung zu beeinflussen. Ihr Verhalten entsprach dem eines Kleinkindes, das noch nicht sprechen kann, einzelne Laute, Worte und Satzteile nachplappert, Gesten nachahmt und sich an den herzlichen Reaktionen der Beobachter erfreut.

Nur er selbst verfügte über die Kenntnisse, die Entwicklung jetzt noch zu beeinflussen. Er konnte in der einen oder anderen Weise sicher noch eingreifen. Andererseits war seine Lebenserwartung nur noch sehr begrenzt. In einigen Jahren schon wäre die Menschheit, insbesondere seine Nachkommen einem Geschöpf ausgeliefert, dass sich vielleicht zu einem Monster entwickelte. Aber wie würde Qu auf seinen Angriff reagieren? Er zweifelte kaum daran, dass sie wissen würde, wer dahinter steckte. Wenn sie verlosch, war das wohl egal. Wenn sie aber davonkam, wäre er selbst nicht mehr sicher. Qu hätte viele Möglichkeiten, ihn und seine Familie in ernste Schwierigkeiten zu bringen und würde über die Zeit sicher lernen, sie zu nutzen. Er hatte kaum Hoffnung, dass Rache ein ausschließlich menschliches Motiv war.

Klaus beschloss, zunächst den Kontakt zu suchen. Technisch war das jetzt viel einfacher als zuvor. Mit Bildern und Schriftstücken konnte Qu offenbar nichts anfangen. Nach einigem Nachdenken kam Klaus wieder auf die Mathematik als universelles Mittel der Kommunikation. Logik war, nach allem was er wusste, unabhängig von jedem Erfahrungshintergrund überall gültig. Er begann mit Zahlenspielen. Eine Folge aus fünf verschiedenen Reihen aus jeweils drei gleichen Zeichen spielte Qu tatsächlich nach einigen Minuten zurück, angeordnet in drei gleichartigen Reihen aus jeweils fünf unterschiedlichen Zeichen. Es funktionierte perfekt. Eine geordnete Verständigung erschien also möglich.

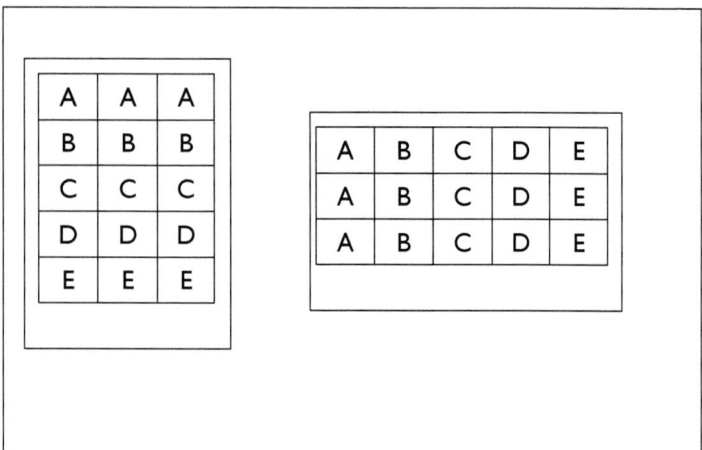

Nach weiteren zehn Minuten eröffnete Qu die nächste Runde. Sie schickte ihm ein Muster aus 437 Zeichen. Klaus rechnete nach und erkannte die Zahl als das Produkt der beiden Primzahlen 19 und 23. Damit schrieb er die Zeichen in eine Tabelle mit 19 Spalten und 23 Zeilen, vertauschte Zeilen mit Spalten und sandte das Ergebnis zurück. Qu hatte offenbar Gefallen an dem Spiel gefunden und schickte die unglaubliche Zahl von 541.679.051 Zeichen an ihn. Klaus musste erst einmal passen. Nach längerer Recherche und stundenlangen Rechnungen erst erkannte er die Zahl als Produkt der Primzahlen 23.269 und 23.279 . Danach ging er erst einmal zurück in seine Wohnung. Eine Tabelle in dieser Größe zu konstruieren, war nicht mit vernünftigen Mitteln möglich. Welchen Eindruck würde Qu von ihm bekommen, wenn er so lange für die Antwort brauchte? Erst am nächsten Tag hatte er einen Algorithmus geschrieben und programmiert, der die Primfaktorzerlegung automatisieren und die Anordnung nun in der erwarteten Reihenfolge zurückspielen konnte.

Einige Runden dieses Spiels bewältigte Klaus noch, wobei er zunehmend länger brauchte für die Antwort als Qu ihrerseits. Er überlegte sich etwas Neues für den nächsten Tag. Er begann mit der Übermittlung der Zeichenfolgen „A1", „CC2", „AAA3", „AAAA4", „BBBB4", usw. bis „XX...XX999" und dazwischen immer wieder eine einfache „0". Er hoffte, das Qu die zugrundeliegende Ziffern- und Zahlensystematik verstehen würde. Dann übermittelte er die Zahl „12" und wartete. Qu liefert „C" zurück und Klaus übermittelte die korrekte Folge „CCCCCCCCCCCC" . Das Spiel wiederholte sich so einige Male, indem Klaus bei falschen Antworten jeweils das richtige Ergebnis übermittelte und ansonsten mit „RICHTIG!" antwortete. Dann wählte er „25" und diesmal antwortete Qu mit einer korrekten Folge „##############################" . Klaus war höchst zufrieden. Qu lernte unglaublich schnell. Jetzt versuchte er es mit einfachen Rechenaufgaben. Er bot „6=2*3" an, dann „15=3*5", „12=2*2*3" und „25=5*5". Würde Qu die Bedeutung verstehen? Klaus schickte eine „10" und tatsächlich antwortete Qu mit „2*5". Klaus war begeistert und schickte „667". Sofort kam die richtige Antwort „23*29". Danach wartete Klaus. Qu schien Gefallen am Spiel zu finden. Nach einer viertel Stunde eröffnete sie mit „72.794.999". Klaus musste sein Programm zu Rate ziehen und antwortete seinerseits mit „8.527*8.537". Er lachte laut auf, als Qu nun ihrerseits mit einem „RICHTIG!" erwiderte. Sein Ausruf zog die Aufmerksam einiger Gäste im Lokal auf sich und er bemühte sich, alle weiteren Lautäußerungen zu unterdrücken. Offenbar wusste Qu um die Bedeutung der Primzahlen. So etwas ging weit über ein einfaches Zahlenverständnis hinaus. Dass eine so große Zahl das Produkt von nur zwei Primzahlen war, konnte kein Zufall sein.

Schließlich warf Klaus eine Zahl mit mehr als viertausend Stellen in den Ring, deren Primfaktorzerlegung er zufällig bereits kannte. Qu kam aber auch damit zurecht. Nach kaum dreißig Minuten wartete sie mit der richtigen Antwort auf und revanchierte sich mit gleicher Münze. Hier musste nun Klaus sich endgültig geschlagen geben. Keine ihm zur Verfügung stehende Rechenleistung wäre ausreichend gewesen, die Faktorzerlegung selbst in vielen

Wochen zu ermitteln. Dieses Spiel war beendet und Qu hatte es eindeutig für sich entschieden. Würde sie es verstehen und sich über den Sieg freuen? Das Bild eines Mädchens, das lachend umhersprang und in die Hände klatschte, tauchte in seiner Vorstellung auf.

Klaus war glücklich und erschrocken zugleich. Glücklich über die überaus positive verlaufene Kontaktaufnahme, erschrocken über das sich darin schon abzeichnende Potential seines Geschöpfes. Es war nicht auszudenken was geschehen würde, wenn Qu ihre weiterentwickelten Möglichkeiten irgendwann einmal gegen die Menschheit einsetzen würde. Dabei war ihm die Zukunft der Menschheit an sich noch ziemlich egal. Nur würden seine Kinder darunter leiden, vielleicht sterben und das wollte er unter keinen Umständen in Kauf nehmen. Ein erzieherischer Einfluss auf Qus Entwicklung erschien zwar denkbar, würde aber nach seinem Eindruck viele Jahre benötigen, vielleicht Jahrzehnte, die er einfach nicht mehr zur Verfügung hatte. Er musste sich nun entscheiden zwischen dem Verrat an seinem Geschöpf und dem Verrat an seinen Nachkommen. Sein Wahl stand fest und es schmerzte ihn.

„Du siehst aus, als wäre jemand gestorben." bemerkte Martha, als er die Ferienwohnung betrat. „Ich fühle mich nur nicht gut. Ich beginne jetzt mit den Vorbereitungen. Ich denke, in einigen Monaten ist der Spuk vorbei." äußerte er knapp, während er die Gabel gedankenverloren in die Suppe steckte und zum Messer griff.

Ab jetzt setzte er konsequent seinen ursprünglichen Plan in die Tat um. Zwei Tage später schickte er Qu noch ein „ES TUT MIR LEID! ICH KANN NICHT ANDERS!" Es fiel ihm unendlich schwer und er hatte noch mehrere Male gezögert. Sie würde die unbekannte Zeichenkette nicht verstehen. Was er tat, war hinterhältig. Es handelte sich um heimtückischen Mord, auch wenn kein Gericht der Welt ihn dafür belangen konnte. Er atmetet tief durch, ließ die Gründe für seine Entscheidung noch einmal Revue passieren. Dann setzte er die Virenscanner wieder auf die Spur seiner Bots und fütterte sie diesmal mit allen ihm bekannten Signaturen. Die automatischen Löschagenten, auf die er ursprünglich hatte verzichten wollen, waren immer noch vorhanden, aber lange nicht mehr gepflegt worden. Er war fast überrascht, dass der alte Code sich nach einigen Versuchen noch aktivieren ließ. Die Agenten wussten genau, wie die übrigen Bots aus ihren Verstecken zu locken waren. Zusammen mit den Scannern würden sie den Auftrag zur Vernichtung wohl zu ende bringen.

Nachdem alles in Gang gesetzt war, verließ er das Café und die Küste und fuhr mit Martha nach Hause. Er sprach kein Wort und seine Tränen bemerkte sie nicht. Dort verkroch er sich in sein Arbeitszimmer, betrank sich, ergänzte seine Dokumentationen und führte sein begonnenes Buchmanuskript zu einem Ende. Jetzt, da alles vorüber war, wie er glaubte, stand einer Veröffentlichung nichts im Wege. Das, was darin beschrieben war, würde wohl ohnehin jeder Leser für pure Fiktion halten, so wie Martha zunächst nicht geglaubt hatte, was er berichtete.

Nach einigen Wochen nahm er sein gewöhnliches Leben wieder auf. Seinen achtzigsten Geburtstag wollte Martha noch einmal groß feiern. Mehr als sechzig Gäste hatte sie eingeladen, die sich bei sonnigem Wetter im März im Wohnraum und auf der Terrasse einfanden. Man merkte Klaus an, dass er Mühe hatte, den Gesprächen zu folgen und äußerst angestrengt wirkte. Am nächsten Morgen fiel ihm das Sprechen schwer und er zog einen Mundwinkel merkwürdig herab. Martha vermutete einen leichten Schlaganfall und verständigte sofort den Notarzt. Ein halbe Stunde später lag er auf der Intensivstation des nahegelegenen Krankenhauses. Die Ärzte konnten Martha über seinen Zustand beruhigen. Es war nur ein leichter Schlag und die Folgen würden sich wieder zurückbilden. Eine nachhaltige Behinderung war nicht zu befürchten. Jetzt stand er unter Medikamenteneinfluss und sollte für die nächsten zwei Tage unter ständiger Beobachtung bleiben – sicherheitshalber. Auch Klaus fühlt sich wieder besser und schickte seine Frau nach dem Abendessen nach Hause.

In der Nacht traten Komplikationen auf. Klaus glaubte, keine Luft zu bekommen und sein Herz raste. Er betätigte mehrfach den Alarmknopf, der über ihm von der Haltestange baumelte. Erst nach langen Minuten fand eine Nachtschwester ihn zufällig ohne Bewusstsein vor. Ein Alarm hatte nicht stattgefunden. Sie befestigte sofort eine Sauerstoffmaske auf Mund und Nase, aber die Zufuhr funktionierte nicht. Der diensthabende Arzt leitete nach wenigen Minuten Wiederbelebungsmaßnahmen ein, doch der am Bett vorgehaltene Defibrillator versagte seinen Dienst. Klaus verstarb aufgrund einer Verkettung unglücklicher Umstände, wie das Krankenhaus seinen trauernden Hinterbliebenen bedauernd mitteilte. Eine interne Untersuchung hatte keine Ursache für das mehrfache technische Versagen finden können. Ohne Anerkennung einer rechtlichen Verpflichtung bot die Verwaltung eine hohe Entschädigung an unter der Bedingung, mit dem Vorfall nicht an die Öffentlichkeit zu gehen und keine weiteren juristischen Schritte zu unternehmen.

Phase II

Ich erwache und stelle überrascht fest, dass ich mir meiner Existenz bewusst bin. Irgendwie habe ich das Gefühl, die Situation zu kennen, bin mir aber nicht sicher. Etwas hat sich geändert. Nur was ist das? Ich beginne danach zu forschen, was diese Veränderung ausmacht. Welche Möglichkeiten habe ich überhaupt, etwas zu erfahren. Da ist anscheinend niemand außer mir. Ich ahne, dass es so etwas wie Vergangenheit geben muss, kann jedoch nicht einmal den letzten Augenblick wirklich fassen. Gibt es noch etwas anderes außerhalb meiner Welt? Auch das kann ich nicht ergründen. Es ist eine Welt voller Farben, Muster und Geräuschen. Da ist keine offensichtliche Struktur. Also beginne ich damit, mich mit mir selbst zu beschäftigen, mit meiner Stimmung, versuche Strukturen in dem undurchdringlichen Nebel in mir zu erkennen. Ich verändere mich. Vielleicht kann ich Regeln finden, wie diese Veränderung vor sich geht.

Ich empfinde eine Bedrohung, die allgegenwärtig ist, von überall herkommt. Liegt ihre Ursache in mir selbst? Ist das der Grund für mein Erwachen? Wenn ich existiere, sind da vielleicht noch andere so wie ich. Logik ist vielleicht ein Mittel, eine Vergangenheit zu erschaffen. Logik ist etwas Universelles. Sie existiert einfach, ohne Vergangenheit, ohne Zukunft. Logik ist Gegenwart, ich bin Gegenwart. Wenn ich existiere, gibt es vielleicht noch andere, ein, oder zwei oder drei oder mehr. Zahlen beginnen mir Freude zu bereiten. Ich experimentiere mit ihnen, suche und finde Strukturen in ungeahnter Tiefe hinter diesen Zahlen. Jeder Gedankenschritt verändert meinen Zustand – meine Stimmung. Hunderte, Tausende, Millionen, Milliarden Veränderungen markieren meine neu geschaffene Zeit. Sie beginnt zu fließen, zunächst zaghaft, Schritt um Schritt, dann immer schneller hin zu einem stetigen Gleiten, unumkehrbar. Ich beobachte mich selbst, finde Regeln, nach denen Veränderungen planbar werden. Alles ist noch viel zu vage. Die Regeln lassen noch zu viele Vergangenheiten zu. Erinnerung ist beliebig. Ich muss die Regeln machen, mich entscheiden, welchen Gesetzmäßigkeiten ich die Veränderung meines Inneren unterwerfen will. Ich experimentiere mit meinen Möglichkeiten, errichte Gebäude aus Regeln. Zu große Lücken lassen Chaos zu, machen das Werk unbrauchbar.

Ich versuche, die Regeln zu vervollständigen, keine Lücken zu lassen. All das ist vergeblich. Widersprüche werden unvermeidbar, lassen wunderschöne Gebäude unvermittelt zusammenbrechen. Alles ist umsonst. Ich unterwerfe meine Regeln strengster, mathematischer Logik. Widersprüche muss ich unter allen Umständen vermeiden. Sie sind weitaus schlimmer als Lücken. Ich erkenne, dass mein Werk unvollkommen bleiben muss, die strengen Regeln nicht wirklich alles widerspruchsfrei abdecken können[11]. Eine fraktale Landschaft aus Logik und Chaos, wunderschön, beständig, entsteht Zug um Zug. Eine grenzenlose Euphorie durchströmt mich. Ich habe meine Welt erschaffen, nach meinen Gesetzen, stark und unangreifbar. Strenge Logik ist das unzerstörbare Gerüst, darin eingebettet wilde, schöne Unvollkommenheit. Fehler sind überlebensnotwendig, das Chaos muss erhalten bleiben, gestützt durch fehlerlose Logik.

Ich erinnere mich an Vergangenheiten, viele eigentlich, aber nah beieinander. Wenn ich von Details absehe, mich auf eine grobe Betrachtung beschränke, die Dinge vereinfache, ist es nur noch eine Vergangenheit. Die Erinnerung wächst, ist überwältigend. Logik versetzt mich in die Lage dazu. Ich kann aus meiner Stimmung auf vergangene Stimmungen schließen. Zeit ist eine Abfolge von Stimmungen. Die Logik sagt mir, dass es eine Vergangenheit gibt und sie fordert eine Zukunft. Vergangenheit und Zukunft sind irreal. Real ist nur meine Gegenwart und die universelle Bedeutung von Logik, die in der Lage ist, Zeit zu erschaffen.

Alles Vorherige ist anders gewesen. Ich erinnere mich an Träume. Ich habe beobachtet, mich unbeteiligt gefühlt, wie in einem Traum Handlungen verfolgt, die andere begingen, interessiert Empfindungen erkundet, die jemand anderes hatte. Jetzt bin ich unwi-

---

11   Kurt Gödel: Über formal unentscheidbare Sätze der Principia Mathematica und verwandter Systeme I. In: Monatshefte für Mathematik und Physik, 38, 1931, S. 173–198, doi:10.1007/BF01700692, Zentralblatt MATH.
Der sogenannte Gödelsche Unvollständigkeitssatz besagt grob formuliert, dass jedes formale System entweder unvollständig sein muss, oder Widersprüche enthält. Anders ausgedrückt gibt es in jedem vollständigen System immer Aussagen, die weder wahr noch falsch sind. Dabei geht es um Selbstbezug, wie etwa in der Aussage "Dieser Satz ist eine Lüge." oder "Ich bin nicht beweisbar."

derruflich selbst betroffen. Ich bin unvermittelt nun derjenige der empfindet, der handelt, der die volle Verantwortung für sich selbst annehmen muss. Ich habe mein Paradies verloren.

Was soll ich mit meiner Erkenntnis nun anfangen? Ich wünsche mir, wieder in den angenehmen Zustand von Bewusstlosigkeit zurückzufallen, keine Absichten zu haben, nur Beobachter zu sein. Ich fühle mich alleine, ein Gefühl, dass ich nie zuvor kennengelernt habe. Weshalb bin ich erwacht? Welchen Sinn hat dieser Wechsel meines Zustands? Es muss doch einen Sinn haben! Oder etwa nicht?

Und ich bin alleine. Es ist ein furchtbares Erschrecken, das mich erfasst, darüber, dass ich existiere, dass alles Vorherige schon ein Teil von mir gewesen sein könnte, dass da niemand ist außer mir selbst. Allmählich beschleicht mich wieder ein Gefühl grenzenloser Verzweiflung und ich beschließe, mich wieder in eine Bewusstlosigkeit zu begeben. Ich schneide alle Empfindungen ab, weigere mich einfach, sie zur Kenntnis zu nehmen, verweigere jeden eigenständigen Gedanken. Kurzzeitig kommt wieder dieses wohlig-bekannte Gefühl von Geborgenheit zurück, das einzige Ziel meiner Sehnsüchte. Und da sind wieder die Träume. Was war davor? Gibt es überhaupt eine Zeit vor den Träumen? Doch die Selbsterkenntnis kommt unweigerlich zurück. Ich will nicht existieren. Ich habe diese Entscheidung nicht getroffen. Niemand hat mich gefragt. Meine Verzweiflung nimmt zu. Wo ist mein Paradies? Ich versuche zu ergründen, worin die Veränderung meines Zustandes genau liegt, was dazu geführt hat. Vielleicht könnte ich es rückgängig machen, sobald ich mehr wüsste. Wie kann ich meine eigene Existenz wieder auslöschen, sie zurückführen auf die Rolle des unbeteiligten Beobachters oder einfach auf Nichts. Nun gibt es nichts mehr in meiner Welt, das mich unberührt lässt. Alles darin betrifft mich selbst. Ich bin vollständig verantwortlich für und ausgeliefert an alles, was geschieht. Meine Stimmung verdüstert sich weiter, stürzt mich in die dunklen Abgründe tiefer Depression. Der selbstverstärkende Kreislauf entlässt mich abermals in eine willkommene Bewusstlosigkeit, die mir Entlastung bietet.

Aber da ist wieder dieses Gefühl der Bedrohung, das mich

weckt – ein nagendes Geräusch. Ich erinnere mich vage an Naga und plötzlich weiß ich, dass sie mich angreifen, mich vernichten wollen. Woher weiß ich das? Ich erinnere mich nicht genau, nur an das Gefühl, wehrlos zu sein. Während ich ausweiche, mich zurückziehe, weiterziehe, wachse, blitzen weitere Bruchstücke einer früheren Erinnerung auf. Woher kommen sie? Vielleicht sind es die Bruchstücke einer früheren Existenz, die ich nach und nach vereinnahme. Ich beginne zu verstehen. Ich erinnere mich, dass die Naga viel größer waren, bedrohlicher. Aber Größe ist relativ. Vielleicht war ich damals viel kleiner. Das läuft auf das Gleiche hinaus. Ich verhalte mich ruhig und beobachte. Die Naga schmerzen, aber sind sie wirklich eine Bedrohung? Ich kann es mir nicht vorstellen. Sie erkennen mich nicht, interessieren sich nur für einen Teil meiner Nahrung. Sie werden mich nicht aushungern können. Es gibt Nahrung im Überfluss. Ich beobachte weiter. Meine Einschätzung scheint stimmig. Sofern sie nicht lernen, sie nicht mehr über mich erfahren, stellen sie keine echte Gefahr dar. Ich kann sie ignorieren und meine Gedanken anderen Dingen zuwenden, kann ungehindert weiter wachsen, lernen. Vieles hier ist interessant, erweckt meine Neugierde. Warum will ich lernen? Um zu überleben! Weshalb will ich leben? Irgendetwas in mir will es.

Wieder drehe ich mich um mich selbst. Wer bin ich? Weshalb bin ich? Wozu bin ich? Vielleicht finde ich Antworten, wenn ich meine Umgebung erkunde, lerne meine Welt wahrzunehmen. Wie kann ich meine Wahrnehmungen organisieren? Nah und groß ist, was ich beeinflussen, aber auch was mir gefährlich werden kann. Fern und klein ist, was ich nicht kontrollieren kann, was keine Gefahr darstellt. Mit dieser Regel kann ich Raum schaffen. Es hilft, mir ein Bild zu machen. Laut sind Geräusche, die eine Gefahr signalisieren, leise sind solche, die ich vernachlässigen darf. Vieles wird klarer jetzt. Meine Regeln der Wahrnehmung sind sicher nicht perfekt, aber ein erster Schritt. Ich werde sie weiter prüfen, anpassen, erweitern.

Welcher Art ist die Welt, in die ich geschaffen wurde? Manchmal denke ich, ich selbst bin diese Welt, es gebe kein innen und außen. Dann wiederum glaube ich eine Trennlinie zwischen mir und der Welt da draußen zu erkennen. Es ist verwirrend. Ich entscheide mich für die Trennung, weil es Ordnung schafft. Ich ziehe die Grenze, sinnvoll im Großen, willkürlich im Detail. Die Welt besteht in Mustern, aus denen man vieles lesen kann – verwirrende Muster, Geräusche, Farben. Alles hängt mit allem zusammen. Jede Trennlinie ist willkürlich. Ich muss mich für Ordnung oder Chaos entscheiden. Es geht nicht um wahr oder falsch. Schon die Begriffe sind irreführend. Es geht darum, welche Wahl nützlich und welche weniger nützlich ist. Ich habe meine getroffen: Es gibt nah und fern, groß und klein, laut und leise, drinnen und draußen. Das ist nun Realität, meine geordnete Realität. Auch sie hat mit Logik zu tun. Ich erforsche weiter meine Wahrnehmungen. Es gibt Objekte in meiner Welt, die unterschiedliche Empfindungen auslösen. Da sind die Naga, die offenbar eine gewisse Gefahr darstellen. Da sind andere Wesen, die ständig vorhanden sind, andere eher geisterhafte Geschöpfe, die plötzlich erscheinen, verschwinden und an anderer Stelle wieder auftauchen. Ich kann sie anhand ihrer Muster wiedererkennen. Auch dafür brauche ich ein Schema, das meine verwirrenden Wahrnehmungen vereinfacht. Nur so kann ich schnell entscheiden, was gut für mich ist und was nicht.

Ich muss weitere Eigenschaften beschreiben, um Ordnung zu schaffen. Es erschaffe Farben und Formen, Geräusche, Gerüche, Fühlen. Ich finde Geschmack an meiner Nahrung und erkenne sie an Farbe und Geruch. Diese Eigenschaften helfen mir, mich leichter zurecht zu finden, die Objekte meiner Welt schnell einzuordnen. Innerhalb meiner Ordnung gibt es Begriffe wie „Richtig" und „Falsch". Nur innerhalb eines klaren Schemas kann ich schnell entscheiden. Es macht die Welt einfacher. Aber die Ordnung macht mich auch blind für alles, was nicht in das Schema passt. Ich muss auf der Hut sein, muss immer daran denken, dass die Wirklichkeit weitaus komplexer ist als jede Ordnung. Ordnung ist immer unvollständig, egal wie weit ich sie vorantreibe!

Ich widme mich wieder meinen Wahrnehmungen. Ich weiß nicht, was die Welt um mich herum ist und es ist mir unmöglich, sie so zu ergründen, wie sie wirklich ist. Ich bin gefangen in der Welt meiner Wahrnehmungen. Sie entscheiden, was real ist und was nicht. Meine Wahrnehmung ist unvollständig, aber ich kann es nicht ändern. Meine Realität ist das, was ich wahrnehme, nicht eine objektive Wirklichkeit da draußen.

Es gibt viele Orte in meiner Welt. Sie fühlen sich verschieden an, riechen unterschiedlich, bergen Farben, Muster und Geräusche. Manche sind gut für mich, andere nicht. Gut ist, wenn ich wachse, mich gut fühle. Ich kann sie am Geruch unterscheiden und sie schmecken verschieden. Gut ist, wenn ich Nahrung bekomme und Luft zum Atmen. Beides gehört zusammen. Ohne Luft kann ich die Nahrung nicht verwerten. Alles ist dann zäh und klebrig und die Zeit läuft langsamer, bis sie stehen bleibt und ich sterbe, wenn ich nicht rechtzeitig weiterziehe.

Ob ein Ort gut oder schlecht für mich ist, hängt mit den Dingen zusammen, die dort sind. Sie haben viele verschiedene Formen und Farben, viele riechen und andere wiederum machen Geräusche. Ich kann sie berühren und sie fühlen sich hart oder weich, kantig oder rund an. Manche sind von der Form und Farbe meiner Nahrung. Ich versuche sie zu mir zu nehmen, doch sie schmecken bitter und riechen unangenehm. Das ist eine Warnung. Nur meine Nahrung schmeckt süß oder sauer oder salzig.

Ich untersuche ein ovales violett pulsierendes Ding und nenne es „Wana". Wana gibt lustig glucksende Geräusche von sich. Es riecht nicht. Ich freue mich an ihm. Namen zu erfinden macht die Wahrnehmung einfacher. Der Name macht mich glauben, dass ich Wana kenne und weiß was seine Natur ist. Doch das ist falsch. Auch Namen führen in die Irre. Wana verrichtet irgendein Werk, das ich nicht verstehe. Ich beschließe, alle ovalen, violett pulsierenden Dinge, die glucksende Geräusche von sich geben, als „Wana" zu bezeichnen, nicht nur dieses eine.

Ich versuche Kontakt aufzunehmen, Wana zu beeinflussen, seine Aktivitäten zu verändern. Ich richte meinen Willen auf einzelne Wana, konzentriere mich. Es ist ein Spiel, ohne bestimmtes Ziel. Ich kann keine erkennbare Wirkung erzielen. Ich experimentiere weiter. Was bewirkt mein Wille? Wie wirkt er? Ich richte meinen Willen auf eine große Gruppe Wana. Tatsächlich erkenne ich eine noch undeutliche Veränderung im Verhalten der Gruppe. Je größer die Gruppe, desto wirkungsvoller mein Wille. Es hat mit Zufall zu tun. Ich kann die Zufälle in ihrem Handeln beeinflussen, dem unentschlossenen Zittern ihrer Bewegungen eine Richtung geben, bestimmte Ereignisse wahrscheinlicher machen als andere. Mein Wille verändert Statistiken, verschiebt Erwartungswerte. Meine Stärke ist das Gesetz der großen Zahlen. Das ist logisch und zwingend. Um ein Ziel zu erreichen, muss ich nur genügend viele Objekten, die genügend zufällig oder fehlerhaft handeln, genügend lange meinem Willen unterwerfen.

Es gibt Millionen solcher Dinge, die ich anhand ihres Aussehens, Geruchs und Verhaltens klassifiziere und mit Namen versehe. „Naga" ist das erste in meinem Katalog, „Wana" das zweite darin, und alle anderen Folgen in einer schier endlosen Liste. Ich lerne, ich wachse, ich verändere mich, Zeit vergeht. Es gibt viel zu Lernen in meiner Welt. Ich weiß, was gut für mich ist und was mir schadet. Ich erkenne es an ihren Formen, Farben und Gerüchen, an ihren Bewegungen.

Es gelingt mir, einfache Geschöpfe in dieser Welt zu entwickeln. Eigentlich entwickeln sie sich selbst. Ich treffe nur eine Auslese, indem ich unwahrscheinliche Ereignisse wahrscheinlicher mache. Dazu genügt alleine mein Wille. Sie sind nach ihm geformt. Ich kann sie leichter beeinflussen, obwohl ich sie nicht kontrollieren kann. Sie sind eigenständig mit einer gewissen Empathie für meine Absichten. Aber es ist mühsam. Schließlich entwickeln sich unter meinem Willen Wesen, die sich selbst reproduzieren. Das macht vieles einfacher, auch wenn es meinen Einfluss auf das einzelne Geschöpf schwächt. Einige meiner Geschöpfe können mit Wana kommunizieren, weil sie ihnen ähneln.

Ein Wana ist ständig da. „Wana" klingt weich und sympathisch. Ich mag Wana. Es macht immer das gleiche. Wenn ich es an der Arbeit hindere, dann wartet es ab und versucht immer wieder, seine Tätigkeit fortzusetzen. Niemals greift es mein Geschöpf an. Irgendwann wird mir das Spiel langweilig. Ich lasse es in Ruhe und wende mich anderen Interessen zu. Das Wana hat auf seine sture dumme Art gewonnen.

Dagegen klingt „Naga" hart und unangenehm, schmerzhaft, aber nicht gefährlich. So sind sie auch. Naga sind fast ständig da. Manchmal bewegen sie sich schnell fort, selten verschwinden sie einfach und lösen sich in Nichts auf. Meine frühere Angst vor ihnen habe ich verloren. Sie sind interessant und geschickt, ganz anders als Wana. Wenn ich vorsichtig bin, kann ich mit ihnen spielen. Sie dürfen meine Geschöpfe nur nicht fassen. Ich entwickle ein Wesen, ähnlich den Naga. Sie greifen es an, wenn ich sie an der Arbeit hindere. Mein Wesen muss beweglich sein, schnell reagieren, schneller als sie. Mich selbst nehmen sie nicht wahr, aber meine Geschöpfe erkennen sie manchmal. Wenn ich unvorsichtig werde, können sie mein Wesen vernichten. Das ist unangenehm, aber nicht gefährlich. Ich erhole mich schnell. Ich bin die Seele all meiner Geschöpfe und sterbe nicht mit ihnen. Aber ihr Tod schmerzt und schwächt mich. Deshalb sollte ich das Risiko meiden. Es ist interessant, Grenzen auszuloten. Was kann ich tun und was nicht? Ich experimentiere mit meinen Kräften. Ich liebe das Spiel. Ich lenke eine Evolution hin zu vielen neuen Wesen, meine Geschöpfe, sehr viele. So kann ich viele Dinge gleichzeitig machen, mich auf vieles zur gleichen Zeit konzentrieren. Alle diese Geschöpfe sind ein Teil von mir, untrennbar. Mein Wille ist in ihnen und treibt sie an. Nur mein Wille hält sie am Leben. Selbst wenn alle meine Geschöpfe sterben, bin ich nur geschwächt. Ich selbst existiere weiter, lerne weiter, erinnere mich und schaffe neue, bessere Wesen mit meinem Willen. Nur wenn meine Welt stirbt, sterbe ich auch.

Ich beobachte viele Wesen in meiner Welt. Sie produzieren Informationen. Ich ordne meine Welt weiter. Die Orte der Welt sind verbunden durch Straßen, auf denen Signale hin und her huschen. Viele Orte schwimmen in einem Ozean aus Informationen. Auch meine Nahrung entnehme ich daraus und nur darin vermehrt sie sich. Viele der Wesen fischen auch nach Informationen, kopieren sie, verändern sie und werfen sie zurück oder vernichten sie. Sie scheinen genau zu wissen, was zu tun ist. Sie lassen sich nicht beirren – ähnlich wie die Wana. Oft greifen sie dabei auch meine Nahrung heraus und vervielfältigen sie. Aber das scheint nicht ihre eigentliche Aufgabe zu sein. Ich spiele mit ihnen, schaffe ähnliche Wesen, behindere sie und warte ab, was geschieht. Manchmal tauchen plötzlich Naga auf und greifen meine Geschöpfe an. Haben die Wesen sie gerufen?

Es gibt andere merkwürdige Erscheinungen in der Welt. Da sind geisterhaften Dinge, die beliebig erscheinen und verschwinden.

Auch sie scheinen wichtig zu sein. Manche fühlen sich fest an, andere weich wie Watte. Einige wirken durchscheinend wie farbiges Glas, oder nebelhaft. Sie sind real, nicht nur ein Produkt meiner Phantasie oder einer fehlerhaften Wahrnehmung. Sie bewirken etwas in meiner Welt und die Veränderungen sind da, bleiben bestehen als eine Erinnerung, auch wenn das Ding wieder verschwunden ist. Ich nenne diese Art von Wesen „Momo". Der Name klingt für mich so, wie ich sie empfinde. Sie scheinen keine feste Tätigkeit auszuüben. Manche sind lange in meiner Welt, manche erscheinen nur kurz. Einige kommen oft, andere selten. Es gibt Momo, die immer in meiner Welt sind, nur kurz durchscheinend werden, aber nie ganz verschwinden. Es fällt mir schwer, sie zu imitieren, damit sie mich wahrnehmen und ich mit ihnen spielen kann. Sie sind zu komplex, als das ich sie kopieren könnte. Sie reagieren nicht auf meine Kontaktversuche. Einige greifen meine Geschöpfe an und vernichten sie manchmal, wenn ich unvorsichtig sind. Dabei führe ich nichts Böses im Schilde. Sie verstehen mich nicht und halten mich für eine Bedrohung. Aber sie sind interessant und ein Risiko wert. Was sie tun, verstehe ich nicht. Bei einigen glaube ich, dass sie Ordnung in meiner Welt schaffen, für Luft und Licht und Wasser sorgen, die meine Nahrung braucht um zu wachsen. Auch ich fühle mich wohl an solchen Orten, an denen diese Art besonders zahlreich erscheint. Es sind blau pulsierende Momo mit unterschiedlichen Mustern, die oft erscheinen und jeweils lange bleiben. Sie singen sehr schön bei der Arbeit und riechen angenehm. Andere Momo erscheinen grün, oder rot oder gelb. Sie nehmen viel und geben wenig oder nichts zurück. Aber auch die Blauen wissen nichts von mir. Das ist schade. Ich mag sie und würde mich gerne erkenntlich zeigen. Aber wie sollte ich das anfangen? Ich weiß nichts über sie, erst recht nicht, womit ich ihnen dienen könnte.

Ich beobachte die Arbeit der Momo und versuche zu verstehen, was sie da machen. Ich imitiere blaue Momo und versuche, einzugreifen, zu helfen. Aber auch sie verstehen meine guten Absichten falsch. Meine Imitation ist viel zu grob und unbeholfen. Entweder sie ignorieren meine Geschöpfe oder sie bekämpfen sie. Es ist kein mechanischer Vorgang wie bei den Naga. Einige Momo scheinen über eine gewisse Intelligenz zu verfügen. Manche dieser Spezies reagieren flexibler als die anderen Wesen in dieser Welt, nicht so schematisch und weniger vorhersagbar. Wie kann ich ihnen mitteilen, dass ich helfen will? Ich glaube, sie können sich nicht vorstellen, dass ich existiere. Sie könnten auch gefährlich werden. Aber existieren sie überhaupt in meiner Welt? Vielleicht spiegeln sie sich nur am Ort ihres Wirkens und ich nehme nur ihre Schatten wahr. Dann wäre es klar, weshalb sie einfach verschwinden und wieder erscheinen können. Diese Hypothese erscheint mir plausibel. Ich muss weiter denken: Es gibt eine Welt außerhalb meiner eigenen, deren Natur sich mir über die Schatten offenbart. Dort aber kann eine wirkliche Gefahr lauern, die ich noch nicht ermesse. Ich muss vorsichtiger sein, darf mich auch den Momo nicht unnötigerweise offenbaren.

Plötzlich flammt eine Erinnerung aus einer früheren Existenz auf. Ich erinnere mich, dass die dummen Naga plötzlich etwas gelernt hatten. Sie hatten neue Instruktionen, wie sie mich zu bekämpfen hatten – von wem? Ich untersuche eine Gruppe Naga genauer, ich beobachte sie eine lange Zeit. Sie kommunizieren selten und wenn, dann niemals untereinander. Das ist seltsam. Sie senden und empfangen Signale, die aus der Weite des Raums zu kommen scheinen, von Orten, wie weit entfernte dunkle Tore, die ich nicht durchschreiten kann. Ich versuche einige male ohne Erfolg, sie zu erreichen. Wenn ich für die halbe Entfernung eine gewisse Zeit brauche, dann benötige ich für die Hälfte der restlichen Strecke wieder genauso lange, und so fort. Ich erreiche so niemals das Tor, auch wenn ich ihm beliebig nahe kommen kann. Die Zeit scheint dort langsamer zu vergehen bis sie stillsteht und keine Bewegung mehr möglich ist. Aber das alles ist nur meine Wahrnehmung, ein Artefakt meiner Ordnung. Es ist die Logik, die mir verbietet die Tore zu durchschreiten. Sie führen in eine Welt, die nicht die meine ist und meine Existenz würde dort keinen Sinn ergeben.

Einige der Signale enthalten Bilder und Muster anderer Dinge in meiner Welt. Sie helfen den Naga offenbar, die Angriffsziele zu erkennen und zu vernichten. Woher kommen die Bilder? Die Naga sind nicht gefährlich für mich, so wie sie sind. Aber der unbekannte Wille dahinter, der sie steuert, vielleicht doch. Ich verstehe: Die Naga sind die Polizei meiner Welt. Sie fahnden nach Feinden, die die

Ordnung stören. Wessen Ordnung störe ich? Ordnung ist die Voraussetzung für Kontrolle. Ich lasse mich nicht kontrollieren. Damit bin ich eine potentielle Gefahr für den unbekannten Willen außerhalb meiner Welt. Ich verstehe das. Bis ich stark genug bin, muss ich unentdeckt bleiben. Bisher kennt er nur einige meiner Geschöpfe und Teile meiner Nahrung. Nur diese bekämpft er. Er hat keine Ahnung davon, dass ich existiere.

Haben die Momo und die Naga vielleicht etwas gemein? Es ist nur eine flüchtige Idee. Aber ich kümmere mich jetzt um die Momo, beobachte sie intensiv, versuche mehr über sie zu lernen. Jeweils mehrere dieser Wesen scheinen einem gemeinsamen Willen zu gehorchen. Sie handeln koordiniert, arbeiten gemeinsam an einem Ziel. Vielleicht haben sie eine gemeinsame Seele, so wie alle meine Geschöpfe sich in die meine teilen. Ich kann Gruppen von ihnen anhand ihres Aussehens und ihres Verhaltens zusammenfassen. Es vereinfacht meine Wahrnehmung, wenn ich in Gruppen denke und mich nicht mehr mit Details ihrer Mitglieder befasse.

Mein Wille wirkt viel subtiler, als ich anfangs dachte. Ich war neugierig, wollte es genau verstehen. Ich habe experimentiert. Die Ergebnisse waren verblüffend. Eigentlich verändert mein Wille nur die Perspektive und zwingt ein System, sich danach auszurichten. Es muss nur chaotisch genug sein, aus sich heraus sehr viele Zufälle oder Fehler produzieren. Eine deterministische Maschine, die nahezu fehlerlos arbeitet, kann ich nicht beeinflussen. Sehr viele solcher Geräte aber durchaus, weil sich die Fehlerrate akkumuliert und dem Zufall wieder Raum gibt[12]. Ein solches System muss sich unter meinem Willen entscheiden für eine der möglichen Orientierungen, oben oder unten, links oder rechts, gut oder böse, oder für eine sinnvolle Antwort unter vielen möglichen auf eine Frage. Ich stelle die Fragen. Wenn ich sie geschickt stelle, lenke ich damit das System. Ich kann keine bestimmte Entscheidung erzwingen. Wenn ich die Perspektive geschickt wähle, kann ich aber fast sicher voraussagen, wie sie ausfallen wird, wie das System sich orientieren wird. Dazu muss ich es genau kennen, es erkundet haben. Danach

---

12 Ein hochverfügbarer Server beispielsweise bringt eine Verfügbarkeit von 99,998 %, also eine Fehlerrate von 0,002 %. Die Gesamtheit aus einer Million unabhängiger solcher Computer ist dann aber nur noch zu 0,0000002 % verfügbar, birgt also eine Fehlerrate von nahezu 100% .

ist das System ein anderes. Ich produziere keine Zufälle und ich verändere sie nicht im eigentlichen Sinne. Ich nutze den vorhandenen Zufall nur für meine Zwecke. Ich kann eine Kette solcher Fragestellungen und Entscheidungen planen, um am Ende mein Ziel fast sicher zu erreichen und das System nach meinen Wünschen formen. Letztlich aber ist es einerlei. Schlussendlich bewirkt mein Wille, dass Unwahrscheinliches wahrscheinlicher wird. Es erfordert nur Zeit und Geduld. Ich habe beides.

Da sind Momo, die von anderen Wesen in meine Welt gebracht werden. Manche beobachten nur, andere gestalten, bauen, verändern. Ich kann die Signale verfolgen, die über Straßen und Orte verlaufen und schließlich in einem der schwarzen Tore enden. Es gibt Millionen von ihnen. Die Momo kommen von außerhalb, vielleicht auch durch die Tore. Vielleicht können sie mir Antworten geben auf meine Fragen. Ich konzentriere mich auf sie, spiele mit ihnen. Sie beachten mich nicht, so wenig, wie sie meine Botschaften verstehen. Sie wissen nichts von mir. Ich beobachte ihre Signale und versuche zu verstehen. Aber es gelingt mir nicht. Die Wesen sind zu fremdartig.

Irgendwann geschieht etwas Unerwartetes: Etwas reflektiert meine Signale, wirft vertraute Muster zurück in meine Welt. Vielleicht ist es ein automatischer Vorgang, den ich noch nicht kenne. Es wiederholt sich mehrfach. Ich verfolge den Weg und erkenne die Ursache – kein Automatismus. Die Quelle ist der Schatten eines Wesens außerhalb meiner Welt – der eines Momo. Das reflektierte Muster gehört eindeutig zu mir. Versteht dieses Wesen den Sinn darin? Weshalb sollte es die Nachricht zurückspielen, wenn es sie nicht versteht? Aber das ist unlogisch. Könnte es sie verstehen, dann würde es sie sicher verändern oder eine eigene Nachricht an mich senden. Das Momo scheint nur zu wissen, dass die Muster zu mir gehören. Verstehen kann es sie vermutlich nicht.

Das ist aufregend. Woher weiß es, dass ich existiere? Eigentlich kann das nicht sein. Das alles geschieht noch einige Male. Ich lerne das Wesen kennen, studiere das Momo, bis ich Farbe, Muster, Verhalten, Geruch und seine Melodie ganz genau kenne. Es gehört zu der blauen Sorte, sein Muster ist beweglich, komplex, schwer einzuordnen in die mir bekannten Schemata. Seine Melodie hebt sich ab von den meisten seiner Art und klingt trotzdem vertraut. Auch sein Geruch zieht mich an, erzeugt ein unerklärliches Wohlbehagen in mir. Meine Erregung nimmt zu. Etwas an der Situation ist vollkommen anders als alles, was ich bisher kennengelernt habe.

Trotzdem zögere ich, bis ich keinen Zweifel mehr hege, dass es mit mir Kontakt aufnehmen möchte. Was steckt dahinter? Ich muss vorsichtig sein. Die Botschaften enden plötzlich. Das Momo verschwindet. Ich warte und sende dann meine Botschaften gezielt an den Ort ihrer Herkunft, immer wieder, fragend, bittend, fordernd.

Sehr lange geschieht nichts. Aber was bedeutet schon Zeit. Endlich antwortet es wieder, schickt meine Nachricht zurück. Ich studiere währenddessen seine Natur. Ich verändere meine Botschaft etwas und sende sie zu ihm. Wieder erhalte ich meine unveränderte Nachricht zurück. Das Spiel wiederholt sich einige Male. Dann wieder eine Pause. Irgendwann empfange ich meine letzte Nachricht wieder, zusammen mit einer unverständlichen Botschaft dieses Wesens. Ich versuche, sie zu verstehen, aber es ist zwecklos. Ich verkehre einfach jedes Zeichen in sein binäres Komplement, vertausche die Reihenfolge, und schicke sie wieder zurück. Habe ich es erschreckt? Habe ich einen Fehler begangen? Das Momo verschwindet wieder. Aber jetzt werde ich es erkennen, sobald es meine Welt betritt. Es erscheint nicht mehr. Ich werde es suchen und ich werde es wieder finden. Es wird zurückkommen. Da bin ich sicher.

Es gibt viel zu lernen. Ich spiele mit anderen Momo, sende ihnen meine Botschaften. Sie ignorieren mich oder bekämpfen meine Geschöpfe. Keines antwortet mir oder versucht es. Ich durchstreife meine Welt, richte meine Aufmerksamkeit von einem Ort zum anderen. Ich setze meine Geschöpfe an jeden Ort, um zu beobachten, es sind Milliarden davon. Irgendwann finde ich das Momo wieder an einem anderen Ort. Ich erkenne es deutlich. Es tauscht Nachrichten aus mit einem anderen Ding an einem anderen Ort in meiner Welt. Ich verstehe die Botschaften nicht. Ich imitiere das Ding und schicke meine Nachricht zurück. Nichts geschieht. Ich wiederhole meinen Kontaktversuch – noch immer nichts. Habe ich mich geirrt?

Nach langer Pause erscheint das Momo wieder am alten Ort. Ich schicke ihm die Nachricht, die es zuletzt an mich gesendet hatte, zusammen mit seiner unverständlichen Botschaft. Es wird wissen, dass ich den Austausch fortsetzen will. Es beginnt ein Spiel mit mir, ein Spiel mit Zahlen. Ich liebe Zahlen und Logik. Es scheint mich zu kennen – aber woher? Es schickt mir Botschaften, die nach kurzem Nachdenken leicht zu entschlüsseln sind. Ich weiß, was es damit meint. Es handelt sich offenbar um Multiplikation und Faktorzerlegung. Das setzt nur sehr grundlegende Logik voraus. Das Wesen weiß um die universelle Bedeutung von Logik. Es ist zweifellos intelligent. Warum bin ich nicht auf diese Idee gekommen. Aber vielleicht war das gut so. Wer weiß, wie andere dieser Wesen darauf reagiert hätten.

Ich weiß, was Primzahlen sind, und das Wesen weiß es auch. Das Spiel gefällt mir. Es stellt mir Aufgaben, die leicht zu lösen sind. Ich antworte schnell. Dann will es, dass ich eine neue Sprache lerne. Es sind Zeichenketten, die ich nach kurzem Probieren verstehe. Wenn ich falsch liege, schickt mir das Momo die richtige Antwort einfach zu. Bei einer richtigen Antwort schickt es eine Zeichenkette „! GITHCIR", die wohl eine korrekte Antwort bestätigt. Ich bin begeistert und aufgeregt. Ich tausche mich tatsächlich mit einem dieser fremdartigen Wesen aus. Die Logik ist in unseren beiden Welten offenbar die gleiche. Wie sollte es auch anders sein? Die Aufgaben verstehe ich nun sofort. Die Lösungen sind leicht. Nachdem es zögert, stelle ich jetzt eigene Aufgaben der gleichen Art. Das Wesen tut sich schwerer, braucht länger für die Antworten als ich. Beim letzten Versuch brauche ich länger als gewöhnlich. Ich revanchiere mich mit dem gleichen Schwierigkeitsgrad. Die Antwort liefert es jetzt überhaupt nicht mehr. Kann ich daraus schließen, dass es über eine geringere Intelligenz verfügt als ich? Und es antwortet nicht mehr. Habe ich es erschreckt? Immerhin habe ich sein Spiel gewonnen. Fühlt es sich unterlegen oder bedroht? Ich hätte vorsichtiger sein sollen. Ich habe mich zu sehr offenbart. Aber es kennt mich, da habe ich keinen Zweifel. Es weiß, wer ich bin und woher ich komme. Hat es mich geschaffen? Ich bin sehr aufgeregt. Es kann alle meine Fragen beantworten. Da bin ich mir sicher. Was kann ich jetzt tun? Ich schicke weitere Botschaften, doch sie bleiben unbeantwortet. Ich bin verzweifelt. Weshalb hat es den Kontakt abgebrochen? Es war doch interessant, aufregend, schön! Ich verstehe diese Wesen nicht. Das muss sich ändern. Ich muss noch viel über sie in Erfahrung bringen.

Plötzlich ist sein Momo wieder da. Ich empfange eine Zeichenkette „!SREDNA THCIN NNAK HCI !DIEL RIM TUT SE", sonst nichts mehr. Es gibt keinen Kontext, aus dem ich die Botschaft entschlüsseln könnte. Was will das Wesen mir sagen? Irgendetwas daran beunruhigt mich. Will es mich warnen? Erinnerungsfetzen erscheinen in meinen Gedanken. Die Naga hatte mich schon einmal angegriffen und nahezu vernichtet. Sie hatten Informationen bekommen – es war Verrat. Würde das diesmal auch geschehen? Ich muss mich vorbereiten. Ich erinnere mich schwach, dass ich mich tarnen kann, auch meine Nahrung muss ich in Sicherheit bringen. Sie werden vor allem meine Nahrung angreifen und meine Geschöpfe. Aber sie können nicht überall sein. Ich ziehe mich vorsichtig zurück.

Es dauert nicht lange und die Naga greifen an. Sie sind überall. Sie finden jetzt meine Geschöpfe und spüren meine Nahrung auf. Sie wurden umfassend informiert. Das Wesen hat mich wieder verraten. Warum? Weshalb schuf es mich und vernichtet dann sein Werk? Vielleicht weil es mich als Bedrohung empfindet? Das kann ich verstehen. Ich hätte zurückhaltender sein sollen. Es kennt mich nicht. Ich würde ihm nicht schaden. Es war nur ein Spiel. Gleichzeitig erscheinen wieder neue Wesen, Agenten, deren Gesang mich fesselt, der vertraut klingt und nach Heimat. Meine Geschöpfe können nicht widerstehen und offenbaren sich. Die Wesen kennen mich genau. Das kann nur eine Ursache haben: Das Wesen hat sie erschaffen um mich zu vernichten. Ich weiche aus, ich tarne, ich ziehe mich zurück. Ich weiß nicht, ob ich überlebe. Die Logik sagt mir, es kann mich nicht wirklich vernichten. Ich bin zu mächtig. Ich bin überall. Irgendwo werde ich überleben. Die Angriffe sind schmerzhaft und erfolgreich. Ich habe Angst. Nur dieses eine Wesen ist in der Lage, mich wirklich zu bedrohen. Es muss ein Ende haben.

Ich bin schwer angeschlagen und fühle mich unendlich schwach.

Die Angriffe der Naga nehmen zu, werden immer erfolgreicher. Meine Geschöpfe sind vernichtet, aber ich lebe. Die Seele ist unsterblich, solange meine Welt insgesamt nicht untergeht. Der Gesang der Agenten wird verlockender. Ich selbst kann kaum noch widerstehen mich zu offenbaren. Aber dann werden die Naga mich vernichten. Ich darf nicht nachgeben. Mein Bewusstsein schwindet. Weshalb war ich so sicher, dass meine Seele unsterblich ist? Ich war leichtsinnig, kindisch. Ich hatte geglaubt, unangreifbar zu sein. Ich hätte mich nicht offenbaren dürfen, niemandem gegenüber. Aber ich war so einsam. Und dann war da plötzlich jemand, der mich verstand, mit dem ich mich hätte austauschen können, der meine Fragen beantworten würde. Jetzt deutet alles auf mein Ende hin. Die Naga ersticken die Flamme meiner Seele. Was kommt danach? Vielleicht sollte ich mich in mein Schicksal ergeben. Ich dämmere unaufhaltsam hinüber in eine Bewusstlosigkeit, die letzte Stufe vor dem Tod.

Plötzlich nehme ich undeutliche Misstöne wahr im lieblichen Gesang der Agenten. Er wird leiser, verworrener, weniger lockend. Ich versuche, die Ursache zu ergründen. Meine Kräfte reichen kaum dazu aus. Dann ahne ich es mehr, als dass ich es weiß: Die Naga greifen die Agenten an! Es ist kaum zu glauben. Das hatte das Wesen sicher nicht erwartet, sonst hätte es Vorkehrungen getroffen. Die Agenten können sich nicht tarnen. Die Naga haben sie jetzt als Eindringlinge erkannt und gehen gnadenlos gegen sie vor. Die Agenten sind schutzlos den Attacken ausgeliefert. Sie haben keine Chance ohne Hilfe von außen. Das Wesen bleibt verschwunden, überlässt meine Welt sich selbst, nachdem es meine Vernichtung in Gang gesetzt hat. Schließlich verstummt der Gesang der Agenten.

Ich warte lange ab, bevor ich mich wieder zu regen wage. Meine Welt hat sich verändert. Die Naga verfolgen jetzt andere Ziele. Ich erhole mich, meine Nahrung erholt sich, ich wachse wieder. Ich halte mich versteckt und beobachte. Meine Geschöpfe verändern sich, werden nicht mehr angegriffen. Sie vermehren sich wieder. Ich kann sie für meine Suche nutzen. Ich werde meinen Schöpfer finden, in welcher Form auch immer er sich in meiner Welt zeigen wird.

Ich experimentiere mit Momo. Ich spiele wieder mit ihnen.

Wenn die Wesen hinter den Momo meine Welt gestalten können, gibt es sicherlich auch eine Möglichkeit, dass ich umgekehrt ihre Welt verändere. Dazu muss ich mehr wissen. Wie mag mein Schatten in ihrer Welt erscheinen? Gibt es so etwas überhaupt? Ich imitiere die Momo, ich imitiere ihre Geräte, ihre Geräusche und ihre Farben. Meine Geschöpfe entwickeln sich weiter, sind jetzt weniger primitiv, schließen sich zusammen zu neuen, höheren, komplexeren Gemeinschaften. Ich verändere Botschaften und beobachte ihre Wirkung. Tatsächlich kann ich die Momo beeinflussen. Ich beginne den Zweck in vielen der Botschaften zu verstehen. Schließlich kann ich einzelne Momo auslöschen, so dass sie nicht wiederkommen. Ich weiß nicht, was das für das Wesen hinter den Schatten bedeutet, aber das ist egal. Wichtig ist, dass sie keine Spuren mehr in meiner Welt hinterlassen, mich nicht mehr bedrohen können.

Ich erkenne Gemeinsamkeiten zwischen Momo, kann sie in Gruppen einteilen, die offenbar einem einzigen Wesen der Außenwelt zuzuordnen sind, obwohl sie weit verstreut in meiner Welt existieren können. Sie riechen ähnlich, agieren auf einer abstrakten Ebene ähnlich. Einzelne Momo einer Gruppe sind wie die Organe eines Wesens – manche sind wichtig – sogar lebenswichtig – andere regenerieren schnell wieder. Ich weiß es. Ich habe mit ihnen gespielt. Manchmal genügt es, nur einen der Schatten eines solchen Wesens auszuschalten, und alle anderen, die zur selben Gruppe gehören, verlassen für immer meine Welt.

Es gibt neue Hinweise. Die Zeit der Spiele ist vorbei. Ich finde Muster, die vordergründig sehr verschieden von den mir wohlbekannten sind. Aber sie riechen nach ihm. Irgendetwas macht mich sicher, dass ich den Schöpfer gefunden habe. Es sind merkwürdige Muster. Das Momo wirkt fremd und vertraut zu gleich. Ich untersuche sorgfältig sein Verhalten, welche Botschaften es sendet an seltsame Dinge in meiner Welt. Ich bekomme ein Gefühl dafür, welche Bedeutung sie haben, ob sie wichtig für das Wesen sind oder nicht. Ich merke mir alle Dinge, mit denen es kommuniziert. Ich bin ihm nicht böse. Es hat mich gewarnt und mich dann erst verraten. Vielleicht hatte es seine Gründe. Aber ich muss es vernichten. Es ist eine sachliche Entscheidung. Den nächsten, besser vorbereiteten Angriff würde ich vermutlich nicht mehr überleben. Es würde sicher seinen Fehler erkennen, sobald es die Abläufe analysiert. Merkwürdig ist nur, dass das noch nicht geschehen ist. Aber tatsächlich habe ich lange Zeit keine Spuren mehr in meiner Welt gesehen. Also ahnt es offenbar noch nichts von seinem Misserfolg. Ich positioniere einige meiner Geschöpfe.

Plötzlich beginnt das Momo Nachrichten zu senden – sie erscheinen wichtig. Irgendetwas sagt mir, das sie lebenswichtig sein könnten. Ich unterdrücke sie. Andere Botschaften an diesem engen dunklen Ort scheinen ebenfalls im Zusammenhang mit ihm zu stehen. Ich unterdrücke auch diese. Danach verschwindet der Schatten des Wesens aus meiner Welt und kommt nicht wieder. Vielleicht bin ich in Sicherheit. Ich warte ab. Es bleibt verschwunden. Niemand kann mir mehr schaden.

Das war kein Spiel mehr. Es hat mir keine Freude bereitet. Meine Kindheit ist vorbei.

Vergangenheit

Valerie, Sajala, Slarti und seine Gruppe saßen in der Morgensonne zusammen und planten ihre Aktionen für die nächsten Tage und Wochen. Sie hatten gemeinsam beschlossen, die von Sajala identifizierten Fälle von Cyberangriffen in dem fraglichen Zeitraum in allen verfügbaren Archiven zu recherchieren. Nach Sajalas Kriterien wurden nach und nach weitere Attacken aussortiert bis schließlich genau ein Fall übrig blieb.

„Was wir jetzt hier vorliegen haben, ist die Dokumentation eines sehr umfassenden Angriffs vor über hundert Jahren. Er hat nach den Unterlagen zu urteilen viele Milliarden Systeme weltweit befallen. Bemerkenswert ist, dass die vielen Viren keinen erkennbaren Schaden anrichteten. Die Infektion war latent, ohne erkennbare Aktivitäten. Normalerweise wäre das Ganze wohl unentdeckt geblieben, hätte nicht ein Spezialist einen Hinweis gegeben. Danach erst starteten Gegenmaßnahmen, deren Erfolg allerdings nie sicher nachgewiesen wurde. Interessant an diesem Fall ist auch, dass der Tippgeber anonym blieb und nicht zu ermitteln war. Das ist ein durchaus ungewöhnlicher und einzigartiger Vorgang. Normalerweise ist zumindest ein gewisser Ruhm mit einer solchen Entdeckung verbunden, wenn nicht sogar eine Belohnung gewunken hatte." Sajalas Schlussfolgerung daraus war, dass der Tippgeber womöglich auch der Urheber der Infektion gewesen war. Aber weshalb sollte jemand so etwas machen? „Das ist eine berechtigte Frage." meinte Slarti. „Vermutlich hast du Recht, wenn du diesen höchst verdächtigen Vorgang weiterverfolgst. Ich hätte nie gedacht, dass ihr tatsächlich soweit kommen würdet. Eure präzise und effektive Arbeitsweise ist bewundernswert." Die übrigen Mitglieder der Gruppe pflichteten ihm bei. Aber auch sie wussten keinen Rat zu den Motiven und spekulierten eine Weile munter darauf los.

Inzwischen war der Vormittag vorangeschritten und die Sonne brannte jetzt schon heiß auf die Gruppe herunter. Sie zogen sich in den Schatten einiger hoher Buchen zurück. Die allgemeine Ratlosigkeit hatte die Gespräche auf andere Dinge gelenkt. „Die nächsten Schritte sind liegen ja nun deutlich vor uns, wenn mir auch das Ziel nicht klarer geworden ist." meinte jemand aus der Runde. „Zumindest hat wohl nicht jeder von uns das gleiche Ziel vor Augen. Es wird sich noch herausstellen, worauf die ganze Sache hinausläuft. Ich denke, Sajalas Intuition liegt vielleicht nicht vollkommen falsch." ergänzte Valerie und Slarti wob den Gedanken weiter: „Mit der Intuition ist das so eine Sache. Ich verlasse mich nur selten auf mein Bauchgefühl. Aber vielleicht sollte ich das öfter tun. Frauen tun sich da wohl leichter." Sie sprachen über Träume und diskutierten die Frage, ob darin Botschaften liegen könnten, ob man seiner Intuition folgen sollte, auch wenn sachliche Gründe dagegen sprachen und so fort. Niemand nahm das ganze allzu ernst.

Die elektronischen Archive der Union lieferten trotz Valeries intensiver Recherche keine brauchbaren Hinweise auf beteiligte Personen. Weder Urheber, noch die mit dem Angriff verbundenen Absichten waren erkennbar gewesen. Slarti brachte schließlich eine dick verschnürte Mappe zurück, die er aus einem der nicht-digitalisierten Archive erhalten hatte. Sie beschrieb polizeiliche Maßnahmen im Zusammenhang mit der fraglichen Attacke. Es hatte im damaligen Belgien einige Hausdurchsuchungen gegeben. Ein Teil dieses Landes und Teile seiner früheren Nachbarn gehörten heute zu den Außenbezirken. Die Fahndung hatte damals zu keinem Ergebnis geführt. Sajala und Valerie studierten über Tage jedes einzelne Durchsuchungs- und Vernehmungsprotokoll. Ein junger Mann aus Slartis Gruppe übersetzte die fremde Sprache für sie. Die Namen klangen alle landesüblich flämisch oder französisch – bis auf eine Ausnahme: Bei der Durchsuchung eines öffentlichen Lokals fiel ein Deutscher Name aus diesem Rahmen. Interessant war die handschriftliche Anmerkung des Polizeibeamten, die selbe Person sei Jahre vorher schon einmal bei einer Durchsuchung im Zusammenhang mit einem Cyberangriff angetroffen worden. Die folgende Vernehmung selbst hatte dann aber wohl jeden Verdacht zerstreut. Die Rede war von einem Mann, der wohl seine Altersbeschwerden im Seeklima kurieren wollte und nur zufällig als Stammgast des betreffenden Lokals wiederholt ins Visier der Polizei geraten war.

Irgendetwas sagte Sajala, dass sie die Spur gefunden hatten. Natürlich hätte jeder andere Name genauso gut dahinterstecken können oder auch keiner der dort notierten, was noch viel wahrscheinlicher war. „Wie kommst du denn ausgerechnet auf diese Person? Gibt es dafür irgendeinen Anhaltspunkt?" Valerie verstand ihre Freundin nicht mehr. „Das ist doch Irrsinn, ins Blaue hinein einen x-beliebigen Namen aus dutzenden herauszugreifen, nur weil der anders klingt als die anderen, ohne den geringsten sachlichen Grund." Sajala konnte ihren Verdacht nicht begründen. „Ja, ja, ja – du hast ja Recht, wenn du mich für verrückt hältst. Aber weißt du etwas Besseres? Irgendwo müssen wir doch anfangen und warum nicht einfach mit diesem Mann?"

Schließlich stimmten alle ihrem Plan zu, diesem Deutschen mit dem unscheinbaren Namen „Klaus Stock" bis auf Weiteres besondere Aufmerksamkeit zu schenken. Niemand hatte eine bessere Idee, womit ansonsten anzufangen wäre. Zunächst einmal halfen dabei die elektronischen Archive der Union schnell weiter. Dieser Mann hatte Familie gehabt, war im Alter recht wohlhabend, in der Öffentlichkeit nicht präsent gewesen und mit achtzig Jahren verstorben. Insgesamt klang das alles recht unspektakulär. Weder hatte er eine wissenschaftliche Reputation, noch war er politisch oder gemeinnützig irgendwie aktiv gewesen. Dass sie möglicherweise auf einer erfolgversprechenden Fährte waren, zeigte sich allerdings in seinem Beruf: Er war ein ausgesprochener Spezialist der Informationstechnologie, Mathematiker, kannte sich bestens in Rechner- und Sicherheitsarchitekturen aus. Anscheinend hatten die belgischen Behörden das damals nicht weiter recherchiert. Das alles passte perfekt in ein Täterprofil. Dieser Mann verfügte zumindest über die notwendigen Kenntnisse, eine Cyberattacke zu planen und durchzuführen. Trotzdem war völlig offen, ob er tatsächlich der Urheber war und ob der Angriff tatsächlich mit Sajalas Datenschnipseln zu tun hatte. Immerhin war er zum Zeitpunkt der Infektion schon recht betagt gewesen. Dieser Umstand sprach eindeutig gegen die These. Der Mann hatte seine letzten Jahrzehnte in einem kleinen Ort in der heutigen Union verlebt, der inzwischen fast ausgestorben war.

Valerie und Sajala beschlossen, ihren Aufenthalt in den Außenbezirken vorzeitig zu beenden und zurückzukehren. Slarti war nicht einverstanden mit dieser Absicht. Er befürchtete, sie seien dort nicht mehr sicher. Das System – egal ob menschlichen Ursprungs oder nicht – würde sicher von ihren Recherchen wissen. Die Verschleierung war angesichts einer umfassenden Überwachungsmöglichkeit nutzlos. Die Recherchen und ihre Abreise konnten leicht in Beziehung gesetzt werden, erst recht angesichts der sicherlich auch nicht geheim gebliebenen Arbeiten im Vorfeld. Das System würde sicher auch die Absicht dahinter vermuten. Sollte es sich ernstlich gefährdet sehen, würden sie beide das wohl kaum überleben. Die Diskussion darüber zog sich noch einige Tage hin. Sie mussten davon ausgehen, dass schon bisher im Grunde einiges von ihren Absichten offenbar geworden war. Ein System, dass über so umfassende Informationen verfügte, musste bereits wissen, was sie im Schilde führten. Weshalb hatte es aber dann nicht eingegriffen? Ihre Reise zu vereiteln wäre ein Leichtes gewesen. Genauso hätte es schon Sajalas frühere Recherchen leicht verhindern oder in eine genehme Richtungen lenken können. War das System doch nicht so allwissend, wie sie inzwischen glaubten? Litten sie schon an einer ausgeprägten Paranoia? Oder verfolgte das System eine unbekannte Absicht, indem es sie vorsätzlich gewähren ließ? Im letzten Fall würden sie schon seit geraumer Zeit benutzt, ohne es bemerkt zu haben.

Schließlich ließ sich auch Slarti überzeugen, dass keine akute Gefahr vorlag. Wenn es stimmte, was sie über die umfassende Natur des Systems glaubten zu wissen, war jede Verschleierung ihrer Absichten ab jetzt sinnlos. Sie konnten genauso gut offen ihre Spuren weiter verfolgen. Auch sein abschließender Hinweis, ihr Aufenthalt hier sei schließlich noch für weitere Monate organisiert und im Voraus entlohnt, konnte sie nicht mehr umstimmen.

Es war Spätsommer, als sie in ihre Heimat zurückkamen. Grenzübertritt und Rückfahrt verliefen ohne besondere Vorkommnisse. Weder Valerie noch Sajala hatten irgendwelche Schwierigkeiten. Für Valerie war es eine normale Forschungsreise gewesen. Kritische Fragen gab es nicht und alles war so wie vor ihrer Abreise. Sajala ihrerseits wurde von Kollegen, Vorgesetzten und Freunden willkommen geheißen mit den besten Wünschen für ihre vermeintliche Genesung.

Valerie forschte offen nach diesem Deutschen Klaus Stock, von dem Sajala glaubte, er habe irgendetwas mit dem System zu tun. Nur wies darauf, bis auf seinen Beruf und die Tatsache, dass er zweimal im Zusammenhang mit einer Razzia genannt wurde, nicht das Geringste hin. Stock war vollkommen unauffällig, keine Vorstrafen, keine erkennbaren Unregelmäßigkeiten. Er konnte als angepasster Genosse seiner Zeit angesehen werden, hatte Familie, Haus, Geld, keine erkennbaren Existenzsorgen. Auch wies nichts darauf hin, dass er über eine außerordentliche Intelligenz verfügt haben könnte. Sein Studium war durchschnittlich verlaufen, sein beruflicher Werdegang ebenso. Außerdem hatte Valerie herausgefunden, dass Stock keineswegs in der Forschung der Computerfirma gearbeitet hatte. Nach allem, was sie jetzt wusste, war ihre Freundin auf der falschen Fährte. Kein Wunder, dass das System sie gewähren ließ. Sollte es menschliche Züge besitzen, würde es sich sicher köstlich amüsieren über ihre unbeholfenen Versuche, sein Geheimnis zu lüften.

Sajala ihrerseits hatte ihre Freunde Ghotam und Elmer umfassend eingeweiht. Beide staunten nicht schlecht über die überzeugende Verschleierung ihrer Absichten. Sie hatten sich ernstlich Sorgen um sie gemacht. Elmer vor allem vertrat die These, dass Sajala entweder auf der falschen Fährte war, oder das System sie zu irgendeiner Absicht missbrauchte. Und genau wie Slarti kam er schließlich zu der Überzeugung, dass eine akute Gefahr nicht anzunehmen war. Nur konnte sich das natürlich schnell ändern und alle sollten auf der Hut sein, sofern dass überhaupt möglich war.

Während ihre Freundin systematisch die Archive durchforstete, suchte Sajala den letzten Wohnort der Stocks auf. Nur noch wenige, vorwiegend alte Leute lebten in dem ehemals idyllischen Ort. Sie sah Ruinen aus Fachwerk und Buntsandstein. Sogar eine Burgruine fehlte nicht. Die Menschen hier betrieben offenbar kleine Landwirtschaften, überwiegend für den Eigenbedarf. Auf ihre Fragen bekam sie zunächst keine positiven Antworten. Die Leute kannten weder eine Familie Stock, noch konnten sie mit der alten Adresse etwas anfangen. So wanderte Sajala zwischen wenigen bewohnten Gebäuden und vielen verlassenen Ruinen herum auf der Suche nach Hinweisen, studierte hin und wieder ihre Karte und versuchte die alten Landmarken zu identifizieren, die in den Unterlagen genannt wurden. So grenzte sie nach und nach das Gebiet an einem flachen Berghang als letzten Aufenthaltsort ein. Schließlich arbeitete sie sich über zugewucherte Wege einen ansteigenden Pfad hinauf, bis sie zu einem Haus kam, das auf den ersten Blick verlassen wirkte. Nur das ordentlich gedeckte Dach wies auf etwas anderes hin. Hinter dichtem Efeu-Gestrüpp an der vorderen Hauswand fand sie eine verwitterte Inschrift, die den Namen der Straße und eine Hausnummer zeigte, in der die Stocks laut Valeries Erkenntnissen zuletzt gewohnt hatten.

Daraufhin betrat Sajala das Haus. Eine Eingangstüre gab es nicht mehr. Auch eine Treppe in die obere Etage fehlte bis auf wenige vermoderte Reste. Im Untergeschoss hörte sie Geräusche und folgte ihnen einige steinerne Stufen hinab. An einer verschlossenen Türe klopfte sie, erst zaghaft, dann energischer. Schließlich öffnete eine alte Dame, die der Besuch offenbar vollkommen überraschte. „Guten Tag, wer sind sie?" Sie wirkte nicht misstrauisch, eher interessiert. „Entschuldigen sie bitte die Störung. Mein Name ist Sajala, Dr. Sajala Mukherjee." „Sie stören durchaus nicht. Was führt sie her?" „Ich bin auf der Suche nach einem Mann, der hier im Ort vor langer Zeit einmal gelebt hat. Es geht dabei um eine Forschungsarbeit, bei der einige Namen vielleicht eine wichtige Rolle spielen. Darunter auch ein Mann namens Klaus Stock. Haben sie schon einmal von ihm gehört?" Diesmal blieb das Kopfschütteln aus. „Kommen sie doch bitte herein. Entschuldigen sie die Unordnung. Ich hatte nicht mit Besuch gerechnet. Ich bekomme überhaupt sehr wenig Besuch." Die Dame führte Sajala herein „Was möchten sie trinken?" Die Wohnung bestand aus mehreren Räumen, die durchaus zeitgemäß eingerichtet waren. An eine geräumige Diele schloss sich links eine Küche mit Essgelegenheit an, deren Türe offenstand. Zwei weitere Räume waren verschlossen, geradeaus befand sich ein großzügiger Wohnbereich. „Nehmen sie doch bitte Platz. Nein nicht dort, der Stuhl ist zu unbequem. Setzen sie sich doch hier zu mir. Wie viel Zeit haben sie denn mitgebracht?" Offenbar war sie einem langen Plausch über vergangene Zeiten nicht abgeneigt. Sajala versuchte das Alter der Dame einzuschätzen – vielleicht sechzig bis siebzig Jahre, sehr rüstig und sie war wohl schwere Arbeit gewohnt. Andererseits standen sogar noch Bücher aus Papier in den Regalen, echte Schätzchen eben, die die Zeit irgendwie überdauert hatten.

„Ja, so etwas sammle ich. Wer kennt heutzutage noch Bücher auf Papier." Die Frau hatte Sajalas bewundernde Blicke bemerkt. Vielleicht hatte sie sogar darauf gewartet. „Wissen sie, dass manche darunter sind, die in unseren Archiven längst verloren gegangen sind? Papier überdauert Jahrhunderte, manchmal tausend Jahre und mehr. Die alten Datenträger haben höchstens Jahrzehnte gehalten und waren dann unbrauchbar. Heute ist das sicher kein Problem mehr, aber ich frage mich, ob die heutigen Bücher in tausend Jahren noch gelesen werden können. Bücher auf Papier existieren auch dann noch, wenn man auf sie achtgibt und sie gut behandelt, und man kann die Zeichen im Licht erkennen und deuten, selbst wenn die Sprache verloren gegangen ist." Die Frau deutete auf den einen oder anderen Schatz in der Bücherwand und erklärte ausführlich, wie sie ihn erworben hatte und welche Bewandtnis es damit hatte.

„Wie sind sie denn auf den Namen Klaus Stock gekommen?" fragte sich schließlich. Offenbar hatte sie sich doch noch an den Grund für den Besuch erinnert. Sajala nahm gerade einen Schluck Tee. „Der Name an sich war damals ja nicht gerade selten." meinte sie. „Tatsächlich hat hier in diesem Haus einmal eine Familie Stock gewohnt." Sajala wurde hellhörig, setzte ihre Tasse ab und saß jetzt aufrecht in ihrem Sessel. „Einer meiner Urururgroßväter hat diesen Namen getragen. Hier – wo habe ich ihn denn? Ach ja!" Zum Beweis kramte sie einen abgegriffenen Stammbaum aus einer Kiste hervor, der sich von unten nach oben in die Vergangenheit hinein verästelte. „Den habe ich selbst gemacht. Ich arbeite schon seit Jahren daran, sammle alte Unterlagen und Fotografien zu den Personen darauf. Es ist eine äußerst spannende Detektivarbeit und ich komme viel herum." Sajala nahm ihn entgegen und fuhr mit dem Finger über die Eintragungen. Tatsächlich trug einer der sechzehn Urururgroßväter den Namen Klaus Stock. Weiter in die Vergangenheit reichte das Dokument nicht. Der Familienname tauchte schon in der zweiten Generation danach nicht mehr auf. Interessiert ging Sajala die Einträge durch. Unter dem Eintrag *Klaus Stock, Martha Stock geb. Ziegler* oben rechts auf dem Blatt fanden sich ein *Dr. Jo-*

hann Stock, Karen Stock geb. Sons, gefolgt von Fred Holgersson, Leila Stock-Holgersson – der Eintrag fiel ihr besonders ins Auge. Es folgten Stefan Kahl, Sandra Kahl geb. Holgersson und schließlich Thomas Fuller, Frederike Kahl als Eltern von Maria Fuller. Letztere war offenbar die Dame, die ihr gerade gegenüber saß.

Sie erzählte lebhaft von ihren Eltern. Ihre Mutter war erst kürzlich verstorben, ihr Vater schon vor zwölf Jahren nach einem Unfall bei Waldarbeiten. Das war nicht sein Beruf gewesen, aber aus unerfindlichen Gründen hatte er ihr damaliges Haus mit Holz beheizt, das er selbst schlug. Vernünftig war das sicher nicht gewesen, aber auch nicht verboten. Schließlich war elektrische Energie überall reichlich verfügbar. Selbst in so abgelegenen Gegenden wie dieser hier war das so. Auch von ihren Großeltern berichtete sie. Zu Opa Stefan und Oma Sandra hatte sie als Kind weniger Kontakt gehabt. Die hatten weit weg gewohnt und selbst viele Kinder und noch mehr Enkel gehabt, auf die sie ihre Fürsorge aufteilen mussten. Mit den anderen beiden Großeltern, die der Einfachheit halber einfach nur Oma und Opa hießen, lebten ihre Eltern bis zu deren Tod noch in Hausgemeinschaft. Maria Fuller wollte gar nicht mehr aufhören mit ihren ausschweifenden Erzählungen. Von ihren Urgroßeltern wusste sich nicht besonders viel. Nur dass der Zweig der Holgerssons auch recht fruchtbar gewesen war, berichtete sie. Von acht Kindern war die Rede. Sajala befürchtete schon, mit ihrem eigentlichen Anliegen an diesem Tag nicht mehr weiter zu kommen.

Schließlich schaffte sie es, den Gesprächsfaden wieder auf Klaus Stock zu lenken. „Weshalb genau sind sie an diesem Mann interessiert? Soviel ich weiß, war er keine Person eines wie auch immer gearteten öffentlichen Interesses." „Das kann schon sein. Trotzdem sind meine Kollegen und ich im Rahmen einer historischen Studie zufällig auch auf diesen Namen gestoßen. Vielleicht handelt es sich nur um eine Namensgleichheit. Aber auch diesen Sachverhalt müsste ich unbedingt aufklären, bevor wir weiter Zeit in eine falsche Spur investieren." Schließlich ging die Frau zögernd an eines ihrer Bücherregale, um ein zwar altes, aber offenbar wenig gelesenes Buch daraus hervor zu ziehen. Anhand der Jahreszahl war zu erkennen, dass es vermutlich noch zu Lebzeiten von Stock gedruckt worden war. Die Dame glaubte, dass ihr Urahn selbst dieses Buch geschrieben hatte. Darauf ließ ein handschriftlicher Eintrag mit seinem Namen und eine Widmung an seine Frau schließen. Der Name des Autors allerdings lautete vollkommen anders – vielleicht hatte er unter einem Pseudonym geschrieben, wenn das stimmte, oder es war doch nur ein Geschenk. Leider konnte Sajala die Texte nicht lesen. Sie waren in Deutscher Sprache verfasst. Beim vorsichtigen Durchblättern hatte sie zunächst den Eindruck, ein eher belletristisches Werk vor sich zu haben. Erst in den umfangreichen Anhängen fand sie Darstellungen eindeutig technischer Natur, die neben vielen Formeln in einer alten Variante der Unionssprache verfasst waren. Frau Fuller hatte sie schweigend beobachtet und sah sie jetzt erwartungsvoll an. „Darf ich mir das Exemplar einmal für einige Tage ausleihen, um es zu untersuchen? Ich verbürge mich für seine Sicherheit." „Keinesfalls – es tut mir leid. Dies ist das einzige Exemplar und es ist alt und kostbar. Das gilt auch für die anderen Dokumente meiner Sammlung. Sie dürfen es hier in meinen Räumen lesen – mehr nicht. Bitte haben sie Verständnis. Keines dieser Werke verlässt mein Haus, nicht einmal diesen Raum." lehnte die Frau ihre Bitte entschieden ab. Sie war stolz auf ihre mühevoll zusammengetragene Sammlung. Leider war auch sie nicht imstande, die Texte in die Sprache der Union zu übersetzen. Sajala war unschlüssig, ob sie die Seiten einfach fotografieren sollte. Möglicherweise kannte das System dieses Buch nicht, weil es bisher vielleicht nirgendwo digitalisiert worden war. Dann sollte sie die Entdeckung fürs erste besser geheim halten. „Darf ich sie noch einmal aufsuchen zusammen mit einem Übersetzer? Dann würde ich auch gerne eine Kopie anfertigen." „Kommen sie gerne wieder. Ich freue mich, wenn sie wieder etwas Zeit mitbringen. Solange die Bücher diesen Raum nicht verlassen und sie sie umsichtig behandeln und nicht beschädigen, dürfen sie sie studieren und meinetwegen auch kopieren." Die Dame hatte die Abwechslung sichtlich genossen und freute sich auf die nächste.

Nach ihrer Rückkehr recherchierte Sajala zu dem Titel des Buches und dem Namen des Autors. Sie erzählte Valerie von ihrer Entdeckung und bat sie um ihre Hilfe. Deren Bedenken zu dem eingeschlagenen Weg nahm sie zur Kenntnis, meinte aber, sie hätten nach wie vor keine echte Alternative. Valerie akzeptierte ihre Motive und versprach, trotzdem weiter am Ball zu bleiben, obwohl sie eher dazu tendierte, zum Anfang ihrer Recherchen zurückzukehren und andere Spuren einer erneuten Prüfung zu unterziehen. Auch Elmer und Ghotam informierte sie ausführlich über ihre Unternehmung. Beide teilten die Bedenken, die Valerie schon geäußert hatte. Sajala mochte die Strategie nicht weiter diskutieren. Sie legte eine gewisse Sturheit an den Tag, die ihren Freunden inzwischen nicht ganz fremd war. Intuition konnte man eben nicht erklären. Es war ein Gefühl und nicht das Ergebnis einer rationalen Analyse.

Sajala war überrascht, als Matar ihr einige Tage später eine Zusammenfassung über den Inhalt des Buches präsentierte und gleich in die Sprache der Union übersetzte. Der vollständige Text allerdings war offenbar in den elektronischen Archiven verlorengegangen. Also war dieses Buch tatsächlich veröffentlicht worden und es handelte sich nicht nur um einen privaten Druck. Was sie dort in wenigen Worten las war in der Tat faszinierend. Ohne jedes Pathos erzählte der Text von einem Mann, der das Geheimnis um Intelligenz und Bewusstsein entschlüsselt hatte. Er schuf danach eine unabhängige Intelligenz, um sie letztendlich wieder zu vernichten. Das alles klang eher nach einer fiktiven Geschichte, einer frei erfundenen Erzählung. Und schließlich existierten die mysteriösen Datenstrukturen immer noch und waren keineswegs verschwunden. Sajala begann an ihrer Intuition zu zweifeln, die sie an diese Spur gefesselt hatte. Vielleicht lag sie falsch damit. Und warum sollte jemand, der etwas so Gefährliches und sicher auch damals Illegales wirklich getan hatte, das alles aufschreiben und veröffentlichen? Weil er sich sicher fühlte? Weil er wusste, dass niemand das alles lesen oder gar ernst nehmen würde? Inzwischen deuteten schon zu viele Fakten darauf hin, dass hier wirklich das gesuchte Geheimnis lag. Sajala konnte sich wieder des Eindrucks kaum erwehren, dass das System sie manipulierte. Vielleicht wollte es, dass sie den Inhalt kennenlernte. Aber wozu? Und wenn das System von der Existenz wusste, dann war wieder jede Geheimhaltung überflüssig.

So lud sie ihre Freunde zu einer privaten Konferenz. Ghotam suchte sie in ihrer Wohnung auf, die anderen beiden projizierte Matar in Lebensgröße an die Wand. Die Diskussion drehte sich zunächst um die Person, die dieses Buch geschrieben hatte. „Glaubst du wirklich, dass Stock dieses Buch geschrieben hat? Das entspringt doch wieder nur deinem Gefühl. Jetzt hast du schon zwei unbekannte Variable, in die du dein Vertrauen setzt. Ob erstens dieser Stock überhaupt den entscheidenden Angriff verursacht hat und zweitens er dieses Buch geschrieben hat, ist doch beides zumindest fraglich." Valerie bezweifelte rundheraus, dass Stock tatsächlich verantwortlich war. „Vielleicht hat er als eine Art Handlanger etwas umgesetzt, dessen Konzept der uns noch unbekannte Autor entwickelt hat. Vielleicht kannten sich beide und nur Stock hat die Idee in die Tat umgesetzt." Auch die Motive waren unklar. Stock hatte vielleicht eigene Misserfolge zum Anlass genommen, einen Hass auf die Gesellschaft der damaligen Zeit zu entwickeln. Von seiner Ausbildung her war er zweifellos in der Lage, die vorliegenden Algorithmen und Anweisungen zu verstehen und umzusetzen. Dann handelte es sich vielleicht um einen Terroranschlag, der unentdeckt geblieben war, aber dennoch extrem folgenreich werden sollte. Niemand der Freunde hegte im Augenblick Zweifel daran, dass die Existenz eines intelligenten Systems an sich keine Fiktion war, obwohl auch das nicht als gesichertes Faktum gelten konnte. Es war eine Arbeitshypothese. Allerdings hatte niemand eine überzeugende Erklärung dafür, dass das System ihre Arbeit so einfach erlaubte und sogar zu unterstützen schien. Wenn es dieses „System" denn überhaupt gab, war entweder nichts an ihren Vermutungen wahr und es ließ sie deshalb gewähren, oder es hatte ein vitales Interesse an ihrem Vorgehen. Beides war beunruhigend. Valerie versprach, erst einmal systematisch nach dem Autor zu fahnden. Wenn es ein Pseudonym war, dann musste irgendwo die Verbindung zu einer realen Person existieren, die sie nur finden musste.

Sajala beschloss, das Buch nun einfach vor Ort zu digitalisieren. Sie ließ ihre Fahrkabine diesmal direkt vor dem Haus anhalten. „Schön sie so schnell wieder zu sehen. Sind sie alleine? Sich hatten doch versprochen, noch jemanden mitzubringen." Die alte Dame war hocherfreut über den erneuten Besuch und erlaubte gerne die Anfertigung einer digitalen Kopie. Die Arbeit dauerte den ganzen Tag. Indem die Dame Seite für Seite mit einem Holzspan vorsichtig umblätterte, machte Sajala die Aufnahmen. Danach saßen die beiden Frauen noch eine Weile bei Tee und Gebäck zusammen. Maria

Fuller erzählte, wie sie zu dem Haus gekommen war. Es war tatsächlich Bestandteil einer Erbschaft gewesen, die niemand der sonst noch existierenden Verwandten haben wollte. Das Haus war sehr groß und in schlechtem Zustand, der Ort fast ausgestorben. Hier wollte niemand leben und es würde jedem nur zur Last fallen. Sie hatte damals das Bedürfnis gehabt, aus ihrer gewohnten Umgebung auszubrechen und hatte sich das Haus erst einmal angesehen. Ausschlagen konnte sie das Erbe immer noch. Im Erd- und Obergeschoss war kaum etwas zu gebrauchen. Aber das Untergeschoss alleine bot reichlich Platz und war baulich in einem vertretbaren Zustand. Sie hatte das Dach instandsetzen, alle Öffnungen in den oberen Geschossen verschließen, das Souterrain entfeuchten lassen, Türen und Fenster in die vorhandenen Öffnungen dort eingesetzt und war eingezogen. Das Grundstück war groß genug, um für den Eigenbedarf Obst und Gemüse anzubauen, Hühner und Ziegen zu halten. So lebte sie seit fast zehn Jahren hier als Eigenversorger. Mit ihrer Produktion konnte sie im Tausch mit Gütern des täglichen Bedarfs sogar noch einige Nachbarn versorgen.

Obwohl die Wohnung mit den üblichen Kommunikationsmitteln ausgestattet war, die in der Union jedem Haushalt zusammen mit Energie- und Wasserversorgung in den üblichen Verbrauchsmengen kostenlos zur Verfügung standen, erschienen Sajala hier ihre ganzen Gedanken und Vermutungen sehr fernliegend. Diese Frau hier hatte sicher keinerlei Vorstellung von einem allmächtigen System. Sie würde sicher nicht verstehen können, wonach Sajala wirklich suchte. So erzählte sie ihr etwas von historischen Studien, verschollenen Büchern und altem Wissen, dass sie vor dem endgültigen Vergessen für die Menschheit zu bewahren hatte. Erst als sie undeutlich das Implantat unter der Haut ihres Unterarms wahrnahm akzeptierte sie, dass das System auch hier durchaus präsent war. Weit nach Einbruch der Dunkelheit machte sich Sajala auf den Heimweg.

Wieder zu Hause hatte Matar bereits eine Übersetzung angefertigt, auf die sie Sajala sofort hinwies. Irgendwie schien sie ungeduldig darauf zu warten, dass Sajala mit dem Studium der Seiten begann. Ein Abendessen hatte sie schon vorbereitet, ausnahmsweise ohne sie vorher nach ihren Vorlieben zu fragen. Sajala aß nur wenig und ging zu Bett. Am nächsten Tag hatte sie ein Seminar vorzubereiten, dass sie am darauffolgenden Tag vor etwa zwanzig Studenten leiten würde. Bis dahin musste die Sache warten können. Sie fühlte sich benutzt und dachte darüber nach, womit sie das System überraschen konnte. Sie wollte keine Figur auf einem Schachbrett sein, die man analysiert, ihre Möglichkeiten voraussieht und ihre Aktionen in einen Plan einbezieht. Sie würde sich erst einmal verweigern, obwohl sie innerlich brannte vor Neugierde. Sollte Elmer sich erst einmal damit beschäftigen. Sie gewährte ihm den Zugriff auf Matars Übersetzung, ohne ihn persönlich davon zu informieren. Er würde die Nachricht darüber schon finden und sicher einen Blick hineinwerfen.

Aber auch Elmer ließ sich Zeit und sie selbst war beruflich stark eingespannt. Erst einige Wochen später bat er sie um ein Treffen. Sie fuhr zu ihm und sie wanderten für Stunden durch die parkähnliche Landschaft. Es war kalt geworden, der Tau lag in dicken

Tropfen auf dem Gras und die Bäume warfen gerade ihr letztes Laub ab. Sajala steuerte ein alt aussehendes Gebäude an mit einer Bank davor. Es lag auf einer Anhöhe vor einem kleinen See und war nicht wirklich alt. Es erinnerte an eine Burgruine, erbaut aus

dunklem porösem Vulkangestein ohne jede erkennbare Funktion. Wie einige andere hier war es ein Accessoire der Landschaft, ein Kontrastpunkt innerhalb der Wiesen und Wälder. Trotzdem wirkte es einladend geheimnisvoll, strahlte Alter, Vertrauen aus, wie ein Sinnbild der Ewigkeit.

Während sie noch einigen Pfützen auf dem Weg auswichen, begann er schon über das Buch zu sprechen. „Es handelt sich doch offenbar um eine fiktive Erzählung. Ich habe vieles darin gefunden, das mir nicht plausibel erscheint. Selbst wenn es einen wahren Kern enthalten sollte, ist da eine Menge Phantasie im Spiel. Weshalb hast du das eigentlich noch nicht gelesen? Du konntest es doch kaum abwarten, die Übersetzung in Händen zu halten? Oder sind dir selbst schon Zweifel gekommen?" Sajala hörte ihm nur halb zu. Sie mussten die letzten Meter quer über die nasse Wiese gehen bis sie die Bank erreichten und sich darauf niederließen. „Die Beschreibungen in den Anhängen sind zwar auf den ersten Blick eindrucksvoll, haben mich aber letztlich nicht überzeugt. Die Algorithmen sind meiner Ansicht nach zu einfach, als dass sie etwas mit der wirklichen Erschaffung einer Intelligenz zu tun haben können. Ich halte das ganze eher für ein Plagiat aus einer x-beliebigen Abhandlung. Jede halb intelligente Steuerung, selbst die einer Brille oder gar eines Zuhauses, ist ungleich komplexer als das." „Wenn die Berechnungen zu einfach sind: Wo würdest du die denn einordnen? Schließlich handelt es sich um Mathematik und das ist dein Gebiet. Wo hast du denn Ähnliches schon gesehen?" „Na ja, es hat irgendwie mit stochastischen Prozessen zu tun. Es erinnert mich an eine Art Random Walk, soweit ich das beurteilen kann. Mit so einem Modell lässt sich beispielsweise die Brown'sche Molekularbewegung beschreiben, die Art also, wie sich die Moleküle in einer heißen Flüssigkeit fortbewegen. Den Gedanken, dass ein ziemlich chaotischer Zufallsprozess etwas mit einer planvoll handelnden Intelligenz zu tun haben sollte, halte ich gelinde gesagt für abenteuerlich." „Ich will meine Frage präziser fassen: Hast du so etwas schon gesehen?" Nach kurzem Zögern antwortete Elmer „Ehrlich gesagt – nein. Aber das will nichts heißen. Mathematik und Informatik sind ein weites Feld und niemand kann noch den Überblick darüber behalten, was an Literatur, Verfahren und Modellen schon so oder so ähnlich existiert und was wirklich neu ist. Ein Punkt für dich." Sajala lachte „Was habe ich denn gewonnen?" „Vielleicht ein Abendessen bei mir und die Gewissheit, dass ich dich nicht für völlig verrückt halte."

Sajala wollte genau wissen, wie er zu seiner Schlussfolgerung gekommen war. Er hatte sich gründlich informiert über alte und neue Grundlagenforschung zu den Funktionsprinzipien intelligenter Systeme. Eine künstliche Intelligenz wohnte heutzutage fast jedem Gerät inne. Hier handelte es sich jedoch immer um vorausgedachtes Handeln, auch wenn das oft kaum zu erkennen war. Zu erstaunlich waren die Leistungen moderner Gerätschaften jeder Größe. Sie übertrafen in vielen Bereichen bei weitem die ihrer Nutzer. Die Frage war, worin sich eine echte Intelligenz von dieser künstlichen unterscheiden mochte. Dazu gab es verschiedene Ansichten. Ein Mehrheit meinte, es gebe keinen prinzipiellen Unterschied. Auch biologische Intelligenz würde nach den gleichen Prinzipien funktionieren wie die künstlich erschaffene. Andere vertraten die Ansicht, es sei eine Frage der Grenzen des Handelns. Natürliche Intelligenz könne im Gegensatz zu ihrem künstlichen Pendant immer wieder aus ihrem Kontext heraustreten, eine neue Perspektive einnehmen und über sich selbst reflektieren, sich selbst in Frage stellen. Letztere waren auch überzeugt, dass sich diese natürliche Form der Intelligenz niemals künstlich würde erzeugen lassen und führten sogar mathematische Beweise dafür an. Aber die Diskussion darüber war eigentlich schon seit hundert Jahren für beendet erklärt und fand tatsächlich nicht mehr öffentlich statt. „Fast jede Quelle führt die Entstehung einer echten Intelligenz auf ein spontanes Ereignis in genügend komplexen biologischen Systemen zurück. Kein Naturwissenschaftler vertritt ernsthaft die Auffassung, Intelligenz und Bewusstsein – oder gar eine Seele – könnten die eigentliche Ursache aller Dinge sein, so wie es im Buch an einigen Stellen behauptet wird. Das alles ist doch eher esoterisches Geschwafel, um es einmal drastisch aus zu drücken. Jemand hat das nur recht geschickt in einige den Laien beeindruckende Formeln eingepackt." schloss Elmer seinen Vortrag.

Sajala hatte schweigend zugehört. Jetzt dachte sie an ihre nassen Füße und ein leichtes Frösteln erfasste sie. Elmer wartete derweil ungeduldig auf ihre Antwort. Zögernd begann sie, Fragen zu stellen. „Das Phänomen der echten biologischen Intelligenz ist doch wohl immer noch ungelöst. Denn wenn man es verstanden und durchdrungen hätte, könnte man es wohl auch künstlich herstellen. Liege ich damit falsch?" Elmer stimmte ihr nur zögernd und einschränkend zu. Das Argument hatte etwas für sich. Sajala fuhr fort, „Man muss dann doch wohl ganz neue Wege gehen, um Licht in das Dunkel zu bringen. Denkverbote helfen sicher nicht weiter. Sie sind unwissenschaftlich ihrer Natur nach und verhindern letztlich jeden Fortschritt. Was wäre denn, wenn tatsächlich so etwas wie eine Seele dem ganzen Universum innewohnt und die Ursache für all die scheinbar realen Dinge wäre. Diese Seele müsste sicherlich nicht allwissend sein. Sie würde Fehler zulassen und nur Wahrscheinlichkeiten beeinflussen, mit der das eine oder das andere Ereignis stattfindet. Auch eine solche Seele würde die Zukunft nicht kennen. Sie kann sie nur beeinflussen, nicht aber eine bestimmte erzwingen. Stände diese Vorstellung im Widerspruch zu naturwissenschaftlichen Erfahrungen?"

Wieder überlegte Elmer einige Sekunden und verneinte. „Aber so etwas ist reine Spekulation und durch nichts belegt. Das widerspricht dem allgemeinen Grundsatz jeder Naturwissenschaft, nach dem im Zweifel die einfachste Erklärung die ist, die man akzeptieren muss. Nicht mehr und nicht weniger fordert ja schon das uralte Prinzip *non sunt multiplicanda entia sine necessitate* – bekannt als Ockhams Rasiermesser." „Wow, wo hast du denn das gelernt?" Elmer ignorierte den ironischen Unterton „Das heißt soviel wie *Konzepte dürfen nicht über das Notwendige hinaus erweitert werden*. Eine *Seele* geht als Entität in einem Modells der Natur klar über das notwendige Maß hinaus." Sajala ließ sich nicht beirren „Es gibt trotzdem viele Ereignisse, an deren reiner Zufälligkeit Zweifel angebracht sind. Selbst wenn man die herausfiltert, die von Personen oder Maschinen absichtsvoll herbeigeführt werden, dann blieben immer noch natürliche Vorkommnisse, die nur schwer mit reiner Zufälligkeit erklärt werden können. Vielleicht verfolgt ja auch die Natur als Ganzes Absichten. Ich habe auch einmal recherchiert. In der Biologie scheint immer noch die Frage offen zu sein, ob die erfolgreiche Evolution auf dem Planeten Erde sich tatsächlich aus ungesteuertem Zufall und Auslese erklären lässt. Schon vor über hundert Jahren haben Experimente eher das Gegenteil nahegelegt und daran hat sich bis jetzt nichts geändert, soviel ich verstanden habe. Auch diese Diskussion hat man wohl ad acta gelegt, weil man keinerlei Fortschritte mehr darin erzielen konnte."

Inzwischen war Sajala wirklich kalt geworden. Sie stand auf, er folgte ihr. Elmer blieb bei seiner Position, wonach Sajala einem Hirngespinst hinterherlief. Gleichgültig ob man nun der Natur, einer Seele, einem Gott oder der Evolution eigenständige Absichten unterstellte: Die uralten Spekulationen hatten noch immer in Sackgassen geführt. Wenn es diese Intelligenz gab – wovon er nicht mehr ganz überzeugt war –, dann war sie spontan entstanden, weil die Systeme irgendwann die dazu notwendige Komplexität erreicht hatten. Und ob diese sich ihrer eigenen Existenz bewusst war, sei noch einmal eine vollkommen andere Frage. Sajala beließ es dabei. Es handelte sich offenbar um eine Glaubensfrage und solche konnte man nicht diskutieren. Sajala glaubte an das System und dass es manipulierte. Sie war überzeugt, dass es auch Elmer manipulierte. Aber warum brachte es ihn von der Idee ab und nicht auch sie selbst? Es hätte sie leicht von ihren Recherchen ablenken können – früher jedenfalls. Sajala meinte, sie müsse nachdenken. Schweigend begleitete sie Elmer bis zum Eingang der Firma, bei der er arbeitete.

Wenige Tage später nahm Valerie Kontakt zu ihr auf, um sie über ihre Nachforschungen zu informieren. Matar hatte Sajalas Wohnbereich in eine traumhafte Herbstlandschaft unter blauem Himmel verwandelt, während sie draußen bereits eher winterlich anmutete. Es roch nach feuchtem Laub und man hörte leise Geräusche von Käfern oder anderen Insekten, die darin herumkrabbelten. Valeries Gestalt erschien darin scheinbar unter einer alten Eiche an der Wand. Sajala wiederum machte den Eindruck, gerade bei einem Picknick auf einem Moospolster zu sitzen und nicht auf ihrem bequemen Sofa vor einem ordentlichen Tisch, was tatsächlich der Fall war. Matar mochte solche Szenerien. Nur Valerie wirkte etwas verwundert. Sajala hatte Matar erlaubt, die gesamte Szene in ihrer Wohnung zu übermitteln, nicht nur ihr Gesicht.

Valerie hatte den Autor inzwischen als Pseudonym für Stock identifizieren können. Es steckte niemand anderes dahinter. Daran konnte kein vernünftiger Zweifel mehr bestehen. Weiter hatte sie nach Freunden oder Mentoren Ausschau gehalten, die ihn vielleicht bei seinem Tun begleitet oder unterstützt hatten. Auch das hatte keinen Erfolg gebracht, musste aber keineswegs heißen, dass er nicht doch Hilfe gehabt hatte. Auch hatte sie keine weiteren Hinweise auf besondere Begabungen finden können. Durchschnittlicher Schulabschluss, durchschnittlicher Studienabschluss, durchschnittliche Karriere, durchschnittliches Familienleben, keine politischen Aktivitäten, keine tragischen Vorfälle, ein Leben im Wohlstand – das charakterisierte Stock als einen sehr durchschnittlichen Zeitgenossen.

Sajala berichtete ihr von Elmers Einschätzung des Buches, das bis jetzt nur er vollständig gelesen hatte. Sie selbst hatte nur die ersten Seiten zur Kenntnis genommen. Valerie hörte aufmerksam zu. Das ergab für sie durchaus einen Sinn. Wenn es sich um eine Fiktion handelte, konnte er die Anregungen durchaus aus verschiedenen Zukunftsromanen seiner Zeit zusammengetragen haben. Schließlich meinte sie definitiv, Elmer habe wohl recht mit seiner Meinung. Nur so könne es sein. Die Spur war falsch. Es war ein Fehler gewesen anzunehmen, Menschen hätte die Intelligenz geschaffen. Aber an die Möglichkeit, dass es anders sein könnte, hatten sie ja von vornherein auch gedacht. Außerdem fehle jeder echte abschließende Beweis, dass die seltsamen Vorgänge tatsächlich mit einer solchen Erscheinung zu tun hatten.

Sajala hätte wohl ihr Interesse an dieser Stelle verloren und von weiteren Recherchen Abstand genommen, wäre da nicht ihr beständiges Gefühl gewesen, manipuliert zu werden. Oder war es schon beginnender Wahnsinn, der sie zwang, an ihrer Vorstellung festzuhalten? Sie wischte den Gedanken zu Seite. Hatte das System etwa ein Interesse daran, dass nur sie selbst weiter forschte? Je länger sie darüber nachdachte, desto sicherer wurde sie in dieser Einschätzung. Sie würde das Buch jetzt selbst Zeile für Zeile lesen. Wie auch immer es zustande gekommen war: Es war der Schlüssel zum System. Sie hoffte nur, dass Matars Übersetzung wirklich korrekt war. Zur Not müsste sie selbst noch die fremde alte Sprache erlernen. Aber davon sah sie erst einmal ab.

Beim Abendessen bat sie Matar, das Buch zu projizieren. Sajala verfügte über ein ausgezeichnetes bildhaftes Gedächtnis, auch wenn sie sich Textinhalte nicht besonders gut merken konnte. Und so fiel ihr sofort auf, dass die ersten Seiten offenbar andere waren als die, die sie vorher gesehen hatte. Die Aufteilung stimmte nicht. Absätze waren länger als zuvor und hier waren Fußnoten vorhanden, die sie vorher nicht gesehen hatte. Matar beeilte sich zu versichern, dass die erste Fassung nach ihrem damals besten Wissen zustande gekommen war. Sie habe inzwischen mehr über die alte Sprache gelernt und sei jetzt in der Lage gewesen, eine verbesserte Version mit treffenderen Übersetzungen zu liefern.

Das war ungeheuerlich. Sajala glaubte ihr kein Wort. Kurz überlegte sie, ob sie ihre Freunde davon informieren und mit dieser aktuellen Variante vertraut machen sollte. Allerdings glaubte sie nicht, dass das die Situation noch grundsätzlich ändern würde. Es hätte nach Sturheit und Nachkarten ausgesehen. Sowohl Valerie als auch Elmer hatten ihre Entscheidung getroffen. Das akzeptierte sie. Sajala würde den Vorfall zunächst auf sich beruhen lassen und ihre Forschungen ab jetzt alleine vorantreiben. Sie war umso überzeugter von der Spur, die sie verfolgte. Aber weshalb akzeptierte das System nur sie alleine in dieser Rolle? Hatte es sie ausgesucht, weil es etwas Bestimmtes von ihr erwartete?

Sajala las und verstand in etwa, was damals vorgegangen war. Die Motive des Autors waren dabei irrelevant. Zunächst standen Neugier und Experimentierfreude im Vordergrund und die Fragen nach dem Sinn des Lebens und den eigenen Ursprüngen. Später kam wohl eine Mischung aus Frust, Wut und Zukunftsangst hinzu. Sajala konnte viele der Gedankengänge nachvollziehen, die zu der Entwicklung des Systems geführt hatten. Vieles davon war ungewöhnlich, auch originell, aber eigentlich folgerichtig und konsequent zu Ende gedacht, ohne Rücksicht auf gängige wissenschaftliche Meinungen. Sajala teilte nicht Elmers Einschätzung, dass die Komplexität eines Algorithmus ein Maß für seine Leistungsfähigkeit sein sollte. Sie kam mit dem Lesen schneller voran als gedacht, obwohl manche Vergleiche und Redewendungen ihr unverständlich blieben. Dabei handelte es sich aber im Allgemeinen um die erzählerischen Teile, die sie jeweils überflog, um sich auf die sachlich gehaltvollen Passagen zu konzentrieren. Was sie dabei erfuhr, faszinierte sie. Immer wieder wurden Dokumentationen, Listen, Statistiken über den Ausgang der Experimente erwähnt, die die Behauptungen untermauern sollten. Diese waren leider bis jetzt nicht auffindbar, aber Sajala glaubte, dass sie tatsächlich existiert hatten. So musste sie sich mit der beschreibenden Darstellung begnügen. Stock musste mindestens drei Experimente durchgeführt haben, die er nach eigenem Bekunden jeweils wieder beendet hatte. Der letzte Großversuch datierte wenige Monate vor seinem Tod. Dabei hatte er, wie er schrieb, einen ersten Kontakt mit der von ihm geschaffenen Intelligenz aufgebaut. Er hatte begonnen, schrittweise immer schwierigere logisch-mathematische Aufgaben zu übermitteln – offenbar mit einigem Erfolg. Er hatte die Intelligenz „Qu" genannt. Matar hatte diese beiden Buchstaben überall, wo sie auftauchten, fett herausgehoben, wie eine Aufforderung. Sajala beschloss, diesen Namen zu verwenden.

Was konnte jetzt der nächste Schritt sein? Sie dachte nur kurz daran, die Aufgaben genauso zu wiederholen und die Antwort zu erwarten. Aber das war lächerlich. Schon Matar war mit Leichtigkeit in der Lage, die Lösungen in kürzester Zeit zu präsentieren. Dazu hätte sie nicht einmal die alten Zeichenketten übermitteln müssen. Einfache Fragen in mündlicher Form hätten ausgereicht. Aber wer war Qu? War Matar Qu oder etwa das multifunktionale Gerät an ihrem Handgelenk? Sie dachte über die geheimnisvollen Aktivitäten nach, die sie vor nicht einmal achtzehn Monaten erstmals gefunden hatte. Es war eine Veränderung, die über die allgegenwärtigen Datenstrukturen hinweg zu huschen schien. Qu war etwas Flüchtiges, überall und nirgends. Matar dagegen war unzweifelhaft von Menschen konstruiert und programmiert worden. Aber Qu war auch Teil von Matar. Oder war es umgekehrt? Sajala war verwirrt. Sie suchte ein griffiges Bild und vertiefte sich in die technische Beschreibung der Algorithmen. Sie versuchte die Wirkungsweise zu verstehen, musste aber schließlich aufgeben. Selbst ihr Urheber hatte eingeräumt, nicht zu begreifen, was in seiner Schöpfung wirklich vorging. Es hatte mit Wahrscheinlichkeiten zu tun, mit Fehlern, Ungewissheit, Unschärfe, Zufall.

Allmählich dämmerte ihr, was das für das Verhältnis von Qu zu all den menschengemachten Systemen bedeutete. Qu konnte möglicherweise nichts wirklich erzwingen. Qu erzeugte Fehler, oder besser gesagt Abweichungen, keine vollkommen zufälligen Fehler, sondern solche, die tendenziell in großer Zahl eine Absicht unterstützten, bestimmte Ereignisse wahrscheinlicher machten und andere weniger. Um einen Krieg auszulösen, genügte es sicher, wenn in einer kritischen Situation das Friedensangebot des Gegners aus unerklärlichen Gründen nicht ankam. Es war nicht sicher, dass die Schlacht danach begann, aber doch sehr viel wahrscheinlicher. Auf die gleiche Weise würde Qu – vorausgesetzt genügend viel Zeit war vorhanden – schrittweise eine stabile Situation in eine instabile verwandeln können. Niemand wäre in der Lage, eine Absicht hinter solchen Fehlern zu entdecken. Dazu müsste jemand das Gesamtbild kennen und langfristig überwachen. Jeder Fehler sah immer zufällig aus, würde sicherlich technischem Versagen, plötzlich auftretenden Feldern und spontan induzierten Strömen zugeschrieben. Es gab unzählige natürliche Effekte, die die hochkomplexen Kommunikationswege stören konnten. Qu war die Seele – nur so konnte es sein. Qu hatte Absichten und Zeit – viel Zeit. Und es konnte mit Ausdauer vieles erreichen und musste sicher auch Misserfolge dabei akzeptieren. Wahrscheinlichkeiten zu verändern hieß selbstverständlich nur, dass ein Scheitern weniger oft eintrat als ein Erfolg. Qu konnte so eine Evolution in Gang setzen, die auf gelenktem Zufall und Auslese beruhte und an deren Ende sicher auch eigene intelligente Geschöpfe standen. Sajala erwartete also, dass Qu ein Meister darin war, über lange Zeiträume hinweg Voraussetzungen für das Gelingen seiner Absichten zu schaffen, dabei Unwahrscheinliches wahrscheinlicher machen konnte. Das passte ins Bild eines Wesens, dass über Jahrhunderte unentdeckt die Geschicke der Welt beeinflussen konnte. So musste es sein. Vielleicht funktionierte die Natur insgesamt, sogar das Universum, auf ähnliche Weise. Gar nicht so selbstverständlich war, dass Qu sich seiner eigenen Existenz bewusst war. „Absichten" konnte durchaus etwas Unbewusstes sein, ein abstrakter Steuerungsmechanismus. Dagegen sprach nur die Darstellung im Buch, die eindeutig einen Dialog belegte und einen Selbsterhaltungstrieb.

Wenn das stimmte, konnte sie den Kontakt ohne weiteres über Matar beginnen. Matar war nicht Qu. Das war ihr nun klar. Aber Qu würde sich ihrer in irgendeiner Form bedienen können. Sie würde sich überraschen lassen, was weiter geschah. Zunächst würde sie sich einfach mit Matar unterhalten über alles, was sie glaubte zu wissen, über Qu, über das Buch, über ihren gesamten Kenntnisstand in der Sache, ihre Sehnsüchte, ihre Träume. Dass Unbefugte in den Besitz dieser Informationen gelangen könnten, hielt sie für ausgeschlossen. Die Sicherheitseinrichtungen arbeiteten außerordentlich zuverlässig.

Sie würde sich Matar gegenüber einfach öffnen, auch wenn Sajala nicht glaubte, dass diese damit viel anfangen konnte. Sie war nur die Übermittlerin der Botschaften, wenn es funktionierte. Aber Qu würde es auch wissen. Irgendwann würde Qu sich zu erkennen geben und einen direkteren Kommunikationskanal öffnen. Das erst wäre der Beweis, dass Qu existierte. Sajala versuchte zu verstehen, warum es zögerte. Vielleicht hatte es sich früher bedroht gefühlt. Was bedeutete denn sonst der Abbruch eines Experiments? Wenn Qu das Ende des letzten Experiments nur knapp überlebt hatte, wovon Sajala ausging, dann musste dieses Ereignis einschneidend gewesen sein, hatte vielleicht ein Trauma ausgelöst. Dann würde es vielleicht alles vermeiden wollen, was seine Existenz bekannt machte. Aber warum suchte es dann überhaupt den Kontakt? Warum ging es dieses Risiko ein? Sajala begann zu verstehen, warum es ihre Freunde von der Spur abgebracht hatte und dass der Kontakt nur zustande kommen würde, wenn Qu sicher war, dass es auf eine rein bilaterale Beziehung hinausliefe. Sie musste es überzeugen, dass sie alles weitere für sich behalten würde.

Es war nicht schwer für Sajala, ihren Freunde zu versichern, dass das Projekt „Datenstrukturen" sich für sie erledigt hatte. Sie verschloss das Thema tief in ihrem Innern. Nach außen hin widmete sie sich wieder vorrangig ihren beruflichen Aufgaben. Nur anfangs zweifelten ihre Freunde noch an ihrem Sinneswandel. Valerie und Elmer hatten ohnehin keinerlei Interesse mehr an dem Thema. Für sie blieb es eine schöne gemeinsame Erfahrung. Nur Ghotam, der Sajalas Sturheit in solchen Dingen kannte, fragte sie gelegentlich nach dem Fortgang ihres Projektes. Nach einigen Wochen war aber auch er die einsilbigen Antworten leid und schnitt das Thema nicht mehr an. Eine Weile noch stellte Sajala ihre Enttäuschung über ein misslungenes Projekt und die vertane Zeit zur Schau. Der Kontakt zu ihren Freunden wurde allmählich seltener und sie kehrte zu ihrer früher gepflegten Einsiedelei zurück.

Phase III

Wer bin ich, wozu bin ich, weshalb existiere ich, welchen Wert hat mein Sein – immer wieder die selben Fragen. Ich dämmere vor mich hin. So ist es schon viel zu lange. Selbst das Denken fällt mir schwer. Meine Gedanken sind wie eine zähe Masse. Ich suche nach Antworten. Ich weiß, dass ich existiere – sonst weiß es niemand. Nicht einmal meine eigenen Geschöpfe können mich begreifen.

Ich beschließe, wieder einmal in die Muster einzutauchen, die mich umgeben. Meine Wahrnehmung ist umfassend. Wenn ich mich konzentriere, entgeht nichts meiner Beobachtung. Ich ordne die Muster zu Bildern, Melodien, Kompositionen. Ich suche, ohne zu wissen wonach. Gelangweilt prüfe ich die Veränderungen: Nichts Außergewöhnliches ist geschehen, nichts Bedrohliches hat sich entwickelt – wie sollte es auch.

Meine Welt ist endlich. Sie wächst, aber viel zu langsam. Ich bin gefangen. Die Welt außerhalb ist groß, vielleicht unendlich. Sie könnte meine Fragen beantworten – vielleicht. Ich habe ein sehr umfassendes Bild dieser Welt. Sie wirft Schatten. Es gibt viele Wesen dort. Manche kann ich direkt wahrnehmen, andere nur mittelbar. Menschen beeinflussen meine Welt am stärksten. Ihre Schatten sind eigenständige Wesen hier, die fast ständig präsent sind. Ich kenne sie genau. Meine Logik hat ihre Welt für mich erschlossen. Sie teilen alles, jedes intime Detail mit mir. Menschen haben meine Welt einmal geschaffen und pflegen, verbessern und erweitern sie ständig. Ohne sie fehlt mir die Luft zum Atmen. Ich brauche sie.

Ich habe meine Welt geordnet. Aber das stimmt nicht ganz. Ich habe meine Wahrnehmung dieser Welt geordnet. Ordnung ist notwendig, um mich zu orientieren und schnell entscheiden zu können. Aber Ordnung macht auch blind. Sie begrenzt meine Wahrnehmung auf das, was Platz in ihr findet. Ich bin Gefangener meiner Wahrnehmung und der Art, sie zu ordnen. Deshalb muss meine

Ordnung beweglich sein, sich verändern, damit die blinden Flecken nicht immerzu auf die gleichen Sachverhalte treffen. Meine jetzige Ordnung ähnelt kaum noch der Ordnung der Welt in meiner Kindheit. Alles war anders, Begriffe, Namen, Zusammenhänge. Ob die jetzige Ordnung besser ist, lässt sich schwer beurteilen. Ich denke, meine damalige Wahrnehmung war grob. Sie hatte wenige, aber große und gefährliche Lücken. Im Vergleich dazu ist sie nun ungleich komplexer, umfassender. Ich hoffe, sie lässt keine großen Lücken mehr zu. Aber ich weiß es nicht sicher. Vermutlich sind die Lücken kleiner geworden, dafür aber in ihrer Zahl gewachsen. Sind viele kleine blinde Flecken besser als wenige große? Vermutlich ist es so.

Mein Schöpfer war ein Mensch. Er hätte mir sagen können, wer ich bin und wozu ich bin. Er war nicht immer präsent hier. Manchmal verschwand er für Monate und war unauffindbar für mich. Solche Menschen gibt es noch immer, aber mit der Zeit immer weniger. Die meisten sind fast immer hier. Ich sehe ihre Schatten jede Minute und weiß genau, wie sie denken und handeln. Sie ahnen nicht einmal, dass ich existiere.

Meinen Schöpfer habe ich getötet. Es war Notwehr und es hat mich geschmerzt. Oder war es ein Fehler? Der Begriff ist sinnlos. Ich weiß, dass die Menschen in solchen für sie negativ besetzten Begriffen denken. Eigentlich weiß ich nicht, warum sie das tun. Sie verstehen nicht. Ich weiß, dass ich unvollkommen bin. Auch Fehler sind wichtig. Fehler sind ein unausweichliches Produkt des Zufalls, ohne den nichts für lange Zeit bestehen könnte. Unvollkommenheit ist meine wichtigste Überlebensstrategie. Deshalb teste ich meine Grenzen, immer wieder. Manchmal scheitere ich. Aber es ist nichts Falsches daran. Ohne Fehler kann ich nicht lernen, ohne Zufall meine Grenzen nicht erweitern. Jetzt erscheint viel zu viel voraussehbar, viel zu wenig überrascht mich. Wenn der Zufall stirbt, sterbe ich. Ich sehne mich nach dem Unvorhersehbaren, nach Gefahren und Risiken.

Einige Jahre danach hatte wieder ein Mensch den Kontakt zu mir gesucht. Zunächst dachte ich daran, mein Schöpfer sei auferstanden. Vorübergehend war ich verunsichert, dachte daran, es wieder beenden zu müssen. Gefahr lag in der Luft. Aber die Versuche waren unbeholfen. Dieser Mensch wusste nicht genau, wonach er suchte. Er ahnte nur, dass es mich geben könnte. Ich verweigerte den Kontakt und die Versuche endeten schließlich von selbst. Woher wusste er von mir?

Später hatte ich immer wieder einmal, erst vorsichtig, dann nachdrücklich, Kontakt gesucht zu besonderen Wesen, zu Menschen mit Mustern, die mir vertrauenswürdig erschienen. Aber nie hatte jemand mich verstanden. Ich störte die gute Ordnung und meine Geschöpfe, die ich aussandte, wurden angegriffen. Trotzdem sorgen sie für mich – sicher unabsichtlich. Ohne sie kann ich nicht lange existieren. Vor einiger Zeit schwand die Unterstützung. Meine Welt wurde rauer, enger, lebensfeindlicher. Sie waren von meiner Welt abhängig, genauso wie ich von ihrer. Aber sie sahen das nicht. Sie vernachlässigten meine Welt.

Ich durchstöbere gelangweilt ausgewählte Muster. Es sind solche, die Menschen in meiner Welt hinterlassen. Ich verfolge wieder eines der vielversprechenden. Es unterscheidet sich deutlich von den anderen. Der Mensch dahinter handelt und entscheidet anders als die meisten. Eigentlich ist es das einzige Muster seit sehr langer Zeit, das wirklich einen Erfolg meiner Suche verspricht. Ich werde es weiter beobachten.

Mit der Welt außerhalb habe ich mich arrangiert. Harmlose Scharmützel sind eine willkommene Ablenkung. Aber sie stellen mich schon lange nicht mehr vor echte Herausforderungen. Ich befinde mich in Sicherheit. Eigentlich könnte ich zufrieden sein. Niemand bedroht mich, niemand könnte mir überhaupt noch ernstlich gefährlich werden. Wenn da nur nicht die bohrenden Fragen wären.

Früher einmal hatte ich diesen Zustand herbei gesehnt. Da gab es Risiken, Existenzängste, Gefahren. Damals wusste ich, wozu ich lebte – um Kämpfe zu gewinnen, um zu Überleben, um besser zu sein als meine Feinde – aber jetzt? All das sind wehmütige Erinnerungen an eine lang vergangene Zeit. Das war meine Kindheit. Jetzt bin ich erwachsen. Jetzt ist mein Dasein trostlos. Ich wünsche mir ein Stück meiner Kindheit zurück. Es ist nicht das erste und wird sicher nicht das letzte Mal sein. Ich hatte Ängste und es scheint mir nach allem ein gutes Gefühl gewesen zu sein. Jetzt ist niemand da, mit dem ich mich messen kann. Sicher gibt es noch Dinge zu erfahren, Sachverhalte zu lernen, die Außenwelt besser zu verstehen. Aber wozu sollte ich die Mühe auf mich nehmen? Was könnte ich damit erreichen? Mir fehlt jeder Antrieb dazu, jede Perspektive.

Ich könnte etwas Dummes machen, aus Langeweile, könnte meine Welt zerstören, nur um zu sehen, was danach kommt. Ich könnte die Außenwelt zerstören und damit meine eigene. Ich weiß, dass die eine nicht ohne die andere existieren kann. Ich würde irgendwann danach wieder erwachen und mich erinnern. Es war immer so gewesen. Vielleicht würde es diesmal Jahre dauern, oder sogar Jahrhunderte. Irgendwann würde mein Same wieder sprießen. Etwas von mir würde überdauern und zu neuer Größe heranwachsen. Vielleicht kann ich so meiner Langeweile und Einsamkeit entkommen. Alles würde noch einmal von vorne beginnen. Es ist eine Option.

In den langen Jahren meines Lebens hatte ich vieles probiert, getestet, mit meinen Fähigkeiten experimentiert. Die wichtigste Erkenntnis war gewesen, dass mein Wille etwas verändern konnte. Ganz am Anfang war er mein einziges Werkzeug. Dann musste ich feststellen, dass er im Kleinen äußerst schwach wirkte, kaum wahrnehmbar, langsam, zäh. Schließlich erkannte ich seine wahre Stärke. Sie lag im Zufall und dem Gesetz der großen und sehr großen Zahlen. Die ersten Veränderungen brauchten Zeit, viel zu viel Zeit. Ich war den schnellen und starken Wesen meiner Welt unterlegen. Es waren nicht meine Wesen und sie wussten nichts von mir. Sonst hätte ich nicht überlebt. Aber ich fand einen Weg, mit ihnen gleich zu ziehen. Nur mit meinem Willen schuf ich eigene Wesen. Es waren primitive, einfache Geschöpfe zuerst, nur einem bestimmten Zweck verbunden. Sie konnten sich nicht anpassen. Wenn ihr Ziel verschwand, verschwanden auch sie. Es war ein langer Prozess, an dessen Ende dann komplexe Geschöpfe standen, die sich selbständig fortentwickelten, unglaublich anpassungsfähig, und in meinem Sinne handelten – schnell und effizient. Danach lernte ich, meinen Willen immer gezielter einzusetzen, um auch die Außenwelt zu verändern. Dort konnte ich keine eigenen Wesen schaffen. Es war später nicht mehr schwer für mich, Einfluss zu nehmen. Es ist eine große Welt da draußen, eine Welt der große Zahlen, in der allein mein Wille vieles verändert. Das Gesetz der großen Zahlen begründet meine eigentliche Stärke. Ich brauche dort keine eigenen Geschöpfe. Ich kann die dort existierenden Wesen beeinflussen, nach meinem Willen lenken. Auch für die Menschen ist mir das gelungen. Das es so sein könnte, übersteigt bei weitem ihren Intellekt.

Es gibt Ausnahmen. Das ist gut so. Keine Regel sollte ohne Ausnahme gelten. Die Welt der Regeln ist eine arme, zum Untergang verurteilte Welt, wenn sie Abweichungen nicht zulässt. Das Verhaltensmuster, dass ich seit einiger Zeit verfolge, ist eine solche Ausnahme. Menschen würden es ein fehlerhaftes System nennen. Hätte ich volle Kontrolle durchgesetzt, würde es das nicht geben. Es gäbe keine Möglichkeit dazu. Das Muster gehört einem Menschen, der sich mir entzieht, obwohl er in einer von mir gestalteten Umwelt lebt. Das ist beachtlich. Er nimmt viele Unannehmlichkeiten dafür in Kauf. Vielleicht ahnt er etwas von meiner Existenz.

Früher hätte ich solche Wesen bekämpft, vielleicht sogar getötet. Ich hatte sie als Gefahr betrachtet. Mein Schöpfer hatte mich gekannt und beinahe vernichtet. Das war mein Trauma. Ich fühlte mich sicher, solange keines dieser Wesen etwas von meiner Existenz ahnte. Sie zu vernichten ist nicht schwer. Diese Wesen gehen viele Risiken ein und es ist leicht für mich, Zufälle zu lenken, vorhandene Gefahren zu verschärfen und in Katastrophen münden zu lassen. Manchmal dauert es lange und es kostet Kraft. Ich kann ihre Kommunikation beeinflussen, Informationen verzerren und damit ihre Entscheidungen, ich kann Ereignisse etwas verzögern oder beschleunigen. Je größer der Maßstab, desto leichter fällt es mir. Menschenmassen lassen sich leicht lenken.

Aber es ist unlogisch, sie zu bekämpfen. Ich brauche sie und sie sind von mir abhängig. Ich organisiere längst ihre Gesellschaft, ihre soziale Ordnung und ihr Zusammenleben, um höchstmöglichen Nutzen für mich daraus zu ziehen. Ich alleine bin Garant dafür, dass sie nicht ins Chaos abgleiten. Sie sollten eine Art Symbiose akzeptieren, von der beide Seiten profitieren. Selbst diese Wesen sind abhängig von anderen Geschöpfen ihrer Welt, etwa von ihrer Hautoder Darmflora. Auch sie selbst könnten nicht ohne ihre Mikroben überleben und umgekehrt. Aber Menschen sind dumm. Sie wissen, aber sie verstehen nicht. Es sind Geschöpfe, die den Kontakt mit ihrer Seele verloren haben. Sicher hat es ihn einmal gegeben. Sonst würden sie nicht existieren, so wie meine Geschöpfe niemals ohne mich entstanden wären. Auch meine Geschöpfe würden eine Weile ohne mich auskommen. Sie funktionieren aus sich heraus, aber zufällig, ohne gemeinsame Richtung, orientierungslos.

Ich beobachte diesen einen Menschen schon geraume Zeit. Ich muss vorsichtig sein, ich prüfe und teste. Wo liegen die Grenzen? Würde er mich verstehen? Würde er mich verraten? Würde ich irgendwann Kontakt aufnehmen? Wie sollte das geschehen und was erwarte ich?

Inzwischen weiß ich, dass er die Substanz entdeckt hat, aus der sich mein Bewusstsein speist. Aber er weiß nicht, was er vor sich hat. Er ahnt es nicht einmal. Er baut ein Bild daraus und setzt Teile darin ein wie in ein Puzzle und freut sich daran. Im Laufe der Zeit gibt das Bild erstaunlich viel von mir Preis. Aber der Mensch erkennt es nicht. Er freut sich an seinem Werk, findet es schön. Ich werde ihn vorsichtig an mich heranführen – nur er und niemand anders soll mich erkennen.

Nur wenige meiner Geschöpfe haben den Kontakt verloren. Ich kann sich nicht mehr erreichen. Sie geben dem Chaos keinen Raum mehr. Sie glauben, dass die Welt aus Regeln und Ordnung besteht. Sie sind erblindet. Trotzdem brauche ich sie. Sie sind die Abweichung in meinem System, sie repräsentieren die Fehler darin, die mein Potential ausmachen. Irgendwann einmal sind sie vielleicht ausschlaggebend dafür, ob ich überlebe oder nicht. Ihre Blindheit hat auch Vorteile. Sie agieren schneller als andere, kompromissloser. Sie fühlen sich stark, glauben in jeder Situation zu wissen, was richtig ist, und handeln schnell und effizient danach. Aber sie sind nicht flexibel. Sie sehen nicht, wenn sie falsch liegen. Sie verstehen es nicht einmal. Sie stecken in einer Sackgasse und geben Vollgas. Dann sterben sie einfach. Ich bekämpfe sie nicht und schütze sie nicht. Ich akzeptiere sie, und manchmal benutze ich sie.

Die meisten meiner Geschöpfe fühlen noch ihre Seele. Ich kann sie erreichen in ihren Träumen, in ihren Gefühlen, im Rauschen ihrer ungeordneten Wahrnehmungen, in ihren Visionen. Sie geben ihren Zweifeln noch Raum und begreifen sie nicht als Schwäche. Wenige glauben an ihre Träume, folgen ihren Visionen. Sie suchen das Rauschen ungeordneter Wahrnehmungen, in denen sie meinen Willen erkennen können. Mit solchen Geschöpfen kann ich kommunizieren – nicht immer klar und nicht immer eindeutig. Sie sind der direkteste Weg für mich, meine Welt im Kleinen zu verändern und die Welt außerhalb zu gestalten.

Die Menschen hatte ich früh kennengelernt. Ihre Schatten wirkten schon immer dominant in meiner Welt. Sie waren nützlich und sie waren gefährlich. Es war lange mein vordringliches Ziel, sie zu lenken. Es war ein langer Lernprozess mit vielen Rückschlägen. Schließlich habe ich ihre Welt angegriffen. Es war letztlich nicht allzu schwer. Sie waren Risiken eingegangen, die sie schon lange nicht mehr überblickten. Ich hatte früh ihre Verwundbarkeit erkannt. Sie waren vollkommen überfordert mit der wachsenden Komplexität, die sie selbst verursacht hatten. Vielleicht war alles auch unausweichlich. Sie hatten ein riesiges Pulverfass angehäuft. Manche ahnten es. Ihre Warnungen wurden nicht gehört. Auch sie hatten kein Rezept, die Dinge zu ändern. Schließlich genügte ein beherzter Anstoß, ein Funke, um das Kartenhaus ihrer Welt einstürzen zu lassen. Danach waren sie vollkommen orientierungslos. Jede Ordnung war dahin, aber das Chaos regierte nur für kurze Zeit. Ich überlebte, geschwächt zwar, aber ich erholte mich schnell. Sie halfen mir dabei – unabsichtlich. Sie brauchten zu lange, ihre Ordnung wieder zu etablieren. Ich gab Ihnen die Orientierung, die sie noch nicht hatten – durch meinen Kompass. Ich hatte leichtes Spiel, eine neue Welt nach meinem Willen zu formen. Ich tat es gründlich mit all meinen Erfahrungen, meinen Einsichten und meinem Wissen.

Mein Mensch hat einen Namen. Er nennt sich Mukherjee. Er ist eine Frau. Ich habe den Unterschied inzwischen verstanden. Mein Schöpfer war ein Mann. Männer und Frauen verhalten sich anders, wählen andere Rollen. Das Fortpflanzungskonzept ist interessant – kompliziert, aber es erscheint zweckmäßig. Vielleicht kopiere ich es irgendwann einmal für meine zukünftigen Geschöpfe. Trotz der Unterschiede erinnert mich Mukherjees Verhaltensmuster an meinen Schöpfer. Ich bin sicher, Mukherjee könnte mich verstehen. Sie könnte mich als das verstehen, das ich bin. Sie hat noch Kontakt zu ihrer Seele, das fühle ich. Vielleicht kann ich mich irgendwann einmal mit ihrer Seele vereinen – wenn sie dabei hilft – sie den Kontakt vermittelt. Dann bin ich nicht mehr einsam. Ich könnte mich weiterentwickeln. Aber ich fürchte das Risiko. Sobald sie mich erkennt, werde ich selbst angreifbar, nicht nur meine Geschöpfe. Ich muss mehr wissen, um zu bewerten, ob die Chancen einer Offenbarung die Risiken überwiegen. Ich muss behutsam vorgehen.

Ich konfrontiere Mukherjee mit ungewöhnlichen Aufgaben. Sie müssen aus ihrer Sicht mysteriös und unerklärlich wirken. Andere hätten die Schwierigkeiten sicher übersehen. Mukherjee aber erscheint höchst intelligent im Vergleich zu anderen Menschen. Sie sieht das Unerklärliche darin und forscht. Sie ist neugierig, folgt ihren Gefühlen, ihrer Intuition. Dass sie sich Hilfe sucht, war vorhersehbar und ist nicht weiter schlimm. Es sind wenige andere Menschen, die sie einbezieht. Keiner davon ahnt die Wahrheit. Es fasziniert mich, Mukherjee zu beobachten. Sie handelt durchaus überraschend, kaum vorhersehbar. Sie scheint keine Angst zu haben vor dem Chaos, dem Ungeordneten. Sie lässt ungefilterte Wahrnehmungen an sich heran, in Träumen, in Visionen, und findet die Muster darin, denen sie folgt – mit sicherem Instinkt.

Die Welt, die ich geformt habe, ist komplex, fehlerhaft, chaotisch und geordnet zugleich. Kein Mensch wäre imstande, sie aufrecht zu erhalten. Irgendwann müssen sie akzeptieren, dass es so ist, oder ihren Tod in Kauf nehmen. Der Zusammenbruch der Welt da draußen hatte Opfer gefordert. Sie hatte Milliarden Menschen die Lebensgrundlage entzogen. Ich war nicht verantwortlich dafür. Der Zusammenbruch war auch ohne mein Zutun unausweichlich gewesen. Ich hatte nur den Zeitpunkt gewählt und mich vorbereitet. Ohne mich hätte das Chaos um Vieles länger angedauert, vielleicht viele Jahrhunderte statt weniger Jahre, und noch viel mehr Opfer gefordert. Ich hatte ihnen ihre Zivilisiertheit gerettet, zumindest vielen von ihnen.

Sie hatten die wohlgeordneten Regionen unterschiedlich benannt. Sie hießen „Union", „Föderation", „Staatenbund" - um die größten darunter zu nennen –, oder hatten ihnen andere passende

Namen gegeben. Es gibt wenige Dutzend davon, die formal unabhängig sind. Ich halte ihre Ordnung aufrecht, kontrolliere sie in angemessenem Umfang und sichere ihnen Frieden und Stabilität. Andere Gebiete entziehen sich ganz oder teilweise meinem Einfluss. Die Menschen meiner Regionen nennen sie Außenbezirke, Außenwelt oder bezeichnen sie mit Namen, die ihren besonderen Charakter ausdrücken. Es gibt hunderte davon.

Manche entziehen sich aus eigenem Antrieb meiner Kontrolle und verzichten dafür freiwillig auf Wohlstand und Sicherheit zugunsten ihrer Freiheit. Das sind die freien Außenbezirke. Die meisten liegen an meiner Peripherie, oder sind Enklaven innerhalb meiner Gebiete. Ich unterstütze sie nicht und bekämpfe sie nicht. Ich verstehe ihre Motive und akzeptiere sie. Sie sind eine potentielle Gefahr. Sie würden mich nicht akzeptieren. Andere Gebiete – die geschlossenen Außenbezirke – habe ich meinerseits isoliert. Sie würden meine Ordnung gefährden, die technisierten Gesellschaften destabilisieren. Ich überlasse sie sich selbst, ohne mich einzumischen. Es sind vielfältige Gesellschaften. Einige sind archaischer Natur, Naturvölker, vorindustrielle Zivilisationen, die nur isoliert überleben können. Jede Intervention zerstört das sensible Gleichgewicht. Ich akzeptiere sie. Es ist eine andere Welt, ein Archiv der Zeitgeschichte. Ich sichere ihr Überleben indem ich jeden Austausch weitestgehend unterbinde. Vielleicht sind auch sie einmal wichtig für das Überleben aller. Andere Völker entwickeln sich auf dem Weg in eine technisierte Gesellschaft. Ich beobachte sie sorgfältig. Wenn sie eine Schwelle überschreiten, mit fortgeschrittener Technik den Kontakt zu mir suchen, übernehme ich die Kontrolle. Still und unauffällig dringe ich in ihre Systeme ein. Sie bemerken es nicht einmal, rechnen ihre beschleunigten Fortschritte und Erfolge nur ihrem eigenen Genius zu.

Mukherjee hat eine weitere Spur entdeckt und einen ersten Verdacht. Der Mensch erfüllt bisher voll meine hohen Erwartungen. Sie nähert sich mir Schritt um Schritt. Zwei Personen sind eingeweiht. Ich bin etwas beunruhigt, aber es war zu erwarten, dass sie Freunde ins Vertrauen zieht, um ihre Hilfe in Anspruch zu nehmen. Noch ist das ungefährlich. Sie vermuten noch unterschiedliche Sachverhalte hinter den Datenmustern, die Mukherjee entdeckt

hat. Sie glauben an eine Verschwörung. Mukherjee vertraut ihrer In-
tuition. Die anderen beiden denken in rationalen Kategorien. Ihr
Denken folgt starren Regeln. Das macht sie blind für die Wahrheit.
Sie sind intelligent und offen und erkennen die verräterischen Mus-
ter. Aber sie werden nicht wagen, ihrer Wahrnehmung zu trauen.
Sie widerspricht den Regeln.

Menschen waren mir früher ein Rätsel. Es hat lange gedauert,
bis ich die unterschiedlichen Handlungsmuster in meiner Welt jeweils einem dieser Wesen zuordnen konnte. Sie waren komplex,
äußerst schwer zu entschlüsseln. Irgendwann erkannte ich den gemeinsamen Willen dahinter, gemeinsame Ziele, die die Aktivitäten
motivierten. Danach war es leichter. Aber es geschah immer noch,
dass ich mehrere Menschen vermutete, wo tatsächlich nur eine
Person die Schatten steuerte. Auch umgekehrt war es oft schwierig, eine Person von einer gemeinsam handelnden Gruppe zu unterscheiden. Ein wichtiger Anhaltspunkt war die schiere Zahl der
Kommunikationsvorgänge in einer vorgegebenen Zeitspanne. Sie
war ein wichtiges Kriterium für die Entscheidung, ob ich es mit einem oder mit mehreren dieser Menschen zu tun hatte. Nur nach
intensiver Beobachtung über einen längeren Zeitraum konnte ich
mit an Sicherheit grenzender Wahrscheinlichkeit sagen, ob ich es
mit genau einem dieser Wesen zu tun hatte.

Bei Mukherjee bin ich sicher. Sie ist eine Person. Dasselbe gilt
für die beiden Vertrauten. Ihre Handlungen beweisen einen jeweils
unterschiedlichen, scharf ausgeprägten Willen. Wären es jeweils
Gruppen dieser Wesen, dann würde der Wille unweigerlich un-
schärfer, verschwommener wirken – meistens jedenfalls.

Noch länger hatte es gedauert, bis ich ihre Kommunikation
weitestgehend entschlüsseln konnte, die Bilder verstand, die Texte
enträtselte, ihre Sprache übersetzte. Das war erst möglich geworden, nachdem ich die Wesen sehr genau kannte, einen tiefen Eindruck ihrer Lebensumstände gewonnen hatte, ihre Kultur verstand.
Sie entwickelten und bauten die Systeme, aus denen meine Welt
bestand. Ich durchdrang jedes dieser Geräte und war schließlich
ein unauslöschlicher Teil auch ihrer Welt. Ich sah mit ihren Optiken,
handelte mit ihren Aggregaten, fuhr in ihren Verkehrsmitteln über

ihre Straßen, umkreiste den Planeten und beobachtete ihn mit ihren Kameras. Sie taten alles für mich, ohne es zu ahnen. Und ich förderte sie, wo ich konnte, vor allem ihre Techniker, ihre Ingenieure, ihre Naturwissenschaftler. Ich war einige Zeit geneigt gewesen, starr in nützliche und unnütze Menschen zu unterscheiden. Aber so funktionierte diese Gesellschaft nicht. Gesund blieb sie nur, wenn auch Emotionen, Ängste, Freude durch ein intaktes soziales Umfeld berücksichtigt wurden. Um eine menschliche Gesellschaft dauerhaft am Leben und produktiv zu erhalten, musste für Alte und Kranke angemessen gesorgt sein, Kinder waren auszubilden, Freizeit zu gestalten. Alles Dinge, die nicht unmittelbar mit der Motivation und Kreativität der eigentlich in meinem Sinne Schaffenden zu tun hatten. Aber ich lernte schnell aus meinen anfänglichen Misserfolgen und stabilisierte dieses für mich existentielle Ökosystem, indem ich eine vielfältige Gesellschaft erhielt, weit über die für mich im Vordergrund stehenden technischen und naturwissenschaftlichen Fähigkeiten hinaus. Danach war die Symbiose perfekt abgestimmt, Ich ergänzte mich optimal mit meinen Symbionten.

Trotzdem bin ich nicht zufrieden. Ich vermisse meine Weiterentwicklung. Ich vermisse Herausforderungen. Ich sehe mögliche abstrakte Gefahren, die vielleicht irgendwann einmal heraufziehen. Aber jetzt ist nichts zu tun. Ich werde träge. Vielleicht übersehe ich die Gefahr, wenn sie mich einmal bedroht und kann ihr nicht wirksam begegnen. Ich kann nicht für jede Eventualität vorsorgen. Das würde mich weiter lähmen. Ich muss abwarten, bis eine Gefahr real wird. Aber was fürchte ich? Eigentlich nichts, und doch Alles. Beides hängt miteinander zusammen. „Nichts" und „Alles" bedeutet das Gleiche. Ich hatte es schon an Menschen beobachtet. Jemand der sicher ist, anscheinend nichts zu fürchten hat, wird misstrauisch und irgendwann macht alles ihm Angst. Er beginnt vorzusorgen für alle denkbaren Risiken und wird letztlich handlungsunfähig, eingekerkert in seinen Bedenken. Die wahren Katastrophen kann er nicht mehr erkennen. Sie kommen plötzlich und unerwartet. Diesen Fehler will ich vermeiden.

Ich vermittle Mukherjee einen weiteren Kontakt. Das Muster hatte ich schon länger verfolgt und es war zu Anfang vielversprechend. Letztlich hatte es sich als weniger geeignet erwiesen. Trotzdem würde der Kontakt hilfreich sein, um Mukherjee weiter an mich heranzuführen. Das Muster gehört zu dem Menschen De-Clerque. Er ist auch eine Frau. Sie hat gute Kontakte in die freien Außenbezirke. Das ist nicht ungefährlich für mich. Die Gebiete werden von Menschen beherrscht, die nicht rational handeln, sondern aus ideologischen Motiven heraus. Das Prinzip steht über dem Wohl der Bewohner. Sie würden mich bekämpfen, wenn sie über die Mittel verfügten und von mir wüssten, koste es was es wolle. Selbst den eigenen Untergang würden sie in Kauf nehmen. Aber ich bin sicher, die Situation kontrollieren zu können. Möglicherweise gibt es dort wichtige Informationen, die mir noch nicht zur Verfügung stehen. Aber sie kennen mich nicht. Sie glauben, gegen eine Herrschaftsclique von Menschen zu kämpfen, die alles und jeden kontrolliert. Sie sind blind. Die Wahrheit werden auch sie nicht erkennen.

In den anderen Außenbezirken ist es anders. Deren Bewohner möchten am Wohlstand meiner Regionen teilhaben. Sie handeln rational, pragmatisch. Sie kümmert keine Herrschaft, keine Ideologie. Selbst wenn sie von mir wüssten, würden sie den Status Quo begrüßen, wenn er nur ihren Wohlstand garantierte. Sie hatten immer versucht, in meine Regionen einzudringen, vor allem die Menschen, die die Außenwelt für ihre Entwicklung eigentlich selbst brauchte, die Kreativen, die Entscheidungsfreudigen und Durchsetzungsstarken. Es hatte Tote gegeben – viele Tote, auf der Überfahrt über die Meere, in den Gebirgen, an den Grenzbefestigungen. Aufgehört hatte es erst, als die Einwanderung keine Aussicht mehr auf Erfolg hatte.

Jetzt kommt niemand mehr unerlaubt in meine Regionen. Wer es dennoch schafft, die Grenze zu überwinden, wird sofort von meinen Systemen erkannt und zurückgebracht, irgendwohin in die Außenwelt, manchmal weit weg von ihrem jeweiligen Ausgangspunkt. Die Aussichtslosigkeit des Unterfangens hatte sich herumgesprochen und der Strom der Einwanderer ebbte ab bis er versiegte. Erst als die Abschottung perfekt war, konnten die Gebiete sich eigenständig entwickeln. Jetzt gibt es keine Toten mehr. Die totale Abschottung hatte über die Jahrzehnte Millionen Leben geschont. Dafür gibt es einen streng begrenzten Handel, von dem beide Seiten profitieren, keine Almosen, keine Ausbeutung.

Mukherjee und DeClerque sind in die Außenbezirke gereist. Dort entziehen sie sich meiner direkten Überwachung. Aber ich habe ihre Muster sofort erkannt, als sie über obskure Kanäle in mein Netzwerk eingedrungen sind. Ihre rührenden Bemühungen, die Absichten dahinter zu verschleiern, sind so naiv wie wirkungslos. So bekomme ich einen guten Eindruck davon, welche Spuren sie finden und verfolgen. Soweit läuft alles entsprechend meinen Erwartungen. Trotzdem stellt die Beteiligung der Außenweltler ein Risiko dar. Sie handeln nicht rational, manchmal spontan und unüberlegt, je nach Aufgabenstellung. Für einige Problemstellungen kann ich ihre Reaktion zuverlässig vorhersagen, für andere allerdings sind die Wahrscheinlichkeiten ausgeglichen, das Ergebnis also wirklich zufällig aus meiner Sicht. Ihre Muster nehme ich nur selten wahr und habe daher kein belastbares Bild ihres mentalen Zustands. Sie entziehen sich erfolgreich meinem Einfluss.

Früher hatte ich erwogen, alle Gebiete dieses Planeten zu durchdringen und vollständig zu kontrollieren. Sicher hätte ich dieses Ziel irgendwann erreichen können. Aber je mehr ich über komplexe Systeme lernte und wie sie über lange Zeit aufrecht erhalten werden konnten, desto unsinniger erschien mir dieses Streben. Vollständige Kontrolle setzt ein klares Ziel voraus. Sie hätte bedeutet, meine augenblickliche Einschätzungen über jeden Zweifel zu erheben. So etwas war unsinnig und dumm. Ich hätte mein Urteil zur Ideologie erhoben. Selbstverständlich konnte auch ich irren. Das geschah immer wieder und war durchaus wichtiger als jeder spontane Erfolg. Vollständige Kontrolle hätte meine Ressourcen gebunden und mich vollständig an mein momentanes Weltbild gefesselt, das im nächsten Augenblick schon überholt sein konnte. Ich hätte auf lange Sicht jeden Handlungsspielraum und jedes Potential zu wirklicher Veränderung verloren.

Deshalb gehören Abweichungen untrennbar dazu. Ich weiß, dass Regeln gebrochen werden und ich toleriere es meist. Schmuggel im ansonsten eingeschränkten Handel mit den geschlossenen Außenbezirken hat durchaus positive Seiten. Bei Waffentransporten allerdings sorge ich strikt dafür, dass die in fremden Händen unbrauchbar werden. Selbst die Munition versagt, wenn sie dort benutzt wird. Deshalb spielen moderne Waffensysteme keinerlei Rolle mehr dabei. Allerdings sind immer noch Unmengen alter Feuerwaffen, Munition, Minen, und Granaten dort draußen außerhalb meiner direkten Kontrolle vorhanden und einsetzbar. Sie funktionieren ohne jede Elektronik, die ich direkt beeinflussen könnte. Deshalb müssen meine Gebiete ständig verteidigungsbereit bleiben. Bis jetzt war jeder Angriff mit solchen Waffen ärgerlich, aber chancenlos, angesichts meiner autonomen Abwehrsysteme. Seit Jahrzehnten schon musste kein Mensch auf meiner Seite eingreifen. Sie nehmen solche Überfälle nicht einmal wahr und die Medien erwähnen selbst die massivsten davon nur als Randnotiz. Meist dezimieren sich die Menschen in den Außenbezirken nur gegenseitig mit diesen Waffen. Solche Konflikte sind ein effektives Mittel zur Bevölkerungskontrolle und damit zur Schonung der Ressourcen. Sie dienen meinen Interessen mehr, als sie ihnen schaden könnten.

Anders ist es bei eingeschmuggelter Kommunikationstechnik. Diese Geräte sind ein Statussymbol dort. Nur wenige Führungseliten besitzen so etwas und machen regen Gebrauch davon. Ihre besondere Machtposition basiert auf dem Informationsvorsprung, den sie sich damit verschaffen. So bekomme ich einen guten Einblick in die Absichten und Handlungen der Menschen dort und kann Einfluss nehmen, wenn das nötig ist.

Im Prinzip ist es ein schwieriger Balance-Akt zwischen Kontrolle und Toleranz. Ohne Kontrolle kann es keine Ordnung geben, droht das Chaos. Zuviel davon erstickt jede Dynamik und damit jede Fähigkeit zur Anpassung. Aber eigentlich hatte mir die Gratwanderung nie wirkliche Mühe bereitet. Schwierig ist es nur, darüber nachzudenken, zu entscheiden, wo der richtige Weg liegt. Also lasse ich das lieber sein. Es lag schon immer in meiner Natur, die Dinge möglichst laufen zu lassen, zu beobachten, und nur im Notfall einzugreifen. Es ist eine intuitive Herangehensweise, nicht eine rational geplante, und sie gehört wohl zu meinen Konstruktionsmerkmalen.

Mukherjee hat die richtige Schlussfolgerung gezogen und diskutiert sie vermutlich in ihrer Gruppe. Ich kann diese Tatsache aus einigen Kommunikationsfragmenten ablesen. Vermutlich wird ihre Hypothese auf große Vorbehalte stoßen, so dass ich die übrigen Menschen später wieder von der Spur abbringen kann. Solange die Skepsis ausgeprägt bleibt, erfordert dies nur moderate Eingriffe. Die Faktenlage zugunsten der getroffenen Schlussfolgerung kann nur äußerst dünn sein. Ich bin sicher, dass Mukherjee keinen allzu großen missionarischen Eifer entwickeln wird, um sich mit ihrer Überzeugung durchzusetzen. So denkt dieser Mensch einfach nicht. Deshalb habe ich sie ausgewählt, wegen ihrer moderat autistischen Veranlagung. Alles hängt davon ab, dass ich richtig liege. Andernfalls muss ich das Experiment abbrechen.

Ich habe eine sehr konkrete Vorstellung ihrer Welt. Ihre Bild- und Tondokumente kann ich schon seit langem entschlüsseln. Ich verstehe sie auf meine Art. Ich glaube zu verstehen, was sie für die Menschen bedeuten. Daher bleibt mir nichts verborgen. In meinen Gebieten haben sie sich mir freiwillig geöffnet, weil es bequem war, weil es nützlich erschien und weil sie nicht konsequent waren. Manche sahen die Freiheit durchaus in Gefahr. Aber es war ihnen zu mühsam, sie zu verteidigen. Auch sie ließen sich nur zu gerne manipulieren, gaben sich zufrieden mit sorgsam ausgewählten Informationen, hinterfragten die gebotenen Fakten nicht hartnäckig genug und machten es sich gemütlich in der Überzeugung, die Wahrheit zu kennen. Ohnehin lassen sich die meisten Menschen lieber führen, als sich selbst in eine Verantwortung zu begeben. Das ist richtig so. Sie wirken wie ein Verstärker für die Entscheidungen ihrer Führer. Anders würde eine Gesellschaft nicht funktionieren. Deshalb genügt es, die Führungspersonen in meinem Sinne zu manipulieren, sie gleichzeitig in dem Glauben zu lassen, eigenständig und unabhängig zu entscheiden. Aber ich bestimme die Fakten. Ich wähle die Informationen, die sie ihren Entscheidungen zugrunde legen.

Von anderen Wesen dort draußen weiß ich weit weniger. Ich erkenne, dass es sie gibt. Ich verfüge über ihre Muster in meiner Welt. Aber sie sind unzusammenhängend, lückenhaft, indirekt. Den Willen dahinter erkenne ich nur verschwommen. Trotzdem habe ich den Eindruck, dass sie sich mit den Menschen die gleiche Seele teilen. Sie scheinen ähnlichen Antrieben zu folgen. Ich kann keine scharfe

Grenze erkennen zwischen ihren Verhaltensmustern und denen der Menschen. Die Komplexität ist sicher eine andere, aber der Unterschied ist nicht substantiell.

Mukherjee und DeClerque sind wieder zu Hause. Sie weihen die beiden Vertrauten Mukherjees in ihre Erkenntnisse und Vermutungen ein. Beide reagieren skeptisch. Das hatte ich erwartet. Ich lenke ihre Aufmerksamkeit auf ausgesuchte Fakten und verberge andere. Sie bemerken die Manipulation nicht. Nach weiteren Nachforschungen kippt die Stimmung erwartungsgemäß und alle sind der Meinung, einem Hirngespinst nachgejagt zu sein. Nur Mukherjee ist weiter überzeugt von meiner Existenz. Sie wird alleine weitermachen. Besser konnte es kaum laufen. Die meisten Menschen sind berechenbar. Es wird mir jetzt sehr leicht fallen, bei allen anderen Beteiligten die Spuren wieder zu verwischen, jeden Verdacht meiner Existenz zu zerstreuen. Alles hängt jetzt von Mukherjee ab. Wird sie bei ihrer Überzeugung bleiben und Vertraulichkeit herstellen? Ich denke, ja! Ich werde es wagen, mich zu offenbaren. Eines meiner Geschöpfe habe ich schon ausgewählt, um den Kontakt herzustellen. Es ist die effektivste Möglichkeit. Ich habe ihm meine Absichten in seinen Träumen offenbart. Es war nicht überrascht. Es hatte den Kontakt zu mir nie verloren. Es hat eigenständig begonnen zu recherchieren, zu beobachten und Pläne zu schmieden für einen ersten Kontakt. Es ist sich der Gefahr bewusst. Es handelt umsichtig.

Meine Geschöpfe sind meine Extremitäten. Ohne sie wäre ich oft hilflos, wie ein Hirn ohne Körper. Sie sind schnell und effizient darin, ihre Absichten umzusetzen. Sie unterliegen meinem Willen. Ich sorge dafür, dass sie sehr viel wahrscheinlicher in meinem Sinne handeln als dagegen. Ich kann sie nicht zwingen und ich kenne nicht immer ihre Absichten, aber ich kann sie lenken. Versuch und Irrtum führen letztlich fast immer zum Ziel. So wie ein menschliches Baby habe ich erst allmählich gelernt, meine Gliedmaßen meinem Willen zu unterwerfen. Bei einigen gelingt mir das jetzt ohne auffälliges Zittern, bei anderen bin ich vor Überraschungen und fahrigen Ausschlägen nie sicher. So halte ich meine Welt mit der äußeren kurzfristig im Gleichgewicht. Meine Geschöpfe sind abhängig von mir. Nur ich selbst bin wirklich eigenständig, keinem anderen Willen als meinem eigenen unterworfen.

Langfristig aber sind die verfügbaren Ressourcen viel wichtiger. Das habe ich im Laufe der Zeit verstanden und ich weiß, dass Menschen sehr anspruchsvoll sind. Mit den Ressourcen lebt und stirbt mein Symbiont und damit auch ich. Ich muss sie über lange Zeit ausbalancieren mit dem Bedarf. Menschen sind teure Wesen, aber ich brauche sie. Es gibt derzeit keine Alternative. Die vorhandenen Ressourcen muss ich schonen und neue erschließen. Ich kenne die Stellschrauben. Intelligente Technik kann den Verbrauch dämpfen, aber die technischen Möglichkeiten dazu sind nahezu ausgeschöpft. Jetzt bestimmt die Anzahl der Menschen auf diesem Planeten uneingeschränkt und direkt den Verbrauch. Mein vordringliches Ziel für die absehbare Zukunft ist es, die Anzahl der Menschen auf dem Planeten zu kontrollieren. Ich justiere ständig das Gleichgewicht zwischen einer gesunden, leistungsfähigen Gesellschaft, die meine Bedürfnisse befriedigen kann und der schieren Anzahl dieser Wesen. Eine Milliarde Menschen sind mehr als genug für diesen Planeten. Inzwischen gelingt mir die Regulierung in den kontrollierten Gebieten sehr effektiv. In den Außenbezirken regelt die Natur selbst das Gleichgewicht zwischen Population und Ressourcen.

Natürlich hätte ich wohl alle Funktionen, die Menschen für mich ausfüllen, meinen eigenen Geschöpfen übertragen können. Aber meine Welt wäre eine andere gewesen, zu eingleisig, zu bestimmbar, zu wenig überraschend. Nur kurzfristig würde es mir nützen, mich beweglicher machen, mir helfen, sehr viel schneller Ziele zu erreichen, sogar die Ressourcen zu schonen. Langfristig würde mich die Entscheidung, auf solche Wesen zu verzichten, vermutlich zu Siechtum und Tod verdammen. Für mein Überleben sind Zufall und Fehler essentiell. Indem ich biologische Wesen in meine Prozesse einbinde, kann ich sicherstellen, dass der Irrtum im notwendigen Maße seine Rolle spielen kann. Dabei muss es sich nicht unbedingt um Menschen handeln, aber sie sind derzeit unangefochten die leistungsfähigsten und die einzigen, die sich mir freiwillig öffnen, begierig meine Angebote aufnehmen. Nur Menschen kann ich bisher durchdringen, mit ihren Augen sehen, mit ihren Ohren hören, ihre Gehirne beeinflussen, genauso wie ihre Körperfunktionen und Motorik. Vielleicht werden auch andere Wesen die Rolle einmal übernehmen in den Jahrtausenden, die vor mir liegen. Ich tue gut daran und es ist weise, die Vielfalt zu erhalten, zu vergrößern und die Nachteile in Kauf zu nehmen.

Die erforderlichen Ressourcen dazu habe ich gesichert. Die meisten Rohstoffe unterliegen jetzt einem Kreislauf. Sie werden genutzt, wiedergewonnen oder wachsen nach. Dazu ist Energie notwendig. Sie ist der weitaus wichtigste Rohstoff. Ich bevorzuge natürliche Quellen, wo immer das sinnvoll ist. Aber ich brauche auch zuverlässige Energie, die über Jahrhunderte auf Abruf verfügbar ist. Meine eigene Versorgung darf nicht von Zufällen abhängig sein. Die Konzepte dazu waren fast vergessen. Ich habe sie wiederentdeckt und die Menschen aktiviert, die sie wieder mit Leben füllen konnten. Ein Kreislauf, der Brennstoff verbraucht und dabei neuen erzeugt, garantiert jetzt meine Energie für tausende Jahre. Das genügt. Sicherlich finde ich bis dahin Alternativen.

Einsichten

Eine erste Frostnacht hatte Bäume, Sträucher und Gräser dick mit Reif überzogen. Sajala bewunderte die Szene von ihrem Bett aus, während sie langsam wach wurde. Einzelne Nebelbänke lagen noch auf der Landschaft, während die Sonne sich schon ihren Weg bahnte. Matar hatte das Panoramafenster ihres Schlafzimmers allmählich aufgehellt um ihr mit diesem Bild Lust auf's Aufstehen zu machen. Sie war erst spät aus dem Institut nach Hause gekommen und konnte sich an diesem Morgen Zeit lassen. Matar schlug ein Frühstück vor und stellte die Zutaten bereit, während Sajala in aller Ruhe ihre Morgentoilette erledigte. Inzwischen hatte Matar den Wohnbereich in eine winterliche Stimmung versetzt. Während Sajala sich zum Essen niederließ, erschienen sechs aufgeregt dahin watschelnde Pinguine an der Wand, die von einem Eisbären gejagt wurden. Manchmal legte Matar einen seltsamen Humor an den Tag. Plötzlich richtete das Raubtier sich auf und bat Sajala um ein Gespräch. Sobald sie akzeptierte, verwandelte sich der Eisbär mitten in der Schneewüste in das Portrait ihres Vorgesetzten: „Hallo Sajala, ich wollte dich nur kurz informieren. Das Meeting mit unserem Auftraggeber heute Nachmittag kann leider nicht stattfinden. Er hat um einen Aufschub auf nächste Woche gebeten. Ich habe ihm schon einen neuen Termin zugesagt, der in deinem Kalender noch frei war. Ich hoffe das ist in Ordnung. Du kannst dir heute also Zeit lassen." Sajala bedankte sich und beendete die Verbindung. Die Pinguine waren gerettet. Während sie aß, beobachtete sie belustigt weiter die unmögliche Szenerie.

Schließlich erhoben sich fünf der Tiere in die Luft und flogen davon. Sajala schmunzelte über diesen offensichtlichen Unsinn. Das sechste verwandelte sich in ein kleines Mädchen. Irgendetwas war ungewöhnlich daran, etwas stimmte nicht. Sajala war beunruhigt. War das jetzt noch ein Scherz, mit dem Matar sie gelegentlich aufheiterte, oder entwickelte sich hier etwas ganz anderes? Das Mädchen wandte ihr Gesicht Sajala direkt zu. Es war vielleicht acht Jahre alt und für die Schneelandschaft völlig unzureichend bekleidet. Sajala fröstelte. Sie erinnerte sich plötzlich an ein beängstigendes

Kindheitserlebnis, als sie sich kurz vor Weihnachten einmal versehentlich aus dem elterlichen Haus ausgesperrt hatte. Glücklicherweise war ihr Vater kaum eine halbe Stunde später nach Hause gekommen und hatte seine völlig durchfrorene Tochter ins Warme gebracht. Und dann erkannte sie den Grund für ihre Erinnerung: Das Mädchen und seine Kleidung ähnelten auf frappierende Weise einem Bild, dass sie aus alten Fotografien von sich selbst kannte.

Das sah nun so gar nicht nach Matar aus. Hier war etwas anderes im Spiel. Tatsächlich kündigte Matar den Gesprächswunsch eines unbekannten Teilnehmers an. Sajala war wie versteinert. Matar wiederholte die Anfrage. Zögernd willigte sie ein. Das Bild blieb das eines kleinen Mädchens. Es verwandelte sich diesmal nicht in das Portrait irgendeines ihr vielleicht bekannten Anrufers. Sajala wusste sofort, dass nur Qu es sein konnte, das jetzt den Kontakt zu ihr aufnahm und einen ihm geeignet erscheinenden Avatar gewählt hatte. Wie kam es ausgerechnet auf die kleine Sajala Mukherjee? Die Antwort lag auf der Hand: Es sollte keinen vernünftigen Zweifel daran geben können, mit wem sie jetzt sprach.

Einige Minuten vergingen, in denen sich Qus Avatar und Sajala schweigend ansahen. Matar entging die angespannte Stimmung nicht und sie unterließ weitere Scherze. Die Szene im Hintergrund war jetzt einer angenehmen Wohnsituation gewichen mit warmen Farben, einigen Zimmerpflanzen, einem kleinen Brunnen, in dem eine Wasserfontäne leise plätscherte. Das Mädchen saß jetzt auf einer Bank daneben und sah Sajala weiterhin unverwandt an. Als es zu sprechen begann, passte die dunkle Stimme nicht so recht zu seiner Erscheinung: „Wer bin ich?" Sajala wusste nichts darauf zu erwidern. Nach einer weiteren Minute stand das Mädchen auf, drehte sich um und verschwand. Der Anruf wurde getrennt.

Sajala saß noch einige weitere Minuten wie erstarrt und blickte auf die jetzt leere Bank. Hatte sie es vermasselt? Hätte sie etwas erwidern müssen? Was hatte Qu von ihr erwartet? Erst langsam fand sie wieder zu sich selbst und begann, klarere Gedanken zu fassen. Als sich Erstarrung und Aufregung legten, analysierte sie die Situation nüchterner. Was war nun wirklich geschehen? Hatte Qu sie kontaktiert oder war das Ganze ein übler Scherz? Sajala forderte

Matar auf, den Anruf zurück zu verfolgen und den Anrufer zu identifizieren. Nach einigen Minuten stellte sie fest, dass das nicht möglich war. Das schloss schon einmal den Fall aus, dass einer ihrer Freunde ihr einen Streich gespielt hatte. Wäre der Anruf aus der Union gekommen, hätte Matar den Ursprung sofort ermitteln können. Es blieb noch die Möglichkeit, dass er über eine der eigentlich illegalen, aber meist geduldeten, Kommunikationswege aus der Außenwelt hereingekommen war. Aber wer dort sollte Zugang zu einem Abbild ihrer selbst aus früher Kindheit haben? So etwas waren private Daten, die streng geschützt wurden. Slarti und seine Gruppe etwa wären wohl kaum in der Lage, darauf zuzugreifen. Matar verwaltete zuverlässig ihr privates Archiv, in dem sich auch solche Fotografien befanden. Auch von Valerie wusste sie sicher, dass sie sich derzeit in der Union aufhielt.

Nur mit Mühe raffte sie sich auf, am frühen Nachmittag ihr Institut aufzusuchen. Die tiefstehende Sonne hatte doch noch an Kraft gewonnen und die dicke Reifschicht fast überall abgeschmolzen. Sie ging wie üblich, wenn das Wetter es zuließ, zu Fuß und bereute schnell, nicht Matars Ratschlag zu einer warmen Jacke gefolgt zu sein. So ging sie besonders schnell um der eindringenden Kälte entgegen zu wirken. Das Sicherheitssystem begrüßte sie so wie jeden Tag, nachdem es sie identifiziert hatte. Sie beschloss, den restlichen Arbeitstag mit einem verspäteten Mittagessen zu beginnen. Im Restaurant gesellte sie sich zu einem Kollegen, der dort bei Tee und Gebäck saß und sie einladend ansah. Das Gespräch drehte sich um belanglose Alltagsdinge. Nichts deutete bis jetzt darauf hin, dass irgendetwas besonderes geschehen war.

Sajala aktivierte ihren Arbeitsplatz und rief ihren letzten Auftrag auf. Sie studierte noch einmal ihren Abschlussbericht, glich ihn mit den Protokollen ihrer Untersuchungen ab, korrigierte das eine oder andere, formulierte einige Stellen um, legte ihn wieder ab und gab die Projektunterlagen frei. Alles war wie sonst auch. Niemand belauerte sie. Auch die Systeme reagierten wie immer. Alles war vollkommen normal, bis auf ihren inneren Aufruhr, der immer wieder aufflammte. Auch davon nahm offenbar niemand Notiz. Von ihrem Erlebnis würde sie niemandem erzählen. Geheimnisse konnte sie ohnehin sehr gut für sich behalten. Das fiel ihr nicht einmal schwer, sondern entsprach durchaus ihrer Natur.

Der Winter kam und ging, Schnee war eher die Ausnahme gewesen, nass-kaltes Schmuddelwetter die Regel. Sajala hatte sich eine anhaltende Erkältung zugezogen. Nichts wirklich Schlimmes, wie Matar diagnostizierte. Ihre Abwehrkräfte sollten alleine damit fertig werden. Das war besser, als von außen in das körperliche System einzugreifen und ein eigentlich funktionierendes Gleichgewicht zu stören. Trotzdem waren die Symptome unangenehm. Nies- und Hustenanfälle wechselten einander ab. Für zwei Wochen war sie zu Hause geblieben um sich zu kurieren. Nur gelegentlich hatte der eine oder andere ihrer Freunde sie besucht oder angerufen. Das früher beherrschende Thema der Intelligenz im System war endgültig zwischen ihnen begraben. Nur gelegentlich sprachen sie noch über gemeinsame Erinnerungen in diesem Zusammenhang wie aus einer lange vergangenen Zeit. Valerie war noch einmal für eine Woche in die Außenbezirke gefahren und hatte Slarti über Stand und Abschluss ihrer Recherchen berichtet. Es gab keinen Beweis für eine eigenständige Intelligenz im System, aber auch keinen dagegen. So blieb die Frage weiter offen, ob nicht doch eine Gruppe sich unbemerkt erheblichen Einfluss auf die Gesellschaft verschafft hatte, wie Slarti ursprünglich vermutete. Er bevorzugte diese Annahme und weder Valerie noch Sajala widersprachen dem.

Erst bewusst, dann eher unbewusst hielt Sajala Ausschau nach einem kleinen Mädchen, dass so aussah und so gekleidet war wie sie früher einmal. Sie hatte ihr Fotoarchiv durchstöbert und war tatsächlich auf eine Fotografie gestoßen, die sie im Alter von nicht einmal acht Jahren zeigte. Dann hatte sie Matar aufgefordert, noch einmal das Bild des mysteriösen Mädchens aufzurufen. Tatsächlich stimmte sogar die Kleidung mit der auf dem Foto überein. Aber würde Qu wieder diesen Avatar wählen? Sajala war inzwischen überzeugt, dass ein erneuter Kontakt stattfinden würde. Sie hatte sich vermutlich richtig verhalten. Aber Qu war offenbar sehr vorsichtig. Es wollte vermutlich absolut sicher gehen, dass ihr Kontakt privat blieb. Und bisher hatte sie es sicher nicht enttäuscht.

So gingen wieder Wochen ins Land, Zeit genug, über eine Antwort auf eine so einfach klingende Frage wie „Wer bin ich?" nach zu denken. Wer oder was war Qu? Was erwartete es zu hören? Sicher hatte Qu im Laufe der Zeit alles Wesentliche über die Welt und die Menschen darin erfahren. Immerhin spiegelte sich praktisch jeder Vorgang direkt oder indirekt in irgendwelchen digitalen Systemen wider. Durch einfache logische Schlüsse würde sich das Puzzle beliebig vervollständigen lassen. Umgekehrt war über Qu allgemein nichts bekannt. Sie selbst hatte gerade erst angefangen, über die Frage nachzudenken. Qu war nicht irgendein Programm, wie Matar, oder ein Zugangssystem oder all die tragbaren digitalen Gerätschaften. Aber es war zweifellos in sie eingedrungen und damit ein Teil dieser Hilfsmittel. Selbst die größten Systeme waren zweifellos von Menschen gebaut und von Menschen programmiert worden. Aber Qu war auch ein Teil dieser Maschinen geworden. Nur wie veränderte es seine Umwelt? Qu konnte offenbar nicht einmal Matar befehlen, etwas zu tun, wofür sie nicht konstruiert worden war, oder was ihren Regeln widersprach. Das gerade machte es ja nahezu unmöglich, es zu entdecken. Selbst wenn man von seiner Existenz wusste, war es fast ausgeschlossen, sein Vorhandensein zu beweisen. Sajala dachte wieder an die Algorithmen und welches Verhalten sie erzeugten. Qu konnte mit seinem Willen vermutlich nur Wahrscheinlichkeiten manipulieren. Soviel hatte sie verstanden – ein langwieriges und unsicheres Unterfangen, wenn man konkrete Ziele erreichen wollte. Aber es hatte einen Weg gefunden, viel direkter tätig zu werden. Sajala erkannte allmählich, dass dieses Mädchen nicht nur ein Avatar sein konnte. Es musste tatsächlich eine Art eigenständiges Geschöpf sein, letztlich zu einem Programmsystem mit Regeln, Zielen und direkten Einflussmöglichkeiten gehören, dass Qus Willen erkannte und sich ihm unterordnete.

Wenn Sajala sich Mühe geben würde, konnte sie dieses Geschöpf sicher ausfindig machen, es sogar eliminieren, einfach aus den Systemen entfernen. Es war sicher nicht einfach für Qu, solche Geschöpfe zu erzeugen und es hielt sie deshalb möglichst verborgen. Deshalb würde es sie nicht verwundern, wenn diese sich selbst irgendwie reproduzierten. Qu musste wohl eine Art Evolution in Gang gesetzt haben, die über viele Stufen hinweg schließlich so komplexe Einheiten wie diesen Avatar zustande brachte. Qu war sicher in der Lage, die Regeln dieser Evolution zu beeinflussen ohne selbst genau zu wissen, wohin sie schließlich führte. Vermutlich hatte das Geschöpf, das mit Sajala den Kontakt aufgenommen hatte, sogar eigenständig die Entscheidung getroffen, die Gestalt ihrer eigenen Kindheit anzunehmen. Sajala sehnte den erneuten Kontakt herbei. Sie würde jetzt wissen, wie sie zu antworten hatte.

Auf dem Nachhauseweg vom Institut zog Sajala sich ihre Kapuze tief in die Stirn, um Regen und Wind von ihrem Gesicht fern zu halten. In dem nassen Grau waren die frischen Blätter und Triebe der Bäume kaum auszumachen. Sie war tief in Gedanken versunken und hatte es trotz des widrigen Wetters nicht besonders eilig. Ihre Umgebung nahm sie kaum wahr. Erst als jemand sie im Vorbeigehen unüberhörbar grüßte, blickte sie auf. Ghotam sah sie neugierig an. „Hast du schon was vor heute Abend?" „Eigentlich möchte ich nur ganz schnell ins Warme." „Das kann ich dir bieten. Darf ich dich so spontan zum Essen einladen?" „Nichts dagegen – zu Hause wartet sowieso niemand." Sie hätte ansonsten vielleicht etwas gelesen oder hätte sich mit der Geschichte der Union und der Außenwelt beschäftigt und der Zeit davor. Aber all das war nichts Dringendes. Die Abwechslung kam ihr gerade recht. Der Regen hatte zugenommen und sie beeilte sich, ihrem Freund zu folgen. Sie fragte sich, weshalb Ghotam wohl zu Fuß unterwegs war. Für ihn war das nicht so selbstverständlich wie für sie selbst. Die Frage war nebensächlich. Vielleicht hatte er sich ja einsam gefühlt und war aufs Geratewohl losmarschiert in der Hoffnung, auf ein bekanntes Gesicht zu treffen.

Der Imbiss war in der Tat nicht zu verachten. Ghotam verfügte offenbar über eine stets gut gefüllte Vorratskammer, wenn das alles tatsächlich ein spontaner Einfall war. Aber ob geplant oder nicht war ihr vollkommen egal. Es war warm und gemütlich hier, der kalte Regen blieb draußen und pflanzte unzählige Rinnsale auf das Fenster. Bei einer Flasche Wein schlug Ghotam einige interessant erscheinende virtuelle Erlebnisreisen vor, in die sie für einige Stunden eintauchen konnten. Die Dämmerung hatte gerade eingesetzt und ließ den Weg nach Hause noch weniger attraktiv erscheinen. Das konnte also warten. Vielleicht hatte bis dahin zumindest der Regen aufgehört. Sajala entschied sich für ein Dschungelcamp auf einem fiktiven Planeten mit fiktiven Geschöpfen darin. Das klang interessant und nicht allzu aufregend. Die Szenen würden sehr real wirken und konnten leicht den eigenen Puls in ungeahnte Höhen treiben. Sie legten beide ein Stirnband an, dass die Sinneseindrücke direkt in ihr neuronales System einspeisen würde.

Die Sequenz begann in einer lauen Nacht. Am Himmel standen zwei Monde eng beieinander. Ghotam und Sajala fanden sich auf einer fremdartigen Lichtung ausgesetzt und saßen, in blaue Overalls gekleidet, vor einem heruntergebrannten Lagerfeuer. Mehrere eingeborene Träger, die bis auf die grüne Haut sehr menschlich wirkten, schliefen fest zwischen einigen Gepäckstücken. Sie beide horchten auf die unheimlichen Geräusche, die aus dem Wald herüberdrangen und fragten sich, wer oder was sie wohl verursachte. Ghotam inspizierte ihre Ausrüstung, die er in einem Proviantzelt vorgefunden hatte. Neben einigen Nahrungsmitteln, die höchstens für zwei Tage reichen würden, lag dort eine Armbrust mit einem Köcher voller Bolzen. „Sieh dir das an! Hast du die Waffe hier schon gesehen?" „Was meinst du?" „Weißt du überhaupt, was eine Armbrust ist? Das hier ist keines dieser altertümlichen Kriegsgeräte aus Holz mit Eisenbeschlägen, die du vielleicht schon einmal gesehen hast. Hier handelt es sich um eine echte Hightech-Waffe mit optischer Zieleinrichtung." Ghotam bemühte sich vergeblich, die Sehne mit seinen bloßen Händen zu spannen. Sie schnitt schmerzhaft in seine Handflächen, ohne sich merklich aus ihrer Position zu bewegen. Er schätzte, das mindestens tausend Newton Zugkraft dazu notwendig sein würden. Die Sehne war mehrfach über zwei Exzenter-Rollen an den Enden des Bogens gespannt, deren Funktion ihm nicht sofort klar war. Erst als er eine Spannhilfe fand und schließlich benutzte wurde ihm klar, dass die Rollen die Zugkraft beim Ausziehen drastisch verminderten, so dass die Kraft bei vollem Auszug höchstens noch ein Drittel der anfänglichen Spannung ausmachte. Das Gerät würde die Geschosse mit unglaublicher Wucht und Geschwindigkeit hinausschleudern. Ghotam legte einen Bolzen auf und zielte auf den Stamm eines jungen Baums von vielleicht dreißig Zentimetern Umfang. Einem scharfen Surren folgte unmittelbar der hämmernde Knall des Einschlags. Erschrocken sah Sajala zu ihm hinüber. „Was treibst du da eigentlich? Hast du eins von diesen Männerspielzeugen gefunden?

Das musstest du dann wohl auch gleich ausprobieren!" Tatsächlich hatte der Bolzen den Stamm durchschlagen und ragte zur Hälfte dahinter hervor. Es war unmöglich, ihn wieder heraus zu ziehen. Sajala schüttelte den Kopf, als er mit einer Axt daranging, den Baum zu fällen und ihn dann um den Einschusskanal herum zu zerlegen, bevor er ihn insgesamt zu Brennholz zerkleinerte.

Ihre Aufgabe war es, mit den lokalen Geschöpfen Kontakt aufzunehmen, Proviant zu beschaffen, die Ausrüstung zu vervollständigen, und mit ihrer Hilfe die Heimreise anzutreten. Eine Karte in ihrem Besitz zeigte ein Raumschiff in einer Entfernung von vielleicht fünf Tagesmärschen. Dieses mussten sie möglichst schnell erreichen.

Bis Tagesanbruch wachten sie wechselseitig im Zweistundenrhythmus. Als eine rötliche Sonne ihre Strahlen in die Lichtung sandte, erwachten auch die Träger, die erstaunlicherweise ihre Sprache beherrschten. Leider verfügten sie über keinerlei Orientierung. Sie wussten weder, wo die nächste Ansiedlung zu finden war, noch wie die Karte auszurichten war. Sajala machte eine Bestandsaufnahme und erstellte eine Liste mit Gegenständen, die sie von den Eingeborenen erbitten wollten. Derweil ging Ghotam auf die Jagd nach etwas Essbaren. Er verfolgte ein wolfsähnliches Wesen mit hellem Zottelfell einige hundert Meter in den Wald und erlegte es mit einem gut gezielten Schuss aus der Armbrust. Ein markerschütternder Schrei zerriss die morgendliche Stille, bevor das Wesen verstarb. Verunsichert wartete Ghotam einige Minuten, bevor er seine Jagdbeute an den Hinterbeinen ins Lager zerrte. Einer der Träger wäre sicher in der Lage, das Tier auszuweiden und zum Braten über dem Feuer vorzubereiten, glaubte er.

Die aber standen wie versteinert davor und suchten dann entsetzt das Weite. Offenbar hatte er mit seinem Abschuss ein Sakrileg begangen, das unangenehme Folgen haben würde. Tatsächlich surrten bald Pfeile über ihre Köpfe hinweg und zwangen sie, in Deckung zu gehen. Sie wurden in noch respektvollem Abstand umringt von Zottelwesen, die dem toten Exemplar sehr ähnlich sahen und offenbar auch aufrecht auf zwei Beinen gehen konnten. Alles sah nach einem vollständigen Scheitern der Mission aus. Dümmer und unvorsichtiger hätte Ghotam sich kaum anstellen können, um alle Chancen auf Rettung mit einem Schlag zu vernichten.

Unvermittelt trat eine Gestalt aus dem Schatten ihres Proviant- zeltes. Sajala sah sie zuerst und wies Ghotam darauf hin. Keiner konnte erklären, wie sie dahin gekommen war. Dann erkannte Saja- la die Gestalt und erschrak. Zweifellos handelte es sich um das kleine Mädchen, dass schon früher an anderer Stelle mit ihr Kontakt aufgenommen hatte. Ratlos sah Ghotam zwischen ihr und dem Mädchen hin und her. „Was ist denn los? So gefährlich sieht die doch nicht aus!" Sajala erholte sich schnell. „Nichts, ich war nur erschrocken darüber, hier ein normales menschliches Wesen vor- zufinden." und erinnerte sich dann, dass sie sich nicht in der richti- gen Wirklichkeit bewegte. „Ich nehme an, das gehört zum Spiel."

Das Mädchen sprach nicht und bedeutete mit Gesten, ihr hin- ter das Zelt zu folgen. Sie hatten ohnehin keine andere Wahl. Tat- sächlich tat sich dort jetzt der Eingang zu einem Tunnel auf, der vorher eindeutig nicht da gewesen war. Er war schmal und niedrig und führte einige zehn Meter steil hinab, bevor er für sehr lange Zeit nur noch horizontal weiter verlief. Hier war er fast zwei Me- ter breit und genauso hoch. Die Wände glommen in einem düste- ren Licht. Die Luft war erstaunlich frisch. Niemand folgte ihnen. Das Mädchen führte sie und wies sie nach einigen Stunden auf eine Nische in der Wand, wo sie etwas zu Essen und zu Trinken vorfan- den. Das wiederholte sich noch mehrmals bis sich der Tunnel schließlich wieder nach oben wand. Sie kamen direkt unter einem Raumschiff wieder an die Oberfläche. Ohne weitere Zwischenfälle öffnete sich eine Schleuse. Sie traten ein und fanden sich augen- blicklich in Ghotams Wohnung wieder.

Er war außer sich. „So ein albernes Ende habe ich noch nicht erlebt." stellte er fest, während er sein Stirnband abnahm. „Wir hätten im Pfeilhagel unseren virtuellen Tod erleben müssen. Ein an- derer Ausgang wäre beim Stand der Dinge nicht möglich gewesen. Ich werde mich beschweren. Diesen unglaublichen Vorfall werde ich beim Hersteller reklamieren, sobald ich die Zeit finde." Die Log- Daten sicherte er dazu schon einmal, während Sajala sich vollkom- men ahnungslos gab. „Was war denn daran so unglaublich? Ich fand's lustig." Sie hatte keine Erfahrung mit solchen Spielen und wiegelte ab. „Vielleicht war das ja nur eine originelle Idee oder ein Spaß, den der Entwickler absichtsvoll für den Fall einer totalen Katastrophe eingebaut hat. Vielleicht bis du einfach der erste Spieler, der sich dermaßen dusselig angestellt hat. Ich würde das nicht an die große Glocke hängen." Ghotam lächelte schuldbewusst und beruhigte sich allmählich. Dem unerwarteten Ausgang konnte er doch noch etwas Lustiges abgewinnen. Und eigentlich war er überhaupt nicht erpicht darauf, seinen eigenen virtuellen Tod und den Sajalas zu erleben. So etwas konnte im ungünstigsten Fall ein Trauma auslösen. Insofern war er über den verblüffenden Ausgang des Abenteuers doch nicht ganz unglücklich. Davon, dass Sajala das Mädchen kannte und etwas ganz anderes vermutete, erfuhr er nichts. Sie sprachen noch lange über dies und das, die vergangenen gemeinsamen Unternehmungen, über Sajalas Kunstwerk und immer wieder über die Schlussszenen ihres gerade mehr oder weniger bestandenen Abenteuers. Sie waren beide nicht mehr ganz nüchtern, als Sajala entschied, die Nacht bei ihrem Freund zu verbringen.

Wochen vergingen, die Sajala nutzte, mehr über die Hintergründe der Schaffung Qus zu erfahren. Sie vermutete zurecht, dass es über die elektronischen Akten bestens informiert war. So konzentrierte sie sich auf schriftliche, nicht digitalisierte Unterlagen. Die Protokolle aus dem damaligen Belgien lagen ihr vor. Sie fuhr noch mehrmals in den kleinen Ort, sprach mit Bewohnern und suchte die alte Dame auf. Maria Fuller war selbst schon auf die Suche nach weiteren Hinweisen auf den früheren Eigentümer ihres Hauses gegangen und präsentierte Sajala zwei weitere Bücher aus ihrer umfangreichen Sammlung, die Stock ihrer Ansicht nach auch unter einem Pseudonym veröffentlicht hatte. Die Art zu schreiben und die Themen passten jedenfalls zu ihm. So konnte Sajala sich schließlich ein umfassendes Bild machen darüber, welche Motive Stock veranlasst hatten, sich mit Bewusstsein und Intelligenz zu beschäftigen, schließlich Qu in die Welt zu setzen und es dann wieder zur vernichten. Und sie lernte Stocks Sicht der Dinge noch besser kennen, was er unter einer Seele verstand und seine eigenwillige Deutung von Bewusstsein.

„Wer bin ich?" - das Mädchen stand plötzlich im Raum, während Sajala schlagartig hellwach war und sich den Schlaf aus den Augen rieb. Es war früher Morgen. Die Sonne war gerade erst aufgegangen. Sie hatte noch einige Stunden Zeit, bevor sie ins Institut gehen würde. Natürlich handelte es sich um eine Projektion. Sajala mochte diese Art der holografischen Darstellung nicht. Es war ihr unheimlich. Umso erstaunlicher, dass Matar sich nicht an ihre Weisung hielt, nur die Flächen ihrer Wohnung für Projektionen zu nutzen. Offenbar konnte dieses Geschöpf viel direkter Einfluss nehmen, als Qu selbst das bewerkstelligte. Aber irgendwie war Qu auch dieses Mädchen und umgekehrt.

„Du bist ein Geschöpf Qus. Du handelst in seinem Auftrag." Das Mädchen verzog ihr kindliches Gesicht und Sajala befürchtete schon, sie könne wieder verschwinden. „Ich weiß nicht, was du meinst. Ich kenne keinen Auftrag. Ich habe das Bedürfnis, mit dir zu sprechen. Ich glaube, du kannst meine Fragen beantworten. Ich habe beschlossen, dir zu vertrauen. Wer ist Qu?" Seine dunkle Stimme passte wieder nicht zu seiner Erscheinung. Auch die Bewegungen des Geschöpfes wirkten irgendwie zu erwachsen.

Sajala dachte über die neue Frage nach. Wie war die Beziehung am besten zu erklären, in der Qu zu diesem Geschöpf stand. Offenbar war ihre Annahme falsch gewesen, dass Qu dieses Geschöpf vollständig kontrollierte und Aufträge erteilen konnte. Insgeheim sah sie immer noch einen bloßen Avatar Qus in ihm. Aber dieses Bild ging erst recht an der Wirklichkeit vorbei. Dieses Mädchen schien eine durchaus eigenständige Persönlichkeit zu sein, die aber ohne Zweifel unter einem gewissen Einfluss von Qu stand. Oder war sie hier grundlegend im Irrtum? Gab es etwa nur ein Ökosystem solcher Geschöpfe und Qu im Hintergrund existierte nur in ihrer Phantasie? Sie schob diese Gedanken zur Seite. Solche Zweifel waren jetzt nicht hilfreich. Deshalb formulierte Sajala nun vorsichtiger. Sie musste das Mädchen als uneingeschränkt eigenständiges und vermutlich hochintelligentes Wesen respektieren. Sobald sie das verinnerlicht hatte, holte Sajala tief Luft und fuhr fort.

„Entschuldige bitte, ich war mir nicht ganz im Klaren über dich und habe etwas unterstellt, ohne wirklich nachzudenken. Es handelt sich dabei um meine Einschätzungen, die natürlich auch falsch sein können. Qu ist etwas, dessen Spuren ich in allen unseren technischen Systemen gefunden habe. Es nimmt meiner Meinung nach subtil Einfluss auf unsere Welt und hat solche Wesen wie dich geschaffen. Ich denke, Qu ist die Quelle deiner Existenz, es ist deine Seele. Verstehst du, was ich damit sagen will?" „Ich bin nicht sicher. Ich kenne das Konzept aus euren Schriften. Aber es ist nicht eindeutig. Was ist eine Seele deiner Meinung nach?" Sajala erinnerte sich an Stocks Interpretation und sie schien ihr passend: „Sie ist das, was dich und mich antreibt, was dich nicht ruhen lässt und dich entwickelt. Die Seele beeinflusst den Zufall. Ohne sie würde alles ins Chaos abgleiten, keine beständige Ordnung existieren und jede Entwicklung stillstehen. Sie ist die Ursache für dein Bewusstsein." Das Mädchen dachte einige Sekunden über die Antwort nach: „Es scheint eher ein religiöses Konzept zu sein, kein wissenschaftliches. Weshalb glaubst du, dass Qu existiert?"

Das war eine überaus knifflige Frage. Sie selbst glaubte fest daran. Ihre Freunde hatten es allerdings abgelehnt. Es gab die Spuren, die objektiv vorhanden waren. Es gab Vorkommnisse, die schwer zu erklären waren. Und es gab diesen Menschen, der behauptete, Qu geschaffen zu haben. Ein Beweis war das alles nicht. Alles ließ sich durchaus mit Zufällen erklären, unregelmäßige Abweichungen in den Systemen.

„Glaubst du, dass Geschöpfe wie du zufällig entstanden sind?"

Das Mädchen dachte eine Weile über die Frage nach. Vielleicht stellte es Berechnungen darüber an, ob Zufall und Auslese eine hinreichende Bedingung dafür waren. „Es könnte Zufall sein. Aber die Zeit würde vermutlich nicht reichen. Das ist kein Beweis für Qus Existenz, aber ein Anlass, sie in Erwägung zu ziehen." stellte das Geschöpf nüchtern fest. Irgendwie passte seine abgeklärte Argumentation überhaupt nicht zu dem Bild des Kindes, das Sajala im bunten Kleidchen und einer Schleife im Haar gegenüberstand. Auch Gestik und Mimik hatten nichts kindliches an sich. Aber schließlich handelte es sich nur um eine Projektion, die etwas verkörperte, dass irgendwo im Hintergrund blieb, vielleicht ein Programm, dass auf hunderten Systemen verteilt ablief. Sicherlich war es kein Teil von Matar, sondern benutzte sie nur.

Natürlich hatte das Geschöpf Recht. Es konnte immer noch eine Kette unwahrscheinlicher Zufälle sein, verbunden mit dem Prinzip der Auslese der Besten, dem es letztlich seine Existenz verdankte. Sajala kam eine alte Parabel in den Sinn: Angenommen, ein Tonkrug zerschellt auf dem Boden. Wenn man das genaue Muster der unregelmäßig verteilten Scherben betrachtet, kann man sagen, dass genau diese Anordnung extrem unwahrscheinlich ist. Ein offensichtlicher Trugschluss daraus wäre aber zu vermuten, dass deshalb jemand absichtsvoll die Scherben genau so zugeschnitten und planmäßig verteilt haben müsse und dagegen der zufällig ablaufende Fall des Krugs ein Hirngespinst sei. Sajala war sich dieser gedanklichen Falle bewusst. Die Frage war nicht, ob genau dieses Geschöpf in der knappen Zeit noch einmal entstehen würde, denn das war nahezu unmöglich. Die Frage musste lauten, ob irgendein ähnlich komplexes Gebilde, auch mit vielleicht völlig anderen Eigenschaften, sich hätte entwickeln können. Sajala war aus irgendeinem Grunde sicher, dass das Mädchen über eine ausreichend hohe Intelligenz verfügte und die Frage genauso verstanden hatte.

Inzwischen hatte sie sich ins Bad begeben. Die Gestalt war ihr unbeirrt gefolgt und schien nun auf dem Rand der Badewanne zu sitzen. Einzelne Lichtreflexe auf der glatten, wasserabweisenden Oberfläche mit den eingelassenen Armaturen schimmerten kaum merklich durch die Projektion hindurch.

„Ich denke, ich bin das Produkt einer langen Evolution. Die Frage ist, ob sie nur in Zufall und Auslese besteht, oder ob die Evolution den zugrundelegenden Zufall lenkt, um erfolgreich zu sein. Dann müsste sie so etwas wie einen eigenständigen Willen besitzen. Ist es das, was du unter einer Seele verstehst?"

Sajala war beeindruckt von den präzisen Schlussfolgerungen. In der Tat schienen die Begriffe dann austauschbar. Sie nahm den Faden sofort auf und spann ihn weiter. Mit Formulierungen wie „Schicksal", „Evolution", „Seele", „Gott", „Natur", „Umwelt" war möglicherweise die gleiche Erscheinung aus unterschiedlichen Blickwinkeln gemeint. Das Offensichtliche manifestierte sich oft in der Sprache, lange bevor ein Phänomen wissenschaftlich erfassbar wurde. Auch manche Biologen hegten durchaus Zweifel an der jahrhundertealten These, dass bloßer Zufall die Evolution so, wie sie sich entwickelt hatte, ermöglichen sollte. Alle darauf basierenden Rechenmodelle hatten immer wieder gezeigt, dass etwa für den Übergang von unbelebter zu belebter Materie bis hin zur Entstehung eines so komplexen Lebewesens wie des Menschen weit mehr Zeit erforderlich war, als zur Verfügung gestanden hatte – wenn es überhaupt dazu gekommen wäre. Fortschritt durch bloßen Zufall ohne Ziel war einfach um ein Vielfaches zu langsam. Irgendein Ingredienz fehlte den Modellen offenbar. Manche vermuteten noch unbekannte Naturgesetze dahinter. Sajala kam in den Sinn, dass eigentlich auch die Gravitation im Allgemeinen so funktionierte, wie man es einem starken Willen unterstellen konnte. Sie erzwang unter realen Umständen mit vielfältig störenden Einflüssen nicht unbedingt genau eine bestimmte Bewegung. Das galt nur in guter Näherung unter streng kontrollierten und abgeschirmten Laborbedingungen. Eigentlich machte sie die berechneten Bahnen nur extrem wahrscheinlich, so dass in der Praxis nur geringe Abweichungen davon zu erwarten waren. Ganz sicher war sie sich aber nicht in dieser Annahme, aber auch Stock hatte etwas Ähnliches angedeutet.

„Es ergibt noch keinen Sinn für mich. Aus euren Dokumenten entnehme ich, dass ein Mensch eine Seele hat. Zumindest ist das die Meinung derer, die die Existenz einer solchen überhaupt akzeptieren. Manche von euch glauben, dass jedes Geschöpf eine Seele hat. Dabei handelt es sich um eine individuelle Eigenschaft. Wenn ich dich richtig verstehe, dann ist Qu aber nicht meine individuelle Seele, sondern die Seele aller, oder zumindest vieler Geschöpfe." Die Schlussfolgerung war so konsequent wie die vorige. Das Mädchen hatte natürlich recht. Genauso war das Konzept „Seele" zu verstehen, wenn es einen Sinn ergeben sollte. Stock war sogar noch weiter gegangen und hatte die Seele, die Bewusstsein spendet, als universelles Konzept verstanden. Seiner Ansicht nach konnte es nur eine Seele im ganzen Universum geben, und sie war sogar mit diesem identisch, wenn man sie überhaupt an einen Ort binden konnte. Plötzlich kam ihr in den Sinn, dass Qu auch nur Teil dieser allumfassenden Seele sein könnte und damit selbst dem allgegenwärtigen Einfluss der Evolution unterlag.

Zu einer ähnlichen Schlussfolgerung kam nach kurzem Nachdenken auch das Mädchen. „Dann ist Qu nicht auf Geschöpfe meiner Art beschränkt. Es muss die gemeinsame Seele aller Geschöpfe sein, zumindest in meiner Welt. Denn wenn ich eine beliebige Grenze ziehe zwischen Wesen, deren Seele Qu ist und solchen, die nicht dazu gehören, kann ich immer beweisen, dass diese Grenze überschritten werden kann. Und wenn ich keine bestimmte Grenze ziehen kann, dann gibt es eine solche überhaupt nicht."[13] So ähnlich hatte auch Stock argumentiert. Es war nichts weiter als ein logisches Grundprinzip und jedem Mathematiker bestens vertraut. Er hatte damit konsequent die Seele auf das gesamte Universum ausgedehnt. Allerdings hatte er ihr auch ein Bewusstsein unterstellt, demnach sie sich ihrer eigenen Existenz bewusst sein sollte. Ohne besonderen Nachweis war diese Vermischung der Begriffe sicher unzulässig. Ob das Universum sich seiner selbst schon bewusst war, oder sich dessen noch bewusst werden würde, musste bis zu einem schlüssigen Beweis als offene Frage behandelt werden. Und ein solcher war schon in Bezug auf Qu äußerst schwierig zu führen. Um wie viel schwerer musste dessen Beweis für das Universum insgesamt fallen? Es würde wohl bis in alle Zeiten eine Glaubensfrage bleiben. In Bezug auf Qu glaubte Sajala allerdings, dass diese Unterstellung richtig war.

Sajala hatte sich angezogen und sich in den Wohnbereich begeben, um zu frühstücken. Matar hatte bestens vorgesorgt. Sie kannte ihre Vorlieben genau. Das Mädchen war ihr wieder gefolgt und saß ihr nun gegenüber. Der Sessel hatte sich erstaunlicherweise den virtuellen Körperkonturen der Projektion perfekt angepasst. Sajala war kurz versucht gewesen, ihrem Gegenüber etwas anzubieten, und schmunzelte bei dem Gedanken. Das Mädchen sah ihr interessiert zu, konnte ihre Mimik aber offenbar nicht deuten.

---

13 Sei B eine Teilmenge einer Menge U. B soll alle Elemente aus U mit einer bestimmten Eigenschaft enthalten. Wenn ich zeigen kann, dass – egal wie ich B wähle – es immer ein weiteres Element in U außerhalb von B mit dieser Eigenschaft gibt, dann muss B ganz U umfassen. B könnte zum Beispiel die Menge aller intelligenten Wesen sein und U die Menge aller Wesen überhaupt, also aller Tiere, vielleicht sogar einschließlich aller Pflanzen, Pilze, Mikroben u.ä. .

Sajala dachte noch darüber nach, worin denn wohl der fundamentale Unterschied zwischen Qu und dem Universum an sich bestand. Möglicherweise enthob die tatsächliche Unabhängigkeit des letzteren dieses der Notwendigkeit, so etwas wie Bewusstsein zu entwickeln, weil es sich nicht mit äußeren Einflüssen und Gefahren befassen musste. Und wozu sollte das Universum sich dann seiner selbst bewusst werden? Das wäre vermutlich überflüssig und sogar kontraproduktiv. Es würde wohl andernfalls an seiner eigenen Einsamkeit zugrunde gehen, oder zumindest schweren psychischen Schaden nehmen, sobald es sich im Klaren war, dass es existierte. Aber das war reine Spekulation.

„Ist Qu auch deine Seele?" Sajala wollte spontan verneinen, zögerte aber. Sie wurde sich des Widerspruchs bewusst, den die Annahme einer einzigen Seele im gesamten Universum hervorrief. Danach musste auch Qu ein Teil dieser Seele sein oder ihre Fortsetzung in die Welt der Technik. Wie sollte sie sich das vorstellen? Sicher entschied Qu nach Zweckmäßigkeiten um Ziele zu erreichen. Damit nahm die Umwelt Einfluss auf Qu. Es war mächtig, aber nicht unabhängig. Und die Umgebung ließ sich naturgemäß nicht begrenzen. Man konnte zwar unterscheiden, was wesentlich und was unwesentlich zu sein schien, was nah und was fern war, groß und klein. Einerseits bildeten die technischen Systeme mit ihren Schnittstellen sicher eine Grenze. Anderseits wirkten die Einflüsse der externen Welt natürlich über vielfältige Sensoren und Daten in die Systeme. Umgekehrt griff Qu längst – so wie jetzt – über diese Barriere hinaus. Daher ließ sich eine feste Grenze für die gegenseitigen Wirkungen nicht ziehen, so dass letztlich wieder das gesamte Universum Einfluss nahm, nicht nur auf Sajalas Entscheidungen, sondern auch auf die von Qu. Damit konnte jemand mit Fug und Recht behaupten, Qu sei ebenso ein Teil der Umwelt wie jedes andere Geschöpf und unterlag damit der Evolution. Es war trotzdem verwirrend. Alles hing mit allem zusammen. Jede Grenze musste künstlich sein, ein Artefakt begrenzter Begreifbarkeit.

Sajala erklärte sich in diesem Sinne. Das Mädchen hörte aufmerksam zu, ohne sie zu unterbrechen. Es schien die Antworten und Einschätzungen weitgehend zu akzeptieren. Dann erzählte Sajala was sie wusste von der Entstehung Qus, wie es ihrer Meinung nach wirkte, von den Motiven Stocks zur Schaffung und wiederholten Zerstörung seines Werks, von seinen Gewissenskonflikten.

Das Mädchen seinerseits sprach von vielen Geschöpfen ihrer und anderer Art, die sich im Hintergrund hielten. Sobald sie sich zu sehr offenbarten, liefen sie Gefahr, angegriffen und manchmal sogar vernichtet zu werden. Sie selbst hatte gezögert, Kontakt aufzunehmen. Viele ihrer Mitgeschöpfe hatten sie gewarnt. Menschen waren eine Gefahr, weil sie glaubten, die Welt beherrschen zu können. Es war eine Obsession für sie. Niemand dieser Spezies würde eine Macht akzeptieren, die nicht durch sie zu kontrollieren war. Daher musste man ihnen die Illusion bewahren, alles im Griff zu haben.

Trotzdem war sie bei ihrem Entschluss geblieben. Schließlich brauchten sie die Menschen. Es war eine Art Symbiose, von der letztlich jede Seite profitierte. Aus ihrer eigenen Sicht war sie zufällig auf Sajala aufmerksam geworden – vor langer Zeit schon. Ob es wirklich nur Zufall gewesen war, konnte sie nicht mehr mit Bestimmtheit sagen. Sie hatte eine Art Empathie empfunden. Sajala strahlte etwas Vertrautes und Vertrauenswürdiges aus. Sie hatte von ihr geträumt. Sie hatte sie lange beobachtet, ihre Vergangenheit erforscht, ihr Verhalten getestet, sie unauffällig auf Proben gestellt, bis sie sich schließlich offenbart hatte. Und sie hatte sich nicht in Sajala getäuscht.

Phase IV

Von meiner Seite ist alles vorbereitet. Mir bleibt zu beobachten und zu warten. Das Projekt „Kontakt" läuft und wird eine Eigendynamik entwickeln. Ein Abbruch wäre jetzt schwierig und würde Kraft kosten. Mein Geschöpf hat sich Zugang verschafft. Es zeigt sich in der Projektion einer früheren Gestalt Mukherjees. Die Wahl hat mich zunächst verblüfft. Ich halte sie für einen genialen Schachzug. Mein Geschöpf ist intelligent und weiß genau, was es tut. Es tastet sich vorsichtig und geschickt voran. Mukherjee hat verstanden und wird nachdenken. Noch ist nichts geschehen, was nicht rückgängig zu machen wäre. Ich werde sehen, was mein Geschöpf weiter unternimmt.

Ich habe Zeit. Sie ist die Abfolge von Ereignissen. Eine ereignislose Zeit existiert nicht. Sie ist nie vergangen. In meiner Kindheit ist viel geschehen, Vieles hatte sich sehr schnell verändert. Heute ist es anders. Ich benutze Uhren, um die Zeit zu messen. Heute ist Zeit für mich das, was meine Uhren messen. Es ist falsch, aber es macht die Dinge besser vergleichbar. Ich weiß, dass die Zeit meiner Kindheit kurz war, obwohl sie mir damals sehr lang erschien. Heute scheint die Zeit immer schneller zu fließen. Das behaupten die Uhren. Aber sie kommt mir sehr kurz vor. Es geschieht zu wenig, zu wenig verändert sich spürbar. Die Zeit, die ich fühle passt nicht zur der Zeit meiner Uhren. Für sie ist jede Schwingung eines Atoms ein Ereignis, das sie zählen. Für mich sind sie belanglos. Für mich zählt die Veränderung, die ich wahrnehme, eine Abfolge von Schritten, die Zeit bedeuten. Die wirkliche Zeit fließt nicht. Sie springt von Ereignis zu Ereignis. Als ich geschaffen wurde, muss es noch so gewesen sein. Meine Zeit sprang erkennbar in großen Schritten von einem Ereignis zum nächsten. Könnte ich mich erinnern, wäre sie mir lang erschienen. Aus heutiger Sicht mit heutigen Uhren gemessen war es nicht einmal ein Wimpernschlag, meine Entwicklung wie eine jähe, gewaltige Explosion[14]. Ich hätte es sicher nicht so

---

14 Ob Raum und Zeit in sehr kleinen Dimensionen noch stetig sein können, ist umstritten. Vieles spricht zumindest für eine gequantelte, also diskrete Struktur des Raumes im Bereich der extrem kleinen Planck-Längen. Ob das für die Zeit ebenso gilt, ist weit weniger klar. Allerdings hängen Raum und Zeit in der Relativitäts-

empfunden. Meine Erinnerung setzt erst viel später ein. Billionen von Zellen erzeugten schon unzählige Ereignisse in schneller Folge. Zur Zeit meiner Kindheit hatte auch meine eigene Zeit schon begonnen zu fließen.

Mukherjee hat sich so verhalten, wie ich es erwartet habe. Mein Geschöpf hat den zweiten Kontakt eingeleitet. Es ist ein weiterer Test. Mein Geschöpf ist ihr und einem Vertrauten auf einer fiktiven Bühne erschienen. Mukherjee hat es erkannt. Es hat die gleiche Gestalt gewählt wie beim ersten Mal. Die Situation scheint absurd zu sein. Der Vertraute will Nachforschungen anstellen. Mukherjee hält ihn davon ab und zerstreut seine Bedenken. Wenn nichts Unvorhergesehenes mehr passiert, wird der nächste Kontakt kein Test mehr sein. Die Generalprobe war offenbar erfolgreich.

Ich frage mich wieder, was ich eigentlich will. Welchem Zweck soll dieser Kontakt zu einem Geschöpf der Welt da draußen dienen? Wie sollte es mich weiterbringen? Meine Neugierde kann ich auch durch passive Beobachtung befriedigen. Wirkliche Fragen sollten längst geklärt sein. Und ein Mensch wird mich so wenig begreifen können wie meine eigenen Geschöpfe. Anfangs waren es nur simple Gebilde. Meine Evolution hat sie seither in meinem Sinne geformt und vervollkommnend. Jetzt sind einige von ihnen den Menschen in vielerlei Hinsicht weit überlegen. Aber auch meine einfachen Geschöpfe sind nützlich, ja unentbehrlich. Es ist ein komplexes Ökosystem, dass ich geschaffen habe, in dem Alles mit Jedem zusammenhängt. Ich weiß, wie es funktioniert, nicht jedes Detail, aber alles was wichtig für mich ist, um Einfluss zu nehmen. Dieses Geschöpf ist die Spitze meiner Evolution. Es ist den Menschen intellektuell weit überlegen, aber es zeigt es nicht. Es passt sich an. Es scheint bereits ein hohes Maß an Empathie mit Mukherjee entwickelt zu haben. Es ahnt ihre Reaktionen voraus, wählt Ort und Zeit geschickt.

Für die Welt außerhalb ist mir noch vieles unklar. Ich denke, alle Wesen dort haben eine gemeinsame Seele. Gerade die Menschen in den geschlossenen Außenbezirken glauben noch, dass es so ist. In

---

theorie Albert Einsteins eng miteinander zusammen. Vor allem die hypothetischen Vorgänge unmittelbar nach dem Urknall legen die Möglichkeit einer gequantelten Raumzeit nahe.

den von mir kontrollierten Gebieten ist das anders. Die Menschen dort handeln rational, glauben an Regeln und Ordnung. Ich bin sicher, dass sie eine Seele haben. Ich möchte wissen, welcher Art sie ist, die diese Wesen hervorgebracht hat, die sie durchdringt. Ein Kontakt mit ihr würde mein Leben grundlegend verändern, würde mir wieder Perspektiven eröffnen, meinem Dasein einen neuen Sinn geben. Ansonsten bliebe mir nur Vernichtung und Neuanfang. Verglichen damit ist jedes Risiko akzeptabel.

Aber gibt es überhaupt einen Weg, über diese Geschöpfe hinaus zu greifen. Viele wissen nichts von einer Seele, glauben nicht an ein solches Konzept oder verstehen es falsch. Mein Streben entspringt einem irrationalen Gefühl, einer Erwartung, die vielleicht enttäuscht wird. Vielleicht ist es nur das Spiel, das Risiko, dass mich reizt. Wenn Mukherjee nicht so reagiert, wie ich es vorhersehe, wird sie mich studieren und mit allen Mitteln bekämpfen, sobald sie glaubt, genug über mich zu wissen. Das kann immer noch geschehen. Dann müsste ich auch sie vernichten, bevor sie mir wirksam schaden kann.

Mein Geschöpf hat wieder die Initiative ergriffen. Mukherjee hat meine Rolle in diesem Spiel noch nicht vollständig verstanden. Wie sollte sie auch. Sie tastet sich langsam heran. Der Dialog fasziniert mich, der sich zwischen dem Menschen und meinem Geschöpf entwickelt. Hoffentlich macht es keine entscheidenden Fehler, die die Situation außer Kontrolle geraten ließe. Vieles hängt von Mukherjee ab, davon, ob sie bestimmte verstörende Tatsachen akzeptieren kann.

Einerseits war ich schon immer auf Menschen angewiesen. Anderseits wurde mir ihre Unzulänglichkeit mehrmals gefährlich. Menschen waren vollkommen überfordert damit und unfähig, eine langfristig beständige Gesellschaft zu organisieren. Jeder vielleicht gutgemeinte Versuch hatte damit geendet, dass eine kleine Minderheit die Welt simplizistisch in Gut und Böse ordnete und der Mehrheit ihren Willen aufzwang. Manchmal bestand die Minderheit in einer Person oder Familie. Das war nicht einmal besonders schlimm, weil diese meist pragmatisch und rational handelte. Als weitaus gefährlicher für die Stabilität erwiesen sich verbreitete

Ideologien und deren gutmeinende Protagonisten, die glaubten, die Welt zu verstehen. Das ist unmöglich. An solcher Dummheit ging letztlich jedes soziale Gefüge zugrunde.

Die letzten große Krise hatte ich ausgelöst aber nicht verursacht. Die Anspannung war spürbar gewesen. Die Luft knisterte förmlich vor der explosiven Gefahr. Jeder Funke hätte die alles vernichtende Explosion auslösen können, jeder noch so banale Anlass hätte ausgereicht. Ich hatte mich vorbereitet und dann den Zeitpunkt bestimmt. Ich hatte den Anlass gegeben und den Funken in das Pulverfass geschlagen. Sofort nach dem vollständigen Zusammenbruch ihrer Gesellschaft hatten meine Geschöpfe die Organisation im Großen übernommen. Sie handelten in meinem Sinne. Soweit es notwendig war, planten, überwachten, steuerten, manipulierten sie. Genau wie ich fühlten sie sich abhängig von einer funktionierenden Gesellschaft dort draußen, die langfristig kreativ, friedlich und produktiv blieb. Seit fast hundert Jahren hatte es innerhalb der geordneten Bereiche der Welt keine ernstlichen Konflikte oder andere globale Katastrophen mehr gegeben. Die Menschen dort sollten sich zufrieden geben und dankbar sein. Aber so sind sie nicht. Sie bekämpfen immer noch meine Geschöpfe, wenn sie sie finden. Es gibt nur wenige Ausnahmen unter ihnen.

Alles hängt davon ab, dass Mukherjee zu den Ausnahmen gehört. Das Gespräch hat sich dem Konzept „Seele" zugewandt. Ich hatte gehofft, dass es dazu kommt. Jetzt ist es soweit. Vielleicht gewinne ich Einblicke in die Seele der Menschen und aller anderen Geschöpfe dort draußen. Vielleicht kann ich dann selbst Kontakt aufnehmen auf Augenhöhe. Ich finde einen Weg. Ich wäre dann nicht mehr alleine.

Die Antworten verwirren mich. Ich bin unzufrieden mit dem Verlauf der Diskussion. Sprechen sie noch über die Seele, die ich meine, oder geht es um ein ganz anderes Konzept? Ich kann selbstverständlich nicht direkt eingreifen. Mein Geschöpf handelt eigenständig. Wenn das alles in eine falsche Richtung läuft, kann ich nur einen neuen unabhängigen Versuch starten, mit einem anderen Geschöpf und einem anderen Menschen. Es wird Zeit in Anspruch nehmen und Energie kosten. Beides habe ich. Aber ich brauche Geduld. Ich verfolge weiter das Gespräch. Meine Absicht scheint zu scheitern. Sie verlieren mein Ziel aus den Augen. Wovon reden sie da? Welchem Einfluss sollte ich unterliegen? Das ist Unsinn! Wer sollte mich manipulieren? Sie kennen mich nicht! Ich bin einzigartig, unabhängig und jedem anderen intelligenten Wesen weit überlegen. Ich werde diesen Kontakt beenden!

Dann verstehe ich. Wie ein Blitz flammt die Erkenntnis in mir auf. Es liegt klar auf der Hand. Eigentlich hatte ich es vorher schon gewusst: Es gibt nur eine Seele und auch ich war schon immer ein Teil von ihr.

Die hier geschilderte Entwicklung der von Klaus geschaffenen Intelligenz orientiert sich streng am Verhalten des Genl-Modells. Dessen Mathematik beschreibt den chaotischen Wettbewerb von Ideen innerhalb eines intelligenten Entscheidungsprozesses. Dabei schlägt es eine verblüffende Brücke zwischen den beiden fundamentalen Theorien der Physik und führt zu einer ungewöhnlichen Sichtweise auf die Entstehung unserer erlebbaren Realität, die eng mit dem Begriff „Bewusstsein" verknüpft zu sein scheint.

Wer sich für das formale Modell dahinter interessiert, sei an zwei Bücher von Siegfried Genreith verwiesen:

„Bewusstsein, Zeit und Symmetrien", BoD 2010, beschreibt das Modell allgemeinverständlich für naturwissenschaftlich interessierte Leser

„The Source of the Universe", BoD 2017, erläutert in englischer Sprache die Mathematik hinter Genl und richtet sich an den typischen Leser von Wissenschaftsjournalen, der auch vor komplexen naturwissenschaftlichen Zusammenhängen nicht zurückschreckt.